U0103373

戰火下的詩情

抗日戰爭時期戴望舒在港的文學翻譯

鄺可怡 編校

商務印書館

香港藝術發展局資助

香港藝術發展局全力支持藝術表達自由,
本計劃內容並不反映本局意見。

戰火下的詩情——抗日戰爭時期戴望舒在港的文學翻譯

編　　校：鄺可怡

責任編輯：李瑩娜

封面設計：楊愛文

出　　版：商務印書館 (香港) 有限公司

　　　　　香港筲箕灣耀興道 3 號東滙廣場 8 樓

　　　　　http://www.commercialpress.com.hk

發　　行：香港聯合書刊物流有限公司

　　　　　香港新界大埔汀麗路 36 號中華商務印刷大廈 3 字樓

印　　刷：中華商務彩色印刷有限公司

　　　　　香港新界大埔汀麗路 36 號中華商務印刷大廈 14 字樓

版　　次：2014 年 9 月第 1 版第 1 次印刷

　　　　　© 2014 商務印書館 (香港) 有限公司

　　　　　ISBN 978 962 07 4500 3

　　　　　Printed in Hong Kong

目　錄

序

　　本書重新編輯整理抗日戰爭時期戴望舒在港期間的小說翻譯，此等作品均從未結集成書，亦未曾收入《戴望舒全集》三卷本（王文彬編，北京中國青年出版社出版，1999年）。我們期待相關篇章的整理和出版，不僅為戴望舒的翻譯研究提供豐富卻長期被忽略的文獻材料，更希望它們能為戴望舒的詩學理念與翻譯、抗日時期戴望舒與香港文學及大眾媒體、中國現代派與歐洲左翼文藝思潮、戰爭歷史以及跨文化語境（從巴黎、上海到香港）下法國現代主義文學的譯介等研究課題提供重要資料。此外，大半個世紀以前報刊雜誌縱能保存至今仍多有缺漏，本書為提高文章的「可讀性」，各篇翻譯按學術界認可的原著版本加以校對修訂。

　　本書將所收篇章分為三個部分：第一部分收錄戴望舒翻譯法國著名左翼作家兼革命者馬爾羅（André Malraux, 1901-1976，舊譯馬爾洛）描述西班牙內戰的長篇小說《希望》（L'Éspoir, 1937）及其選篇節錄〈火的戰士〉、〈反攻〉、〈死刑判決〉、〈烏拿木諾的悲劇〉和〈克西美奈思上校〉等，回應詩人在抗日戰爭時期選譯國外抗戰主題的作品；第二部分收錄戴望舒翻譯兩次世界大戰期間強調「詩情」的小說，包括法國作家穆杭（Paul Morand, 1888-1976）的〈六日競賽之夜〉（La Nuit des six jours, 1924）、法國詩人許拜維艾爾（Jules Supervielle, 1884-1960）的〈賽納河的無名

女〉(*L'Inconnue de la Seine*, 1929) 以及英國小説家加奈特 (David Garnett, 1892-1981) 的〈淑女化狐記〉(*Lady into Fox*, 1922);第三部分收入由施蟄存翻譯、戴望舒主編《星島日報》副刊〈星座〉刊載馬爾羅長篇小説《希望》以及《鄙棄的日子》(今譯《輕蔑的時代》)(*Le Temps du mépris*, 1935) 的節錄,希望更充分展示中國作家如何利用抗戰時期以至香港淪陷時期,香港報刊提供的文學空間回應戰事,也從而突顯現代派作家對戰爭的思考。本書除於〈導言〉詳細分析戴望舒香港時期的文學翻譯以外,各篇章另附〈編者前言〉,説明小説在抗戰時期的翻譯及發表情況。

《戰火下的詩情——抗日戰爭時期戴望舒在港的文學翻譯》的構想和編校過程,經歷多時,在此特別感謝曾為此書提供寶貴意見的李歐梵教授、梁秉鈞教授、盧瑋鑾教授,以及精神上無時不予鞭策和鼓勵的黃繼持教授。此外,感謝一直關心中國現代派作家翻譯資料整理計劃的朋友陳智德、徐焯賢、李婉薇、張力君、高俊傑、郭詩詠、鄭政恆。感謝研究助理梁慧思女士的悉心幫忙,以及李凱琳博士協助準備前期工作。又本書為香港研究資助局優配研究金 (RGC General Research Fund) 資助計劃成果之一 (計劃編號 447411),特此鳴謝香港研究資助局對本研究計劃「戴望舒在港時期的寫作與翻譯 (1938-1949)」的支持,俾使計劃得以順利完成。

鄺可怡

2013 年 8 月 9 日

校勘凡例

1. 各篇校勘所據之法文或英文原著版本，均於註釋說明。

2. 凡譯文所見專有名詞（例如人名、地名）以及具特別意義之片語，均以括號（　）附上原文。

3. 凡譯文與原著意思不盡相同之處，均以括號（　）附上原文，並於註釋說明。

4. 凡譯文字詞無法辨識者，按所缺字數以相等數目之符號□標示；字詞模糊難以辨識者，則參考著作原文加以確認，並以方括號 [　] 標示，於註釋說明。

5. 凡譯文在報刊發表時之異體字或作者習慣使用之通用字，均予以保留，惟明顯誤植之錯字、別字、標點，則加以校訂，並以方括號 [　] 標示，於註釋說明。

導言

戴望舒香港時期的文學翻譯 (1938-1949)

　　1928 年戴望舒發表〈雨巷〉一詩，[1] 隨後以「雨巷詩人」之名享譽文壇。三十年代以來有關戴望舒的評論便一直集中於詩歌創作的範疇，詩歌以外的文學翻譯可説是相關研究的「盲點」。1938 年 5 月詩人避戰南下，留港接近十年，[2] 期間因為抗日戰爭的政治環境以及生活上的各種變化，其詩歌創作僅有十餘首，翻譯著作卻超過二百篇。可是，戴望舒在港時期文學研究的重心仍大致限制於詩歌創作。[3] 無可置疑，戴望舒一生從未停止文學翻譯的工作，其中包括法文、西班牙文、英文、俄文等不同語言的歌謠、童話、詩歌、散文、小説、文學批評以及文學史等各種文類的翻譯，只是相較三、四十年代同樣熱衷翻譯的文人，他所得到的關注顯然較少。隨着八十年代比較文學在中國大陸學術界的發展，戴望舒的文學翻譯重新受到重視。相關的評論和研究，主要表現為三種傾向。

一、戴望舒文學翻譯研究的三種傾向

　　首先從文類的角度而言，論者偏向討論戴望舒的詩歌翻譯。杜衡在《望舒草》序〉中已指出法國象徵主義對戴望舒詩歌的影響。[4] 往後，施蟄存又在〈《戴望舒譯詩集》序〉裏詳細説明：「戴望舒的譯外國詩，和他的創作新詩，幾乎是同時開始。[⋯⋯] 望舒譯

詩的過程，正是他創作詩的過程。譯道生、魏爾倫詩的時候，正是寫《雨巷》的時候；譯果爾蒙、耶麥的時候，正是他放棄韻律，轉向自由詩的時候。後來，在四〇年代譯《惡之花》的時候，他的創作詩也用起腳韻來了。[5]」由於戴望舒的詩歌翻譯與其自身創作關係密切，相關議題遂成為研究重心，討論範圍甚至局限於法國的象徵主義詩派。不論從整個象徵主義思潮，還是從思潮中個別詩人出發，論者均嘗試比較分析中、法兩種語言和文學傳統在戴望舒的詩歌創作上所體現的承傳關係。[6]事實上，除詩歌翻譯以外，戴望舒早於二十年代末便開始了法文小說的翻譯工作。從 1928 至 1934 年間，他分別在《無軌列車》（劉吶鷗主編，1927-1928）、《新文藝》（施蟄存、劉吶鷗、徐霞村和戴望舒等主編，1929-1930）和《現代》（施蟄存主編，1932-1935）等雜誌發表大量的法文小說翻譯，並出版了《法蘭西現代短篇集》。[7]縱然在抗日戰爭以至香港淪陷期間，戴望舒一直堅持國外小說翻譯，但歷來學者對詩人小說翻譯研究的態度，始終極為冷淡。

　　其次，論者探討戴望舒的翻譯多集中於詩人來港以前在上海完成的譯作。[8]正如施蟄存解說：「從 1938 年到 1948 年，望舒的著作幾乎都發表在香港的報刊上，加以當時曾用各種筆名，朋友們都不很知道。[9]」香港淪陷導致資料散佚，固然阻礙戴望舒在港期間的著述研究，但詩人頻繁更換筆名，甚至借用別人名字發表譯文，同樣造成資料整理的困難。[10]直至八十年代，香港學者盧瑋鑾全面搜集、整理戴望舒在港時期發表的著作譯作，補充了詩人 1938 年離滬以後在創作、俗文學研究和翻譯活動各方面的資料。[11]然而，不論研究者能否接觸詩人在港發表著作譯作的原始材料，他們討論戴望舒此段時期的翻譯，焦點均轉向西班牙詩歌，呈現戴望舒翻譯

研究的第三種傾向：強調詩人在港期間翻譯《西班牙抗戰謠曲》[12]的價值，並從而肯定其愛國詩人的地位。

八十年代首部全面討論中國近代、現代和當代翻譯文學發展的著作——陳玉剛主編的《中國翻譯文學史稿》（1989），曾以短小篇幅介紹戴望舒的翻譯活動。當中雖然提及詩人在法國、俄蘇和西班牙文學翻譯多方面的成就，但其討論重點仍然着重展現詩人如何「反抗黑暗，反抗壓迫」的抗戰文學翻譯：

> 戴望舒是一位有淵博知識和豐富才能的翻譯文學家。他的翻譯活動和他的創作活動一樣，表現了中國一位正直的有很高文化教養的知識分子的道路。這種知識分子，反抗黑暗，反抗壓迫，有一顆愛國之心。這一點，不僅從他全部的翻譯活動中得到證明，單就他在抗戰時期與詩人艾青合作創辦的詩刊《頂點》，並在《頂點》第一期翻譯「西班牙抗戰謠曲鈔」這個例子中也可以得到說明。戴望舒為了愛國和抗日，翻譯了西班牙阿爾培諦的《保衛瑪德里，保衛加達魯涅》；阿萊桑德雷的《無名的軍民》、《就義者》；貝德雷的《山間的寒冷》；維牙的《當代的男子》；伯拉哈的《流亡之群》；洛格羅紐的《橄欖樹林》；魯格的《摩爾逃兵》等等。譯詩出版以後，引起各方面的重視。作家林煥平很快撰文加以評論說：「在這一期裏，值得向讀者推薦的，是艾青的《縱火》、《死難者的畫像》；戴望舒的譯詩《西班牙抗戰謠曲鈔》和馬耳的《一個記憶》。」[13]

翻譯史家如此的評論角度，其實源自艾青發表於 1956 年的〈望舒的詩——《戴望舒詩集》序〉。文章指出「每個詩人走向真理

和走向革命的道路是不同的。望舒所走的道路，是中國的一個正直的、有很高文化教養的知識分子的道路。[14]」艾青針對的是戴望舒在抗戰時期的新詩創作，包括《元旦祝福》、《獄中題壁》、《等待（二）》和《偶成》等作品，強調「他從純綷屬於個人的低聲的哀歎開始，幾經變革，終於發出戰鬥的呼號。[15]」從文學創作的評論引伸至文學翻譯的評論，論者不免重塑詩人在文學工作上直線、進步的「革命道路」，而最能配合這種論述方向的正是戴望舒抗日時期翻譯的《西班牙抗戰謠曲》。[16]

　　本文就上述戴望舒文學翻譯研究的三種「偏向」，配合詩人在港期間的小說翻譯（包括本書編校整理的部分），嘗試探討以下問題。第一，比較戴望舒香港時期（1938-1949）和上海時期（1926-1937）的法文小說翻譯，在翻譯對象的選取和譯介上表現怎樣不同的傾向？在港期間的小說翻譯又如何具體呈現詩人複雜的思緒？由於戴望舒離滬去港初期曾一度停止創作，這段時期的翻譯活動遂成為理解詩人心路歷程的重要部分。第二，戴望舒在「災難歲月」裏堅持進行的小說翻譯，如何表現詩人對抗戰文學的看法？又如何幫助我們進一步理解戴望舒的詩學理念？第三，配合香港時期小說翻譯的研究，我們能否對論者從文學層面指出戴望舒走上「革命道路」的論點有所補充？

二、抗戰與抒情：戴望舒在港期間的法文小說翻譯

　　法文作為戴望舒的第一外語，他早期的文學翻譯即以法國文學為起點。相關工作從未間斷，甚至貫穿詩人在港度過的最後十年。戴望舒一生翻譯的法文小說凡三十九種，分屬二十九位作家

的著作。[17] 比對分析滬、港兩段時期戴望舒的法文小説翻譯，其
選取的作者重複的比率不高，可清楚辨識詩人來港以後選擇翻譯
對象取向的轉變。[18] 南來以前，戴望舒所翻譯的法文小説，除少
量十八、十九世紀的浪漫主義作品之外，如沙多勃易盎（François
René de Chateaubriand, 1768-1848）的《少女之誓》、梅里美
（Prosper Mérimée, 1803-1870）的〈高龍芭〉和〈嘉爾曼〉，還着重
選取第一次世界大戰以後法國年輕一輩作家，譬如茹昂陀（Marcel
Jouhandeau, 1888-1979）和穆杭（Paul Morand, 1888-1976），強
調他們作品的創造性，並着力擺脱物質世界羈絆、否定社會價值，
展現人物微妙的心理。[19] 又由於詩人身份的關係，戴望舒特別關
注戰後法國詩人的創作，傾向選譯大戰結束前後立體主義和達達
主義詩人寫作的小説，其中包括阿保里內爾（Guillaume Apollinaire,
1880-1918）、蘇波（Philippe Soupault, 1897-1990）和拉爾波（Valery
Larbaud, 1881-1957）等人的短篇作品。

　　相對於在上海翻譯的法文小説，戴望舒香港時期所選取的翻譯
對象，可從兩方面加以論述。第一，選取以抗戰為主題或故事背景
的作品，甚或強調小説重現作者的戰爭經歷。這部分的翻譯配合了
詩人身處環境的改變，所選取作品的主題都是上海時期未曾出現，
卻最能配合一般論者以《西班牙抗戰謠曲》總結戴望舒抗戰時期在
香港走上文人「革命道路」的批評方向。第二，選譯兩次世界大戰
期間強調「詩情」、以真實虛幻互相觀照的短篇小説。

　　首方面的主要作家包括馬爾羅（André Malraux, 1901-1976）、薩
特（Jean-Paul Sartre, 1905-1980）和都德（Alphonse Daudet, 1840-
1897）。1938 年 5 月，戴望舒和家人避戰南下。抵港後不久，他便
開展了馬爾羅長篇小説《希望》（L'Éspoir, 1937）的翻譯。[20] 首先，

戴望舒在自己編輯的《星島日報》副刊〈星座〉發表了兩篇小說節錄:〈火的戰士 ——「希望」片斷之一〉和〈反攻 ——「希望」片斷之一〉。[21] 其後,他在香港出版的《大風》旬刊及《星島日報 · 星座》繼續發表馬爾羅另外兩個短篇〈死刑判決〉和〈克西美奈思上校〉的翻譯,二者均節錄自《希望》的不同章節。[22] 直至香港淪陷前半年,戴望舒才着手《希望》全文的翻譯,並於 1941 年 6 月 16 日《星島日報 · 星座》開始連載小說。可惜因為太平洋戰爭爆發,〈星座〉副刊於 1941 年 12 月 8 日改為戰時特刊,而《星島日報》亦於香港淪陷前三天(1941 年 12 月 22 日)正式停刊。[23]《希望》的翻譯連載被迫終止,共出版了一百四十七期,接近全書二分之一的篇幅。[24] 有關此書的出版計劃,最後只能存於詩人遺物中「一部零落不存的黑色活頁筆記簿」之上。[25]

　　戴望舒在抗戰開始後隨即選譯馬爾羅的《希望》,可從下列幾方面加以理解。首先是馬爾羅作為文學家和革命者,利用自身過往參與革命的實質經驗進行文學創作,故此「他本人的生命為他的作品提供了保證」,更能「將年青一代拋入血泊之中,沉浸在英雄氣慨之中。[26]」不論作家自身的英勇行為,還是作品裏表現的抗戰精神、寫作風格和題材,都十分配合當時中國展開抗日戰爭的背景。其次是馬爾羅和中國的淵源關係,他曾多次踏足亞洲,長期以來被認為是中國 1927 年革命的參與者。[27] 戴望舒翻譯《希望》以前,馬爾羅已發表兩部直接以中國革命為題材的長篇小說:《征服者》(*Les Conquérants*, 1928)和《人的狀況》(*La Condition humaine*, 1933)。[28] 前者涉及 1925 年廣州的工人運動,後者則以 1927 年上海的工人運動、蔣介石和共產黨的衝突為背景。[29] 然而,戴望舒故意迴避直接與中國革命相關的著作[30],從另一角度提供屬於同時代

卻擁有地域距離的文學作品，讓讀者更能客觀審視作品所誘發與戰爭相關的議題以及相應的藝術形式——馬爾羅寫作《希望》以至戴望舒着手翻譯之時，小說描述的西班牙內戰（1936-1939 年）其實尚未結束。

　　小說主要由片段式的場面和人物對話組成，呈現 1936 年 7 月至翌年 3 月期間，西班牙人民奮力抵抗法西斯主義者佛朗哥將軍（General Francisco Franco, 1892-1975）發起的政治叛變。場面、對話交替的小說結構，既便於表現敵軍入城、[31] 民兵武裝竭力反抗、[32] 兩方空軍戰機對峙等各種源自實戰經驗的場景描繪，[33] 也為作者在小說裏擴展議論空間，引入有關革命行動的論題。[34] 由此而言，戴望舒的確嘗試透過《希望》的翻譯鼓勵同樣陷於戰火之中的中國人民奮勇抗敵。正如他同時期翻譯的《西班牙抗戰謠曲選》，旨在通過「體裁簡易，韻律又極適合於人民的思想和音樂的水準」的「國民詩歌」，既「鼓勵赤手空拳的西班牙人民抵抗『法西斯惡黨』」，同時尋找西班牙土地那「古舊，同時又永遠地新鮮」的聲音。[35]

　　從戴望舒早期翻譯《希望》所節錄的片段看來，無疑詩人最初着重表現的是人民無力還擊仍捨命抗敵的犧牲精神（〈火的戰士〉），[36] 寄予抗戰勝利的「希望」（〈反攻〉）。但除此以外，戴望舒更注意到小說多次靜止地、詳細地描述小說人物在戰爭中面對死亡的思緒和反應：

　　　　這兩個警備隊似乎在那兒掙扎著，在他們的僵硬的衣服裏面喘氣，像是穿著軍服的受絞刑的人一樣。[……] 這個受了傷的人申辯著，氣越喘越急，帶著一種出水的魚的痙 [攣] 的動

作。[……] 漸漸地，他旁邊那個人的割得乾乾淨淨的頰兒上流出汗來；一滴滴的汗水從他兩邊上過蠟的鬍子上流下來，而這種在寂定之下凝成珠子的生命，似乎就是恐懼底自主的生命。[37]

小說片段描述了軍法會議中警備隊的軍官面對「死刑判決」的情景。死亡前夕人們所流下的汗水「凝成珠子的生命」的意象，以至人們面對死亡從而思考、參透生命底蘊的相關主題，在馬爾羅的小說中反覆出現，而且在戴望舒翻譯 1938 年薩特的短篇小說〈牆〉（Le Mur）之中亦得到回應。[38] 同樣以西班牙內戰為背景，〈牆〉講述西班牙共和黨黨員（巴勃羅・伊別達）、國際縱隊的隊員（托姆・斯丹波克）和無政府黨員的弟弟（胡昂・米也爾），三人被佛朗哥將軍的軍隊俘虜並判決死刑前的一夜。小說集中表現了牢房內三個「活活地受着臨終的痛苦的軀體」[39] 的生理反應和思想變化：

> 我（案：指伊別達）從來也沒有想過死，為的是機會沒有來，可是現在機會來了，且除了想到牠以外，又沒有別的事可想。[……] 我還沒有十分明白，我自問那是不是很苦痛，我想到子彈，我想像著子彈的炙熱的電子穿過我的身體。這些全是在真正的問題以外的；可是我很審靜：我們有一整夜的時間去了解。[40]
>
> 在這地窖裏，在嚴冬之中，在風裏，我流著汗。我用手指梳著我的被汗水黏住的頭髮；同時，我發覺我襯衫是濕透了黏在我的皮膚上：我至少已流了一小時的汗水，可是我卻一點也沒有覺得。[……] 我憎惡自己的軀體，因為牠又發灰色又出汗 [……] 我的軀體，我用牠的眼睛看，我用牠的耳朵聽，可是這

已經不是我自己了；牠獨自流汗發抖，而我卻已不再認識牠了。我不得不碰碰牠，看看牠，為的是要曉得牠變成怎樣了，好像這是別一個人的軀體一樣。[41]

面對死亡的時刻，人開始重新認識自己，並從我的「軀體」（le corps）出發重新認識自我與他人、自我和世界的關係。對於相關的議題，薩特都在往後出版的《存在與虛無》（*L'Être et le néant*, 1943）一書中從哲學層面再詳細討論。[42] 面對死亡的威脅、一連串關於死亡的想像，小說人物「我」（伊別達）最先意識到的是「我的軀體」與「我」的分離，「臨終的人」與「活人」的差異。[43] 繼而思索的是「我」與所愛的人（龔查）、與捨命相救的人（拉蒙・格里思），以至我甘願犧牲自己爭取的民族大業（解放西班牙），這一切在生命將要消逝的一刻所留給「我」的價值。[44] 生命將要消逝，「我」和「世界」的關係也終要斷裂：「我（按：指斯丹波克）看見我的屍體：這並不是難事，可是看見牠的是『我自己』『我的』親眼。我想該能夠想到⋯⋯想到我甚麼也不再看見了，甚麼也不再聽到了，世界是別人的了。[45]」

小說以「牆」為名，正是對人們直接面對死亡（受刑之際）卻又無處可逃的處境的喻意象徵：「別人對他們喊『瞄準』，於是我就會看見八枝槍對準了我。我想那時我想躲進牆裏去，我會用背脊使盡全力推著牆，可是牆卻會抵抗，像在惡夢裏那樣地。[46]」戴望舒通過文學翻譯所認識、感受和表現人在抗戰之下被敵軍囚禁、處於死亡邊緣的生存狀況，將要在不久的將來，在日軍佔領地「那暗黑潮濕的土牢」裏，以詩人生命的真實經歷加以驗証。[47] 不過，這段「災難的歲月」引發詩人寫下的依然是視死如歸、不屈的抗戰精

神:「你們之中的一個死了,在日佔領地的牢裏,他懷著深深的仇恨,你們應該永遠地記憶。[48]」(《獄中題壁》)

　　相較於激勵群眾愛國禦敵的《希望》、戰爭中發掘深邃人性的〈牆〉,戴望舒同期選譯十九世紀法國小說家都德《月耀小説集》(*Les Conte du lundi*, 1873) 所收三個短篇〈柏林之圍〉(*Le Siège de Berlin*)、〈賣國童子〉(*L'Enfant espion*) 和〈最後一課〉(*La Dernière classe*) 則呈現完全不同的情態。[49] 三篇小説並不直接寫抗戰主題,也沒有着力描繪奮勇抗敵的人民英雄,卻被詩人視為「我國抗戰小説鑒範」的作品。[50] 對戴望舒而言,「抗戰小説」以至廣義的抗戰文學不僅能夠激發讀者的愛國情緒,更重要的是小説本身的文學價值,即「從內心的深處發出」的「民族的意識情緒」,以及相應的藝術形式。[51]

　　戴望舒通過翻譯都德的著作,從虛、實兩個層次寫戰爭慘敗的法國,並與正在進行抗日戰爭的中國遙遙相應,可説是詩人對抗戰寄予無限希望的同時所暗藏的隱憂。三篇小説譯文均發表於 1940 年 6 月的《星島日報・星座》,所選取的故事同以普法戰爭(1870-1871)為背景。在特定的歷史情景下,小説一方面「實寫」普魯士軍入侵法國,另一方面,它們隔着七十年的時距「虛寫」了戴望舒翻譯當下巴黎陷落的實況——〈柏林之圍〉的譯文正好發表於二次大戰德軍進佔巴黎(1940 年 6 月 16 日)以後的第三天。

　　從敘述對象而言,〈柏林之圍〉、〈最後一課〉和〈賣國童子〉描述的都是戰爭下喪失家園的小人物(退役將軍、小學生、小學教師、街頭頑童)。都德細寫法國戰敗,首都淪陷並兩省割讓(阿爾薩斯省 Alsace 和洛林省 Lorraine)對他們生活的影響,其中語調不免感傷。但在委婉的聲音裏,小説仍然記敘穿上軍服的茹甫上

校，在目睹普魯士軍從巴黎凱旋門進城並從陽台上「直挺挺倒了下去」以前發出的巨大呼聲：「武力起來！……武力起來！……普魯士人」（"Aux armes ! ... aux armes ! ... les Prussiens."）；[52] 刻意記下小學生習字範本上寫着「法蘭西，阿爾薩斯，法蘭西，阿爾薩斯」（France, Alsace, France, Alsace.）作為教室中隨處飄揚的旗幟；[53] 以及阿爾薩斯鄉村小學的老師無法直言，卻用盡全力在黑板上以大寫字體寫着「法蘭西萬歲！」（VIVE LA FRANCE !）的口號。[54] 小說甚至鼓勵淪陷地區的人民堅持學習祖國的語言，作為最後的抗戰工具：「當一個民族墮為奴隸的時候，只要不放鬆他的語言，那麼就像把他的囚牢的鎖匙拿在手裏一樣。[55]」在藝術形式上，〈最後一課〉借用第一人稱敘事者「我」——鄉村小學生的天真無知的視角，展現法國戰敗後阿爾薩斯省人民生活深切的改變。〈柏林之圍〉則擅用兩種逆向發展的行動在故事中製造衝突，從而深刻地表現主題。故事透過醫生對「我」的講述，回憶醫治茹甫上校的過程。由於上校身體的健康狀況完全跟隨普法戰爭戰況發展而變化，醫生及上校家人就只得向他撒謊，將法軍屢戰屢敗的過程編造成法軍進攻德國的地理路線，把「巴黎之圍」的危機說成是「柏林之圍」的勝利。最後，衝突爆發於上校目睹德軍入城的一刻。

通過分析戴望舒香港時期所選譯與抗戰相關的法文小說，再配合詩人對三十年代「國防詩歌」的批評，我們嘗試理解詩人對抗戰文學的基本看法。第一，雖然戴望舒曾批評「國防詩歌」口號的提倡者為功利主義者，指斥「他們本身就是一個盲目的工具」，「以為新詩必然具有一個功利主義之目的」，但這並不表示詩人忽略抗戰文學的實際效用。[56] 相反，戴望舒認同詩歌（以至廣義的文學）可以包含「國防或民族的意識情緒」，甚至成為「抗戰的一種力量」，

具備「激勵前線戰士們的勇氣」、「鼓勵群眾的愛國 [禦] 敵」的宣傳作用。[57] 在抗戰背景下堅持文學的翻譯工作，詩人不僅指出「赤手空拳的西班牙人民之能夠抵抗法西斯惡黨那麼長久」乃受到《西班牙抗戰謠曲》宣傳力量的影響，[58] 更透過翻譯馬爾羅的長篇小說《希望》着力表現西班牙人民奮勇禦敵、以死殉國的抗爭精神，從而引起中國人民的共鳴。

　　第二，戴望舒論述抗戰小說和詩歌，均從文學本質的角度入手，批評觀點與詩人自身的詩學理念關係密切。戴望舒批評國防詩歌主要針對當中的「排他性」和「非文學性」，即國防詩歌口號化的傾向以及主張只能包含國防意識情緒而不容其他意識情緒的偏狹取向。[59] 相近的觀點同見於三十年代詩人梁宗岱，後者同樣以法國十九世紀詩人保爾・梵樂希（Paul Valéry, 1871-1945）有關「純詩」（poésie pure）的觀點立論，在《星島日報・星晨》發表文章批評國防詩歌。[60] 正如戴望舒早年詩論所強調，詩的重心不在主題內容，而在於「詩的情緒」，[61] 故此他反對文學在「國防或民族的意識情緒」以外排除一切其他的主題和意識情緒。[62] 詩乃以文字來表現「情緒的和諧」，但縱然是「從內心的深處發出來的和諧」，也需要經過「洗煉」，其中不僅牽涉藝術語言的問題，還涉及「觀察和感覺的深度的問題，表現手法的問題，各人的素養和氣質的問題」。[63] 是以詩人一直強調，文學作品必須體現「藝術之崇高」和「人性的深邃」兩方面。[64] 反觀戴望舒在港選譯與抗戰相關的法文小說，若詩人最先通過馬爾羅《希望》的翻譯「鼓勵群眾的愛國 [禦] 敵之心」，那麼他其後翻譯薩特的〈牆〉和都德的三個短篇，就可被視為戴望舒心目中抗戰小說對「人性的深邃」和「藝術之崇高」兩方面的具體表現。

三、抗戰期間戴望舒小説翻譯展現的「詩情」概念

　　當戴望舒「幾經變革，終於發出戰鬥的呼號」，[65] 在抗戰期間大量翻譯與抗戰主題相關的小説、謠曲，甚至主編一份聲明「不離開抗戰」的詩刊，[66] 同一時期戴望舒卻翻譯了不少與國防意識情緒無關而充滿「詩情」的短篇作品。透過上文分析戴望舒選譯抗戰文學作品所表現的詩學理念，我們可進一步探討詩人在港時期文學翻譯所呈現的第二個面向：詩情小説。

　　「詩情」作為戴望舒詩論的核心概念，第一次被詩人應用到其他文類範疇，乃是在法文翻譯小説上。「詩情」概念的形成不僅與詩人的內在秉性和中國古典文學修養相關，我們甚或可將詩情小説的論述重置於「五四」時期以來「抒情詩的小説」的發展脈絡上加以討論。[67] 不過，戴望舒詩論中「詩情」概念的提出及其具體涵義的形成，還是主要受到法國象徵主義思潮尤其是梵樂希的詩論影響。究竟「詩情」一詞是法語中哪個概念的翻譯？歷來研究戴望舒「詩情」概念的專論文章不多，關於此詞的來源也未有定論。[68] 檢視戴望舒曾經翻譯梵樂希的詩論文章（包括〈文學（一）〉、〈文學（二）〉、〈藝文語錄〉、〈文學的迷信〉、〈梵樂希詩論抄〉和〈波特萊爾的位置〉），當中並無涉及「詩情」一詞的翻譯。[69] 相對而言，戴望舒早年譯介許拜維艾爾（今譯蘇佩維埃爾）（Jules Supervielle, 1884-1960）的詩作並翻譯馬賽爾・雷蒙（Marcel Raymond）的文章〈許拜維艾爾論〉，則多次用上「詩情」一詞，例如：「飄渺的詩情」（poésie aérée）、「宇宙的詩情」（poésie cosmogonique）以及許拜維艾爾詩集「《引力》中的詩情」（poésie des *Gravitations*）等等。[70] 文中所述的「詩情」概念在梵樂希關於「純詩」的論述中得到充分的闡釋。以「詩情」（poétique）作為自身特質的「詩」

(poésie)，牽涉兩個不同範疇的概念，既指與外在環境和諧呼應而引起的內在情緒，也指引起和促進這種情緒、感受的語言手段，即是詩的藝術（l'art poétique）。戴望舒的詩論則循這兩個方向，運用比喻、正反立論、引導誘發的方式論述「詩情」的具體內容及與詩外在形式的相應關係。[71]

藉着戴望舒詩論中「詩情」涵義的掌握，我們嘗試窺探詩人在香港淪陷時期（1941 年 12 月 25 日至 1945 年 8 月 15 日）透過文學翻譯而進入的「詩情世界」（le monde poétique）。香港淪陷以前戴望舒除翻譯抗戰背景的法文小說外，也同時翻譯了航空小說家聖代克茹貝里（今譯聖艾修伯里）（Antoine de Saint-Exupéry, 1900-1944）的〈綠洲〉、莫洛阿（André Maurois, 1885-1967）的〈綠腰帶〉，筆調清平秀麗、善寫鄉間小人物的小說家阿爾蘭（Marcel Arland, 1899-1986）的〈薔薇〉，並修訂重譯民眾小說家季奧諾（Jean Giono, 1895-1970）的〈憐憫的寂寞〉。[72] 及至香港淪陷以後，戴望舒詩歌創作減少（與抗戰相關的《獄中題壁》、《等待（二）》和《偶成》於此時期完成），抗戰詩歌和戰爭小說的翻譯也完全停止，卻在《香島日報》副刊〈綜合〉開設新專欄「新譯世界短篇傑作選」譯介國外著名短篇作品。除譯介俄國迦爾洵（Vsevolod Mikhalovich Garshin, 1855-1888）、西班牙烏拿莫諾、意大利朋丹貝里（Massim Bontempelli, 1878-1960）、瑞士作家拉繆士（Charles-Ferdrique Ramuz, 1878-1947）、[73] 英國作家加奈特（David Garnett, 1892-1981）等人著作外，[74] 戴望舒繼續翻譯了法國詩人許拜維艾爾的短篇小說〈塞納河的無名女〉（*L'Inconnue de la Seine*, 1929），[75] 並重新修訂穆杭的〈六日競賽之夜〉（*La Nuit des six jours*, 1924）。[76] 戰後詩人曾一度回到上海，但其法文小說的翻譯工作並未中斷，直

至 1949 年他永遠離開這個南國小島。[77]

　　戴望舒選譯部分的短篇作品，特別強調它們蘊含的「詩情」。正如詩人介紹聖代克茹貝里的著作，以為它總給讀者「一種新的感覺，生活在星光、雲氣和長空之間人的感覺」；[78] 而季奧諾的小說更是「充滿了極深切的詩情」，其偉大之處正是「把深切的詩情和粗俗的民眾生活在一起，而使人感到一種難以言傳的美麗」。[79] 至於許拜維艾爾，是戴望舒早年喜歡的法國當代詩人，他的詩作被評論者指為「散發出一種南美洲和海洋的大自然的未開拓的情感，一種逐波而進，漂運著海草海花，而終於成為一縷縷細長的水，來到沙灘上靜止了的飄渺的詩情」。[80] 戴望舒本人則認為詩人「用那南美洲大草原的青色所賦予他，大西洋海底珊瑚所賦予他，喧囂的『沉默』，微語的星和 [純] 熟的夜所賦予他的遼遠，沉著而熟稔的音調，向生者，死者，大地，宇宙，生物，無生物吟哦」。[81] 許氏的短篇小說在戴望舒的眼中，「其實也還是詩」。[82]

　　梵樂希對這種「純詩情的感受」（l'émotion poétique）有更深刻的描繪：「這種感受總是力圖激起我們的某種幻覺或者對某種世界的幻想，—— 在這個幻想世界裏，事件、形象、有生命的和無生命的東西都仍然像我們在日常生活的世界裏所見的一樣，但同時它們與我們的整個感覺領域存在著一種不可思議的內在聯繫。[……] 詩情的世界顯得同夢境或者至少同有時候的夢境極其相似。[83]」「詩情」在小說中的具體表現並不靠文辭修飾。反之，它依靠想像，依靠人對宇宙自然的領悟。戴望舒通過聖代克茹貝里的〈綠洲〉描寫在少女身上所展現宇宙「神秘底中心」。小說開首便提醒讀者：「估計遠近的並不是距離。你家裏花園的墻所封藏的秘密，可能比萬里長城所封藏的還多，而一個女孩子的靈魂之由靜默護持著，

也比沙哈拉的綠洲之由重重的沙護持著更嚴密。[84]」敍事者回憶一次飛行的短暫降落，曾在一座傳說的城堡裏遇見兩個女孩，她們「神秘而靜默地」在屋子裏消失又重現，迷戀各種秘密、玩藝兒，跟野草、蛇和貓鼬交往，「和一些宇宙性的東西混在一起」。不過，小說的重心卻在神秘、虛幻觀照之下的現實：「有一天，婦人在少女的心中覺醒了。[……] 她們把自己的心給了他 [一個傻瓜] ── 這心是一個荒野的花園，而他卻只喜歡那些人工修飾的公園。於是這傻瓜就把公主帶了去做奴隸。[85]」少女成長、出嫁成為婦人的現實過程中，內心藏有的神秘宇宙世界便隨之而永遠地失落。

　　相近地，戴望舒在香港淪陷時期選譯許拜維艾爾的短篇〈塞納河的無名女〉，同樣描繪了海底「極大的窴靜」，一個沒有不幸也沒有恐懼的世界。小說講述淹死的少女發現死後的水底世界，那兒的居民無需言語，只靠軀體的燐光表達思想；他們不用呼吸也不用飲食，只跟海藻、貝殼和魚兒為伴，體會「最美麗的死亡之中 [的] 自由自在」。[86] 不過，小說的重心仍在非人世之中本屬人間的妒忌重現，淹死的少女為要離開「生活可憎的面目」，甘願重回水面讓自己永遠地死去。三十年代，杜衡認為〈望舒詩論〉的一句話確切指出了戴望舒本人對詩的見解：「由真實經過想像而出來的，不單是真實，亦不單是想像。[87]」其實，這話也道出了戴望舒一生對文學的期許。

四、文人面對戰爭的複雜形態：「雨巷詩人」與「愛國詩人」的糾結

通過上文的分析，我們嘗試歸納以下的重點。首先，關於戴望舒在香港時期選取強調「詩情」的法文小說作為翻譯對象，我們可作如下的理解：第一，日據時期，由於政治環境的變化，戴望舒選譯的文學作品需要避免與抗戰主題有直接關係。第二，從戴望舒論述抗戰文學所表現的詩學理念看來，詩人乃從純詩的角度、文學的本質去評價抗戰文學，也從相同的角度去欣賞和接納一切與國防意識情緒無關的作品。強調「詩情」的法國短篇小說，其實十分符合詩人的審美要求。第三，不論戴望舒通過翻譯去想像那「神秘而靜默」的綠洲，還是去經驗和感受海底世界「極大的寧靜」，都是文人在戰爭下困苦生活中的一種舒緩方式。猶如詩人翻譯許拜維艾爾短篇作品的寄意：「讀倦了那些人生的真實的或貌似真實的片斷的人們，這小小的 fantaisie [幻想] 也許會給予一點清新的，遼遠的感覺罷。[88]」

其次，從「雨巷詩人」到「愛國詩人」，論者認為戴望舒表現的是從個人哀歎到發出戰鬥呼號的歷程，走過的正是知識分子的革命道路。這種評論框架和觀點源自五十年代艾青的〈《戴望舒詩集》序〉，為八十年代學者所沿用。其實，主編《戴望舒全集》的學者王文彬，在其專論《雨巷中走出的詩人 —— 戴望舒傳論》已經注意到戴望舒在抗戰時期創作、翻譯和研究活動的複雜性。他以 1943 年末為限，將詩人在港淪陷期間的文學活動分劃為前後二期，並據戴望舒重新展開詩歌和詩論翻譯工作的情況，指出詩人在 1944 年以後對西歐象徵派和現代派詩歌興趣的回復。[89] 不過配合上文對戴望舒香港時期法文小說翻譯的分析，我們還可以對相關論點加以補

充。第一，戴望舒在文學上的「革命道路」並非直線發展，「雨巷詩人」和「愛國詩人」分別代表的藝術和政治取向，在詩人身上其實不能截然二分。第二，戴望舒不僅在抗戰後期回復對西歐象徵派和現代派詩歌的固有興趣，縱然是抗戰初期，翻譯《西班牙抗戰謠曲》以及與抗戰主題相關的法文小說的同時，詩人也從未停止翻譯二十世紀法國當代強調「詩情」的短篇作品的工作。當我們接受戴望舒是「愛國詩人」的説法，其實不僅要注意抗戰時期他在文學工作上「愛國」的表現，更需要關注作為「詩人」，戴望舒怎樣通過文學寫作和翻譯在戰爭之下尋求存活的方式、精神的支持，從而展現戰爭的歷史語境下中國現代派詩人的政治和藝術取向的複雜關係。

1　戴望舒：〈雨巷〉，《小説月報》第十九卷八號（1928 年 8 月），頁 979-982。

2　戴望舒於 1938 年 5 月避戰南下，1949 年 3 月回到北京，並於 1950 年 2 月 28 日北京病逝。1938 至 1949 年間，詩人曾於 1946 年 3 月回到上海，1948 年 5 月再度來港。參考王文彬：〈戴望舒年表〉，《新文學史料》，2005 年 1 期，頁 104-105。

3　參考姚萬生：〈超現實主義與戴望舒《災難的歲月》〉，《蘭州大學學報（社會科學版）》第 27 卷第 4 期（1994 年），頁 129-134；王文彬：〈巨大死亡痛苦孕育的詩篇戴望舒《致螢火》論釋兼與波特萊爾等比較〉，《安徽師範大學學報》1995 年第 4 期，頁 455-460。至於戴望舒在港期間主編《星島日報》的〈俗文學〉副刊、對古典小説戲曲的研究，以及在《大眾週報》發表「廣東俗語圖解」和「廣東俗語補解」的一系列文章，也受到個別研究者的關注。近年盧瑋鑾、鄭樹森主編《淪陷時期香港文學作品選：葉靈鳳、戴望舒合集》一書（主要選印香港淪陷時期葉、戴二人的著作，不涉翻譯部分）對相關文章的整理和出版，為研究者提供了豐富的研究材料。參考盧瑋鑾、鄭樹森主編，熊志琴編校：《淪陷時期香港文學作品選：葉靈鳳、戴望舒合集》，香港：天地圖書，2013 年。

4　杜衡：〈《望舒草》序〉，《望舒草》（上海：現代書局，1933 年），序頁 6-8。

5　施蟄存：〈《戴望舒譯詩集》序〉，《戴望舒譯詩集》（長沙：湖南人民出版社，1983 年），頁 1、3-4。

6　八十年代以後戴望舒與國外文藝思潮關係的研究重新受到中國學者的關注，參考關國煊：〈試論戴望舒詩歌的外來影響與獨創性〉，《文學評論》，1983 年第 4 期，頁 31-41；胡紹華：〈戴望舒的詩歌與法國象徵派〉，《外國文學研究》，1993 年第 3 期，頁 104-107。其中關國煊的文章除論及法國浪漫主義、象徵主義和戴望舒詩歌的關係以外，還討論了蘇聯革命文學對詩人的影響。另外，關於戴望舒和象徵主義思潮中個別詩人作品關係的研究，可參考姚萬生：〈現代鄉愁及其藝術的表現 —— 試論耶麥對戴望舒的影響〉，《宜賓學院學報》，1988 年第 1 期，頁 36-43；葛雷：〈魏爾倫與戴望舒〉，《國外文學》，1988 年第 3 期，頁 62-75；王文彬：〈戴望舒和紀德的文學因緣〉，《新文學史料》，2003 年第 2 期，頁 146-155。此外，西方學者有關戴望舒詩歌與國外文藝思潮關係的研究，亦集中於象徵主義和現代主義的論述，參考 Michelle Loi, *Roseaux sur le mur: Les Poètes occidentalistes chinois 1919-1941* (Paris: Gallimard, 1971)，Ch. XI Du symbolisme (Li Jinfa) au modernisme (Dai Wangshu). Les《Metaphysiciens》，pp. 142-162；Gregory Lee, *Dai Wangshu: The Life and Poetry of a Chinese Modernist* (Hong Kong: Chinese University Press, 1989)，Ch. 4 Modernism, pp. 99-120; Ingrid Krüssmann-Ren, mit cincm einleitenden Essay von Rolf Trauzettel, *Literarischer Symbolismus in China: theoretische Rezeptionen und lyrische Gestaltung bei Dai Wangshu, 1905-1950* (Bochum: N. Brockmeyer, 1991)。

7　戴望舒最早翻譯的法文小說是十八世紀作家沙多勃易盎（今譯夏多布里昂）(François René de Chateaubriand, 1768-1848) 的作品《少女之誓》，1928 年由上海開明書店出版。1928-1934 年間，戴望舒在文學雜誌上發表的法文小說翻譯主要包括：《無軌列車》第 4 期（1928 年 10 月 25 日）所載保爾‧穆杭（Paul Morand, 1888-1976）的〈懶惰病〉和〈新朋友們〉；《新文藝》第 1 卷第 1 號（1929 年 9 月）至第 1 卷第 4 號（1929 年 12 月）連載高萊特（Sidonie Gabrielle Colette, 1873-1954）的〈紫戀〉；《現代》第 1 卷第 1 期（1932 年 5 月）載阿保里內爾（Guillaume Apollinaire, 1880-1918）〈詩人的食市〉、第 1 卷第 3 期（1932 年 7 月）載伐揚－古久列（Paul Vaillant-Couturier, 1892-1937）的〈下宿處〉、第 1 卷第 5 期（1932 年 9 月）載格林（Julien Green, 1900-1998）的〈克麗絲玎〉、第 4 卷第 4 期（1934 年 2 月）載拉爾波（Valery Larbaud, 1881-1957）的〈廚刀〉、第 3 卷第 1 期（1933 年 5 月）至第 4 卷第 4 期（1934 年 1 月）連載拉第該（Raymond Radiguet, 1903-1923）的〈陶爾逸伯爵的舞會〉。

8　王文彬曾詳細討論戴望舒在香港時期的翻譯，不過只集中於詩歌及詩論的翻譯上。參考王文彬：《雨巷中走出的詩人 —— 戴望舒傳論》第四章（北京：商務印書館，2006 年），頁 221-285。

9　施蟄存：〈《戴望舒譯詩集》序〉，《戴望舒譯詩集》，頁 3。

10　戴望舒在香港報章發表著作及譯作時曾用的筆名繁多，包括：苗秀、方仁、莊重、蒔甘、望舒、陳御月、御月、陳藝圃、藝圃、張白衡、白衡、文生、方思、達士、林泉居士、林泉居、冼適、史方域、江湖、江思和江文生等等。此外，戴望舒在 1940 至 1941 年間《星島日報‧星座》上，曾以施蟄存之名發表 [西班牙] 費襄代斯〈死刑判決〉(1940 年 12 月 23 日)、[法] 斐里伯〈相逢〉(1940 年 12 月 27 日)、[法] 紀奧諾〈憐憫的寂寞〉(1941 年 3 月 24-29 日)和 [法] 阿爾蘭〈薔薇〉(1941 年 6 月 11、13 日) 等作品的翻譯。據施蟄存自定稿，四篇作品的譯者均為戴望舒。參考盧瑋鑾：〈戴望舒在香港的著作譯作目錄〉，《香港文學》，第 2 期 (1985 年 2 月)，頁 26-29。此外，比對閱讀戴望舒在 1936 年 5 月《國際周報》(第十三卷第 17 期) 上發表斐里伯短篇小說〈邂逅〉的譯文和 1940 年 12 月 27 日《星島日報‧星座》所載斐里伯〈相逢〉的譯文，得見後者其實是前者的重刊，只是更改了小說篇名的翻譯，譯者無疑是戴望舒。同樣，比對閱讀 1941 年 6 月 11、13 日《星島日報‧星座》所載〈薔薇〉的翻譯以及戴望舒在 1946 年 1 月 19 日《新生日報‧新語》以江思之名發表的翻譯〈薔薇〉，兩篇譯筆完全相同，從而可進一步肯定《星島日報‧星座》所載〈薔薇〉一文的譯者同為戴望舒。

11　葉孝慎、姚明強於 1980 年發表〈戴望舒著譯目錄〉，其中只收出版書籍資料，單篇發表的著作一概不錄。關國虬於 1982 年發表〈戴望舒著譯年表〉，詳列著作譯作的發表時間及期刊資料，可惜戴望舒在港的著述資料依然從缺。直至盧瑋鑾在 1985 年發表的〈戴望舒在香港的著作譯作目錄〉，才全面搜集、整理戴望舒在香港時期的創作、翻譯和俗文學研究等各方面的資料。2005 年，王文彬發表的〈戴望舒年表〉對詩人在港發表著作譯作的資料加以補充。2013年，盧瑋鑾與鄭樹森、熊志琴重新修訂戴望舒在香港淪陷時期 (1941 年 12 月 1 日至 1945 年 8 月 30 日) 的著作及翻譯資料。參考葉孝慎、姚明強：〈戴望舒著譯目錄〉，《新文學史料》，1980 年 4 期，頁 172-173；關國虬：〈戴望舒著譯年表〉，《福建師大學報》(哲學社會科學版)，1982 年第 2 期，頁 95-104；盧瑋鑾：〈戴望舒在香港的著作譯作目錄〉，《香港文學》，第 2 期 (1985 年 2 月)，頁 26-29；王文彬：〈戴望舒年表〉，《新文學史料》，2005 年 1 期，頁 95-105；〈戴望舒淪陷時期著作目錄〉、〈戴望舒淪陷時期翻譯目錄〉，載盧瑋鑾、鄭樹森主編，熊志琴編校：《淪陷時期香港文學作品選：葉靈鳳、戴望舒合集》，頁 334-347。

12　從戴望舒〈跋《西班牙抗戰謠曲選》〉一文可知詩人計劃從 1937 年瑪德里西班牙出版社刊行的《西班牙戰爭謠曲集》(*Romancero General de la Guerra de España*)，選譯抗戰謠曲二十首，並出版單行本。而今已無法確定是書曾否出版，但參考《頂點》創刊號 (1939 年 7 月) 以及《星島日報‧星座》第 237 期 (1939 年 4 月 2 日)、第 257 期 (1939 年 4 月 22 日)、第 277 期 (1939 年 5 月 12 日)、第 297 期 (1939 年 6 月 2 日)，除卻重刊的部分，共得謠曲翻譯十首，可說是選集作品總數的一半。參考戴望舒：〈跋《西班牙抗戰謠曲選》〉，《華僑

日報・文藝週刊》，第 87 號，1948 年 12 月 12 日。

13　陳玉剛主編：《中國翻譯文學史稿》（北京：中國對外翻譯出版公司，1989 年），頁 266-267。《頂點》是戴望舒和艾青合編的詩歌月刊，創刊號於 1939 年 7 月 10 日香港出版。《頂點》第 2 期雖有暫擬內容，卻一直無法出版。引文中提及林煥平的評論，是文發表於 1939 年 8 月 27 日香港《大公報・文藝》第 690 期。參考周紅興、葛榮：〈艾青與戴望舒〉，《新文學史料》，1983 年 4 期，頁 144-148。

14　艾青：〈望舒的詩 —— 《戴望舒詩集》序〉，《戴望舒詩集》（長沙：湖南人民出版社，1983 年），頁 9。

15　同上，頁 9。

16　同上，頁 5。

17　重刊或經修訂重刊的譯作，均計算為同一翻譯篇章。

18　在翻譯對象選取方面，戴望舒香港時期跟上海時期的法文小說翻譯有所重複的作家只有穆杭、季奧諾（Jean Giono, 1895-1970）和斐里泊（Charles-Louis Philipe, 1874-1909）。其中，1940 年戴望舒在香港《星島日報・星座》發表斐里泊〈相逢〉的翻譯，其實是他在 1936 年上海《國民周報》發表〈邂逅〉一文的重刊。

19　三十年代，戴望舒曾通過翻譯法國評論者倍爾拿・法意〈世界大戰以後的法國文學〉一文，介紹第一次世界大戰以後的五年間（1918-1923）法國文學發展的各種新方向。另外，戴望舒選譯的《法蘭西現代短篇集》分別譯介了十二位法國當代作家的作品，各篇章的〈譯者附記〉說明了他們的特點，其中強調作者長於「現代人心理的解釋」或「兒童心理的分析」（如拉克勒代爾 Jacques de Lacretelle, 1888-1985、拉爾波、格林），指出篇章裏獨有的想像、譬喻和精妙的措辭（如季奧諾、穆杭）以及小說的新形式（如茹昂陀、拉爾波）。分別參考 [法] 倍爾拿・法意著、戴望舒譯：〈世界大戰以後的法國文學 —— 從凱旋門到達達（一九一八至一九二三）〉，《現代》，第 1 卷第 4 期，1932 年 8 月，頁 488-494；戴望舒譯：《法蘭西現代短篇集》（上海：天馬書店，1934 年），頁 20、33、54-55、78、178、162-163、172、190-191、235-236、249-250、264-265、276-277。

20　原著參考 André Malraux, *L'Éspoir [Days of Hope], in Œuvres Complète*, Tome II, Introduction par Michel Autrand, Édition par Noël Burch, Marius-François Guyard, Maurice Larès, François Trécourt, Paris : Gallimard, coll.《 Bibliothèque de la Pléiade 》, 1996.

21　分別參考 [法] 馬爾洛著、戴望舒譯：〈《火的戰士 —— 希望》片斷之一〉，《星島日報・星座》第 3 期，第 14 版，1938 年 8 月 3 日；〈反攻 —— 「希望」片斷之一〉，《星島日報・星座》第 14 期，第 14 版，1938 年 8 月 14 日。

22　[法] 馬爾洛著、戴望舒譯：〈死刑判決〉，《大風》，第 17 期（1938 年 8 月 15 日），頁 533-535；〈克西美奈思上校〉（上、下），《星島日報・星座》第 74-75

期，1938 年 10 月 13-14 日。

23　戴望舒：〈十年前的星島和星座〉，《星島日報・星座》，增刊第 10 版，1948 年 8 月 1 日。

24　[法] 馬爾洛著、江思譯：《希望》（一至一四八），《星島日報・星座》第 961-1116 期，1941 年 6 月 16 日至 12 月 8 日。其中，1941 年 11 月 17 日刊載〈希望〉所標示的期數「一三〇」誤植為「一三一」，由此略去了一期，故《希望》連載實際只有一百四十七期。

25　王文彬：《雨巷中走出的詩人——戴望舒傳論》，頁 319。

26　[法] 安德烈・莫洛亞著、袁樹仁譯：〈論安德烈・馬爾羅〉，載柳鳴九、羅新璋編選：《馬爾羅研究》（桂林：灕江出版社，1984 年），頁 262。

27　關於馬爾羅曾參與中國 1927 年革命的說法，柳鳴九在《馬爾羅研究》一書的序言中也曾提及。然而，此說一直存疑。法國近年出版有關馬爾羅生平研究的著作，也對此事提出不少質疑。參考 Olivier Todd, *André Malraux: une vie* [*A Life of André Malraux*] (Paris: Gallimard, 2001), pp. 96-97, 102-103.

28　原 著 參 考 André Malraux, Les *Conquérants* [*The Conquerors*], Paris: Grasset, 1928 ; *La Condition humaine* [*The Human Condition*], Paris: Gallimard, 1933.

29　馬爾羅第一部被翻譯成中文的著作《征服者》於 1938 年出版。見馬爾羅著、王凡西譯：《中國大革命序曲：征服者》，上海：金星書局，1938 年。八十年代以後，馬爾羅《人的狀況》才被譯為中文，至今可見三個不同的中譯本。分別參考李憶民、陳積盛譯：《人的命運》，北京：作家出版社，1988 年；楊元良、于耀南譯：《人的狀況》（桂林：灕江出版社，1988 年）；丁世中譯：《人的境遇》（北京：外國文學出版社，1998 年）。

30　據 1933 年 6 月 21 日戴望舒致艾田伯（René Etiemble, 1909-2002）的信函，曾批評馬爾羅描述中國革命的小說《人的狀況》，以為他的「嚴重的缺點在於沒有正確理解中國革命精神」，「他不敢直接面對上海的無產階級，因為他對他們沒有足夠的理解」。參考 René Etiemble-Dai Wangshu, Correspondance inédite, in Muriel Détrie, *France-Chine: Quand deux mondes serencontrent*（Paris: Gallimard, 2004），pp. 114-115。

31　參考《希望》第一部第一卷第一章第二節。

32　參考《希望》第二部第二卷第五章。

33　參考《希望》第一部第一卷第二章第二節。

34　例如有關革命本質的討論，參考 [法] 馬爾洛著、江思譯：《希望》（六七至六九），《星島日報・星座》第 1031-1033 期，1941 年 9 月 4-7 日。

35　戴望舒：〈跋《西班牙抗戰謠曲選》〉，《華僑日報・文藝週刊》，第 87 期，1948 年 12 月 12 日。

36　戴望舒最早翻譯《希望》的節錄〈火的戰士〉，正描述消防隊隊長美爾賽里捨命抗敵的片段：「飛機回來了，又是兩個消防員掉了下去，一個掉在火焰中，一個掉在人行道上。美爾賽里是那麼樣地充滿了鄙棄之感，竟第一

次鎮靜下來，望著那在瑪德里的通紅的天上向他轉來的飛機，牠們在未擺正方 [向] 之前，在經過時，空氣打著他的臉；他走下了三級，直立在救火梯上，轉身向著牠們。當那第一架飛機像一個炮彈似地向他橫過來的時候，他揮著他的噴射器暴烈地噴射那機身，接著就倒在梯子上，身上中了四彈。不管死活，他總不放開那在兩根梯木間絆住了的噴射器。當機關槍向下開的時候，一切旁觀者都躲避到門口去了。美爾賽里的手終於慢慢地放了開來，他的身體在梯子上翻躍了兩下，就掉到空虛的街路中去了。」而在〈反攻〉裏強調的正是政府軍成功伏敵軍的坦克隊伍，阻止「法西斯蒂」奪得瓜達拉馬並向塞谷維亞前進。分別參考 [法] 馬爾洛著、戴望舒譯：〈火的戰士──「希望」片斷之一〉，《星島日報‧星座》第 3 期，第 14 版，1938 年 8 月 3 日；〈反攻──「希望」片斷之一〉，《星島日報‧星座》第 14 期，第 14 版，1938 年 8 月 14 日。

37 [法] 馬爾洛著、戴望舒譯：〈死刑判決〉，《大風》，第 17 期（1938 年 8 月 15 日），頁 534。

38 [法] 薩特爾著、陳御月譯：〈牆〉（一至十一），《星島日報‧星座》，第 521-531 期，1940 年 3 月 6-16 日。文章為「現代歐美名作精選」系列的作品，原著參考 Jean-Paul Sartre, "Le Mur" ["The Wall"], in *Le Mur* [*The Wall*], Paris: Gallimard, 1939。

39 [法] 薩特爾著、陳御月譯：〈牆〉（五），《星島日報‧星座》，第 525 期，1940 年 3 月 10 日。

40 [法] 薩特爾著、陳御月譯：〈牆〉（三），《星島日報‧星座》，第 523 期，1940 年 3 月 8 日。

41 [法] 薩特爾著、陳御月譯：〈牆〉（四），《星島日報‧星座》，第 524 期，1940 年 3 月 9 日；〈牆〉（八），《星島日報‧星座》，第 528 期，1940 年 3 月 13 日。

42 參考 Jean-Paul Sartre, *L'Être et le néant : essai d'ontologie phénoménologique* [*Being and Nothingness: A Phenomenological Essay on Ontology*], éd. corrigée avec index par Arlette Elkaïm-Sartre,（1ère éd. 1943）(Paris: Gallimard, coll.《 *Tel* 》, 2003), Troisième partie, Ch. II :《 Le corps 》et Ch. III :《 Les relations concrète avec autrui 》, pp. 342-470。

43 「我們三個人都瞅著他，因為他是活人。他有一個活人的舉動，一個活人的心眼兒；他在這地窖裏冷得發抖，正如活人所應發抖一樣；他有一個聽話而養得好好的軀體。我們這些人呢，我們已不再感到我們的軀體了──總之，不是同樣地感覺到的了。[⋯⋯] 他彎彎地站著，能統制自己的筋肉──而他是能夠想明天的。我們祇是三個沒有血的影子；我們瞅著他，像吸血鬼一樣地在吸他的生命。」[法] 薩特爾著、陳御月譯：〈牆〉(六)，《星島日報‧星座》，第 526 期，1940 年 3 月 11 日。

44 「我很想知道我的行為的理由。我寗可死而不願意出賣格里思。為了甚麼？我

已不再愛拉蒙・格里思了。我對於他的友誼，已在天快亮的時候，和我對於龔查的戀愛以及我要活的願望同時死去了。當然我還是尊重他；他是一個硬漢。可是我並不是為了這個理由而願意代他去死；他的生命並不比我的生命更有價值了，任何生命都沒有價值了。[……] 我很知道對於西班牙他是比我更有用的，可是現在我也不管他甚麼媽的西班牙和無政府了：甚麼已沒有重要性了。然而，我在這兒，我可以出賣格里思來保全我的性命，然而我卻不願意這樣做。我覺得這是有點的：這是固執。我想：『應該固執！……』於是一種奇妙的快樂侵佔了我。」[法] 薩特爾著、陳御月譯：〈牆〉（十），《星島日報・星座》，第 530 期，1940 年 3 月 15 日。

45　[法] 薩特爾著、陳御月譯：〈牆〉（六），《星島日報・星座》，第 526 期，1940 年 3 月 11 日。

46　[法] 薩特爾著、陳御月譯：〈牆〉（五），《星島日報・星座》，第 525 期，1940 年 3 月 10 日。

47　1942 年春，戴望舒因宣傳抗日罪被日軍逮捕入獄，受嚴刑，後經葉靈鳳營救保釋。但戴望舒被捕及出獄的準確日子則缺乏可靠的資料記載，應在 1942 年 3 月至 5 月期間。分別參考端木蕻良：〈五四懷舊詞〉，《文滙報》，1979 年 4 月 29 日，版十二；孫源：〈回憶詩人戴望舒〉，《海洋文學》，第七卷第六期（1980 年 6 月 10 日），頁 38-41；盧瑋鑾：〈災難的里程碑——戴望舒在香港的日子〉，《香港文縱——內地作家南來及其文化活動》（香港：華漢文化事業公司，1987 年），頁 176-211。

48　《獄中題壁》（1942 年 4 月 27 日）全詩：「如果我死在這裏，/ 朋友啊，不要悲傷。/ 我會永遠生存 / 在你們的心上。/ 你們之中的一個死了，/ 在日佔領地的牢裏，/ 他懷著深深的仇恨，/ 你們應該永遠地記憶。/ 當你們回來，從泥土上：/ 掘起他傷損的肢體，/ 用你們勝利的歡呼，/ 把他的靈魂高高揚起。/ 然後把他的白骨放在山峰，/ 曝著太陽，沐著飄風：/ 在那暗黑潮濕的土牢，/ 這曾是他惟一的美夢。」戴望舒：〈獄中題壁〉，《新生日報・新語》，1946 年 1 月 5 日。

49　〈柏林之圍〉、〈賣國童子〉和〈最後一課——一個阿爾薩斯孩子的故事〉均屬「都德誕生百年紀念短篇」系列的作品，以陳藝圃之名發表，分別連載於《星島日報・星座》，第 621-625 期，1940 年 6 月 19-23 日；第 626-630 期，1940 年 6 月 24-28 日；第 630-632 期，1940 年 6 月 28-31 日。此外，戴望舒於 1945 年再修訂重刊〈賣國童子〉的翻譯，改名為〈賣國的孩子〉。參考 [法] 都德著、戴望舒譯：〈賣國的孩子〉，《香島日報・綜合》，第一版，1945 年 5 月 7-12 日。三篇作品同選譯自都德 1874 年出版的《月耀小說集》，又譯《星期一故事集》或《月耀日故事集》（《月耀小說集》乃按戴望舒的譯法）。原著參考 Alphonse Daudet, *Les Contes du lundi* [*Monday Tales*]（1ère éd. 1874）（Paris: Nelson Editeurs, 1955），pp. 11-19, 36-48, 58-69.

50　「今年是他的誕生百年紀念，又際此法國首都陷落之時，因請藝圃先生自都德 1870 年普法戰爭為題材《月耀小說集》，擇其精粹，選譯數篇，作為都德誕生

百年紀念，以之作我國抗戰小說鑒範，亦無不可，其已經前人翻譯者，以譯文錯誤屢見不鮮，仍請藝圃先生重譯，作為定本。」見戴望舒：〈「都德誕生百年紀念短篇」編者按語〉，《星島日報・星座》，第 621 期，1940 年 6 月 19 日。〈編者按語〉中提及部分篇章已經前人翻譯，其中包括胡適翻譯的〈最後一課〉和〈柏林之圍〉，以及李青崖翻譯的〈最後一課〉、〈柏林之圍〉和〈小奸細〉（即戴望舒所譯的〈賣國童子〉）等篇章。分別參考胡適著：《短篇小説集》（上海：亞東圖書館，1919 年），頁 1-15；[法] 都德、莫泊桑、左拉原著，李青崖選譯：《俘虜：法國短篇敵愾小說》（上海：開明書店，1936 年），頁 3-11、21-47。

51　戴望舒對國防文學的整體意見，主要參考戴望舒：〈談國防詩歌〉，《新中華》，第 5 卷第 7 期（1937 年 4 月 10 日），頁 84-86；〈致艾青〉，王文彬、金石主編：《戴望舒全集・散文卷》（北京：中國青年出版社，1999 年），頁 252-253。〈致艾青〉是戴望舒於 1939 年初寫給艾青的信的節錄片斷，原載《廣西日報・南方》第 49 期，1939 年 3 月 26 日。

52　[法] 都德著、陳藝圃譯：〈柏林之圍〉（五），《星島日報・星座》，第 625 期，1940 年 6 月 23 日。

53　[法] 都德著、陳藝圃譯：〈最後一課〉（三），《星島日報・星座》，第 632 期，1940 年 6 月 30 日。譯者原註：「阿爾薩斯 Alsace，法國西北部省名。1871 年普法之戰法國戰敗，阿爾薩斯省及洛蘭省（案：Lorraine，今譯洛林）遂割讓與普魯士，及至 1918 年歐洲大戰結束，始歸還法國。」

54　[法] 都德著、戴望舒譯：〈最後一課〉，王文彬、金石主編：《戴望舒全集・小説卷》（北京：中國青年出版社，1999 年），頁 451。

55　[法] 都德著、藝圃譯：〈最後一課〉（一），《星島日報・星座》，第 630 期，1940 年 6 月 28 日。譯者原註：「『要是他把他的語言抓住不放，他就拿住了鎖匙，會把他從鐵鏈中解放。』── F. 米斯特爾作」。原文參考 Alphonse Daudet,《 La Dernière classe 》[" The Last Lesson"], *Les Contes du Lundi* [*Monday Tales*], *op.cit*., p.16：「'S'il tient sa langue, – il tient la clé qui de ses chaînes le délivre.' [" If he conserves his language, he holds the keys which will deliver him from the chains that keep him a prisoner."] F. Mistral 》。

56　戴望舒：〈談國防詩歌〉，《新中華》，第 5 卷第 7 期（1937 年 4 月 10 日），頁 84。

57　〈編後雜記〉，《頂點》，第 1 卷第 1 期（1939 年 7 月 10 日）。轉引自周紅興、葛榮：〈艾青與戴望舒〉，《新文學史料》，1983 年第 4 期，頁 145-146；戴望舒：〈談國防詩歌〉，《新中華》，第 5 卷第 7 期（1937 年 4 月 10 日），頁 85。

58　分別參考戴望舒：〈談國防詩歌〉，《新中華》，第 5 卷第 7 期（1937 年 4 月 10 日），頁 85-86；〈跋《西班牙抗戰謠曲選》〉，《華僑日報・文藝週刊》，第 87 號，1948 年 12 月 12 日。

59　戴望舒以為「一首有國防意識的詩歌可能是一首好詩，唯一的條件是它本身

是詩。」詩人批評三十年代「國防詩歌」所表現的詩學理念，與十九世紀法國詩人保爾·梵樂希（Paul Valéry, 1871-1945）強調詩的「純綷性」（qualité de pureté）、主張「排除非詩情成份」（être pure d'éléments non poétiques）等觀念十分接近。相近的論點在戴望舒其他詩論中均可得見，例如〈詩論零札〉：「把不是『詩』的成份從詩裏放逐出去」；「有『詩』的詩，雖以佶屈聱牙的文字寫來也是詩；沒有『詩』的詩，雖韻律齊整音節鏗鏘，仍然不是詩」。參考戴望舒：〈談國防詩歌〉，《新中華》，第 5 卷第 7 期（1937 年 4 月 10 日），頁 84；〈詩論零札〉，《華僑日報·文藝週刊》，第 2 期，1944 年 2 月 6 日，第三頁。至於梵樂希有關「純詩」（poésie pure）的討論，主要參考 Paul Valéry,《 Propos sur la poésie 》["About the Poetry"] et《 Poésie pure : notes pour une conférence 》["Pure Poetry : Notes for a conference"], Variétés [Miscellany], in Œuvres de Paul Valéry [The Works of Paul Valéry], éd. établie et annotée par Jean Hytier（Paris: Gallimard, 1957），pp. 1361-1378, 1456-1463。另外，中文翻譯參考 [法] 保爾·瓦萊里著、王忠琪等譯：〈純詩〉，《法國作家論文學》（北京：生活·讀書·新知三聯書店，1984 年），頁 114-122。

60　雖然戴望舒對「國防詩歌」的批評重點，跟梁宗岱的論述不盡相同，但二人同樣據梵樂希有關「純詩」的觀點立論。梁宗岱對「國防詩歌」的批評主要參考〈論詩之應用〉，《星島日報·星晨》，第 45 期，1938 年 9 月 14 日；〈談抗戰詩歌〉，《星島日報·星晨》，第 52 期，1938 年 9 月 21 日。有關梁宗岱詩論的研究可參考許霽：〈梁宗岱：純詩理論的探求者〉，《詩網絡》，2003 第 11 期（2003 年 10 月 31 日），頁 26-39；陳智德：〈純詩的探求〉，《文學研究》，2006 年第 3 期，頁 62-77。

61　戴望舒的詩論文章不多，然而以「詩情」、「詩的情緒」為詩歌核心的觀點卻被不斷重複討論和深化。參考戴望舒：〈望舒詩論〉，《現代》，第 2 卷第 1 期（1932 年 11 月），頁 92-94；後收入《望舒草》，改篇名為〈詩論零札〉，見戴望舒：《望舒草》，頁 111-115。另外參考戴望舒：〈詩論零札〉，《華僑日報·文藝週刊》，第 2 期，1944 年 2 月 6 日。

62　戴望舒：〈談國防詩歌〉，《新中華》，第 5 卷第 7 期（1937 年 4 月 10 日），頁 84。

63　戴望舒：〈致艾青〉，王文彬、金石主編：《戴望舒全集·散文卷》，頁 252-253。

64　戴望舒：〈談國防詩歌〉，《新中華》，第 5 卷第 7 期（1937 年 4 月 10 日），頁 84。早於三十年代初，戴望舒曾針對當時的文壇表示：「中國的文藝創作如果要踏入正常的軌道，必須經過兩條路：生活，技術的修養。」其中有關「生活的缺乏」和「技術上的幼稚」等批評，跟詩人日後論及「國防詩歌」的文藝要求時，觀點基本一致。戴望舒：〈創作不振之原因及其出路：一點意見〉，《北斗》第 2 卷第 1 期（1932 年 1 月 20 日），頁 148。

65　艾青：〈望舒的詩——《戴望舒詩集》序〉，《戴望舒詩集》，頁 9。

66　1939 年 7 月，戴望舒和艾青合編的《頂點》創刊號上發表不署名的〈編後雜記〉，當中說明「《頂點》是一個抗戰時期的刊物。它不能離開抗戰，而應該成為抗戰的一種力量。為此之故，我們不擬發表和我們所生活著的向前邁進的時代違離的作品。但同時我們也得聲明，我們所說不離開抗戰的作品並不是狹義的戰爭詩。」〈編後雜記〉，《頂點》，第 1 卷第 1 期（1939 年 7 月 10 日）。轉引自周紅興、葛榮：〈艾青與戴望舒〉，《新文學史料》，1983 年第 4 期，頁 145。

67　周作人於 1920 年翻譯俄國作家庫普林（A. Kuprin）的小說《晚間的來客》時，便有意識引介「抒情詩的小說」：「小說不僅是敘事寫景，還可以抒情；因為文學的特質，是在『感情的傳染』，便是那純自然派所描寫，如 Zola 說，也仍是『通過了著者的性情的自然』，所以這抒情詩的小說，雖然形式有點特別，但如果具備了文學的特質，也就是真實的小說。」周作人：〈《晚間的來客》譯後記〉，《新青年》，第 7 卷第 5 號（1920 年 4 月），頁 6。

68　歷來關於戴望舒「詩情」概念的專論文章不多，朱源曾據馬拉美（Stéphane Mallarmé, 1842-1898）界定象徵主義的用語，推斷此詞可能是法語 "état d'âme" 一詞的翻譯。雖然朱源的推論未必全不合理，但始終未能提出實質理據。相關專論參考鍾軍紅：〈試論郭沫若「內在律說」與戴望舒「詩情說」之同異〉，《華南師範大學學報》（社會科學版），1993 年第 4 期，頁 29-38；朱源：〈「詩情」論與「純詩」論之比較〉，《遼寧師範大學學報》（社會科學版），第 30 卷第 2 期（2007 年 5 月），頁 83-87。

69　參考 [法] 保爾・梵樂希著、戴望舒譯：〈文學（一）〉，《新詩》，第 2 卷第 1 期（1937 年 4 月），頁 86-92；[法] 保爾・梵樂希著、戴望舒譯：〈文學（二）〉，《新詩》，第 2 卷第 2 期（1937 年 5 月），頁 197-202；[法] 梵樂希著、戴望舒譯：〈藝文語錄〉，《華僑日報・文藝週刊》，第 4 期，1944 年 2 月 20 日（此文收入《戴望舒全集・散文卷》時，缺漏了譯文最後二段及〈譯者附記〉，刊載日期亦誤記為 1945 年 2 月 20 日）；[法] 梵樂希著、戴望舒譯：〈文學的迷信〉，《香港日報・香港藝文》，1945 年 2 月 1 日；[法] 梵樂希著、戴望舒譯：〈梵樂希詩論抄〉，《香島日報・日曜文藝》，第 5 期，1945 年 7 月 29 日；[法] 梵樂希著、戴望舒譯：〈波特萊爾的位置〉，載 [法] 波特萊爾著、戴望舒編譯：《〈惡之華〉掇英》（上海：懷正文化出版社，1947 年 3 月），頁 1-27。

70　[法] 馬賽爾・雷蒙著、戴望舒譯：〈許拜維艾爾論〉，《新詩》，第 1 卷第 1 期（1936 年 10 月），頁 104。法文原文為馬賽爾・雷蒙關於法國詩歌評論專著《從波特萊爾到超現實主義》第十六章「超現實主義詩人」的節錄，參考 Marcel Raymond, *De Baudelaire au Surréalisme*(éd. nouvelle revue et remaniée, Paris: Libraire José Corti, 1947), pp. 327-334。

71　戴望舒兩篇詩歌專論〈望舒詩論〉（1932）及〈詩論零札〉（1944）所運用的點悟式評論模式，均學效梵樂希的詩論文章，例如〈藝術概念〉、〈美學的創造〉等。參考 Paul Valéry,《 Notion général de l'art 》["General Ideas of Art"] et

《 L'invention esthétique 》[*"The Aesthetic Invention"*], *Variétés* [*Miscellany*], in *Œuvres de Paul Valéry* [*The Works of Paul Valéry*], pp.1404-1415。

72 分別參考 [法] 聖代克茹貝里著、望舒譯:〈綠洲〉,《時代文學》,創刊號(1941 年 6 月 1 日),頁 76-80;[法] 莫洛阿著、戴望舒譯:〈綠腰帶〉,《星島日報・星座》,第 32 期,1938 年 9 月 1 日;[法] 阿爾蘭著、施蟄存譯:〈薔薇〉(上、下),《星島日報・星座》,第 958 期(1941 年 6 月 11 日)、960 期(1941 年 6 月 13 日)。原刊署名施蟄存,據施先生自定稿,譯者該是戴望舒。此文後以江思之名發表,重刊於《新生日報・新語》,第四版,1946 年 1 月 19 日;[法] 紀奧諾著、施蟄存譯:〈憐憫的寂寞〉(一至五),《星島日報・星座》,第 883 至 887 期,1941 年 3 月 24 日至 28 日。原刊署名施蟄存,據施先生自定稿,譯者該是戴望舒。此文乃按 1934 年發表的翻譯加以修訂,參考戴望舒選譯:《法蘭西現代短篇集》,頁 1-20。此處所引的作者評介,源自戴望舒翻譯其作品時同時發表的〈譯者附記〉。

73 王文彬〈戴望舒年表〉在 1945 年 5 月 27 日至 6 月 10 日的條目下誤記戴望舒翻譯《農民的敬禮》的作家拉繆士為法國作家。見王文彬:〈戴望舒年表〉,《新文學史料》,2005 年 1 期,頁 103。

74 王文彬〈戴望舒年表〉在 1945 年 7 月 13 日至 8 月 31 日的條目下誤記戴望舒翻譯《淑女化狐記》的作者加奈特為法國作家。見王文彬:〈戴望舒年表〉,《新文學史料》,2005 年 1 期,頁 103。

75 [法] 許拜維艾爾著、戴望舒譯:〈賽納河的無名女〉(一至七),《香島日報・綜合》,第二版,1945 年 6 月 10、12-17 日。後重新修訂刊載於《文潮月刊》,另附〈譯者附記〉。參考 [法] 許拜維艾爾著、戴望舒譯:〈賽納河的無名女〉,《文潮月刊》,3 卷 1 期,1947 年 5 月 1 日,頁 941-946。

76 [法] 穆朗著、戴望舒譯:〈六日競賽之夜〉(一至十二),《香島日報・綜合》,第二版,1945 年 6 月 28-30 日、7 月 2-12 日。此文乃據 1928 年及 1929 年的翻譯重新修訂,參考 [法] 穆杭著、郎芳(戴望舒)譯:〈六日之夜〉,載水沫社編譯《法蘭西短篇傑作集》第一冊(上海:現代書局,1928 年),頁 1-25;[法] 保爾・穆杭著、戴望舒譯:〈六日競走之夜〉,《天女玉麗》(上海:尚志書屋,1929 年),頁 53-80。

77 戴望舒於 1946 年初回到上海,1948 年 5 月再次南下香港。這段期間,他曾翻譯達比(Eugène Dabit, 1898-1936)的〈老婦人〉以及阿拉貢(Louis Aragon, 1897-1982)的〈好鄰舍〉。及後,戴望舒重回香港,繼續在香港報章發表了阿爾蘭〈村中的異鄉人〉和許拜維艾爾〈陀皮父子〉的翻譯。分別參考 [法] 達比著、戴望舒譯:〈老婦人〉,《東方雜誌》,第 43 卷第 10 號(1947 年 5 月 31 日),頁 77-82;[法] 阿拉貢著、戴望舒譯:〈好鄰舍〉,《人世間》,第 2 卷第 1 期,1947 年 10 月,頁 81-92;[法] 馬塞爾・阿朗著、戴望舒譯:〈村中的異鄉人〉,《星島日報・文藝》,第 48 期,1948 年 11 月 15 日;[法] 許拜維艾爾著、江文生譯:〈陀皮父子〉,《華僑日報・文藝週刊》,第 71 期,1948 年 8

月 22 日，第三張第一頁。

78　[法] 聖代克茹貝里著、望舒譯：〈綠洲〉，《時代文學》，創刊號（1941 年 6 月 1 日），頁 80。

79　戴望舒：〈憐憫的寂寞‧譯者附記〉，《法蘭西現代短篇集》，頁 19。

80　[法] 馬塞爾‧雷蒙著、戴望舒譯：〈許拜維艾爾論〉，《新詩》，第 1 卷第 1 期（1936 年 10 月），頁 104。

81　戴望舒：〈記詩人許拜維艾爾〉，《新詩》，第 1 卷第 1 期（1936 年 10 月），頁 112。1935 年春，戴望舒在巴黎訪問了許拜維艾爾，並表示要譯介許氏的詩到中國，於是詩人選出自己八首喜歡的作品，後由戴望舒翻譯刊載於《新詩》。此文寫於二人會面之後，並與詩作翻譯一併發表。戴望舒在〈譯後附記〉中表示：「這幾首詩只是我們這位詩人所特別愛好的，未必就能代表他全部的作品，至多是他的一種傾向，或他最近的傾向而已。以後我們還想據我們自己的選擇，從許拜維艾爾全部詩作中翻譯一些能代表他的種種面目的詩」。可惜此後戴望舒一直未有機會再譯許氏其他詩歌，直至 1945 年他選了詩人的短篇小說〈塞納河的無名女〉。參考戴望舒：〈許拜維艾爾自選詩‧譯後附記〉，《新詩》，第 1 卷第 1 期（1936 年 10 月），頁 101。

82　戴望舒：〈塞納河的無名女‧譯者附記〉，《文潮月刊》，3 卷 1 期（1947 年 5 月 1 日），頁 946。

83　[法] 保爾‧瓦萊里著、王忠琪等譯：〈純詩〉，《法國作家論文學》，頁 115、117-118。

84　[法] 聖代克茹貝里著、望舒譯：〈綠洲〉，《時代文學》，創刊號（1941 年 6 月 1 日），頁 76-77。

85　[法] 聖代克茹貝里著、望舒譯：〈綠洲〉，《時代文學》，創刊號（1941 年 6 月 1 日），頁 80。

86　[法] 許拜維艾爾著、戴望舒譯：〈賽納河的無名女〉（一至七），《香島日報‧綜合》，第二版，1945 年 6 月 10、12-17 日。

87　杜衡：〈《望舒草》序〉，《望舒草》，序頁 3。另外參考戴望舒：〈望舒詩論〉第十四條，《現代》，第 2 卷第 1 期（1932 年 11 月），頁 93。

88　戴望舒：〈塞納河的無名女‧譯者附記〉，《文潮月刊》，3 卷 1 期（1947 年 5 月 1 日），頁 946。

89　王文彬：《雨巷中走出的詩人 —— 戴望舒傳論》，頁 282-283。

第一部分

《希望》（選譯）

〔法〕馬爾洛　著

戴望舒　譯

編者前言：

馬爾洛（今譯馬爾羅）（André Malraux, 1901-1976）為法國著名作家兼革命家，曾撰寫一系列以中國共產主義革命運動為主題的小説，其中包括講述 1925 年廣州工人運動的《征服者》(*Les Conquérants*, 1928) 以及描述 1927 年中共領導的上海第三次武裝起義和國民黨清黨大屠殺的《人的狀況》(*La Condition humaine*, 1933)。1938 年 5 月，戴望舒和家人避戰南下，8 月便開始馬爾羅長篇小説《希望》(*L'Éspoir*, 1937) 的選節翻譯。小説描寫馬爾羅曾親身參與的西班牙內戰，表揚抗戰精神並對戰爭進行深刻反思。1941 年 6 月 16 日戴望舒以江思之名開始在《星島日報》副刊〈星座〉連載《希望》的全文翻譯，可惜因為太平洋戰爭爆發，小説連載於 1941 年 12 月 8 日終止，合共一百四十七期。[1] 譯文主要為《希望》第一部「詩情的幻覺」(L'Illusion lyrique)，接近全書二分之一的篇幅。

希望·第一部　詩情的幻覺

〔法〕馬爾洛著、江思譯

第一卷　詩情的幻覺

第一章·第一節

　　裝滿了步槍的貨車的一片喧囂聲，遮蓋著那在夏夜，緊張著的瑪德里（Madrid）。[2] 好幾天以來，各工人組織就揭發出法西斯（fasciste）叛變之迫在眉睫，[3] 兵營的被收買，軍械的輸入。現在，摩洛哥（Maroc）已被佔據了。在午夜一時，政府終於已決定頒發武器給民眾；在三時，有工會證就可以領到武器。時候不容稍緩：在從午夜到兩點鐘都還樂觀的從各省打來的電話，現在漸漸地不復樂觀了。

　　北站的總電話處逐一地和各車站通話。鐵路工會的秘書拉摩思（Ramos），和這夜派來協助他的馬努愛爾（Manuel），是在指揮著。除了那電線已斷的拿伐拉（Navarre），回話是一般無二的。不是說：政府控制大勢，便是說：工人組織操縱全城，靜候政府指令。可是現在對話卻改變了：

　　「哈囉，烏愛斯加（Huesca）嗎？」

　　「你是誰？」

　　「瑪德里勞動委員會。」

「不久了，你們這些髒東西！西班牙萬歲！（註）」

（註：Arriba Espana，⁴ 西班牙法西斯諦口號。）

在牆上，用圖畫釘釘著的，是「光明報」（*Claridad*）的特別號外（晚間七時）：在接連六欄上，大書著「同志們，武裝起來」。

「哈囉，阿維拉（Avila）嗎？你們那邊怎麼樣？這裏是車站。」

「要叫你好看呢，混蛋。基督王萬歲（Vive le Christ-Roi）！」

「回頭見。敬禮（Salud）！」

有人把拉摩思緊急召去。

北站的各線集中到沙拉戈薩（Saragosse），⁵ 蒲爾哥斯（Burgos）和伐拉道里（Valladolid）去。⁶

「哈囉，沙拉哥薩嗎？站上的勞動委員會嗎？」

「已經鎗斃了。不久就輪到你們。西班牙萬歲！」

「哈囉，達伯拉達（Tablada）嗎？⁷ 這裏是瑪德里北站，工會的負責人。」

「打電話到牢裏去吧，婊子兒子！我們就要來我們說話了（On va aller te chercher par les oreilles）。⁸」

「那麼約在阿爾加拉（Alcala）吧，左面第二家酒店。」

電話總局裏的人們都望著拉摩思的像生著鬈髮的快活的綁匪一般的臉嘴。

「哈囉，蒲爾哥斯嗎？」

「這裏是司令部。」

拉摩思把電話掛上了。

一架電話鈴響著：

「哈囉，瑪德里嗎？你是誰？」

「鐵路運輸工會。」

「這裏是米朗達（Miranda）。車站和全城都在我們手裏。西班牙萬歲！」

「可是瑪德里卻在我們手裏。敬禮！」

這樣看來，除了伐拉道里那條路，北方的援助是沒有希望了。剩下的 [只] 有阿斯都里亞斯（Asturies）。[9]

「啊囉，奧維愛陀（Oviedo）嗎？你是誰？」

拉摩思現在謹慎起來了。

「車站工人代表。」

「我是拉摩思，工人秘書。你們那邊怎麼樣？」

「阿朗達（Aranda）上校矢忠政府。伐拉道里那邊不大行：我們正要派三千個武裝礦工去增援我們的弟兄。」

「什麼時候？」

拉摩思四周響著槍柄的聲音，使他聽不見了。

「什麼時候？」

「立刻。」

「敬禮！」

「打電話追向那輛火車，」拉摩思對馬努愛爾説。他打電話到伐拉道里去：

「哈囉，伐拉道里嗎？你是誰？」

「車站工人代表。」

「怎樣了？」

「我們的弟兄把住了兵營。我們等著奧維愛陀的援軍：想法讓他早點到吧。可是你們放心：我們這兒要緊。你們那兒呢？」

人們在車站面前唱歌。拉摩思連他自己的聲音也聽不出了。

「怎樣？」伐拉道里問。

「不要緊。不要緊。」

「軍隊已叛變了嗎？」

「還沒有？」

伐拉道里那邊把聽筒掛上了。

一切從北方來的援助是都可以在那裏牽制住的。

在那些他不大懂得的關於接軌的通話聲中，在辦公室的卡紙氣味，鐵的氣味和車站的煤煙的氣味之中（門是開著，迎著很熱的夜），馬努愛爾把各城市打來的電話記下來。外面，是歌聲和槍柄的聲音；他不得不老是叫人家說第二遍（那些法西斯諦呢，他們把電話掛斷了）。他把局勢記在鐵道地圖上：拿伐拉，切斷了；整個維斯加牙灣（golfe de Biscaye）東部，比爾波（Bilbao），桑當代爾（Santander），聖賽巴斯諦昂（Saint-Sébastien），都是矢忠的，可是在米朗達被切斷了。另一方面，阿斯都里亞斯，伐拉道里，都是矢忠的。電鈴，響個不停。

「哈囉。這裏賽谷維亞（Ségovie）。你是誰？」

「工會代表，」馬努愛爾說，帶著一種疑問的神氣望著拉摩思。這人到底是什麼傢伙？

「馬上就要砍掉你！」

「那倒不在乎。敬禮。」

現在是法西斯的車站打電話來了：沙拉新（Sarracin），勒爾馬（Lerma），阿朗達·代爾·杜愛羅（Aranda del Duero），賽布爾維達（Sepulveda），又是蒲爾戈斯。從蒲爾戈斯到謝拉（Sierra），威脅比援軍車更快地推進。

「這兒是內政部北站總電話處嗎？告訴各車站，警衛隊和突擊隊都 [歸] 政府。[10][ ]」

「這兒是瑪德里南站。北站怎樣了，拉摩思？」

「他們好像佔據了米朗達，和南面不少地方。三千礦工開到伐拉道里去。那面有救兵了。你們那兒怎樣？」

「塞維拉（Séville）和格拉拿達（Grenade）的車站都在他們手裏。其餘的都保住。」

「告爾道巴（Cordoue）呢？[11]」

「不知道：他們得到了車站的時候，人們就在郊外打。特里亞拿（Triana）打得一團糟。貝拿洛牙（Peñarroya）也這樣。可是你伐拉道里那套話真叫我奇怪：不是已在他們手裏了嗎？」

拉摩思換了一個電話打：

「哈囉，伐拉道里嗎？是誰啊？」

「車站代表。」

「啊？……有人對我們説，法西斯諦已到了你們那兒。」

「錯誤。一切都得好。你們那兒呢？兵士已叛變了嗎？」

「沒有。」

「哈囉，瑪德里北站嗎？你是誰？」

「運輸負責人。」

「這兒達勃拉答。你沒有打電話給這兒嗎？」

「別人對我們説，你們不是給槍斃就進牢了，這一類的話。」

「我們出來了。給關了進去的是法西斯諦。敬禮！」

「這兒人民公所。對一切矢忠的車站説，政府得到民軍的支持，控制著巴塞洛拿（Barcelone），[12]摩爾西亞（Murcie），[13]伐倫西亞（Valence），馬拉加（Malaga），愛斯特雷馬杜拉（Estrémadure）和勒房德（Levant）全省。」

「哈囉！這兒是道德西拉斯（Tordesillas）。你是誰？」

「瑪德里勞工委員會。」

「你那樣的畜生都已槍斃了。西班牙萬歲！」

美第拿‧伐爾‧岡波（Medina del Campo），同樣的話。伐拉道里那條路線便是和北方交通的唯一的幹線。

「哈囉，萊洪（Léon）嗎？你是誰？」

「工會代表。敬禮。」

「這兒瑪德里北站。奧維愛陀礦工的列車經過了嗎？」

「是的。」

「你知道那一列車現在在那裏？」

「我想是馬欲伽（Mayorga）那邊吧。」

外面，在瑪德里的路上，老是歌聲和槍柄聲。

「哈囉，馬欲伽嗎？這兒瑪德里。你是誰？」

「你是誰？」

「瑪德里勞工委員會。」

那邊把電話掛斷了。那麼怎樣呢？火車在那裏呢？

「哈囉，伐拉道里嗎？你們有把握一直守到礦工開到嗎？」

「絕對有把握。」

「馬欲伽可不回答！」

「一點沒有關係。」

「哈囉，瑪德里嗎？這兒奧維愛陀。阿朗達剛叛變，現在正在打。」

「礦工的那列火車呢？」

「在萊洪和馬欲伽之間。」

「不要掛斷！」

馬努愛爾打電話。拉摩思等著。

「哈囉，馬欲伽嗎？這兒瑪德里。」

「誰？」

「勞工委員會。你是誰？」

「西班牙軍團黨連長。你們的火車已開過去了，傻子。一直到伐拉道里為 [止]，[14] 各車站都在我們手裏；從午夜起我們就佔領了伐拉道里。你們的礦工，我們用機關槍等著他們。阿朗達已擺脫了他們了。回頭見！」

「越早越好！」

馬努愛爾逐一地打電話給在馬欲伽和伐拉道里之間的各車站。

「哈囉，賽布爾維達嗎？這兒瑪德里北站，勞工委員會。」

「你們的火車已開過去了，笨蟲。你們全是傻瓜，這星期內我們就要來割掉你們的雞巴。」

「你們都是雌雄人呢。敬禮。」

電話繼續打著。

「哈囉，瑪德里。哈囉！哈囉！瑪德里嗎？這兒拿伐爾貝拉爾・德・比那雷斯（Navalperal de Pinares）車站。我們已把鎮子奪回來了。那些法西斯諦，是啊，撒了械，關在牢裏。把這消息通知別人。他們的人每隔五分鐘打電話來問，城市是否還在他們手裏。哈囉。哈囉！」

「應該把謠言到處放出去，」拉摩思説。

「他們會統制的。」

「這總會給他們點麻煩。」

「哈囉，瑪德里北站嗎？這兒 U.G.T.（註）你是誰？[15]」

（註：總工會）

「拉摩思。」

「聽說有一火車法西斯諦帶了精銳的武裝來了。是從蒲爾哥斯開來的。你有消息嗎？」

「有消息這兒一定會知道的，一直到謝拉為止，各車站都在我們手裏。可是總之還是謹慎的好。等一會兒。」

「打電話到謝拉去，馬努愛爾。」

馬努愛爾次第地打電話給各車站。他手裏拿著一枝尺，好像在拍拍子。全部謝拉都矢忠。他打電話給郵政總局：同樣的情報。在謝拉的這一面，不是法西斯諦沒有動手，就是已經被鎮壓了下去。

然而北部的一半是在他們手裏。在拿伐拉，是瑪德里前任警察局長穆拉（Mola）；[16] 照例，反抗政府的是四分之三的陸軍。歸附政府方面的，是突擊隊和人民，也許還有警衛隊。

「這兒 U.G.T.。是拉摩思嗎？」

「是的。」

「那麼，那輛火車 [呢] ？」

拉摩思作了一個大概的報告。

「那麼從一般上看來呢？」這回是他問了。

「好。很好。除了在軍政部裏。在六點鐘的時候，他們說什麼都完了。我們對他們說沒有的事，他們卻說民軍會逃跑的。我們不管他們那一套：路上的人唱歌唱得那麼響，我差不多聽不到你的說話了。」

在聽筒中，拉摩思聽到了歌聲，和車站上的歌聲混成一片。

雖則攻擊無疑是到處同時爆發的，但卻像是一枝漸來漸近的大軍：落在法西斯諦手裏的各車站是漸漸地迫近瑪德里了；然而，因為幾個星期以來，空氣是那麼地緊張，群眾是那麼地擔心會受到攻擊而無武器抵抗，所以這個戰爭之夜就似乎是一種巨大的解放了。

「那輛滑雪小汽車還在那兒嗎？」拉摩思問馬努愛爾。

「在那兒。」

他把電話總局的事交託給一個車站上的負責人。幾個月之前，馬努愛爾買了一輛舊的小汽車，是預備坐了到謝拉滑雪去用的。每星期日，拉摩思開了牠去做宣傳工作。這天夜裏，馬努愛爾又把牠讓給共產黨使用。黨裏工作非常多，馬努愛爾選定再和他的伙伴拉摩思一起工作。

「不要再來一次一九三四年吧！」（註）拉摩思說。「咱們到海德昂・德・拉斯・維克多思亞斯（Tetuan de las Victorias）去溜溜一趟吧。

（註：在一九三四年，西班牙黨人起事失敗。）

「在那裏？」

「瓜特羅・加米羅斯（Cuatro Caminos）。」

走到三百米突（mètres）的地方，他們被第一個檢查崗位攔住了。

「文件。」

文件就是工會證。馬努愛爾從不把他的共產黨員證帶在身邊。因為他是在電影工場工作的（他是收音技師），一種依稀的蒙巴拿斯（montparnassien）的派頭，使他有了在服裝上離開布爾喬亞（bourgeoisie）的幻覺。可是在這張端正而有點厚重的深棕色的臉兒上，祇有那兩道濃眉能夠算是無產階級的。那些民軍剛向他們望了一眼，就立刻認出了拉摩思的喜樂，堅實而生著鬈髮的頭。在拍肩，舉拳和「敬禮」之間，汽車又開動了：黑夜祇是友愛（La nuit n'était que fraternité.）。

然而，右派和左派社會主義者之間的鬥爭，加巴列羅

（Caballero）反對泊里愛多（Prieto）組閣的意見，[17] 在近幾個星期以來，並沒有緩和下去……在第二個檢查崗位上，FAI 的人們正在把一個嫌疑犯交給 UGT 的工人們——他們往日的對敵。[18] 好事情，拉摩思想，頒發武器的事還沒有結束：一輛裝滿槍械的運貨車到來了。

「簡直可以説是鞋底呢！」拉摩思説。

的確，人們祇看見步槍的包著槍柄的底的那些鋼片。

「這倒是真的，」馬努愛爾説：「式底。」

「你怎麼口齒不清？」

「我吃東西的時候咬斷了一個牙齒。我的舌頭只管這個，不管牠媽的什麼反法西斯了。」

「吃什麼的時候？」

「一柄叉子。」

一些黑影（Des silhouettes）吻著剛接到的槍，其餘像火柴一般地擠著，在黑暗中等待著的黑影，向他們直嚷。一些婦女走過，她們的筐子裏盛滿了子彈。

「不算怎樣早啊，」一個聲音説。「咱們等他們撲過來已經長久啦！」

「我先前以為政府會讓我們給壓下去的……」

「別著急：這樣，我們會讓他們瞧他們會不會長久。那班臭東西！」

「今天夜裏，民眾是瑪德里的更夫（sereno）了……」

每隔五百公尺，就有一個新的檢查崗位：法西斯諦的汽車帶著機關槍在城裏四處跑。老是同樣的舉起的拳頭和同樣的友愛。老是那些還沒有撫摩完自己的槍械的哨守的奇特的手勢：他們一世紀以

來也沒有拿到[過槍]。¹⁹

到了的時候，拉摩思丟了他的紙煙，用腿踏滅了牠。

「不要抽煙。」

他[匆匆]地走了開去，²⁰ 十分鐘之後，帶了三個伙伴回來。大家都帶著用繩子束著的報紙的包。

馬努愛爾安逸地又點旺了一根紙煙。

「放下你的紙煙，」拉摩思平靜地說：「這是炸藥。」

伙伴們把紙包一半放在前面的座位上，一半放在後面的座位上，然後回到屋子裏去。馬努愛爾已離開他的座位去用腳踏滅紙煙，但並不丟掉牠。他抬起一張驚愕的臉兒望著拉摩思。

「什麼？你怎樣了？」拉摩思問。

「你跟我擾亂，拉摩思。」

「正是。現在我們去吧。」

「不能找到別一輛汽車嗎？別一輛汽車我也可以駕駛的。」

「我們要去炸橋，頭一就是阿維拉橋。我們帶著炸藥，要立刻送到用得著牠的地方去，貝格里諾斯（Peguerinos）等處。你不打算叫我們多[花]兩個鐘頭嗎？²¹ 這輛汽車，我們至少知道牠是開得動的。」

「是的，」馬努愛爾悲哀地同意了。

他愛他的汽車不如愛那些有趣的汽車零件。汽車又開出去了，馬努愛爾坐在前面，拉摩思坐在後面，把一包手[榴]彈抱在肚子上。²² 突然，馬努愛爾覺到這輛汽車對於他已變成了無足重輕的了。汽車已沒有了；衹有這個滿載著迷茫的希望的無限的夜，這個每人在世上都有什麼重要[事]做的夜。²³ 拉摩思聽到一片遼遠的鼓聲，好像是他的心的跳動。

　　每隔五分鐘，他們被檢查崗位攔住。

　　那些民軍 —— 其中有許多是不認識字的，一看見拉摩思就拍拍車中人的肩膀；他們一聽到拉摩思嚷著：「不要抽煙！」[24] 又看見汽車裝滿了紙包，就快樂得跳起來：炸藥是阿斯都里亞斯的古舊的傳奇式的武器。

　　汽車又開了。

　　在阿爾加拉，馬努愛爾開快車了。在他的右面，一輛滿載著武裝的工人的 FAI 的運貨車，突然向左轉彎。這天夜裏，一切的汽車都是開每小時八十公里的速率的。馬努愛爾想避開那輛貨車，覺得他的那輛 [便] 捷的汽車把他抬到空中，[25] 心中想著：「完了。」

　　他發現自己俯躺在那些像栗子一樣地滾著的（幸而是在人行道上）炸藥包之間。在他的臉兒下面，他的血映著電燈而發光；他並不痛，像一個英勇的受傷者，一般地流著鼻血，又聽見拉摩思在嚷：「不要抽煙，同志們！」他也嚷，終於轉身過去，看見他的朋友兩腿成著直角，鬈曲的頭髮披到臉上，把手 [榴] 彈使勁捧在肚子上，四周是那些帶槍的人，圍著那些紙包，卻不敢碰一碰。在中間，拉摩思的一個煙蒂頭（他趁著後面祇有他一個人，又抽了一根紙煙）自己燃燒著。馬努愛爾用腳踏滅了牠。拉摩思開始叫人把那些紙包沿牆疊起來。至於那輛滑雪用的汽車呢，還是不提的好。

　　一個擴音器嚷著：「叛軍向巴賽洛拿中區前進。政府操縱大勢。[26]」

　　馬努愛爾幫著疊紙包。一向是那麼活動的拉摩思，卻一動也不動。

　　「你還等什麼，不來幫一手？」

　　「哈囉！叛軍向巴賽洛拿中區前進。[27]」

「我胳膊已經不能動了；撞得太厲害了。慢慢會好的。我們一碰到有空汽車就攔住再走吧。」

第一章・第二節

在街上新灑的水的清鮮中，盛夏的黎明在巴賽洛拿上面升了起來。那在空虛的大林蔭路前面整夜營業的狹窄的酒店裏，那伊倍里亞無政府黨同盟（Fédération anarchiste ibérique）和運輸工團（syndicat des transports）的西爾思（Sils），綽號叫阿比西尼亞王（Le Négus），正在把手槍分給他的伙伴們。

叛軍剛到了城外。

大家都説著話。

「這裏的軍隊不知道有什麼動作呢？」

「朝我們開槍啊，你這樣想就不會錯。」

「那些軍官昨天還向龔巴尼思（Companys）宣誓矢忠過。[28]」

「無線電會回答你。」

在狹窄的店堂底裏，一架小小的無線電機現在每隔五分鐘報告一遍：

「叛軍向中區前進。[29]」

「政府分發槍械嗎？」

「沒有。」

「昨天，兩個 FAI 的弟兄帶著槍 [蹓] 躂，[30] 給逮了去。還是杜魯諦（Durruti）和奧里佛（Oliver）去講情，[31] 才放出來的。」

「糟糕！」

「靜閒咖啡店（Tranquilidad）（原註）裏他們怎樣説。説弄得到那些步槍嗎，還是弄不到？」

（原註）無政府黨員所常去的咖啡店。

「多份弄不到。」

「手槍呢？」

阿比西尼亞王繼續在分他自己的手槍。

「這一些，是承那些法西斯軍官先生們奉送給無政府黨的同伴們用的。我們鬍子叫人家不生疑心。」

原來他在夜裏帶了兩個朋友和幾個同謀人，卸空了兩隻兵船的軍火。他早已藏著機工的藍色工服，穿了混到船上去。

「現在，」他遞出最後一枝手槍去的時候説，[「] 把我們的錢湊在一起。一碰到一家開門的軍械店，就應該去買子彈。每人二十五粒，現在有的還不夠。」

「叛軍向中區前進……32」

「今天軍械店不開門，是星期日。」

「別説廢話：你們自己去打開門就是了。」

「每人都去找自己的弟兄，帶到我們這兒來。」

留下了六個人。其餘的都走了。

「叛軍……33」

阿比西尼亞王指揮著。並不是因為他在工團裏的職位。因為他坐過五年牢；因為當巴賽洛拿的電車公司在一場罷工之後開除了四百個工人的時候，有一夜阿比西尼亞王帶了十一二個伙伴，把諦比達波（Tibidabo）山上電車倉庫中的電車放了火，開了制動機，讓電車燃燒著，在汽車的驚惶的喇叭聲中，一直衝到巴塞洛拿中區去。於以後他領導的較不重要的怠工，也持續到兩年。

他們出去走到淡青色的黎明中，每人心中都想著不知明天的黎明怎樣。在每一個路角上，來了一群群人，都是先走出酒店去的

人帶來的。當他們到了第亞高拿爾街（Diagonal）的時候，軍隊便從日出那方面開來了。

　　咯咯的步伐聲停止了，一排排槍向大街直開過去：順著巴賽洛拿的最大的筆直的林蔭路，那些貝特拉爾勃斯（Pedralbes）軍營的兵士，跟著他們的軍官，向城市的中區前進。

　　那些無產政府黨開始掩蔽到第一條橫路中去 [，] 阿比西尼亞王和其他兩個人又回上去。

　　這些軍官，他們並不是第一次看見。這正就是逮捕阿斯都里亞斯三萬幽囚者的那些軍官，正就是一九三三年在沙拉哥薩的那些軍官！正就是縱容壓制土地反抗的那些軍官（多虧了這些人，那一世紀以來頒佈到第六次的收沒耶穌會產業的法令，終於還是一紙虛文），也正就是驅逐了阿比西尼亞王的父母的那些軍官。照加達魯涅的法規（la loi catalane），當葡萄田變成沒有出息了的時候，葡萄田的佃戶就要被趕走：當葡萄蟲（phylloxera）漫生的時候，一切生了蟲的葡萄藤都被當作是沒有出息的，而那些種葡萄的人們呢，便都被從他們所創立，他們所耕種了二十年或五十年的葡萄田趕出去。那些代替他們的人，本來是毫無權利來耕種那葡萄田的，工錢是拿得更少一點。也許付工錢的正就是這些法西斯的軍官們。

　　他們在鋪道的中央前哨，圍著軍隊，前面在人行道上放著掩護前哨；到了每一個路角，那些前哨在未走過去之前，先直貫街路開槍。路燈還沒有熄；霓虹燈市（les enseignes au néon）照耀著一種比黎明的光彩更深的光彩。阿比西尼亞王回到他的伙伴們身 [邊] 來。

　　「他們一定已經看見我們了。應該兜一個圈子，更上去一點，再向他們撲過去。」

　　他們沒有聲響地奔跑著：差不多大家都穿著布鞋。他們埋伏在一條和第亞高拿爾街成著垂直線的街路的那些門下面：有錢人的住宅區，美麗的深深的門。大街的樹木是鳥兒的叢莽。每一個人都看見在自己對面，在街路的那一邊，有一個伙伴一動不動地站在那裏，手上握着手槍。[34]

　　空空的路漸漸地充滿了有規則 [的] 步伐聲。一個無政府主義者倒了 [下] 去：[35] 剛有人從一個窗口向他開了一槍。哪一扇窗口呢？軍隊是在離那兒五十公尺的地方。從窗口，人們一定能把對面人行道旁一切的門看得清清楚楚！那些無政府黨員一動不動地站在那充滿了軍隊的有規律的踏步聲的，空虛的街路的一切門廊下，待著別人從那些窗口打倒他們，像在市集中的打靶亭裏似地。

　　哨兵的排鎗。子彈 [像] 一陣蝗蟲似地飛過；[36] 哨兵又走了。一等到軍隊的主力在路前面經過的時候，手鎗便立刻從一切門口開了出來。

　　無政府黨員射擊得不壞。

　　前進！那些軍官喊著；並不是向這條路進攻，卻是向城市的中區進攻：按 [部] 就班地。[37] 阿比西尼亞王在那掩護著他的巨大的門廊的花飾間，祇看見那些兵士從腰到腳半身看不見槍械：一切的鎗都提起了沿路在那兒開；可是，在軍衣的裾下面，卻有著許多便服的褲子：法西斯的戰鬥員是在那裏。

　　後衛的哨兵經過了，跑步的聲音消沉下去。

　　阿比西尼亞王集合了他的伙伴，換了一條路，站住了。他們所做的事是沒有效用的。認真的戰鬥將在城市中區發生，無疑是在加達魯涅廣場（place de Catalogne）上。應該從背面襲擊那些軍隊 [。] 可是怎樣襲擊呢？

在第一個廣場上，那軍隊留下了一個支隊。有點大意，也許……牠有一架手提機關鎗。

一個工人跑過，手裏拿著一枝手鎗。

「他們給民眾武裝了！」

「我們也有份兒嗎？」阿比西尼亞王問。

「我對你説他們給民眾武裝了！」

「無政府黨員也有份兒 [嗎] ？」

那個人頭也不回一回。

阿比西尼亞王找了一個咖啡店，打電話給無政府黨的報館。的確，人們已給民眾武裝了：可是無政府黨員們呢，一直到現在為止，祇拿到六十枝手槍。「還是自己到兵船上去拿的好。」

工廠的一個汽笛在清晨之中叫著。正像在那些祇決定一些小小的命運的日子一樣。正像阿比西尼亞王和他的伙伴們聽到那些汽笛，而匆匆趕到那長長的灰色和黃色的牆，無盡的牆前面去的那些日子一樣。同樣的黎明，同樣的好像掛在電車的電線上的，還亮著的電燈光。第二個 [汽] 笛。[38] 十個，二十個。

一百個。

整群的人都逗留在街心，僵直了。阿比西尼亞王的同伴們之中沒有一個人曾經聽到過五個以上的汽笛同時響的。正像往時西班牙受到威脅的城市在牠們一切教室的鐘聲之下震撼著一樣，巴賽洛拿的無產階級用工廠汽笛的喘息著的長鳴去回答排鎗。

「布伊格（Puig）是在加達魯涅廣場，」一個帶著兩個人向中區跑過去的人喊著。這些人是都有鎗的。

「我以為他還在醫院裏呢，」阿比西尼亞王的一個 [伙] 伴説。[39]

這一切同時放著的汽笛，漸漸失去了牠們的將啟碇的船的悲悽

之音，而成為一個叛變的艦隊的整隊待發之音。

「分配軍械的事，我們自己來管，」阿比西尼亞王望著那個支隊和那架手提機關鎗說。

他瘋狂地微笑著；在他的黑色的髭鬚之間，他的牙齒稍稍向前凸出。從一切被工人佔領的工廠中，那些汽笛的有時長有時短促的吼聲，充滿了屋子，街路，空氣，和整個海灣，一直到山邊為止。

　　　*　　　　　　　　　*　　　　　　　　　*

公園軍營的軍隊 —— 像一切其餘的軍隊一樣 —— 向中區前進。

穿著羊毛背心的布伊格，帶了三百個人佔據著一個廣場；他是最矮又是最闊的。大家都不是無政府黨員：一百多人曾接到了政府所頒發的步槍。不懂得射擊的人們在那兒請教別人怎樣用槍。「這兒講不到主權的問題 [，] 」[40] 布伊格說，在全體同意之中把步槍分配給最好的射手。

兵士們從最大的林蔭路到來了；他把他手下的人分配到一切對面的路中去。阿比西尼亞王剛帶了他的伙伴和那架手提機關槍到來，可是只有阿比西尼亞王一個人懂得使用手提機關槍。什麼聲音也聽不到，穿著布鞋的民軍的奔跑和電車，都一點聲音也沒有，—— 連兵士的腳步聲也不，因為還太遠。自從汽笛聲停了以後，一種伏伺待機的沉靜便籠罩在巴賽洛拿上面了。

在一家旅館和一家香水廠的巨大的廣告牌下面，兵士們持鎗前進。那廣告已經是過去的東西了嗎？布伊格想。一切的無政府黨員都已舉鎗 [瞄] 準了。[41]

第一排的兵士 —— 穿著便服的褲子的 —— 向一條路開鎗，接著在一群明朗的鴿子的驚飛（其中有許多隻又墜了下來）下面散開來。第二排向另一條路開鎗，接著又散開來。在掩護之下的布伊格

手下的人也開鎗，並不是像剛纔阿比西尼亞王手下的人那樣向路的一角開鎗，卻是集中火力射擊；而那個廣場又並不大。第一排跨著跑步，來到了阿比西尼亞王的手提機關鎗前面，接著，像一片遺下貝殼退下去的浪頭似的，他們在瘋狂的彈雨之中向林蔭路退回去，遺下了一連串的伸直或縮做一團的 [軀] 體。[42]

在一家旅館的窗口有一些穿著襯衫的傢伙，在那兒歡呼（對百姓呢，還是對兵士？），那是來參加運動會的外國運動員。一個工廠的汽笛又發出地的船舶的呼聲來。

工人們趕上去追那些兵士。

「歸你們的原位！」布伊格吼著，一邊揮動他的那一雙短短的胳膊。可是別人聽不見他的聲音。

不到一分鐘，三分之一追上去的人都倒下去了：那些兵士已掩護在林蔭路的門廊下，而工人們卻處在五分鐘以前那些軍隊的地位了。在廣場的盡頭，穿茶褐色軍服的屍體和傷者，在前面，穿黑色衣藍色 [軍] 服的屍體和傷者，[43] 在兩者之間，死鴿子；在一切上面二十個汽笛又開始在假期的太陽中吼起來。

布伊格和他手下的人們（雖則廣場上有那些傷者，人還是越來越多），儘在射擊的斷續的聲音和低沉下去的汽笛聲中攻擊那些軍隊。那些兵士開著跑步退卻：否則，人民陣線的戰士們會從那些和林蔭路平行的路兜過去，而在一個障礙物的掩護之下等待他們。

軍營的那些門又帶著一種鐵的聲音關上了。

「布伊格嗎？」

「是我。怎麼說？」

新的戰士們不停地到來。警衛隊和突擊隊在城市中區作戰，而因為巴賽洛拿共產黨員人少 [，] 無政府黨的那些領袖便無意地

做了戰鬥的領袖。布伊格是相當無名的：他並不在「勞動互助報」（*Solidarité ouvrière*）上寫文章。可是人們知道他曾經組織過沙拉哥薩兒童救護會，而為了這個原故，那些非無政府黨員甯可願意和他共事而不大願意和 FAI 的領袖共事。（一九三四年的春天，在杜魯諦指揮之下的沙拉哥薩的工人們維持了西班牙最大的大罷工至五星期之久。他們拒絕任何津貼，祇請求無產階級的互助為他們的孩子盡一點力；一百多萬人送糧食和基金到「互助團」（*Solidaridad*），立刻由布伊格分配，而他所徵得的一隊運貨汽車，又把沙拉哥薩工人的孩子們裝到了巴賽洛拿來）。而在另一方面呢，因為無政府黨員是並不繳會費的，所以，布伊格便像杜魯諦一樣，像一切互助團員一樣，曾經襲取那些運送西班牙銀行的金子的貨車，去幫助罷工工人和「無政府主義書店」（*Librairie anarchiste*）。凡是知道他的傳奇式的身世的人，看見了這生著短鼻子，冷嘲的眼睛並且從這大早晨起不停地微笑著的，十分矮壯的面如猛禽的人，都大為驚異。他祇有那件黑色的羊毛背心是像他的身世的。

他留下三分之一越來越多的人在那兒，讓他們開始安設障礙物，也留下那架手提機關槍。一個新來的人懂得使用牠。來了許多歸附民眾的兵士，都只穿著襯衫，免得弄錯；可是他們卻保留著他們的軍帽。早上，人們給他們喝了兩杯羅姆酒，叫他們去彈壓一個共產黨的陰謀。

布伊格帶著其餘的人動身到加達魯涅廣場去。問題是在於擊破城市中區的叛兵，然後再回來對付那些軍營。

他們從加達魯涅散步道來到那裏。在他們前面，哥倫布旅館（l'hôtel Colon）的波羅蜜形的塔和牠的機關槍統制著廣場。貝德拉爾培斯軍營的步隊分據著三個主要建築物：底裏的旅館，左面的電

話總局，右面的愛爾[陀拉多](Eldorado)，軍隊的人們並不打，可是那些機關槍口口口口口口軍官，那些一直化裝到半身的法西斯諦和那些兩星期以來「變成兵士」的人們，統制著那個廣場。

三十個光景的工人衝過形成廣場的中心的那塊高起的草場去，想藉草場四圍的那幾棵樹作掩蔽。機關鎗開火了；他們像唸珠似地倒下去。那高高地繞著圈子而並不飛開去的鴿子的影子，[飄]過了那些直挺著的軀體，和一個把槍[擎]在頭頂上的還在搖擺著的人。

在布伊格的周圍，現在已有了一切左派[政黨的旗幟]了。有幾千個人在那裏。

自由黨，總工會的人和勞動總同盟的人，[44]無政府黨，共和黨，工團黨，社會黨等一同向敵人的機關鎗跑過去，這是第一次。無政府黨員為了要獲得阿斯都里亞斯的囚徒的解放而投了票，這也是第一次。巴賽洛拿的一致，和布伊格所懷的希望——看見撐持著這張一向差不多只是秘密的旗，這張終於展開的紅黑兩色的大纛（oriflamme）——都是從阿斯都里亞斯人的混和的赤血中升起來的。

「分團兵營的兵已回到他們的營裏去了！」一個臂間挾著一隻雄雞奔跑著的留鬍子的人喊。

「高代德（Goded）剛從巴萊阿雷斯（Baléares）趕到[，」]另一個人喊。

高代德是法西斯將軍們之中的一個翹翹者。

一輛汽車開過，車蓋上用白堊粉寫着 UHP（註）。[45]「我們的廣告[，」]那想起了小廣場上的廣告牌的布伊格這樣想。

（註）無產階級兄弟會。

其餘的攻者試想沿著牆溜過去，想靠著那些遮簷，露台作掩護，可是總在那些機關槍（至少有兩架）的火線下。布伊格的喉嚨又熱又乾燥，好像抽了三包紙煙似的，望著他們一個個地倒下去。

他們前進著，因為暴動的傳統是向敵人前進；要是停留在那兒，在旅館前面，在那堆滿了咖啡圓桌的人行道上，他們就會在大太陽下面被人槍斃了的。那祇是英勇之模倣的英勇，是沒有成就的。布伊格愛堅強的人，他愛這些倒下去的人。而他是氣餒了。戰鬥幾個警衛去奪國庫的金子，和奪取哥倫布旅館不同，可是這一點小小的經驗卻已足夠使他懂得，進攻者是既沒有連絡又沒有固定的目標。

在那圍著草場的很寬闊的大街的地瀝青上面，子彈像昆蟲一樣地跳躍著。多少個窗子啊！布伊格數著那旅館的窗子：一百多個，而他又似乎覺得，在屋頂的那個大廣告牌「哥倫布」的「口」字裏，[46] 是有機關槍在著。

「布伊格？」

「什麼？」

他差不多帶著敵意回答那個養著灰色的小髭鬚的禿頂漢子：別人要向他討命令，而他心裏最嚴重的念頭，卻不願意給他們命令。

「我們衝上去嗎？」

「等一下。」

一小群一小群的人老是想衝到廣場上去。布伊格已對他手下說過等一下；那些人相信他：他們等待著。等什麼呢？

又是一陣人潮 —— 扣著硬領的，甚至戴著帽子的店員 —— 跨著跑步從高爾德斯路（Cortés）衝出來，被哥倫布旅館和愛爾道拉陀的塔上的機關槍所掃射，在格拉西亞散步道（paseo de Gracia）

的轉角上倒下去。

在直挺著的軀體和血上面，天是晴朗的。

布伊格聽到了第一響砲聲。

要是砲在工人手裏，那麼那旅館就完了；但假如那些軍隊從軍營向廣場開過來，又有砲，那麼人民的抵抗便 —— 像在一九三三年一樣，像在一九三四年一樣……

布伊格跑去打電話：只有兩尊砲，但卻是法西斯諦的。

他集合了他手下的人，碰到了一家汽車行就走進去，把他們裝在幾輛貨車裏，便在有瓦雀驚飛起來的夏天的喬木下面開了出去。

那兩架七五砲，是排在一條寬闊的林蔭路的兩旁，正在對著這條林蔭路轟。在砲的前面，是兵士們，這一次全是穿著便服的褲子，[帶] 著他們的槍和一架機關槍；[47] 後面，兵士們人數更多，一百個光景，似乎沒有機關槍。那條林蔭路的盡頭是在離那兒二百公尺的地方，另一條和牠成著直角的林蔭路攔住牠的去路。在這 T 字形的中間，一個牌樓；在牌樓下面，一架三七砲在那兒開砲。

布伊格派了一小群人到 T 字形的橫枝去偵察那些砲兵的防衛，又把他手下的人安插在一條和那林蔭路成垂直線的路上。

在他後面，在一種喇叭的急促的吼聲中，兩架加第亞克車（Cadillac）[像] 盜匪影片中所見似地橫衝直撞開過來。[48] 第一輛汽車是那留著小髭鬚的禿頂漢開的，在步槍和機關槍的集中射擊中，在飛得太高一點的砲彈下直衝出去。牠穿到那兩架砲之間去，像除雪車似地把兵士們掃開，然後撞在那三七砲的牌樓旁邊的牆上 —— 牠無疑是對準那三七砲衝過去的。斑斑的血跡間的黑色的殘片，一隻壓扁在牆上的蒼蠅。

那架三七砲繼續向那衝到那兩架砲之間去的第二輛汽車開砲。

那汽車的喇叭怒吼著，開著每小時一百二十公里的速率，直衝進牌樓裏去。

那架三七砲停止開砲了。在那已沒有了喇叭聲的沉靜中，工人們從一切的路上凝望著那牌樓的黑洞。他們等待汽車中的人們出來。汽車中的人們卻不出來。

汽笛又響鳴起來，好像那還在空中的喇叭聲擴大起來充滿了全城，來弔這革命最初的光榮的犧牲者似的。一大圈習慣於日常的喧囂的鴿子，在林蔭路上面飛繞著。布伊格艷羨那些已死的同志們，然而，他卻也很想看見以後的日子。巴賽洛拿是滿孕著他一生的一切的夢。

「老實說，」阿比西尼亞王說：「這是了不起的工作，但不是認真的工作。」

布伊格派去偵察的人們回來了。「灰炮後面，那邊，靠右面，只有十來個光景的傢伙。」

那些法西斯諦一定人數太少了，不能把守住他們周圍的一切街路：巴賽洛拿是一座棋盤一樣的城。

「你來指揮，」布伊格對阿比西尼亞王說。「我去想法從後面倒衝過來：你帶著其餘的人儘可能離炮近一點，等我們一衝過來，你們就撲上去。」

他帶著五個伙伴去了。

阿比西尼亞王幫著他的人向前進。

還不到十分鐘。驚惶失措的兵士們回過身子去，那些炮兵們也想把他們的炮轉一個向：布伊格的汽車突破了那一小隊哨兵之後，便向那兩架炮衝過來，手提機關鎗安在兩塊擋風玻璃窗之間，汽車的後部像一個瘋狂的鐘擺一樣地左右搖動著。布伊格看見那些已不

復受到禦彈鋼板的保護的砲手們，像電影中的特寫似地大起來。一架法西斯機關鎗射擊著又擴大起來。玻璃上四個圓洞。布伊格身子向前面彎著，嫌恨自己的腿太短，使勁踏著加速鐙，好像想要踏穿汽車的底板到炮那一面他的同伴面前去似的。玻璃上又是兩個蒙著霜一般的洞。抽了筋的左腳，緊抓住舵輪的兩隻手，撲到擋風玻璃上來的步鎗管，耳鼓裏手提機關鎗的巨聲，倒翻過去的屋子和樹木，—— 正在同時換方向變顏色的鴿子的飛翔，—— 呼喊著的阿比西尼亞王的聲音。

布伊格從昏暈中醒過來的時候，看見了革命和已奪得的炮。他祇在汽車翻倒的時候在後腦上重重地撞了一下；他同伴中兩個人已經死了。阿比西尼亞王給他裹傷。

「這樣，你有包頭布了。你是一個阿剌伯人（Arabe）去。」這些兵士和那些分配了他們的槍械的押解工人一邊談話一邊走。一切其餘的人都重新出發到加達魯涅廣場去。

那邊，形勢並沒有改變；祇是屍體更多了一點。這一次，布伊格是從哥倫布旅館就在角上的那條格拉西亞散步道來到那裏的。一個擴音喇叭喊著：

「泊拉特空軍（L'aviation du Prat）已加入人民自由的擁護者方面。[49]」

那更好了，可是在那裏呢？

從在那旅館對面的一切路上，又衝出無政府黨員，社會黨員，扣硬領的小布爾喬亞，和幾群農民：早晨已遲，農民們已漸漸趕到了。布伊格攔住了自己的人。那衝鋒的人潮，被三個機關鎗巢所掃射，遺下了一排死者，又退了下去。

好像 [是另] 一群飛鴿似的，[50] 從窗口散下來的一個法西斯團

體的傳單,緩緩地落到地上或停留在樹上。

布伊格第一次感覺到,在自己前面的不是一種絕望的企圖,像一九三四年一樣 —— 像歷來一樣,卻是一種可能的勝利。雖則他是讀過巴枯甯(Bakounine)的書的(在這一整群人之中,無疑祇有他是涉略過巴枯甯的書的),[51] 革命在他眼中總還是一種民眾暴動(Jacquerie)。對著一個沒有希望的世界,他所期待於無政府主義的,就只有模範的反抗而已;因此,在他看來,任何政治問題都是由膽量和人品解決的。

他記得列甯在蘇維埃的期限超過了巴黎公社二十四小時的那一天在雪上跳舞。今天,問題並不是在於給人模範,卻在乎取得勝利;要是他手下的人們像其餘的人一樣地衝出去,那便會像他們一樣地倒下去,而不能奪得那旅館了。

從穿過廣場成 V 形通到哥倫布旅館去的那兩條大街,和像一條橫閂似地在旅館前面通過的高爾德斯路上,確切一同地開到了三個聯隊的警衛隊。布伊格望著他往日的敵人的雙角帽在太陽中閃耀著。從他們在歡呼聲進前中的那種樣子看來,他們是站在政府方面的。廣場上是那樣地寂靜,竟可以聽見鴿子的飛翔聲。

那些法西斯諦也躊躇起來,看見警衛隊站到政府方面去,他們都楞住了。他們很明白,那些警衛隊都是第一流的射擊手。

希美奈思上校(Colonel Ximénès)跛行著走上了高起的草場的坡階,一直向那旅館前進。他沒有帶武器。一直走完了廣場的四分之三,還沒有人開鎗。接著,機關鎗又從三面開火了。布伊格跑到在他前面的屋子的二層樓上。無政府黨員在他們一切敵人之中最憎恨的便是警衛隊。希美奈思上校是一個熱衷的天主教徒。而今天他們卻在一種奇異的友愛之中一起作戰著。

希美奈思轉過身來；他舉起了他的警衛司令的節杖，於是，從三條路上，帶著雙角帽的人衝了出來。老是跛行著的希美奈思（布伊格記得他手下的人稱他為「老鴨子」）重新向那旅館走上去，獨自個在廣大的草場上，在彈雨之中。左面警衛隊沿著那不能垂直射擊的電話總局前進；右面的沿著愛爾道拉陀前進。非得愛爾道拉陀的機關槍手去向左面的人射擊不可，可是，在警衛隊前面，每個法西斯集團祇竭力防禦自己而不及防禦自己的友軍。

哥倫布旅館的機關槍困難地一會兒向右 [瞄] 準，[52] 一會兒向左 [瞄] 準：[53] 那些警衛隊並不列著橫隊，卻列著縱隊前進，同時巧妙地利用著樹木的掩護，後面跟隨着現在已從一切路中走出來的無政府黨員；同時，在布伊格前面，在一片皮靴的雜沓聲中，高爾德斯路的警衛隊開著衝鋒的步子跑過；現在，已沒有人向他們開槍了。在廣場的中央，那位上校跛行著向前進。

十分鐘之後，哥倫布旅館已被佔領了。

　　*　　　　　　　　*　　　　　　　　*

警衛隊佔據著加達魯涅廣場。夜的巴賽洛拿是充滿了歌唱，呼喊和槍聲。

武裝的平民，市民，工人，兵士，突擊隊，都在啤酒店的燈光中經過；坐在一切的桌邊，那些警衛隊在那兒喝酒。

在二層樓的一間改作司令站的小客廳中，希美奈思上校也在那兒喝酒。他統制著整個區域；幾小時以來，許多組織的領袖都來向他請求指示。

布伊格走了進來。現在，他穿著一件皮上衣，佩著一把大手槍——在他的又骯髒又染血的包頭布下面，這服裝卻也有點傳奇風。這樣，他似乎是更矮更闊了。

「我們到那裏去最有用？」他問。「我有一千人光景。」

「沒有什麼地方：此刻什麼都順手。他們就要設法從那些軍營衝出來，至少阿達拉沙拿斯（Atarazanas）軍營。你最好是等半個鐘頭。這時候，在我的後備隊之外還有你的，倒並不是無用的。他們彷彿在塞維拉，蒲爾哥斯，塞谷維亞（Ségoria）和巴爾馬（Palma）佔了上風，[摩]洛哥是更不用說。[54]可是這兒，他們一定會打敗。」

「那些俘虜的兵，你拿他們怎麼辦？」

這個無政府黨員的言語舉止是隨隨便便的，好像他們已共同作戰了一個月一樣。從他的態度上，他不知不覺地顯出，他是來請教意見，而不是來討命令的。希美奈思因為曾經研究過好幾次他的案卷照片，所以認得他的目面；但對於他的矮胖的海盜般的身裁，他卻有點驚奇。布伊格雖則是一個次要的領袖，但曾比其餘的人更使他感到麻煩過，那就是為了救護沙拉哥薩的兒童那回事。

「政府的命令是解除了那些兵士的武裝，然後解放他們，」上校說。「軍官們卻解到軍法處去聽審。[」]

「坐在加第亞克裏的是你，可不是嗎？全靠這樣，我們纔奪得了那些炮。」

布伊格記得曾經看見，在路的盡頭，憲兵的雙角帽和突擊隊的鋼盔一同閃過……

「正是。」

「這很好。因為要是他們帶著砲來到這兒，那麼也許一切都要大不相同了。」

「你穿過廣場的時候真有運氣……」

那熱烈地愛著西班牙的上校，是感激著這個無政府黨員，並不

是為了他的恭維，卻是為了那西班牙所特有的語調，為了他像一個查理五世的隊長似地回答他。因為這是很明白的，他說「運氣」（chance），意思是指「勇敢」（courage）。

「那時我害怕，」布伊格說，「—— 害怕 —— 不能夠一直衝到砲旁邊。不管死活，可是一定要衝到砲旁邊。你呢。當時你怎樣想？」

希美奈思微笑了。他是光著頭，他的剪光的白頭髮，很像鴨子的細毛 —— 他手下的人給他取綽號為「鴨子」，因為他生著很黑的小眼睛和鉗子似的鼻子。

「在那些情形之下，我的腿說：『嚕，你在那兒幹什麼，傻子！』特別是跛著的那一條。……」

他閉上一隻眼睛，舉起食指來。

「可是心卻說：『上去』……我從來也沒有看見過子彈像一場大雨中的雨點似地彈跳。從上面看下來，是很容易把一個人和他的影子混錯的，這就減少了射擊的效果。」

「攻擊是很好，」布伊格艷羨地說。

「是的。你的人能打，可是他們不會作戰。」

在他們下面的行道上，抬過了一些染著斑斑的血跡的空异架。

「他們能打，」布伊格說。

有些賣花女郎已把她們的石竹花向抬過的异牀拋擲，於是那些白色的花便落在皮帶上，在血跡旁邊。

「在監獄裏的時候 [，]」布伊格說，「我想像不到有現在這樣大的友愛。」

聽到監獄這兩個字，希美奈思忽然悟到他這個巴賽洛拿的警衛隊上校，是正在和一個無政府黨員的首領喝酒，便又微笑了。急烈

派團體（groups extremists）的一切領袖們都是勇敢的，許多都已戰死或受了傷。對於希美奈思，像對於布伊格一樣，勇敢也是一種祖國（le courage aussi était une patrie）。無政府黨的戰士們走過了，頰兒在旅館的燈光中是黑黝黝的。沒有一個人剃過鬍鬚：戰鬥是開始得太早了。又是一個舁架牀過了，一枝菖蒲花掛在抬槓上。

　　一道淡紅色的光從廣場後面升起來，另一道是在遠處一個山崗上；接著，一些亮紅色的顫動著的火球一處一處起來了。正如在黎明時用一切汽笛的喘息來求救一樣，這夜巴賽洛拿把牠一切的教堂來焚燒著。火的氣味吹進了門戶洞開臨著夏夜的客廳。希美奈思凝望著散開在加達魯涅廣場上面的，下面發亮的巨大的紅煙，站了起來，劃著十字。並不是堂皇地 [，] 卻像要表白自己的信仰那樣，卻像當旁無他人的時候那樣。

　　「你懂得通神學（théosophie）嗎？」布伊格問。

　　在旅館的門口，那些他們看不見的新聞 [記者們] 騷動 [著]，[55] 談著西班牙教會的中立，或談著用十字架打死拿破崙（Napoléon）的老兵的那些沙拉哥薩的僧侶。[56] 他們的聲音升上去，雖則有爆炸聲和遼遠的呼喊聲，在黑夜裏還是很清晰的。

　　「呃！」希美奈思喃喃地說，一邊還注視著煙，「上帝不是給人放在世人的角逐之中的，正如聖杯之並不是給人放在強盜的袋子裏那樣。」

　　「巴賽洛拿的工人們是從誰那兒聽說到上帝的呢？不是從那些憑著上帝的名義，向他們宣說壓迫阿斯都里亞斯人是善行的人們，可不是嗎？」

　　「呃！是從一個人在生活中真正了解的僅有的東西；童年，死亡，勇敢……並不是從人們的說辭中！我們假定西班牙的教會已不

稱牠的任務了吧。那些用你們的主義招搖的匪類 —— 而且這樣的人並不少…… —— 怎樣會阻止你們去行你們的主義呢？從世人的低劣方面去評量世人是不好的……」

「當人家強迫群眾過低劣的生活的時候，那就不容他們思想崇高了。四百年以來，誰 —— 像你會說的那樣 —— 『負著這些靈魂之責』呢？要是別人不一向把仇恨教得他們這樣深，那麼他們也許會把愛學得更好一點，不是嗎？」

希美奈思望著遼遠的火焰：

「你注意過那些曾經為正義而力爭的人的肖像或面貌嗎？他們的樣子一定是快樂的 —— 或至少是甯靜的……他們的最初的表情，卻往往是悲哀……」

「教士是一件事，心是另一件事。這方面我和你說不明白。我有說話的習慣，而我又不是一個無知識的人，我是排字工人。可是還有一點：在印刷所裏，我曾經常常和作家們談話；就像和你談話一樣：我可以和你談教士，你可以和我談戴蒂沙聖女（sainte Thérèse）。我可以和你談教理問答（catéchisme），你可以和我談……什麼啊？多馬・達季拿思（Thomas d'Aquin）。」

「在我看來，教理問答是比聖多馬更重要。」

「你的教理問答和 [我] 的教理問答並不是一樣的：[57] 我們的生活是太不同了。那教理問答，我在二十五歲的時候曾經重讀過一次：我是在此地的一條溪溝裏撈起牠來的（這像是一個道德故事）。不能教那些兩千年以來就只吃嘴巴的人，去伸出別一面頰兒來讓人打的。」

布伊格使希美奈思困惑，因為在布伊格身上，智慧和愚昧是分配得和上校見慣的人們不同。

　　被法西斯諦關在桌布房，盥洗室，地窖和倉庫裏的最後的顧客得到了解放之後走了出來，大火的橙黃色的回光映在他們驚惶的臉上。煙的雲越來越密，而火的氣味又是那麼地強烈，簡直就像旅館本身已著了火一樣。

　　「那些教士呢，你聽我說：第一，我不喜歡那些單說話而什麼事也不做的人。我是屬於另一個種族的。但是我也是和他們同一個種族的人，為此之故，我纔討厭他們。不能教窮人，教工人去同意壓迫阿斯都里亞斯人。而且他們這樣做還是憑著……憑著愛的名義，嘿，這是最可惡的了！有些弟兄們說：你們這個傻子，你們還是燒銀行的好！我呢？我說：不，讓布爾喬亞去這樣幹，這是照常的。他們，那些教士，不。那些教堂 —— 他們在那裏喜形於色地目擊三萬人被捕，受刑以及其餘的 —— 讓牠們燒著吧，這很好。除了為了那些藝術作品：大伽藍（cathédrale）卻並沒有燒。」

　　「那麼基督像呢？」

　　「是一個無政府黨員保全的。就是這一個。說到那些教士，我要對你說一句話，這你也許會不大了解，因為你沒有窮過。我做了我做得最好的事，一個人倒說要原諒我，我就憎惡這個人。我不要別人原諒我。」

　　一個無線電播音器在夜的廣場上喊著：[58]

　　「瑪德里的軍隊尚未有表示。」

　　「西班牙全境安定。」

　　「政府控制全局。」

　　「法朗哥將軍（Le général Franco）剛在塞維拉被捕。」

　　「巴賽洛拿對於法西斯諦及叛軍的勝利現已完成。」

　　阿比西尼亞王揮著手臂走進來，向布伊格大喊著：

「公園軍營的兵士剛纔又衝出來了！他們已設了一道障礙物。」

「敬禮，」布伊格對希美奈思説。

「再見，」那上校回答。

坐上了一輛明令徵發的汽車，布伊格和阿比西尼亞王又開足了速度，在充滿了歌聲的淡紅色的夜裏出發了。在加拉高賴斯（Caracoles）區，民軍從那些妓院的窗口把牀墊丟到貨車裏，於是那些貨車立刻就開到那些障礙物邊去。

現在，整個夜的城市中都有著障礙物了：牀墊，街石，傢具……有一個很別緻，是用懺悔臺搭成的；還有一道前面有些馬倒斃在那兒的障礙物，在汽車探照燈的短促的光裏，顯得好像是一大堆死馬的頭。

布伊格不懂那些法西斯諦所搭的障礙物有什麼用，因為他們現在已在兵士們的敵對中孤獨地作戰著了。他們在那在半明半暗之中模糊不清的，有椅子腳聳出著的一堆東西後面，零亂開著槍：街燈已被槍打下了。當人們一認出了布伊格和他的包頭布的時候，快樂的呼噪聲就立刻充滿了街路：正如在一切持續戰鬥中一樣，領袖的好尚起來了。老是跟阿比西尼亞王一起，布伊格跑到第一家汽車行去，弄到了一輛貨車。

那條林蔭路很長，兩邊植著在夜裏呈著青色的樹木。那些看不見的法西斯諦在那兒開槍。他們有一架機關槍。法西斯諦那兒總是有機關槍的。

布伊格開足了速率，像早上踏汽車的加速鐙似地使勁踏著那加速鐙［，］在速率更換桿的聲音靜下去的時候，阿比西尼亞王在兩排槍聲之間聽到了一響孤單的鎗聲，看見布伊格一下子挺直了身子，把兩隻拳頭靠在舵輪上好像靠在一張桌上［似］的，同時發出了一

聲剛被子彈打斷了牙齒的人的呼喊。

　　障礙物中的一架鏡面衣櫥,好像一下打擊似地,衝到牠所反映著的探照燈上來;在阿比西尼亞王的手提機關槍的瘋狂的尖銳聲中,那一大堆傢具像一扇撞破的門似地打了開來。

　　從罅隙中走過去的民軍們,是已經越過了那陷在傢具之中的貨車了。那些法西斯諦向那附近軍營奔逃。阿比西尼亞王一邊不斷地開著槍一邊望著布伊格:被包頭布遮住了臉兒,倒在舵輪上,他已死了。

第一章・第三節

七月二十日 [59]

　　在那些赤裸著上身和只穿著襯衫的人們之間,在驅散了又回來的婦女們之間,戴雙角帽的警衛隊和突擊隊徒然想維持群眾的秩序,前面是疏散一點,後面卻擠滿無數的人,而從那裏,又發出一片低沉而不斷的呼噪聲來。一個軍官帶著一個剛從蒙達涅(Montagne)軍營脫逃出來的兵到一家酒店去。哈伊美・阿爾維阿爾(Jaime Alvear)看見他們向酒店走過去便搶先進去。在那從一切窗口門口發出來的細小的槍聲上面,在呼喊聲,以及從瑪德里升起來的熱的石頭和柏油的氣味上面,砲勻整地開著,像是這整片群眾的心的跳躍。

　　顧客們的頭群集在那兵士的四周,像蒼蠅似的。他喘息著。

　　「上校説:應該拯救……共和國。」

　　「共和國?」

　　「是呀。據説因為牠剛落到了……布爾雪維克(bolcheviks)……[60]猶太人和無政府黨的手裏。」

「那麼那些兵怎樣回答呢？」

「回答説：『好（Bravo）！』」

「好嗎？」

「是呀！……他們不管這一套。我應該對你們説。回答的特別是那些新來的。一星期以來……到處都是新來的。」

「那麼左派的兵呢？」一個聲音問。

在靜止的酒杯中，勃蘭地酒（cognac）和曼沙尼拉酒（manzanilla）在戰鬥的韻律中顫動著。那個兵喝了酒。他漸漸地呼吸恢復原狀了。

「剩下在那兒的人是他們不知道什麼派別的。其餘的呢 [，] 兩星期以前就調開去了。在我們那兒，左派的傢伙也許還有五十個光景。可是他們不在那兒。據説全綁在一隻角落裏。」

叛軍當初堅信政府不會武裝民眾，他們等待著那些還沒有舉動的瑪德里的法西斯諦。

一下子靜了下來：無電線播音機報告了。因為報紙每天祇出版一次，西班牙的命運是只由無線電在那裏表白了。[61]

「巴賽洛拿各軍營繼續降服。」

「阿達拉沙拿斯軍營已為阿斯加索（Ascaso）及杜魯諦所率領之工團黨員奪得。[62] 阿斯加索在進攻軍營時戰死。」

「蒙胡伊契（Montjuich）要塞未戰即向民眾投降……」

整個酒店都興奮地呼喊著。即使對於阿斯都里亞斯，也沒有什麼名字比蒙胡伊契這名字更含義猙獰的了。

「……兵士聆悉西班牙合法政府無線電，宣稱對於叛變軍官無須服從後，即拒絕執行官長命令。[63]」

「現在誰在軍營那兒打？」那軍官問。

「那些軍官，那些新來的。弟兄們呢，他可以往那兒溜就往那兒溜。地窖裏一定有不少。你們的砲開起來的時候，大家都不幹了；這一下明白啦：大家都知道無政府和布爾[雪]維克是沒有大炮的。⁶⁴ 我對弟兄們說：上校的那篇演詞，還是法西斯諦的一套把戲。朝老百姓開槍，那纔是壞蛋！那麼我就跳到你們這兒來。」

那兵士還不能克制自己肩膀的顫動。砲老在那兒開，砲彈的爆炸像是回音。

哈伊美看見過那架砲。那架砲是一個突擊隊的隊長在那兒管。那人不是砲兵，雖則居然會開了，卻不會[瞄]準。⁶⁵ 在旁邊，雕刻家洛貝思（Lopez）著了忙；他是社會黨民軍的指揮，哈伊美也就是其中的一員。地勢不容許砲直接對準大門開；那隊長因此但憑臆測地對[牆]開著。⁶⁶

頭一個砲彈——太高了——飛到郊外去爆炸了。第二個砲彈在磚牆上一陣黃色的大煙中爆炸。每開一砲的時候，那架沒有安置牢穩的砲就發狂地朝後退，於是洛貝思的那些民軍就好好歹歹地又把牠推到原地方去，赤露的胳膊直伸著按在輪輻（rayons de ses roues）上，像法國大革命的版匣中似的。然而卻也有一個砲彈穿過了一扇窗在軍營的內部爆炸。

「你們打進去的時候，可得當心一點，」那兵士說。「因為那些弟兄們，他們沒有朝你們開鎗。他們是故意這樣的！」

「怎樣認得出那些新來的呢？」

「一下子嗎……我可說不明白……」

「可是以後呢……我對你說：他們是沒有家的……」

他的意思是說，那些為叛變加入軍隊的法西斯諦，已把他們的太漂亮的太太藏了起來；最近的那些有掩蔽的路上，滿是兵士們的

妻子，她們都在等待著：在整片的群眾之中，這是唯一的沉靜之群。

被圍困的排鎗聲突然升到一種貨車的軋軋聲上面：另一批突擊隊來了。他們的一輛裝甲汽車已經在那兒了。砲不斷地震搖著杯中的酒。一些像伙臂間挾著鎗來報告好消息，好像在攝影場的酒排間裏，穿著戲裝的演員在兩個鏡頭之間來喝一杯酒一樣。可是在酒排的棋盤形的白磁磚地板上，卻留著染血的鞋底的印跡。

「又是一個撞門槌！」

的確，一根巨大的樑木像一個幾何學的怪物似地向前進，由五十個平行的人抬著，像 [縴] 夫似地彎倒身子，[67] 有的佩著領，有的沒有，但大家背上都負著槍。這根樑木越過了破碎道路，牆面的殘片和柵欄的斷梗，像敲一個巨鑼似地撞了一下那扇大門，然後縮回來。那個軍營雖則充滿了呼喊聲，鎗聲和煙，但卻在牠的高高的大門後面，像一個修道院似地發著空響。抬樑木的人們中，有三個在法西斯諦的射擊中倒了下去。哈伊美代替了其中的一個人。當整個撞門槌又抬上去的時候，一個 [生] 著濃眉的高大的工團黨員用兩手捧住了頭，[68] 好像是閤住耳朵似的，接著就倒在那正在抬過去的木樑上，手臂掛在這一面，腿掛在另一面。抬木樑的人大部分沒有看見他；於是那撞門槌便繼續慢慢地沉重地前進，那個曲成兩段的人老是在木頭上面。[69]

那缺口一定不小，因為那些民軍越來越多了。從外面來的巨大的群眾的歡呼聲撼動了牆壁。哈伊美向窗口一望：無數握拳的赤露的手臂，一下子從那只穿襯衫的群眾伸了出來，好像是體操似的。人們已開始在分配奪得的鎗械了。

那座前面堆積著近代的鎗械和劇場上所見到一般的指揮刀的

牆，把街路和哈伊美看得見的一個大院子分隔着。在這院子底 [裏]，[70] 是一家腳踏車行。當民軍們進攻的時候，那車行被搶劫過了，因此那院子 [裏] 攤滿了大塊的打包用紙，[71] 把手和輪子。哈伊美想起了在撞門槌上曲成兩段的那個團黨。

在第一間廳間，一個軍官是 [坐] 在那兒，[72] 一隻手托頭，俯在桌子上他自己的還在流著的血上面。還有兩個軍官是橫在地上，手旁邊是一枝手鎗。

在那不很光亮的第二間廳裏，有些兵士 [臥] 在那兒；[73] 他們大聲喊著：「敬禮！嚯！敬禮！」可是卻並不動：他們是被綁住了。這些就是被法西斯諦們疑心忠於共和國或同情工人運動的兵士。他們快樂異常，雖然被繩子縛著，卻儘敲著他們的腳跟。哈伊美和那些民軍們一邊放開他們一邊給他們西班牙式的接吻。

「下面還有弟兄們在著啊，」他們之中一個人說。

哈伊美和他的同伴們從屋內的一座樓梯走下到一間更暗黑的屋子裏去，撲到那些被綑綁著的弟兄們身上，也照樣吻他們：這些人已在前一天鎗斃了。

第一章・第四節

七月二十一日

「晚安，」沙特（Shade）對一隻懷疑地望著他的黑貓說。沙特離開了格朗哈（Granja）咖啡店的座位，[74] 伸出手去：那隻貓又走到群眾和黑夜裏去了。「自從革命以來，貓也自由了，可是我總還討厭牠們：我呢，我永遠是一個被壓迫者。」

「回來坐下吧，烏龜，」洛貝思說。「那些貓是不懷好意的髒東西，也許就是法西斯諦。狗和馬是笨貨：你不能拿牠們來雕刻什

麼。可作為人的朋友的唯一的動物，是比雷奈（Pyrénées）山間的鷹。在我的猛禽時代，我有一頭比雷奈山間的鷹，那是一隻單吃蛇過日子的鳥兒。蛇的價錢很貴，不能到動物園裏去偷的時候，我就去買賤價的肉，把牠切成一條一條的。我拿這一條條的肉在那隻鷹前面搖晃著，而牠呢，—— 為了客氣，—— 裝做上當的樣子，津津有味地把那些肉條吃下去。」

「這裏巴塞洛拿無線電台，」無線電擴音器中說。「人民奪得的砲，現已對準叛軍首領們所藏身的加比達尼亞（Capitania）。[75]」

一邊觀察著阿爾加拉大街，一邊作著記錄以備明天的特稿用的沙特，注意到那位生著鷹鼻的雕刻家，雖則下唇突出頭髮聳起，卻頗像華盛頓（Washington）；但尤其像一隻南美洲的鸚鵡。特別是因為洛貝思現在把手臂像翼翅一樣地揮動著。

「上場，那裏邊，」他喊著：「開拍了！」

在電燈的明亮的光裏，那飾著革命的一切化裝的瑪德里，像是一個巨大的夜間攝影場。

可是洛貝思平靜了下去：那些民軍來和他握手了。對於那些常到格朗哈咖啡店去的藝術家們，他前一天像在十 [五] 世紀那樣地開蒙達涅軍營的砲的名聲，[76] 甚至他的天才的名聲，都還沒有他以前因回答那使館隨員的話而得的名聲大；那使館隨員是前來請他替阿爾巴公爵夫人（la duchesse d'Albe）雕半身像的，他的回答是：「只要她姿勢擺得像 —— 河 —— 馬一樣。」他的態度是再認真也沒有了的：老是鑽在動物園（Jardin des Plantes）裏，比聖法蘭西思（saint François）更熟識動物，他肯定地說，河馬在人們向牠吹口哨的時候就走過來，絕對安靜地站在那兒，等人們不需要牠的時候再走開去。那位粗心的公爵夫人沒有受罪：洛貝思一向是用閃綠岩

石（la diorite）雕刻的，而那模特兒，在聽他像一個馬蹄鐵匠似的打了幾小時之後，總看見自己的半身像只變動了七公釐。

　　穿著襯衫的兵士們走過了，四面歡呼喝采，後面跟著孩子們……這就是脫離了阿爾加·德艾拿雷斯（Alcala-de-Henares）的叛變的法西斯軍官，而投到人民方面來的步隊。

　　「你 [看] 走過的那些孩子吧，[77]」沙特說，「他們驕傲得發狂了。這兒有點東西是我所愛的：那便是人們像孩子一樣。我所愛的東西，多少總老是像孩子的。你看著一個人，你偶爾看到他身上的孩子氣，你就被 [迷] 住了。[78] 女人身上呢，當然囉，你就完了。你瞧他們：他們全都把他們平時隱飾著的孩子氣拿了出來：這兒的民軍們狂歡作樂，別的民軍卻戰死在謝拉（Sierra）山間，這也是一樣的事……在美國，人們以為革命是一種憤怒的爆發。而這時統制著這兒的一切的，卻是一團和氣。」

　　「並不是只有一團和氣。」

　　洛貝思只有在演藝術的時候是精微的。他找不到他探索著那個字眼，只說：

　　「你聽。」

　　寫着各工團或謝拉 UHP 的巨大的白色縮寫字母的汽車，來往飛快地經過；車中人互相用拳頭行敬禮，喊著：「敬禮！」而這一整片勝利的群眾，就似乎被這個呼聲所聯合著，像被一種不斷地友情的合唱所聯合著一樣。沙特閉 [攏] 了眼睛。[79]

　　「任何人都需要有一天找到自己的詩情（lyrisme），」他說。

　　「蓋爾尼戈（Guernico）說，[80] 革命的最大的力量，便是希望。」

　　「加爾西亞（Garcia）也這樣說。大家都這樣說。可是我討厭蓋爾尼戈：我討厭那些基督徒。你說下去吧。」

沙特很像一個勃里丹（Breton）的教士；[81] 這一點，洛貝思認為就是他反對教會的根本原因。

「總之還是實話，烏龜！你瞧，我呢，十五年以來我所願望的是什麼？藝術的復興。好。這兒，一切都是預備好了的。對面的那面牆，他們帶著他們的孩子在牆邊走過，那些蠢貨，卻竟看也不看牠一眼。這兒有一大堆的畫家，在街石中間生長著的，上星期我在愛斯高里亞爾（Escorial）的屋頂下面捻了一個出來，—— 他睡在那兒。應該給他們牆壁。你要一面牆的時候，是總找得到的，骯髒的，赭色的或謝拿土色（terre de Sienna）的。你叫人去塗白了，然後把牠交給一個畫家。」

那帶著一種酋長姿勢抽著黏土煙斗的沙特，留心地聽著：他知道現在洛貝思在那兒認真說話了。狂人抄襲藝術家，而藝術家卻像狂人。沙特不相信那些威脅著整個革命的藝術理論，但是他卻知道墨西哥的那些藝術家的作品，和洛貝思的野蠻的大壁畫 —— 那[聳]出著西班牙風的角和獸爪的大壁畫，[82] 的確真是戰鬥中的人的語言。

兩輛裝滿了民軍，聳出著槍械的公共汽車，啟程到托萊陀（Tolèdo）去。那面，叛變還沒有結束。

「我們把牆壁，光光的牆壁，老兄，給與畫家們吧：嗬，動手！起稿子，畫。那些與在牆面前走過的人們，需要你們對他們說話。沒有什麼話可以對他們說的時候，是不能造成一種對大眾說話的藝術；可是我們一起戰鬥，我們願意一起建立另一種生活，我們是互相有很多的話要說的。以前，那些大伽藍為了大家並和大家一起戰鬥魔鬼 —— 那魔鬼，他有法朗哥那樣的嘴臉。我們……」

「那些大伽藍叫我討厭。這兒，在路上，友情是比在那邊的任

何大伽藍裏都強。你説吧。」

「藝術並不是一個主題的問題。沒有偉大的革命藝術，因為什麼原故？因為人們老是討論方針而不談作用。所以應該對藝術家們説：你們需要對戰士們説話嗎？（什麼明確的東西，而不是像「大眾」那 [樣] 的一種抽象）。[83] 沒有需要嗎？好，做別的事吧。有需要嗎？那麼，牆壁在這兒。牆壁，老兄，這就是了。每天有兩千個傢伙要在牠面前走過。你們認識他們。你們『需要』對他們説話。現在，你們去想辦法吧，你們有拿這面牆來用的自由和需要。這就成。—— 我們不會創造什麼傑作，傑作不是可以定造的，可是我們卻會創作一種作風。」

在上面黑暗中的銀行和保險公司的西班牙式大廈，以及稍稍下面一點的政府各部的殖民地風的排場，都在時間和黑夜之中比列著，帶著牠們的巨大的柩車，俱樂部的大掛燈，大燭台，和掛在海軍部院子裏，在這無風之夜寂然不動的囚船的旌旗。

一位老人正要走出咖啡店去；他在走過的時候聽了一下，便把手按在洛貝思的肩上。

「我要畫一張畫，上面是一個走開去的老頭子和一個洗澡的傢伙。那個洗澡的蠢貨，愛運動，傻呆，不安靜，是一個法西斯諦⋯⋯」

洛貝思抬起頭來：説話的那個人是一位西班牙優秀的畫家。他顯然還想説：或是一個共產黨。

「⋯⋯對啦，一個法西斯諦，那個走開去的老頭子呢，就是老舊的西班牙。我的好洛貝思，這廂有禮（je vous salue）。」

他稍稍跛行著，在那充滿了黑夜的廣大的歡呼聲中走了：那些打敗了阿爾加拉的叛軍的突擊隊，回到瑪德里來了。從桌子上，從

人行道上，一切舉起的拳頭升到黑夜中去。突擊隊走過去，他們的拳頭也舉起著。

「這是不可能的事，」洛貝思興奮地說下去，「從那些有說的需要和有聽的需要的人們之中，會不產生一種風格來。別去打攪他們，給他們噴氣筆和噴色筒和一切現代技巧，以後再給他們陶器製作，那時候你等著瞧吧！」

「你的計劃中的好處，」沙特沉思地說，拉著他的領結的兩端，「就是你是一個傻子。我就愛那些傻子。這就是從前人們叫做天真的。一切的人都是頭顱太大了，又不知道拿來做什麼用。這些傢伙都是像我們一樣的傻子……」

在汽車更換速率的軋軋聲中，語言充塞著道路，還夾著一種被「國際歌」的節拍所穿過的踏步聲。一個婦女在咖啡店前面走過，兩臂抱著一個小小的縫衣機，把牠緊貼在懷裏，好像是一個生病的生物似的。

沙特一動也不動，手放在他的煙斗的柄上。他只用手指把他的小小的卷邊軟呢帽向後推了一下。一位軍官，青色的連套衫褲上綴著黃銅星章的，在走過的時候和洛貝思握手。

「謝拉那邊怎樣？」洛貝思問。

「他們不能通過。民軍不斷地來到。」

「很好，」那軍官走上去的時候洛貝思說。「總有一天西班牙全國都會有這種風格，像以前全[歐]洲都有大伽藍一樣，[84] 像現在墨西哥全國都有革民壁畫家們的風格一樣。」

「是的。可是你得一言為定，別再跟我提起大伽藍。」

徵發來作軍用或為夢想用的城中一切的汽車，都開足速率馳著，在友愛的呼聲中迎面擦過。從早晨起已收歸國有的從前法西斯

報館的攝影記者們在蒙達涅兵營所攝的照片，在咖啡座中傳來傳去；那些民軍在照片中辨認自己。沙特心中想著，今天夜裏他的通信還是寫洛貝思的計劃呢，寫「格朗哈咖啡店」的奇觀呢，還是寫那充滿了街路的希望。或者把這一切都寫上去吧。（在他後面，他的一個同國的婦人指手劃腳著，胸前佩著一面四十公分大小的美國旗；可是他剛打聽到，這是因為那女人是又聾又啞的。）從那些東也一片西也一片的牆上，從那些將在牆面前走過的人們間 —— 像這時在牆面前走過，被自由的歡慶所撼動的人們一般無二 —— 會產生一種新的風格來嗎？他們和他們的畫家們共有著這種潛伏的交感 —— 這交感從前曾是基督信仰，而現在卻是革命；他們已選定了同樣的生活方式，同樣的赴死方式。然而……

「這是一個空想的計劃呢，或者是什麼應該由你，或『革命藝術者協會』（Association des artistes révolutionnaires），或部長，或『鷹與河馬會』來組織的東西呢，還是什麼？」沙特問。

一些人走過，帶著一包包的衣衫，一方方摺好的被單莊嚴地夾在臂下，像是律師的公事皮包；一個小資產者帶著一條在咖啡店的燈光中顯得十分鮮紅的暖腳鴨絨被，抱在懷裏，像在他以前的那個女人抱著縫衣機那樣；還有些人把大圈椅倒翻過來頂在頭上。

「等著瞧吧，」洛貝思回答。「總之，現在不是由我來組織：我的民軍要出發到謝拉去。可是你不用著急！」

沙特吹散了他的煙斗的煙：

「洛貝思老兄，只要你知道我對於世人多麼厭倦就好了！」

「現在不是說這種話的頂好的時候……」

「要曉得我前天是在［蒲］爾哥斯。[85] 哎，一般無二！一般無二……那些可憐的傻子跟那些軍隊去結在一起了（fraternisaient）。

……」

「喂，烏龜！這裏是軍隊跟那些可憐的傻子來結在一起的。」

「而在那些大旅館裏，那些袒胸露臂的公爵夫人，和那些頭戴小帽肩披氈子的王黨農民一起喝酒……」

「那些農民肯為了公爵夫人死，公爵夫人可不肯為了農民死；再說，應該是按 [部] 就班來的。[86]」

「而當他們聽到了像共和國或工團那樣的字眼的時候，他們就吐口水，那些可憐的蠢貨……我看見一個教士帶著一桿槍，他以為他在保衛他的信仰；而在另一區中，我看見一個瞎子。他眼睛上包著一條新的布帶。在那條帶子上，用紫色墨水寫着：『基督王萬歲』。我真相信這傢伙自以為也是一個志願兵呢……」

「他眼睛瞎了……」

像每當播音器用牠們的腹語般的聲音喊著「哈囉」的時候一樣，沉靜又在他們四周降下來了：

「這裏，巴賽洛拿無線電台。高代將軍要發言了。[87]」

大家都知道高代是巴賽洛拿法西斯黨的首領，他是叛變的軍事指揮者。沉靜似乎一直伸展到瑪德里四境的盡頭。

「我就是，」一個疲倦，冷淡但卻也有幾分尊嚴的聲音說，「高代將軍。我向民眾宣佈，命運和我作了對，我現在是俘虜。我說這話，是為了使一切不願意繼續鬥爭的人們，可以知道他們已解除了對於我的任何壓束。[88]」

這正就是一九三四年失敗後的龔巴尼思的宣言。一片巨大的歡呼聲在夜的城市上面舒展了開來。

「這件事可以給我剛才要說的話以聲援，」那一口氣乾了杯以資歡慶的 [洛貝] 思繼續說。[89]「當我以前雕刻你所謂我的『西狄亞

玩藝兒』（machins scythes）的浮雕的時候，我沒有石頭。好的石頭價錢貴：不過墳場裏可有的是，裏面就只有這種東西。於是乎，我就在夜裏去偷盜墳場。那一個時期的我的雕刻，都是用那些『千古長恨』（des regrets éternels）雕的；我就是這樣地放棄了閃綠岩石的。現在是要大規模地來幹了：西班牙是一個滿是石頭的墳場，我們要拿來做雕刻用，你懂嗎，烏龜！」

男子們和婦女們都帶著黑色洋緞的包裹；一個老婆子拿著一口鐘。一個孩子拿著一隻提箱，還有一個拿著一雙鞋子。大家都唱著[歌]。[90] 幾步之後，一個男子拖著一輛手車，上面裝滿了亂七八糟的東西，慢吞吞地和著他們的歌。一個手忙腳亂的青年人，揮著胳膊攔住他們拍照。這是一個新聞記者：他有一架帶 [鎂] 光燈的照相機。[91]

「大家都搬起家來，這是什麼道理？」沙特問，一邊又把他的小小的帽子拉到前面來。「他們害怕轟炸麼？」

洛貝思舉起眼睛來。他既不裝腔做勢也不佯狂地望著沙特，這還是第一次。

「你知道西班牙有許多當舖嗎？今天下午，政府下命令打開當舖，發還典質物，不須付本利。瑪德里的窮人都去了，並不是急急忙忙地，絕對不，卻是慢吞吞地。（當然囉，他們不相信有這樣的事。）他們帶回了他們的棉被，他們的鎖 [錶]（chaînes de montre），[92] 他們的縫衣機……這是窮人的夜晚……」

沙特是五十歲的人了。經過不少行旅以後（其中有在美國的窮困，其次是因他所愛過的一個女人而起的不治的毛病）[，] 除了對於那他稱為「傻呆」或「獸性」的東西，即對於基本的生活：苦痛（douleur），愛（amour），屈辱（humiliation），天真（innocence）

等以外，他對於一切都視若等閒了。一群群的人走下林蔭路來，推著他們的聳起著椅子腳的兩輪車，後面跟著拿著掛鐘的行人；想到瑪德里一切當舖在夜裏為一朝得救的窮人而開了門，以及看見這帶著收回的典質物回到貧民區去的散亂的群眾這兩件事，便是最初使沙特懂得，革命這兩個字對於世人是能有怎樣的意義的。

　　徵發來的汽車奔馳著，去對付那些帶着手提機關槍在黑暗的街路上穿來穿去的法西斯諦的汽車；而在那些汽車上面，那固執的，再接再厲的，合拍的，消沉下去的「敬禮」聲，把夜和人團結在一種因那即在目前的戰鬥而格外堅固的休戰的友愛之中：法西斯諦們已到了謝拉了。

第二章・第一節

八月初

　　除了那些穿著已變成民軍 [制服] 的，[93] 釘拉鏈的機匠連套衫褲的人們以外，那些因為西班牙八月的暑天而敞開了襯衫的歡天喜地的國際空軍志願隊員們，都好像是從鄉村別墅或是沐浴回來似的。正在戰鬥的只有民航機的駕駛員，從中國或摩洛哥來的機關槍手；其餘的人呢 —— 那是天天都得到來的 —— 都要在日間受試驗。

　　在飛機場的中央，一架俘獲的戎克機（Junker）（牠的駕駛員聽到塞維拉無線電台宣佈瑪德里陷落，竟滿有把握地降落了下來）閃耀著牠全部的鋁光。

　　至少有二十枝紙煙同時點著了。分隊的秘書加摩豈尼（Camuccini）剛說過：

　　「一共兩點一刻鐘，那架 B……」

　　這意思就是說，複座戰鬥機 B 只有夠這一點時間用的汽油；

於是，從那像猴子似地坐在櫃台上的勒格萊（Leclerc），以至那些埋頭研究著機關槍使用法的不苟言笑的人們，大家都知道那架飛機和他們的同伴們，動身到謝拉去已有兩點零五分鐘了。

酒排間裏的人們不再吐著長長的煙圈子，卻是短促地一口一口地抽紙 [煙] 了。[94] 從那長長的玻璃窗間，一切平行的視線都集注在那些山頂。

現在或是明天 —— 不久 —— 總有第一架飛機會不回來的。每個人都知道，對於那些等待著死亡的人們，自己的死不會是什麼別的東西，祇是興奮地點旺了的紙煙的煙而已 —— 在這煙裏，希望在那兒掙扎著，像一個窒息的人一樣。

那被稱為波爾（Pol）的波爾斯基（Polsky）和加爾代（Gardet）離開了酒排，—— 眼睛卻老望著那些山崗。

「老板是在 B 字機裏。」

「你確得定嗎？」

「別裝傻！你看見他出發的。」

大家都同情地想到了他們的首領：他是在飛機裏面。

「兩點十分。」

「且慢 —— 你的錶走得不對：他們出發的時候還不到一點鐘，到現在是兩點零五分。」

「不對，雷蒙（Raymond），別來那麼一套，老兄：我對你說是零十分。你瞧上面那小施加里（Scali），他是離不開電話機了。」

「他到底是什麼人，這施加里？意大利人嗎？」

「我想是的。」

「他也許是西班牙人。你瞧他。」

施加里的有點像黑白夾種的臉兒，的確是地中海西班牙的人所

共有的。

「你瞧，他在那兒著忙！」

「情形不好，情形不好……我對你説……」

好像兩個人都對於死亡有所顧忌似的，爭論便在低音之中繼續下去。

部裏剛通知施加里，兩架西班牙驅逐機和兩架國際空軍的複座機，是被一個七架飛霞機（Fiat）的分隊所打敗。一架複座機墜落在政府軍的陣線中，另一架受了傷，掙扎著飛回來。那個頭髮差不多四面亂鬚的施加里，跨著跑步跑到山勃拉諾（Sembrano）那兒去。

那位號稱「老闆」的馬嚴（Magnin），指揮著國際空軍，山勃拉諾呢，管理著民用飛機場和那些改作戰鬥機的民航機；山勃拉諾的樣子像是一個年青而和善的服爾泰（Voltaire）。由於瑪德里機場上的幾架舊軍用飛機輔佐著，那幾架政府所買的西班牙民航用的新的道格拉斯機（Douglas），居然 [勉] 強可以和意大利的軍用飛機戰鬥一下，[95] 臨時地……

在下面，「塘鵝」們（pélicans）的嘈雜的聲音忽然靜了下來：[96] 然而卻並沒有一點發動機的聲音，或是任何警笛聲。可是那些塘鵝們卻互相用手臂指著什麼東西：在貼近一個山崗上面是一架複座機，兩個發動機都煞住了。在那被下午二時弄成像一個死去的星球一樣寂寞的沙土色的機場上面，那裝滿了活著或死去的同志們的機身，在那裏靜靜地滑翔著。

「那座山頭！」山勃拉諾説。

「達拉（Darras）是民航機的司機，」施加里回答，一邊用食指把自己的鼻子向上推了一下。

「那座山頭，」山勃拉諾又説，「那座山頭……」

飛機剛跳過了山頭，像一匹馬似地。牠開始在機場四周飛繞著。在下面，沒有一塊冰在玻璃杯裏發響；大家都在等待呼喊聲。

「倒撞下來了，」施加里説。「牠一定沒有橡皮輪了……」

他揮動著他的短短的手臂，好像想幫助那架飛機似地。那架飛機碰到了地，側了[一]下，碰了一下翼端，然後停了下來，並沒有撞翻。那些塘鵝們叫喊著跑到那閉著的機身的四周來。

那給麥芽糖梗住了喉嚨的波爾望著那並不拉起來的飛機的門。在飛機裏面，有八個弟兄在著。那平頂頭髮向前聳著的加爾代，用盡平生之力撼著機門的把手，也是一點用處也沒有；於是大家的臉兒，便都向著這隻拚命在推著那扇一定是壞了門的暴怒的手腕轉了過來。這扇門終於推開到半身那樣高：腳露出來了，接著是染著血的連套衫[褲]的下半身。[97] 從這人的舉動遲緩看來，可以明顯地看出，這人是受了傷。對著這一時不知是誰的血斑，對著這雙在那充滿了同志們的機身中謹慎地動著的腿，那一半已被麥芽糖梗住喉嚨的波爾心裏想，大家都正在他們的身體中，學習到「團結」（solidarité）二字的意義。

那駕駛員漸漸地把他的腳伸到機身外面來。他腿上一滴滴的鮮紅的血，在那眩目的太陽中墜下來。最後，洛阿爾（Loire）的葡萄田夫的生著疱瘡的臉兒露了出來；他戴著一頂花園匠的帽子，這算是他的護身符。

「你把這架飛機帶回來了！」山勃拉諾用他膽小的聲音嚷著。

「馬嚴呢？」施加里喊。

「他沒有什麼，」那試試扶住門的邊滑下來的達拉説。

山勃拉諾向他撲過去擁抱他，他們的兩頂帽子碰了一下。達拉

的頭髮已經白了。那些塘鵝們都興奮地開著玩笑。

達拉一走了出來，馬嚴就一跳跳到地上。他是穿著飛行員的衣服；他的向下垂的金灰色的髭鬚在他的束頭布下面使他有了一種茫然的海賊的神氣，因為他戴著玳瑁邊眼鏡。

「[S] 號呢？」他向施加里喊著。[98]

「在我們的陣地中。損壞了。可是祇不過是輕傷。」

「你料理這些受傷的人。我跑到電話機那兒去做報告。」

那些沒有受傷的人們跳下飛機來之後，就在同伴們之間著了 [忙]，[99] 想再爬到機身中去幫那些受傷的。加爾代和波爾是已經在飛機中了。

在機內，一個很年輕的少年直躺在紅色的斑跡和鞋底的血印之間。他名叫霍斯（House），「霍斯隊長」，但還沒有領到過飛行員衣 [服]。[100] 他是低轉台的機關槍手，第一次出去就在腿上中了五顆子彈。他只會說英文 —— 也許會說一兩種古文：因為一小本希臘文的柏拉圖，是露出在他的紅藍兩色的短衣的染血的袋口 [的]。這本書是他在早晨從施加里那裏偷去的，施加里曾因而鬧得天翻地覆 [。] 那個轟炸員呢，腿股上中了兩彈，靠在觀察員的座位上，在等待著。他從前是勃勒達涅的水手，在摩洛哥當過轟炸員；他自以為是一個硬好漢，又咬緊了牙齒 —— 而當加爾代把他慢慢地從機身裏弄出來的時候，他雖則受了傷，卻總還不改變他的紅紅的闊臉兒上的快活的表情。

「等一等，弟兄們！」那著了忙的波爾喊著，睜圓了他的眼睛。「我去找一個舁牀。否則就不行，要把他弄糟了。」

那個因為老是瘋瘋癲癲而被人稱為「飛怪」（ahuri-volatil）的勒格萊 [，] 這個穿著飛行衣但戴著灰色硬呢帽的瘦猴子，靠在他的

伙伴賽侶謝（Séruzier）肩上，[101] 已經開始吹牛了。

「我的小老兄，你得等一會兒，他們纔把你抬到手術牀上去呢。我要講一個故事給你解解悶兒。這大概是我跟那些狗蛋的最後的麻煩吧。就是這次也是為了一個弟兄的事。他的住所的看門人吃他不消：這給人開門的傢伙，簡直是個混蛋！見了有錢的住客，打躬作揖都幹，見了無產階級的窮光蛋呢，就擺出那 [副] 臭臉嘴來！[102] 我的那位弟兄給他臭罵了一頓，藉口説他夜裏回住所的時候不先通名報姓：好，我説，瞧著吧。在半夜兩點鐘光景，我從沒有人看守的馬車上解下一匹馬來，我把牠牽到這個臭馬 [槽] 的門口，[103] 直著嗓子通報道：『老馬』。隨後，對不起，我輕輕地溜啦……」

那轟炸員望著勒格萊和賽呂謝，連肩膀也不聳一聳，把那在他下面的塘鵝們堂皇地望了一遭，吩咐道：

「給我去弄一份人道報（*Huma*）。」

然後又緘默了，一直等到舁架到來。

第二章‧第三節

一片小小的圓形的煙在謝拉山頂上顯了出來。玻璃杯跳了起來，而杯中的小調羹的玎璫的聲音，在巨大的爆炸聲十分之一秒之後就可以聽到了：等一砲彈落在街路的盡頭。

隨後一片瓦從屋頂墜到一張桌子上，玻璃杯翻滾著，一片跑著的腳步聲在正午的太陽中升起來：第二個砲彈一定是落在街路的半中中央了。武裝的農民們擁進咖啡店中去，言語是急促的，但是眼睛卻在期待中。

在第三個砲彈落下來的時候（落在離那裏十公尺遠近的地方），

那些像鐵環一樣的破了的大玻璃，撲到了那些貼著牆楞住了的束著子彈帶的人們的臉上。

一個玻璃片插進在一張滿是一點點的酒的電影廣告上。

又是一個爆炸。接著又是一個，這次是遠得多了，在左面：現在，村子是充滿了呼喊聲了。馬努愛爾手裏拿著一顆胡桃。他把那胡桃用兩個指頭捏住，舉到頭頂上。又是一個砲彈爆炸了，更近一點。

「多謝，」馬努愛爾説，拿那顆殼已破了的胡桃給人看（是他自己用手指捏破的）。

「呃！」一個農夫低聲問，「要使砲彈不向這裏打，有什麼辦法？」

沒有人回答。拉摩思是在鐵甲車裏。他們留在那兒，一時離開牆，一時又回到牆邊，等待著下一個砲彈。

「這樣簡直沒有意思，」巴爾加（Barca）老爹的急促的聲音説。「要是老軌在這兒……可就要……變成瘋子了。應該還他們一手。」

馬努愛爾仔細看看他；他並不相信他的聲音的調子。

「方場上有貨車，」他説。

「你會開嗎？」

「會的。」

「一輛大貨車嗎？」

「是的。」

「弟兄們！」巴爾加 [嚷] 著。[104]

一個那麼厲害的爆炸，以致大家都仆倒在地上；當他們再立起來的時候，咖啡店對面的屋子，已沒有了門面了。架屋的樑木比較

遲一點倒下來，像是火柴一樣；在空虛之中，一個電話鈴響著。

「有貨車，」巴爾加又說。「咱們坐上貨車去，咱們去切碎他們的腦袋！」

立刻，大家同聲喊：

「好極了 [。]」

「我們全會給他們打下來吧。」

「沒有命令！」

「他媽的婊子的兒子！」

「就發命令給你：上貨車去，不要在這兒空喊！」

馬努愛爾和巴爾加跑了出去。差不多大家都跟在他們後面跑。總之比躭在那兒好。還是砲彈。後面一點，是落伍的人，那些以為要三思而後行的人。

三十來個人爬到那輛貨車上去。砲彈落在村莊的近旁。巴爾加想到，那些法西斯諦砲手是看見這個村莊的，但卻看不見村莊裏的舉動（這個時候，空中並沒有飛機）。裝滿了那些在摩托聲上面揮動著步槍唱著國際歌的平民們，那貨車開了出去。

自從拉摩思到謝拉來作宣傳以來，農民們都認識了馬努愛爾。他們對於他懷著一種謹慎的同情；而當他的剃鬍子越剃越馬虎，而他的那張生著淺碧色的眼睛和深黑色的眉毛的稍笨重一點的羅馬人的臉兒，漸漸地變成了一個地中海的水手的臉兒的時候，那種同情便日益加強起來。

那輛貨車在路上飛駛著，在大太陽之中 —— 在上面，砲彈向村莊飛過去，帶著一種鴿子的振翼聲。馬努愛爾十分緊張，開著車。然而他依然還直著喉嚨唱著「曼儂」（*Manon*）：[105]

「永別了，我們的小席……[106]」

其餘的人們也緊張著，縱聲唱著國際歌；他們望著倒死在路上的兩個平民（貨車就在這兩個人身上開足速率軋過），心中感到了那種赴戰的人們見到了最初的死者時的不安的友情。巴爾加想，那些砲是在那裏呢。「冒煙的地方，這是很含混的。」

「有一個倒下去的弟兄！」

「停下來！」

「開，開，」巴爾加喊，「開到大砲那兒去！」

另一個人閉嘴了。現在，是巴爾加在指揮了。那正在改變速率的貨車，好像用一種受傷的機械的呼聲回答那一片爆炸聲。牠已經在那些死者之前經過了。

「有三輛貨車跟著我們！」

一切的人，就是那開車的馬努愛爾也在內，都轉過頭去，又喊著「呼啦！」

接著，大家頓著腳用西班牙話大聲唱著，這次是用革命歌的調子了：

「永別了！我們小小的席！[」]

　　　*　　　　　　　　　　*　　　　　　　　　　*

在那有一個鐵甲車的車頭像鼻子似地露出著的隧道口，拉摩思隔着四百公尺的松傘遙望著那些貨車。

「老弟，」他對沙拉薩（Salazar）説，「他們十個機會裏有九個要糟糕。」

拉摩思代替了溜到法西斯諦那裏去，或溜到瑪德里的酒店裏去的那個鐵甲車的指揮。

在山的大風景中，那些汽車是小小的。太陽在車箱蓋上閃耀著：法西斯諦決不會不向牠們 [瞄] 準。[107]

「為什麼不幫他們一手呢？」那捲著髭鬚（但卻是反捲著）的沙拉薩説。他曾經在摩洛哥當過軍曹。

「命令是不准開火。沒有法子得到別一道命令：你的自造電話沒有壞！可是在線的那一頭卻一個人也沒有。」

三個穿連套衫褲的民軍正在在離機關車幾公尺的鐵道收拾兩件十字褡和一條聖帶，然而眼睛卻儘望著那幾輛在橫著兩個死者的蒼青色的柏油路上前進著的貨車。

「我們開出去嗎？」其中有一個人喊著。

「不，」拉摩思回答。「命令是不要動。」

貨車老是向前進。在大砲的鐵工場一般的響聲之間，可以清楚地聽見牠們。一個民軍離開了煤水車，去拾起那十字褡和聖帶，把牠們摺好。

這是臉兒狹長像他們的馬一樣的加斯諦拉的農民（des paysans castillans）中的一個。拉摩思走到他身邊去。

「你在那兒幹什麼，里加陀（Ricardo）？」

「這是和弟兄們講好了的……」

他把那聖帶展開了一點，話也不大説得出來了。那條繡帶在光線中閃 [爍] 著。[108]

那幾輛貨車老是向上開。那個側著頭伸出火車頭的司機手，在太陽中，隧道的黑色的背景上説笑著。那幾輛貨車開近砲兵陣地了。

「因為，」里加陀説，「應該小心一點。這些臭東西，不是會叫我們的火車出軌，就會使貨車上的弟兄們碰到霉氣，那豈不糟糕！」

「拿牠們去給你的老婆吧，」拉摩思説。「她拿來可有點用處。[」]

這個快樂而鬆髮的高大的小夥子，在村莊上是一個相當重要的

人物；他得到農民們的信任。但是他們總老是弄不大明白，他是否在開玩笑。

「這個，這個披在我老婆身上？」

用盡了全力，這農民把這一包金繡丟到山澗裏去。

敵人的機關槍開始帶著牠們的準確的聲音在開了。

那第一輛貨車滑了一下，轉了四分之一圈子，就翻倒了，像一個筐子似地把車上的人倒了出來。既沒有傷又沒有死的人躲在貨車後面開著槍。鐵甲車上的人看不見拉摩思，只看見他的大望遠鏡和他的一蓬蓬的鬃髮了；在他們的無線電中，有人在唱一個昂達魯西亞的歌（un chant andalou），而那被折斷了的松樹的脂，便用著牠的棺材的氣味，充滿了那好像被機關槍震撼了似地顫動著的空氣。

那 [翻] 倒的貨車兩旁都有橄欖樹林。[109] 一個，兩個……五個民軍離開了那翻倒的貨車，向那些樹木跑過去，可是一個一個都倒了下去。因為那輛貨車攔住了路，跟在後面的那二輛就停下來了。

「那裏傢伙只要躺下來就好了，」沙拉薩説。「地勢是可以利用的……」

「管他媽的命令：跑上車去開火吧。」

沙拉薩跑著，威武堂堂地，卻因為穿了漂亮的長靴而跑不快。

現在，因為民軍們已不能前進，拉摩思便沒有誤向他們開火的危險了。他不知道敵人的機關槍的陣地在那裏，他能擊中牠們的機會只有百分之一。

在一條支線上，一些裝貨的列車上還留著這個標語：「擁護罷工」。鐵甲車從牠的隧道中開了出來，顯著威脅而盲目的神氣。拉摩思忽然又想到，所謂鐵甲車者，只是一尊砲和幾架機關槍而已。

在那貨車後面，人們在向一些聲音開槍。他們漸漸懂得，在戰

爭之中，接近是要比交戰更為重要，更為困難；他們懂得，問題並不是在於互相較量，卻在乎互相暗殺。

今天，是別人暗殺他們。

「你們什麼也不看見的時候，就不要開槍！」巴爾加喊著。「否則他們撲過來的時候，我們就沒有子彈了！」

大家是多麼願意看見那些法西斯諦進攻啊！要戰鬥，卻不要這種病人似的等待！一個民軍向那砲兵陣地跑上去；跑到第七步，他被打倒了，像那些想躲到橄欖樹林裏去的人們一樣。

「要是他們的砲向我們開過來……」馬努愛爾對巴爾加說。

這無疑是不可能的，其中總有一個道理；否則，他們早就這樣辦了。

「同志們！」一個女人的聲音喊著。

差不多所有的人都回過頭去，楞住了：一個女性的民軍剛剛來到。

「這裏不是你躭的地方，」巴爾加並不堅決地説：因為大家都感激她來到那裏。

她拖著一個又大又[短]的袋子，[110] 裏面滿滿地裝著罐頭食品。

「嗳，」他問，「你怎樣來的！」

她熟識這個地方，她的父母是村子裏的農民。巴爾加留意地望了一望：四十公尺是沒有掩護的。

「那麼，這樣説來可以過去嗎？」一個民軍説。

「可以，」那女孩子説。她有十七歲，容光煥發。

「不，」巴爾加説。「你們瞧，沒有掩護的地方太大了。那裏，大家都會給打下來的。」

「她也來到了，我們為什麼不能過去？」

「當心。這一定是他們故意放她過來的。我們現在已經很為難，不要再多事了。」

「照我看來，我們可以走到村子上去。」

「你們可不要對我説退下去的話！」那女孩子力竭地説。「人民的軍隊應該保持！一切的陣地，一點鐘之前無線電還這樣説過！」

她已用出了西班牙女人動不動就用的那種戲台上的聲調，可是她卻不知不覺地合着手。

「我們可以把你們要的東西全拿來……」

她好像是答應給孩子們玩具，叫他們不要吵鬧似的。巴爾加思索了一下。

「同志們，」他説，「問題並不在此。這孩子説……」

「我不是一個孩子。」

「好吧。這位女同志説，我們不能夠走，卻應該就在這裏。我呢，我説是應該走，可是走不掉。我們可不要混為一談。」

「你的頭髮生得真美麗，」馬努愛爾小聲對那女民軍説：「給我一根吧。」

「同志，我並不是來做這種傻事情的。」

「好吧，留著你的那根頭髮！小器鬼。」

在這樣並不怎樣認真地對她説著的時候，他一邊還不斷留心地聽著。

「你們聽，」他喊，「你們聽……」

大家都聽著這沒有飛鳥的大沉靜。敵人的機關槍一排一排地開著。有一架停止了，不，那是齒輪脱臼；牠又開了。可是沒有一粒子彈打到那貨車的周圍。

「那邊！」一個民軍伸直了一個指頭喊。

「低倒身子，傻瓜！」

他低倒了身子。在他所指的那個方向，藍色的斑點向法西斯諦的砲兵陣地升上去，和道路成著平行線，但卻利用了地勢，有掩護：這就是突擊隊。

「當然，」巴爾加說，「要是我們早照這樣辦……」

他們越上去，人就越少了。

「這纔是賣力氣！」一個民軍說。「那麼，伙計們，咱們上去嗎？」

「當心！」馬努愛爾喊著。「別再弄得一團糟了。你們十個人十個人地分開來。

「每一組的頭一個人就是負責人。

「你們至少互相隔開十公尺前進。

「應該分四隊出發。

「應該一齊到達。頭一批人會佔先，可是因為他們是應該比其餘的人散開得更遠一點，所以也沒有關係。」

「這話不明白，[」] 巴爾加說。

然而大家卻都聽著，好像是聽人講如何 [給] 受傷的人包紮似的。[111]

「好，你們十個人十個人地分開來。」

他們照辦了。那些負責人走到馬努愛爾身邊去。在山上，砲不斷地向村上轟著，可是那些機關槍卻衹向那不斷地衝上去的突擊隊開。馬努愛爾是和他黨裏的人們過慣了的，可是在這裏他黨裏的人實在太少了。

「你呢，你指揮頭十個人。

「我們都在路的右面散開：也許那些混蛋帶著裝甲汽車或是天

知道什麼東西衝下來，犯不著給他們切成兩段。再說，這樣就叫我們跟突擊隊接近。

「十位同志，一百公尺。

「你呢，頭一個，你帶著你的十個弟兄走。走到三百公尺的地方，你就隔十公尺留下 [一] 個弟兄。[112]

「等你看見你左面的那隊前進的時候，你就前進。要是出了毛病，你把指揮權交給你旁邊的人，你就退下來：在後面，你可以找到……」

誰呢？馬努愛爾打算派巴爾加去組織其餘的貨車上的人。他自己嗎？在這種氛圍氣之中，他是應該在第一線上的。管他……

「你可以找到巴爾加。」

組織其餘貨車上的人這件事，他可以派別一個人去。

「要是我打口哨，大家都向巴爾加退卻。懂了嗎？」

「懂了。」

「解釋一遍。」

一切都很好。

「那幾個是工團或政黨的負責人？……」

「弟兄們，鐵甲車開火了！」

大家都想互相擁抱一下。鐵甲車向那假定的砲兵和機關槍的陣地亂開著砲。可是那些民軍，聽到了自己的砲向法西斯諦還砲，便不復感到自己受包圍了。大家都大聲和那第二聲砲歡呼。

馬努愛爾派一個共產黨員去通知拉摩思，派一個總工會會員到突擊隊那兒去，又派一個年紀最大的無政府黨員到其餘的貨車上的人那兒去，把經過的事情告訴他們。

「帶了吃的東西去，」那女民軍說，「這樣更好一點。」

「走吧，伙計們，快一點！」

「我會給你們送點心來的，」她帶著負責的神氣說。

正當他們出發的時候，巴爾加向那兩輛貨車跑過去。人們向他們射擊，卻是用著步槍。第二隊出發了，第三隊，接著是馬努愛爾率領的最後一隊。

一排排的橄欖樹的遠景是很清楚的。在這些寂然不動的大林蔭路的一條之中，巴爾加看見一個民軍向前進，接著是十來個人，接著是一長條的人。他祇到五百公尺遠近的地方；那一長條的人充滿了他的視野。佔據了整個可以看得見的樹林，在隆隆的砲的韻律中前進。在那巴爾加來到樹下以後就看不見了的附近的斜坡上，突擊隊在開槍。他們大概有一架手提機關槍，因為有一種機械的聲音臨駕於步槍聲之上，向那法西斯諦的機關槍的不動的聲音前進著。民軍的陣線前進著。法西斯諦的步槍向他們射擊著，可是沒有什麼大效。馬努愛爾跑步前進；一長條的人都跟著他，成著一條曲線，像水底的電線一樣。巴爾加也跑著，興奮極了，浸沉在他稱為民眾的那一種熱烈的騷亂中 ── 這騷亂是由被轟炸過的村莊，無限的混雜，翻倒的貨車和鐵甲車的砲造成的，而這騷亂現在卻成為一體，整個去向法西斯諦的砲進攻。

他們跑著的時候踏著折斷的樹枝：在突擊隊未到之前，那些機關槍曾向橄欖樹林射擊過。夏天的乾燥的泥土氣味代替了樹脂香。那些被射擊所隨便切割過而祇脫開著的樹葉，像秋葉似地落下來；民軍的跑程忽隱忽現，老是踏著那在時而在太陽下閃光，時而在橄欖樹蔭中差不多隱沒了的大砲的韻律前進。巴爾加傾聽著那手提機關槍和鐵甲車上的砲，把牠們當作徵兆：法西斯諦已不再能從種葡萄的農民手裏奪得那些葡萄田了。[113]

那是改裝過的商用飛機。而歐洲對於德國的工業技術的信任卻把牠們看作了戰爭的航空隊。牠們的武裝員（armement）則很好，但卻並無實效；牠們甚至還不能追趕美國的商用飛機道格拉斯機（Douglas）。當然囉，牠們是比馬嚴在歐洲一切市場上買來的舊飛機更好。但是牠們既不能和法國的新式飛機對抗，也不能和蘇聯的空軍對抗。這一切都快要改變了：世界的流血的大演習已經開始了。在兩年之間，歐洲對於希特萊（Hitler）的不斷的戰爭威脅讓步：[114] 而在技術上來說，希特勒是沒有能力來從事這戰爭的……

第三章・第三節

當馬嚴到了部裏的時候，那位作戰指揮部主任伐爾加思（Vargas）正在聽加爾西亞讀一個報告。

「你好，馬嚴！」

伐爾加思站了起來，但是仍舊貼在他的長沙發的邊上：他的因為太熱而剝下，但仍套在腿上（由於懶，或為了可以準備得快一點）的連套衫褲，像掛在剝皮兔子的腳上的皮似的，妨[礙]著他走路。[115] 他重新坐了下來，長長的腿伸在連套衫褲之中，沒有鬍鬚的吉訶德爺（Don Quichotte）式的狹長多骨的臉兒充滿著友情。伐爾加思是在叛軍起事之前和馬嚴一起籌劃西班牙航空線的官軍之一，馬嚴便是和他以及山勃拉諾一起去炸了塞維拉告爾道巴（Séville-Cordoue）的鐵路的。他給加爾西亞和馬嚴兩人互相介紹，又叫人拿酒和紙煙來。

「祝賀你，」加爾西亞說。「你得了這次戰爭的第一個大勝……」

「啊，是嗎？那麼再好也沒有了。我可以轉達你的祝賀：這是山勃拉諾領隊的。」

　　這兩個人互相懇切地注視著：馬嚴直接和軍事情報部的一個主任有接觸，這還是第一次；至於加爾西亞呢，他每日都聽到別人說著馬嚴。

　　加爾西亞的一切都出於馬嚴的意料之外：這個西班牙人竟會有這樣壯大的身體，這張英國或腦芒第（normand）的大地主的臉兒，這個翹起的大鼻子；這個智識者竟會有這種打哈哈的神氣，又是這樣的懇切，又生著尖尖的耳朵；這位曾經在秘魯（Pérou）和斐列濱（Philippines）住了長久的人種學家，竟會一點也沒有生病的樣子。再則，他一向想像加爾西亞是戴著挾鼻眼鏡的。

　　「你要曉得，這一切不過是一個小小的殖民地式的遠征隊罷了，」馬嚴說：「六架飛機……我們在路上炸了幾輛貨車……」

　　「最有效的並不是你們丟在路上的那些炸彈，卻是丟在美德林（Medellin）的那些炸彈，」加爾西亞說。[「]好些大口徑的炸彈落在廣場上。你要注意，那些摩爾人（Moores）是第一次受到認真的轟炸。那縱隊是退回牠的出發點了。這是我們最初的勝利。[」]

　　「祇不過巴達霍斯（Badajoz）是陷落了。因此法朗哥的軍隊現在是和穆拉的軍隊會合了。」

　　馬嚴疑問地注視著他。

　　加爾西[亞]的態[度]也出於他意料之外：[116]他以為他一定帶著一種秘密的態度，而不是這種懇切地公開的神氣。

　　「巴達霍斯是在葡萄牙邊境旁邊，」加爾西亞說。

　　「在六號，」伐爾加思說，「『蒙德沙勉多號』（Montesarmiento）運了十四架德國飛機和一百五十個技術人員到里斯本（Lisbon）。八號，十八架轟炸機從意大利運出了。前天，二十架到了塞維拉。」

　　「沙伏牙機（Savoia）嗎？」

「我不知道，還有二十架意大利飛機也運出了。」

「那十八架也算在這裏面嗎？」

「不。不到兩星期以後，就有一百架光景的飛機來攻擊我們了。」

式克機固然是不行，但沙伏牙機卻是比共和軍所有一切的轟炸機更優良的轟炸機。

從開著的窗口，由許多無線電收音機放送出來的共和國歌，和樹葉的 [焦] 氣味一起流了進來。[117]

「我念下去，」加爾西亞再拿起了他的報告説：「這是今天早晨巴達霍斯的消息，」他對馬嚴説。[118]

「五時。摩爾人方開入太半已為砲火所毀之聖克里斯多巴爾（San-Cristobal）要塞。

七時。空置於聖克里斯多巴爾要塞之敵人砲隊，不斷向城中開砲。民軍在堅守中。省立醫院之施療院已為敵機炸毀。

九時。東面，城垣已化為瓦礫。南面，兵營起火。吾人僅餘機關槍二架。聖克里斯多巴爾仍在開砲。民軍在堅守中。

十一時。敵人坦克車。[」]

他把那張打字機打的紙放下，又取了另一張。

「第二張報告很 [短]，」他慘然地説。[119]

「[中午十二時。][120] 坦克車已抵大教堂。步兵隨至。步兵已擊退。[121]」

「我真不知道是用什麼擊退的。」他説。「巴達霍斯一共有四架機關槍！」

「下午四時。敵人入城。

下午四時十分。吾人正在巷戰。[122]」

「在四點鐘嗎？」馬嚴問。「可是我要說一句，在五點鐘，人們還對我們說巴達霍斯是在我們手裏呢？」

「情報是剛剛到的。」

馬嚴想起了那橫在這平靜的石城的路上的五點鐘的太陽。他最初參加一九一四年的歐戰是在砲隊中；在那裏，他知道他永遠不會知道一點關於戰役的事：因為他一點也看不到什麼。這座流著血的城，他一徑看做牠是平靜而像朋友一般的……從太高的地方看去，像上帝一樣。「坦克已抵大教堂……」那帶著一個巨大的影子的大教堂，那些狹窄的路，那些牛場……

「戰鬥是什麼時候停止的？」

「在你們飛過之前一小時，」伐爾加思說，「屋內的戰鬥不算在內……」

「這裏是最後的報告，」加爾西亞說。「[」] 八點鐘光景發的。也許還要早一點：是從我們的陣線轉拍來的，── 如果還有戰線存在的話……[」]」

「法西斯政治犯均已無恙釋放。民軍及嫌疑者多被捕處死。已槍決者約有一千二百人。其罪狀假武裝抵抗。有民軍二人在大教堂主祭壇階坡上被槍決。摩爾人身披聖衣胸佩聖心。全國下午執行槍決，至今猶未竟事。[123]」

馬嚴想起了加里契（Karlitch）和哈伊美在那被槍斃著的人們上面友誼地揮著的手帕。

瑪德里的夜的生命，一切播音機的共和國歌，各種的歌謠，像鋼琴的音符一樣地混和著的隨遠近而高低的「敬禮」聲，這整片組成了夜的希望與激昂的騷音，又充塞在沉靜之中了。伐爾加思點了一點頭。

「唱歌倒不錯……」接著，用一種更低的聲調說：「戰爭將是長期的……」

「人民是樂觀的……政治領袖們是樂觀的……加爾西亞司令和我呢，我們暫時也會這樣……」

他不安地聳起了他的眉毛。當伐爾加思[聳]起[眉毛]的時候，[124] 便有了老實人的神氣，而突然顯得年青了；而馬嚴忽然覺得，他自己從來也沒有想過吉訶德爺是曾經年青過的。

「馬嚴，你想一想這一天吧：用著你們的六架飛機，你所謂『小小的殖民地遠征隊』，你們阻住了那縱隊。用著牠的機關槍，那縱隊攻民軍而奪得了巴達霍斯。你想吧，那些民軍，他們可不是懦夫。這個戰爭將成為一個技術的戰爭，而我們作這場戰爭的人，卻祇談著情緒。」

「然而守住謝拉的卻的確也是人民啊！」

加爾西亞留意觀察著馬嚴。像伐爾加思一樣，他也以為這戰爭將是技術的戰爭，而不相信那些工頭會一下子變成技術人員。他認為人民陣線的命運多份要落在牠的技術人員手裏，而馬嚴的一切都使他發生興趣：他的不苟言笑，他的表面的心不在焉，他的疲倦的神氣，他的高級監工的樣子（實際上，他是中央學校的工程學士），那在他的傻氣圓眼鏡下面活動著的明顯而有秩序的精力。

在馬嚴的身上 —— 因為他的髭鬚的原故 —— 有著一點聖安東郊區（faubourg Saint-Antoine）的傳統的細木工的神情；而在那標出他的年齡來的他的海豹般的嘴唇上，在他除下眼鏡時的目光上，手勢上，微笑上，也有著知識者（intellectuel）的複雜的標記。馬嚴曾經經理過法國的一家最大的航空公司，而那竭力不把職務的聲望去裝飾一個人的加爾西亞，試著從馬嚴身上去辨別出他的人性

來。

「人民是很出色，馬嚴，很出色！」伐爾加斯説。[125]「但是他們卻沒有能力。」

「我到過謝拉，」加爾西亞説，一邊把他的煙斗的柄向馬嚴指著。「我們按 [部] 就班地來説。[126] 謝拉曾經使那些法西斯諦出其不意；形勢是特別有利於游擊活動的；人民有一種很大但很短的突擊力量。

「我親愛的馬嚴先生，我們是由兩三種頗為危險的神話所支撐著，同時又中了牠們的毒。第一，是那些法國人：人民（le Peuple）（而且頭一個字母是大寫的）曾經起過法蘭西大革命。好吧。從一百枝白 [梃]（piques）可以戰勝不中用的火槍這個道理，[127] 不能推論到一百枝獵槍能夠戰勝一架好飛機。俄國的大革命又把事情弄得更複雜。從政治方面説，這是二十世紀的第一場革命；但是，你要注意，從軍事方面説呢，這是十九世紀的最後一次革命。沙皇軍隊中既沒有坦克車又沒有飛機，革命黨那面卻有障礙物。那些障礙物是怎樣產生的呢？是為了抵抗皇家的騎兵隊，因為人民是從來也沒有騎兵隊的。西班牙現在是到處都設著障礙物，—— 去抵抗法朗哥的空軍。

「我們的那位國務總理，在內閣一倒之後，便立刻帶著一桿步槍出發到謝拉去……馬嚴先生，也許你還沒有充分認識西班牙吧？希爾（Gil），我們的這位唯一真正的飛機製造家，卻剛以步兵的身份前線戰死了。[128]」

「請你聽我説。那革命……」

「我們並不是革命。你不如問問伐爾加思吧。我們是人民，不錯；革命呢，不是，雖則我們一向祇説著革命。我所謂革命，是指

那些在鬥爭中養成而能夠迅速地代替為他們破壞了的人們的幹部（政治幹部，技術幹部，或隨便什麼幹部）所領導的一種暴動的結果。」

「特別是，馬嚴，」伐爾加思一邊拉起他的連套衫褲一邊說，「先動手的並不是我們，正如你所知道的那樣。我們需要組織我們的幹部。法朗哥除了軍事幹部之外絕對沒有幹部，但是他卻有你所知道的那兩個國家。民軍永遠不會打敗一個近代軍隊。佛郎吉爾（Wrangel）的軍隊是被紅軍打敗，卻不是被游擊隊打敗的……」

加爾西亞用他的煙斗給他的話語拍著拍子：

「從今以後，如果沒有戰爭，就不再會有社會改變，更不再會有革命；而戰爭呢，非有技術不可。所以……」

伐爾加[思]表示贊同，[129] 和加爾西亞點著煙斗同時，他點著頭。

「人不會同時為了技術又為了紀律拚命的，」馬嚴說。

「在像這樣的情形之下，我與其對於人們因而拚命的理由發生興趣，不如對於他們用以殺他們的敵人的方法發生興趣。再說，注意。你不要弄錯，當我說「紀律」的時候，我的意思並不是指貴國所謂『板板六十四』（jugulaire-jugulaire）的那種東西。我這樣說是指那把最大的效力給與戰鬥的集體的各方法之總體。」加爾西[亞]是有定義癖的，[130] 「這也是一種技術。至於行軍禮等事，我覺得是無可無不可的，這也不用對你說了！」

「我們這時從窗口聽到的是確實的東西。像我一樣，你知道人們並[沒]有充分利用牠……[131] 你說：我們不是革命。那末，讓我們是革命吧！你總之還不相信，你們將得到那些民主國家的幫助吧？」

「這太肯定了，馬嚴！」伐爾加思説。

加爾西亞用他的煙斗柄指著他們兩個人，好像這是手槍似的：

「我曾經看見那些民主國家干涉差不多一切，只不干涉法西斯主義。

「遲早能夠來幫助我們的唯一的國家，除了墨西哥以外，就是俄國。而俄國卻不會幫我們，因為牠是太遠了。

「至於我們在窗口所聽到的，馬嚴先生，就是友愛的『啟示錄』。牠使你感動。我很能了解牠：這是世上最動人的東西之一，而且是最稀有的。但是牠卻應該改變，否則就是絕滅。」

「這是很可能的……祇不過，我有一句話要説；從我這方面説，我不承認。我不願承認，在那代表著革命的紀律的東西和那還沒有了解紀律的需要的人們之間，是有任何衝突存在著。絕對自由的夢想，達到最崇高程度的權力，以及其他等等，這一切在我看來都是我到這裏來的目的的一部分。我願意每一個個人都過一種並非由於剝奪別人而得來的生活；你懂我們的意思嗎？」

「我恐怕別人還沒有把現在的局勢使你充分地了解。

「在我們當前的是兩個重 [疊] 的政變，[132] 我親愛的馬嚴先生。其一是單純的舊家的起事，老朋友。[蒲] 爾哥斯，[133] 伐拉道里，邦貝路拿（Pampelune），—— 謝拉。第一天，那些法西斯諦已得到了西班牙的一切兵營。現在他們已只有三分之一的兵營了。這個起事現在總之已打下去了。而且是被『啟示錄』打下去的。

「可是那些法西斯國家並不是傻子，他們是完全計算到這起事的失敗的。於是，從那個時候起，南方的問題便起來了。你得注意：這並不是『同一性質』（de même nature）的。

「為了要知道我們所談的是什麼起見，我們把法西斯主義這幾

個字放下不提吧。一：法朗哥本來就不管他媽的什麼法西斯主義，他是一個委內瑞拉的獨裁學徒。二：墨索里尼（Mussolini）在心底裏本來就不管他媽的要不要在西班牙建設法西斯制度；精神上的問題是一個問題，國外政策卻是另一個問題。墨索里尼所要的是這裏有一個他可以從而起作用的政府。為了這個，他拿摩洛哥來做了一個侵略的大本營。從那裏，派出一個有新式武器的新式軍隊。因為他們不能信賴西班牙的兵士（他們已在瑪德里和巴塞洛拿看見過了），他們便依 [靠] 著那些人數不多但卻有技術價值的軍隊：[134]摩爾兵，客籍軍，以及……」

「加爾西亞，摩洛哥只有一萬二千個摩爾兵，」伐爾加思説。

「我卻告訴你有四萬。這裏沒有一個人曾經少少研究過回教的精神領袖們和墨索里尼的現在的關係。等一會兒看吧！法國和英國一定會大吃一驚呢。再説，如果摩爾兵不夠，我的好朋友，他們可就會派意大利人到我們這兒來的。」

「照你的意見説來，意大利所要的是什麼呢？」馬嚴問。

「我不知道。照我的意見看來，是統制直布羅陀（Gibraltar）的可能性，就是能夠把一場英意戰爭自動地改變做歐洲的戰爭，其方法是 [勉] 強英國通過一個歐洲的聯盟國去作這場戰爭。[135]英國的相當的裁軍曾使墨索里尼甯願獨力去對付英國；但現在英國之重整軍備卻使意大利的政策根本改變了。但是這一切都是假設，祇是商業咖啡店的閒話（c'est le Café du Commerce）。正經的是：得到葡萄牙的最具體支撐，兩個法西斯國家的幫助，法朗哥的軍隊——器械化縱隊，自動步槍，德意組織，德意航空隊——將要試向瑪德里打過來。為了要維持後方，他會施行大規模的恐怖政府，正如他在巴達霍斯所開始了的那樣。對於這和謝拉的戰爭『不可同

日而語』的第二個戰爭，我們實際上將拿什麼來對抗呢？問題就是在此。」

加爾西亞離開了他的圈椅，走到馬嚴旁邊去，兩隻尖尖的耳朵在那寫字檯上的檯燈光中顯著側影：

「在我看來呢，馬嚴先生，問題不過如此：一個像這樣的『人民活動』，—— 或一個革命 —— 或甚至一個暴動 —— 是祗靠著一種和那曾給與牠勝利的方法『相對立』的技術，纔能維持牠的勝利。這種技術有時甚至是和情感相對立的。憑著你自己的經驗，請你想一想吧。因為我不相信你是單靠著同志愛（fraternité）而建立起你的航空隊來的。

「『啟示錄』立刻要一切；決心卻得到得少 —— 慢而堅難。危險是一切人在心頭都懷著一個『啟示錄』的願望。而在戰鬥中，經過了一個頗短的時間，這種願望就會引起一種必然的失敗，其理由很簡單：由於其本身的性質，『啟示錄』是沒有將來的。

「即使牠自以為有一個將來也還是如此。」

他把他的煙斗放進衣袋裏去，悲哀地說：

「我們的小小的職份，馬嚴先生，就是組織這個『啟示錄』……」

第二卷　啟示錄的練習

第一章・第一節

鼻子和煙斗向前突出著，加爾西亞正要走進那曾經是一家攤子，而現在卻是托萊陀的一個指揮站的地方。

在門的右面，貼著一張從畫報上剪下來的照相：法西斯諦帶進阿爾加沙（Alcazar）去的肉票，是當政府軍向地道進攻的時候所應加以保護的。「婦女某……，青年某……，兒童某……」好像那些戰鬥員在作戰的時候還能想起這些臉兒似的。加爾西亞走了進去。他離開了那充滿了裸露的上身和大草帽的大太陽：他覺得現在是在完全的黑暗中。

「砲隊向我們開砲，」有人在裏面 [喊] 著。[136]

「什麼砲隊，阿比西尼亞王？」

「我們自己的砲隊。」

「我打電話去，説『你開得太近了！』那軍官卻回答：『我向我自家人開砲也開得夠了！現在我改變了。』」

「這是一種對於文明的最神聖的原則的挑戰，」一個矯作的聲音説，帶著很顯著的法國音調。

「又是一個叛賊顯原形了，」那個加爾西亞已漸漸辨得出面目來的隊長，用一種疲倦而憤憤的聲音更低沉地説。接著，他對一個副官説：「帶二十個人和一把機關槍，趕快到那邊去。」最後又對一個秘書説：「把這件事去通知指揮。」

「砲隊的那個傢伙，」阿比西尼亞王説，「我已派了三個弟兄去跟他算賬了。」

「可是我早已革了他的職，有什麼辦法呢，要是 FAI 沒有復了他的職……」

加爾西亞沒有聽完全。然而，在那裏是比在外面喧囂少一點。不時有幾響爆炸聲從地上升起來，給那廣場上的無線電播音機所傳過來的「華爾奇里們的馳騁」（chevauchée des Walkyries）打著拍子。[137] 他的眼睛已習慣於黑暗，現在辨別得出艾囊德思

（Hernandez）隊長來了：[138] 他的相貌很像那些著名肖像畫中的西班牙帝王，而那些西班牙帝王，又是都像青年時代的查理五世的；在他的連套衫褲上，幾顆金星在暗影中閃耀著。在牆上，那像短短的光圍著某一些西班牙聖人雕像似地圍著他的有規則的斑痕，漸漸地明晰起來：這就是鞋匠的鞋底和楦頭。人們沒有把牠們從這小店裏拿出去。在這位隊長旁邊，是一個無政府黨的負責人，西爾思，是巴賽洛拿人。

艾囊德思的目光終於碰到了加爾西亞，看見他微笑的口角銜著煙斗。

「加爾西亞指揮嗎？軍事情報處已打電話給我過了。」

他和他握手，又拉他到街路那邊去。

「你打算做點什麼？」

「如果你願意的話，我想跟你幾小時。以後我們再看……」

「我要到聖達克魯斯（Santa-Cruz）去。[139] 我們要去試用炸藥攻軍政府的建築物。」

「一起去吧。」

那跟在他們後面的阿比西尼亞王同情地望著加爾西亞：這一次，瑪德里派來的人臉嘴還不錯。古裏古怪的耳朵，身體又結實，而且神氣並不太布爾喬亞：加爾西亞穿著一件皮短褐。在阿比西尼亞王旁邊，一個渾身是筋肉的人在那裏指手劃腳；他灰色的波紋的頭髮是亂蓬蓬的，穿著羊駝絨的上衣，馬褲和靴子：這就是麥賽里（Mercery）隊長；馬嚴送他到了軍政部去，而軍政部又派了他到托萊陀的軍事指揮這兒來。

「艾囊德思同志，」一個聲音在舖子裏喊著，「拉萊達（Larreta）中尉打電話來，說那個砲隊的軍官已逃走了。」

「叫他代替他。」

艾囊德思憎嫌地聳了一聳肩，跨過了一架橫墜在路上的縫衣機。一些人跟在他們後面。

「這裏誰在指揮？」加爾西亞問，微微有點兒譏諷的口氣。

「你要誰指揮呢？……大家……一個人也沒有。你微笑了……」

「我是一向微笑著的。這是一種快樂的癖。誰發命令呢？」

「那些軍官，那些瘋子，那些政治組織的代表，還有一些我也記不得了……」

艾囊德思説話的時候並不帶著敵意，但卻沮喪地撅著嘴唇，這便使他的那一條黑色的一字鬚在他的薄薄的下唇上面彎著了。

「你們的職業軍官們和那些政治組織的關係怎樣？」加爾西亞問。

艾囊德思注視著他，既不做一個手勢，也不説一句話，好像沒有什麼語言動作可以來表示那些關係是如何惡劣似的。在大太陽之中，雄雞啼著。

「為什麼呢？」[加]爾西亞問。[140]「因為隨便那一個傻子都自以為有權限嗎？革命在起初總是一種巨大的威權的爭攘。」

「第一是如此。其次，有什麼辦法呢，是那些來和我們討論技術問題的人們的絕對無知。這些民軍可能被兩千個在行的兵士打得落花流水。總之，就是那些『真正』的政治領袖也把人民看做是軍事力量！」

「我倒並不如此。至少，並不馬上如此。還有呢？」

在那些被陰影分作兩半的街路上，生活繼續著，獵槍和番茄混在一起，廣場上的無線電播音機已停止奏「革爾季里們的馳騁」了；一個昂達魯西亞的歌（un chant flamenco）升了起來：[141]帶

著喉音，音很厚，這歌是近於葬歌和 [商隊] 的絕望的呼聲。[142] 牠
又似乎痙攣地抓著這座城和屍體的氣味，正如戰死者的手痙攣地抓
著泥土一樣。

「第一，我的指揮，要做社會黨或共產黨，或我們的各種自由
黨之一的黨員，是至少要一點點的保證的；可是人們進全國勞動協
會就像走進一家磨坊一樣地容易。不用我來告訴你；可是，有什麼
辦法呢，在我們看來，這是比一切其餘的更嚴重的事：我們每捉住
一個軍團黨的時候，他總有一張全國勞動協會的會證的！有價值的
無政府黨員固然不少，例如在我們後面的那位同志就是；可是開門
原則存在一日，一切的災禍就會從這扇門進來！剛纔礮隊中尉的
事，你自己也看見了。」

「你們的那些站在我們這邊的職業的軍官們，是為什麼緣故站
在我們這邊的？」

「有的心裏想，既然法朗哥沒有立刻成功，那麼他將要被打敗
了。有的是跟那些和法朗哥，葛伊波（Queipo），穆拉或其他有仇
的上級軍官一起進退的；有的沒有動，或者由於躊躇，或者由於懦
弱；總而言之，他們本來是在我們這一面，他們就留在這裏⋯⋯自
從那些政治委員會跟他們去打麻煩以來，他們就懊悔沒有走了⋯⋯」

加爾西亞曾經看見過一些軍官，這些軍官，在謝拉自稱是共和
派的，對於民軍做出來的最荒誕的事也都贊同，可是一等民軍走轉
背，他們就吐涎沫了；他又看見過一個軍用飛機場裏的軍官們，當
衣衫不整的外國志願軍到來的時候，這些軍官便把膳堂裏的桌子和
椅子都收了起去。他也看見過一些職業的軍官帶著一種不倦的忍耐
心改正民軍的錯誤，教練，組織⋯⋯而他也知道，那派到伐倫西亞
（Valence）的叛變的聯隊第十三槍騎兵聯隊去作指揮官的政府軍

官，是逢到怎樣的命運：這軍官到那叛變的兵營中去做指揮；他走了進去，——明知道自己冒著怎樣的危險——門又關上了，人們聽到了一片排槍的聲音。

「你們的那些軍官之中沒有一個人和那些無政府黨員打伙得來嗎？」

「並不：那些最糟的，很打伙得來……那些無政府黨員們，或不如說那些自稱是無政府黨員的人們，唯一相當服從的人，就是那個法國隊長。他們並不怎樣當他了不起，但是他們卻愛他。」

加爾西亞撅起他的煙斗來，顯著疑問的神氣。

「他給與我的戰略和戰術的意見是荒謬得很，」艾囊代思說，「但是他給與我的實際的意見卻很高明……」

一切的街路都向那 [廣] 場集中。[143] 這 [廣] 場把那圍攻的人們和阿爾加沙分開；[144] 因為不能穿過這個廣場，加爾西亞和艾囊代思便在四周兜圈子，於是在查理五世的鋪石上面，加爾西亞的步子格格地響著，艾囊代思的步子慢慢地曳著。他們在每一條用被褥攔著的路的盡頭，[145] 在每一條設著太低的沙袋的障礙物的巷的盡頭，遠遠地又望見那廣場。人們躺在地上放槍，地位沒有排好，很容易被機關槍擊中。

「你對於這些障礙物有何意見？」加爾西亞斜視著問。

「和你一樣。但是你瞧著吧。」

艾囊代思走到那個似乎在指揮這障礙物的人旁邊去：一 [副] 馬車夫的好臉嘴，[146] 髭鬚，哦！髭鬚！上等的墨西哥草帽，刺花。在左臂上，一個鉛質的骷髏，用一條橡皮帶繫著。

「應該把障礙物搭高五十公寸，叫射手排得稀一點，派幾個到窗口去，成著 V 字形。」

「證⋯⋯件?」那墨西哥人在一片不遠的亂槍聲中喃喃地説。

「什麼?」

「你的證件,呃,你[的]執照!¹⁴⁷」

「艾囊代[思]隊長,¹⁴⁸ 索高道維爾(Zocodover)戰區的指揮。¹⁴⁹」

「那麼你不是全國勞動協會的人。那末,我的這障礙物,也管你的事情嗎?」

加爾西亞細看那頂神奇的草帽:在帽頂的四周,是一圈人造薔薇花;在花下面,有一條布,上面用墨水寫着:「邦丘・維拉的恐怖(*La Terreur de Pancho Villa*)。¹⁵⁰」

「邦丘・維拉的恐怖,這怎麼講?」

「這是很明白的,」那人説。

「當然囉,」加爾西亞回答。

艾囊代思[默默地]望著他,¹⁵¹ 他們又走了開去。在擴音機中,那壯麗的歌已停止了。一條路上,在一家牛奶舖前面,列著一排的牛奶罐,在每一個罐上,都繫著一塊寫着姓名的原[紙]板(carton)。¹⁵² 婦女們覺得排隊買牛奶麻煩:她們留心她們的牛奶罐,讓賣牛奶的人裝滿了,然後再來取,—— 除非⋯⋯

射擊[終]止了。¹⁵³ 有一個短時間,祇有那些護從者的腳步給寂靜按著拍子。加爾西亞聽到這些話:「同志們,正如麥賽爾太太那位很有教養的婦女在寫給我的信上所説的那樣:如果他們以為可以用勞動者的血來抹去他們非洲失敗的污跡,那麼他們就錯了!」正在這時,從一條後街上傳來了一片孩子的滑車的聲音。

又開火了。又走了幾條路,這幾條是受不到阿爾加沙的槍彈的,總是被陰影所劃分為二的;在暗黑的一邊,一些人在門口談

話，有的站立著，倚著他們的獵槍，有的坐著。在一條小路的拐角，有一個人獨自在那兒開槍，只看見背影，戴著軟帽子，雖則天這樣熱還穿著上衣。

那條小路一直通到那阿爾加沙的一個附堡的很高的牆。一個槍眼也沒有，一扇窗也沒有，一個敵人也沒有。那個人卻自在地向那牆壁一槍一槍地開著，四周飛著蒼蠅。當他的一排子彈用完了的時候，他便又裝上一排。他聽見自己後面有腳步聲停下來，便回過頭來。他大約有四十歲光景，臉色很認真。

「我開槍。」

「向一座牆嗎？」

「我能夠向什麼開就向什麼開。」

他嚴肅地望著加爾西亞。

「你在這裏面沒有兒女嗎，你？」

加爾西亞望著他，並不回答。

「你不會懂得的。」

那人便轉過身去，又向那些巨大的石塊開槍了。

他們又走上去。

「我們為什麼不奪取阿爾加沙呢？」加爾西亞問艾囊代思，一邊把他的煙斗在左手手背上輕輕打了一下。

「怎樣奪取呢？」

他們走著。

「從來沒有靠著向窗子開槍而奪得一個堡壘過……圍是圍了，但是沒有攻。那麼？……」

他們望著那些堡塔。

「我的指揮，在這片氣味之中，我要對你說一句驚人的話：阿

爾加沙『是一場 [遊] 戲』。人們已不再感到敵人了。人們在起初是感到的；現在已經完了，有什麼辦法呢……所以，要是我們作什麼斷然決然的處置，我們就會感到自己是殺人犯的樣子……你到過沙拉戈薩前線 [嗎] ？」

「還沒有，可是我到過烏愛斯加（Huesca）。」

「當人們在沙拉戈薩上空飛翔的時候，就看見近郊密密重重地中過飛機的炸彈。戰略地點，兵營以及其他等等，卻比空地少轟炸十次。這並 [不] 是手法不高明，[154] 也不是懦怯：內戰是一件臨時湊得起來的事，比造成時時的憎恨更快。應該怎樣就該怎樣，這是明白的，而我卻不喜歡沙拉戈薩四周的那些炸彈洞。祇不過我是西班牙人，所以我了解……」

一片在太陽之中消散了的巨大的喝采聲攔住了這位隊長的話。他們在一家貼滿了招紙的骯髒音樂館前面走過。[155] 艾囊代思便像以前一樣地疲倦地聳了一聳肩，然後更慢一點地説：

「攻擊阿爾加沙的不僅是托萊陀的民軍；其中有許多都是托萊陀城裏的人；而那些法西斯諦關在裏面的孩子們，都是托萊陀民軍的孩子們，有什麼辦法呢……」

「有多少肉票在裏面？」

[「] 沒有法子知道……這裏，一切的調查都弄得一團糟……數目是相當的大，其中有不少婦女和孩子：在起初，他們儘可能地把人都擄了去。使我們沒有辦法的，倒並不是那些肉票，卻是肉票的傳説。也許他們的數目並不像我們大家所擔心地那麼多……」

「絕對沒有方法知道情形 [到] 底怎樣嗎？[156]」

像那位隊長一樣，加爾西亞也看見過那張貼在司令部的婦女和孩子們的照片（至少這些人是確切的肉票），以及拋棄著玩具的空

房間的照片。

「我們曾經試過四次⋯⋯」

穿過了一小隊像蒙古遊牧民族一樣的騎馬的農民所翻起的灰塵，他們來到了聖達克魯沙。在那一面，是軍政府的對敵的窗戶；在上面，是阿爾加沙。

「你們是在這裏曾經試用過炸藥嗎？」

「正是。」

他們穿過了一些零亂的燒焦的花園，涼爽的廳堂和樓梯，一直走到博物館的廳。窗戶是用沙袋和殘碎的雕像堵塞著。在一種火艙的空氣之中，民軍們正在射擊，流著汗，赤露的上身映著光的斑點，正如斑豹的黑斑一樣：敵人的子彈已把磚牆的上部變成了一個篩漏。在加爾西亞後面，在一位宗徒的雕像的伸長著的手臂上，那些機關槍的子彈帶像衣衫似地曬著。他也把他的皮上衣掛在那隻直伸著的食指上。

麥賽里第一次走到他身邊去：

「我的指揮，」他說，一邊矯正自己的姿勢，「我要對你說，那些美麗的雕像已挪在安全的地方了。」

希望如此吧，加爾西亞想，手裏捏著一隻聖人雕像的手。

經過了許多走廊，許多暗黑的房間，他們走到了一個屋頂上。在那些在陽光中顯著蒼白之色的屋瓦的遠 [處]，[157] 披著禾麥的加斯諦拉（Castille）帶著牠土紅色的花一直炫耀到白色的天邊。那位被這種反照所吸引住，又 [眼] 花酷熱得要吐的加爾西亞，[158] 忽然發現了那墓地；他感到了一種卑微之感，好像褐紅色的廣野中的那一切很白的石頭和陵墓，已使一切戰鬥變成可笑了似的。一些子彈帶著一種黃蜂的軟軟聲音飛過，而同時另一些子彈，卻帶著最堅硬

的聲音把那屋瓦打碎。艾囊代思把手槍拿在手中，彎[倒]了身子前進，[159]後面跟著加爾西亞，麥賽里和一些帶著炸藥的民軍。他們大家都背脊被太陽所烤著，肚子被那散射積熱的屋瓦所炙著。法西斯諦們在十公尺之外開著槍。一個民軍拋了一包炸藥出去，在一個屋頂上炸了開來：那些瓦片一直飛到了那掩護著炸藥手們，艾囊代思和加爾西亞的牆邊；一片子彈的斜斜的網在他們上面張著。

「壞了事，」麥賽里說。

一架機關槍也參加進來。這炸藥中祇要有一個[榴]彈……加爾西亞想。麥賽里站了起來，整個上身都露在牆上面。那些法西斯諦們看見他的身體祇到腹部為止，於是競向這耳朵裏塞著棉花，帶著擲鐵餅的姿勢投著炸藥的，穿著羊駝的上衣又打著紅色的領結的使人難信的半身開著槍。

整個屋頂帶著一片野蠻的騷聲炸了開來。當那些飛得很高的瓦片在一片呼號聲中又掉下來的時候，麥賽里卻蹲在牆後面，在艾囊代思旁邊。

「像這個樣子！」他對那些帶著炸藥溜到牆後面的民軍們說。

他的臉兒離開那隊長的臉兒祇二十公寸[。]

「上次歐戰是怎樣的？」那隊長問。

「活……不活……等待……做點事……害怕……」

的確，因為沒有動靜。麥賽里感到害怕起來了。他拿起了他的手槍，露出了頭，瞄準，開槍。他又活動著；恐懼消失了。第三包炸藥又炸了。

艾囊代思的帽纓是正對著牆的裂縫，風嘩的一下把帽吹到另一邊：那帽子掉了下去。艾囊代思是脫頂的；他又戴上了他的帽子，便又年青起來了。

　　幾顆子彈穿過了牆或雉堞，在加爾西亞鼻子前面飛過。那時加爾西亞纔終於決意熄滅了他的煙斗而把牠放到袋子裏去。法西斯諦的建築物的前部像中了地雷似地炸了開來；一個在加爾西亞右面倒了下來的民軍頭上，似乎有血湧了出來，而那隻擲過炸藥的手，卻還舉在空中。從那本來由這濺血的項頸所堵住的空隙中，可以看到在墓地的前面，在火力所及的阿爾加沙的斜坡上面，有一架汽車停著在猛烈的陽光中看來似乎毫無損壞：前面坐了兩個人，後面坐了三個人，都一動也不動。在下面十公尺光景的地方，有一個婦人，生著鬆髮的頭是在一隻手臂的臂彎中，另一隻手臂直伸著（可是頭都是向著斜坡的下面的）。如果我們不感覺到她在空空的衫子下面是比任何活人更壓平，[160] 又帶著死屍的力量黏附著地，那麼我們一定會當她是睡著了；而炫耀的太陽的這些幽靈，祇是由於他們的氣味而顯得他們是死者。

　　「據你所知道的，在瑪德里沒有火藥專家嗎？」艾囊代思問他。

　　「沒有。」

　　加爾西亞老是望見那片墓地。這些柏樹和這些墓石中所含的一切不安和永恆之思，使他心傷腹痛，而那腐爛的肉的不竭的氣味，又一直透到他的心的跳動中；他望著那炫目的陽光把死人和戰死者混在同一個炫耀之中。最後的一包炸藥在法西斯諦建築物的最後一片中炸了開來。

　　在博物館的廳中，暑熱老是一樣，而囂聲也是一般無二。擲炸藥的人們，地道中的民軍和博物館中的民軍都互相慶祝著。

　　加爾西亞從那聖像的手指上取回他的上衣；上衣的夾裏鉤住了，那聖人不肯放鬆。一些赤膊的民軍從一道通到地窖的樓梯走上來，披著聖衣；聖衣的帶綠色的金線和淡紅色的紅綢模糊地發著

光；另一個民軍，後腦上戴著一頂十六世紀的無邊小帽，一隻手臂上刺著花，正在把那些聖衣登記下來。

「我們剛 [纔] 做的這一件事 [到] 底有什麼意思？[161]」加爾西亞問。

「這些建築物的毀壞使那些叛徒任何突圍 [都] 不能實行，[162] 如此而已；有什麼辦法呢，這是比較不胡鬧一點⋯⋯一直到現在為止，我們一向用著硫酸和揮發油的炸彈，外面裹著浸過綠化鉀和糖的棉花⋯⋯那麼，總還⋯⋯」

「那些軍官學校生員還想突圍嗎？」

那個在他旁邊的麥賽里舉起臂膊來。

「你現在面對著歷史上最大的欺詐行為！」

加爾西亞疑問地望著他。

「我的指揮，如果你願意，我可以做一個報告。」

可是艾囊代思已把手放在加爾西亞的臂膊上，於是這位尊 [重] 上級長官的麥賽里便走了開去。[163] 艾囊代思帶著和以前提到軍官們和無產政府各派的關係時同樣的茫然的表情望著那位指揮，—— 再加上驚愕的神氣。人們聽到了一架飛機的聲音。

「你也如此！軍事情報處！⋯⋯」

加爾西亞等待著，鼻子朝天，大松鼠一般的眼睛顯著注視的神氣。

「阿爾加沙的軍官學校生員完全是一種宣傳的假造；裏面還不到二十個軍官學校生員：在叛軍起事的時候，軍官學校的一切學生都在假期中。阿爾加沙是由警衛隊守著的，指揮的人是陸軍學校的軍官們，莫思加爾陀（Moscardo）和另一些人⋯⋯[164]」

十來個民軍跑了過來，阿比西尼亞王是跟他們在一起。

「他們又帶著一個噴火器來了！」

穿過好些甬道，走下好些樓梯，艾囊代思，加爾西亞，阿比西尼亞王，麥賽里和那些民軍，走到了一個頂很高的充滿了煙和槍聲的地窖口。在他們前面，開著一條很寬的地道，而在這地道中，煙是變成紅色了的，一些民軍奔跑著走過，提著或捧著盛滿了水的水桶。外面的戰鬥的囂聲祇隱隱約約地傳下來，而氣油的氣味已斷然地代替了死狗的氣味。法西斯諦們是在這條地道中。

那在黑暗中發著燐光的噴火器的噴射來到了那裏，澆著天花板，對面的牆和地板，動作很遲緩，好像那拿著噴火器的法西斯諦是不斷地把一長道汽油舉起著似的。那軟軟的一道火為門框所限，既不能射到房間的右面，也不能射到房間的左面。那些民軍雖則發狠地把一桶桶的水澆著牆和那必剝發響的汽油，但艾囊代思總覺得他們是在等待著那些法西斯諦在門口顯現出來的那一刻，而從有一些人貼牆站著的那種態度上看來，他覺得他們是預備立刻拔腳就跑的。這種人和元行（un élément）的鬥爭，是和戰爭毫不相干的。氣油的噴湧漸漸地近來，而在水潑在牆上的嘩嘩聲中，水氣的吱吱聲中，被煤油的臭氣熏著喉嚨的人們的狂咳聲中，和那噴火器的軟軟的嘰嘰聲中，一切的民軍都忙亂得一團糟。那一道發著爆烈聲的氣油一步一步地前進，而民軍的狂亂，也被牠的微青色的 [痙] 攣的火焰所加增了幾倍了。[165] 那火焰把那一堆堆發狂的影子，那在活人的癲狂的四周拉長的幽靈，送到四壁上去跳動著。而和這些發狂的影子比起來，和那把一切東西都化成剪影的窒息的霧比起來，和火焰和水的野蠻的吱吱聲比起來，和一個被燒著了的人的吠一般的呻吟聲比起來，人真正算不了什麼。

「我看不見了！」他在地上狂喊著，「我看不見了！抬我出去！」

艾囊代思和麥賽里已抓住了他的肩拉他出去，可是他仍然喊著：「抬我出去！」

那噴火器來到了那間房的門口。阿比西尼亞王是在門口，貼牆站著，右手拿着手槍。正當噴火器的銅噴口到了牆角邊的時候，他一把捏住了牠（在氣油的光上面，他的輪廓模糊的頭髮好像是一圈青色的圓光）。

可是立刻放開了，同時在那上面留下了他的一層皮。子彈四面打過去。那法西斯諦向斜裏一跳，要把火焰向那碰到他的胸口的阿比西尼亞噴過去；阿比西尼亞開了一槍。那噴火器掉了下去，在舖石上鏘然作聲，把一切的影子都投到天花板上去：那法西斯諦在那從墜地的噴火器發出來的光上面跟蹌著，他的臉兒被 [光] 從下面照亮著。[166] 這是一個年紀相當大的軍官，全身都在氣油的燐火一般的光裏。他終於帶著一種電影上的慢動作，向阿比西尼亞王這面滑倒下來，頭倒在那噴射著的火焰中。火焰沸騰著像踢一腳似地把他的頭推開了。阿比西尼亞王把那噴火器轉向後面：整個房間都消失在完全的黑暗之中，同時，那充滿了煙雲的地道顯露了出來，而在那煙雲中，一些影子在奔逃著。

許多嘈雜的民軍跑進那直角的地道中去，跟隨着那氣油的微青色的噴射，混雜異常，有的叫喊有的開槍。突然，一切都熄滅了，──只有一盞風燈和一個電筒照著。

「他們看見我們奪得了噴火器，就把油門關住了 [，] 」房間裏有一個聲音說。一秒鐘之後，同是這個聲音又說：「我所說的我是知道的，我是消防隊的頭目。」

「停止！」艾囊代思也從地道中喊著：「他們在底裏有一個障礙物。」

阿比西尼亞王從地道中回來。[民軍們又開始點起風燈來。]¹⁶⁷

「一個人並不是耍野蠻就可以的，」他對艾囊代思說。

阿比西尼亞王接著說：

「就只差四分之一秒。在我未開槍之前，他是來得及把他的噴火器向我轉過來的。

「我瞅著他。真奇怪，那生命……

「要燒死一個向你 [瞅] 著的人，¹⁶⁸ 這一定 [是] 困難的事……¹⁶⁹」

地道的出口處是黑 [黝黝] 的，只有在盡頭有門框的長方形的微光。阿比西尼亞王點著了一根紙煙，於是跟在他後面的人們也同時這樣做：這是回返生活（retour à la vie）。每一個人在一秒鐘之間在那火柴或打火機的短而清楚的光中顯映了出來，接著一切又都歸於暗黑了。他們向聖達克魯沙的博物院的廳走過去。

「雲上面有一架飛機，」廳裏有許多聲音喊著。

「當然囉，」阿比西尼亞王又說，「困難的是不躊躇。幾秒鐘的問題。兩天之前，那法國人也這樣地轉回一個噴火器過。也許就是這一個……並沒有 [燒] 著；¹⁷⁰ 但是，也沒有打死那個傢伙。那法國人說他懂得這一行，說一個人決不能用噴火器來噴一個望著你的人。不敢……總之，不敢……」

第一章・第二節

每天，總有一個國際航空隊的軍官到作戰指揮部去，有時到警務部去。馬嚴差不多總是派施加里去的；他的文化程度，他的相當大的名望，都使他和那差不多完全由往日的陸軍軍官組成的空軍參謀部交際起來很順利。（山勃拉諾及其駕駛員們形成了一個特殊的圈子。）他的充滿了那種現在還壯健而老起來卻會肥胖的人的機

敏，使他和一切的人關係都很好，連警務部也在內。他和機隊中的一切意大利人都差不多打伙得很熟（他是他們選出來的代表），和大部分的空軍人員也都如此。還有，他西班牙文説得很好。

他剛被人緊急地召到警務部去。

警務部的各扇門都是由機關槍守著。在那些堂皇而虛空的鍍金貝殼的圈椅的四週，站著那些臉上表示著一切戰爭的不幸的寒傖的人。在一間小小的餐室中（在這警務部的軍事分處剛搬進來的大廈中，一切都沒有搬動過），在兩個守衛兵之間，勒格萊的伙伴賽呂謝在那兒亂蹦亂跳，比什麼時候都鬧得厲害。

「啊，施加里，是你，施加里！呃，老兄！」

施加里等待著他鬧完結。

「我以為我可要完了！要完了，老兄！」

因為有一個警務部的秘書是陪著施加里，那些圍著賽呂謝的民軍們就散開了一點，可是賽呂謝卻不敢自以為自由了。

「這樣的臭婊子，老兄，你真想不到呢！」

即使坐著，他的舞台上丑角一般的烏黑的眼睛也還在他的沒有眉毛的臉上很快地轉著；他的神氣好像是一隻關在房間裏發了急的蝴蝶。

「等一會兒，」施加里舉起了食指説。「從開頭説起。」

「[你] 要曉得，[171] 就是這樣的：那野雞在大馬路（Gran Via）上拉住了我。我不知道她對我説什麼話，可是意思總是説她會弄玩[藝] 兒耍把戲。[172] 那 [麼] 我就對她説：[173]「你意大利式幹嗎？」「幹的 [，]」她回答我。

「我到她住的地方去，是的，可是我要爬上去的時候，她卻要照平常的幹法幹。啊！不成！講好是意大利式，我對她説，不是別

的。[她] 不聽我的話。[174] 我呢，我說這簡直騙人。我去穿起衣裳來，她卻用西班牙文打電話。來了一個胖野雞，沒有法子說得明白。那個胖的不斷地指著那個脫得精光又長得不壞的小野雞，神氣之間好像對我說：幹呀！可是我呢，我知道那小傢伙不行！那時我就說給那胖的聽，說不是這樣的，可是她卻以為我沒有誠意。並不是我一定要這樣幹，幹意大利式，別以為如此。絕對不是。可是我不願意別人拿我開心；拿我開心，絕對不。—— 你也同意嗎？」

「可是你到這兒來幹嗎？你可還不是為了嫌疑而被捕的嗎？」

「所以，那個胖的，她看見我不行，她也打電話了。我心裏想……」

「……要來一個更胖的了……」

現在，賽呂謝心定了：施加里在開玩笑，事情好轉了。施加里微笑的時候有一種大笑和快樂的 [眼神]，[175] 縮小了眼睛，特別使臉兒上的夾種特點顯露出來。

「會有什麼事 [情]？六個 FAI 的傢伙，帶著他們的爛手槍！

「這些傢伙，他們還要做什麼呢？我就開口講我的那一下：並不是我要求她這樣幹，是她兜上來的。一方面，我知道他們是反對賣淫的，因此是反對這野雞的；另一方面，他們是道學氣的，那麼他們一定是反對意大利式，至少是在原則上反對的，這些吃素的東西 [！][176] 最糟糕的是不懂西班牙文，否則，在男子們之間，在這種情形之下，你要曉得，是說得明白的。可是我越解釋，那些傢伙就越擺出鬼臉來！老兄，竟有一個人拔出手槍來了。我越是對他嚷著我沒有幹意大利式，沒有幹，天哪！事情反而越糟。而那兩個野雞也嚷著：意大利人！意大利人！就只聽見這句話。我弄到後來有點窘了，老兄，不是說著玩。那時我想到拿出我的西班牙文的機

隊證來給他們看，給那些 FAI 的人看。於是乎他們就把我帶到這裏來。我就叫人打電話到飛機場去。」

「罪狀是什麼？」施加里用西班牙文問那秘書。

那人望著案卷片。

「不很嚴重。他是被妓女告發的，你要曉得……等一等。是這樣：意大利的間諜組織。」

五分鐘之後，賽呂謝是在人們的取笑之間被釋放出來了。

「有一件更嚴重的事，」那秘書説。「兩個法西斯諦航空員，意大利人，是降落在我們這方面，在托萊陀的南面。一個已經死了，一個在那裏。軍事情報處請你查一下他們的文件。」

施加里有點窘，用他短短的小指頭翻著那些在皮篋子裏找到的信札，名片，照片，收據，會員證，—— 以及在機身中找到的地圖。施加里帶著一種熟稔的幻覺碰到一個意大利敵人，這還是第一次，而他碰到的這個，卻是一個死人。

有一張紙使他覺得別扭。

那張紙是長的，好像是一張摺疊著的航空地圖；無疑地，牠曾經是黏在駕駛員的地圖上面的。牠好像是作飛行記錄冊用的。兩欄：自……至……以及日期。七月十六日（因此是法朗哥叛變之前）：拉斯貝嘉（La Speza）；其次是美里拉（Melilla）；十八日，十九日，二十日：其次是塞維拉，沙拉曼加（Salamanque）。在邊上，目標：轟炸，偵察，伴送，保護。

最後，前一天：自塞谷維亞至……死亡沒有填上去。

可是，在下面，幾天之前用另一枝自來水筆寫着三個大字，佔著兩欄：托萊陀（TOLEDO），以及後天的日期。這樣看來，立刻就有一次在托萊陀上空的空軍任務了。

從另一間房裏，傳來了一個人在大聲打電話的聲音：

「主席先生，我們的組織的弱點，我並不是不知道！但是，無論如何，無論如何，你聽見嗎，我不收那些沒有一個政治組織的保證的人們，來做突擊隊！」

「……」

「難道要等到有一天我們要用被收買的突擊隊來鎮壓法西斯叛變嗎？在我負責之下，不能 [沒有] 保證的人。[177] 在蒙達涅兵營裏，軍團黨已夠多了。警務部卻不能有！」

[施] 加里從頭就聽出這是警務部長的大發脾氣的聲音。

「他的孫女兒是在加第斯（Cadix）[成] 了俘虜，[178]」一個秘書說。

一扇門砰地響了一聲，他們就什麼也聽不見了。接著餐室的門開了，那秘書回來了。

「情報部也有文件。加爾西亞指揮說，那些都是重要的文件。現在在你這兒的那些，他請你揀一下，請你把那已死的駕駛員的文件和偵察員的文件分開。以後請你一起交給我，我立刻送到那面去。再請你報告馬嚴上校。」

「有好些都是印刷品或卡片，沒有法子知道是屬於誰的……」

「那偵察員在那兒，問他就是了。」

「也好，」施加里沒精打采地說。

他對於那俘虜的情感，是和他對著那些文件所生的情感同樣地矛盾。但是他卻也並不沒有好奇心：前一天，一個墜落在謝拉參謀部近旁（那裏有兩位部長在視察）的德國駕駛員，被解到參謀部去審問。因為那駕駛員以為「赤黨」沒有將軍的，看見將軍十分驚異，那翻譯員就把在場的那幾位將軍的名字說了出來。「好上帝啊

（Bon Dieu）！」那德國人喊著，「倒説我在這破屋子上面飛過了五次而沒有轟炸牠！」

「等一會兒，」施加里對那秘書説：「請對指揮説，在我所看見過的之中，有一個文件可能是有其重要性的。」他想到了那張飛行表，因為那個從意大利出發的日期，是在法朗哥起事之前。

他走到那偵察員被看守著的辦事室去。這俘虜對著一張綠呢台面的桌子坐著，肘子支在桌上，背脊向著施加里走進來的那扇門。施加里起初衹看見一個像平民同時又像軍人的側影，皮上衣和青色褲子；可是這個法西斯航空員一聽到門的響聲的時候，就立刻站了起來，向門轉身過去；而他的腿，他的瘦長的臂 [膊]，[179] 和他的還是駝著的背脊的動作，是一個 [神經] 質的生癆病的人的動作。[180]

「你受傷了嗎？」施加里處於第三者的地位問。

「沒有。不過傷了筋。」

施加里把手槍和文件放在桌上，坐了下來，做手勢叫那兩個守衛出去。那法西斯諦現在是和他對面了。他的臉兒是麻雀的臉兒，小眼睛和朝天鼻子（這種樣子在航空員之間是很普遍的），因為突出的顴骨和平頂頭髮而格外顯著。他並不像霍斯，但卻是和他同類的。他為什麼好像驚呆到這樣的程度呢？施加里回過頭去：在他後面，在阿薩涅（Azaña）的肖像的下面，[181] 有一堆銀器，堆得有一公尺高：盤子，碟子，茶壺，水瓶，回 [教] 托盤，[182] 時鐘，食器，花瓶，都是查抄來的。

「是這個使你驚奇嗎？」

那人躊躇著：

「這個……什麼？那些……」

他用手指指著那一堆辛八（Sinbad）的財富。

「哦！不是！……」

他似乎沒處逃遁了。

那使他驚異的，也許就是施加里本人；因為他有著這種美國滑稽演員的神氣。

這種神氣，與其說是由那雖則帶著玳瑁眼 [鏡]（les lunettes d'écaille），[183] 容貌卻整齊的生著厚嘴唇臉兒而來，毋甯說是由那使他走起路來像卓別靈（Charlot）一樣的，和他的上身比起來是太短的腿，他的那件太不「赤化」的麂皮上衣，以及他的夾在耳上的自動鉛筆而來的。

「等一會兒，」施加里用意大利文說。「我不是一個偵探。我是志願航空員，為了技術的問題被召到這裏來的。他們要我把你的文件，和你的……已故的同事的文件分開。如此而已。」

「哦，這我是無可無不可的！」

「把屬於你的放在右面，其餘的放在左面。」

那偵察員動手把那件文件分成兩堆，差不多連看也不看；他望著那一堆銀器映著天花板上的電燈泡而反照出來的一點點的光。

「你是因為飛機壞了而降落的呢，還是在作戰之中打下來的？」施加里問。

「我們是在偵察。我們是被一架俄國飛機打下來的。」

施加里聳了聳一肩膀。

「那麼，好吧，知道了。可惜並沒有俄國飛機。沒有關係。希望將來有吧。」

再說，那個駕駛員的飛行表格上並不寫着偵察，卻是轟炸。施加里強烈地感到了那知道對方說謊的自己對於這人的優越感。然而他並不知道在西班牙前線有意大利的雙座轟炸機。讓警務部去弄明

白這些吧！但是他卻記錄了下來。在右面的一堆上，那偵察員放下了一張收據，幾張西班牙鈔票，一張小小的照片。施加里湊近他的眼鏡去細看（他並不是近視眼，卻是老花眼）：是比愛洛 [•] 代拉·法朗契思加（Piero della Francesca）的一幅壁圖的一個細部。

「這是你的呢，還是他的？」

「你剛纔對我說過：我的放在右面。」

「好吧，那麼做下去。」

比愛洛·代拉·法朗契思加。施加里瞧著那張護照：大學生，弗洛倫斯（Florence）。如果沒有法西斯主義，這個人也許已做了他的學生。施加里一時曾經以為那照片是屬於死者的，當時他感到是和那死者模糊地團結在一起⋯⋯施加里曾經發表過關於比愛洛的壁畫的最重要的研究文字⋯⋯

前一個星期，有一次不是由警務部而是由一個西班牙的航空員擔任的審問，結果變成了航空記錄的辯論。

「你跳下來的嗎？」

「飛機並沒有著火。我們是在鄉野中降落的，如此而已。」

「飛機撞壞了嗎？」

「是的。」

「以後呢？」

那偵察員躊躇著沒有回答。施加里望著報告：那駕駛員第一個出來，那偵察員 —— 受他訊問的這個人 —— 是還陷在殘破的飛機之中。一個農民走近去，那駕駛員拔出他的手槍來。這農民繼續走過去。當那農夫離開他只有三步的時候，那駕駛員從他左面的衣袋中掏出了一把銀錢，幾張一千貝賽達（pesetas）的白色大鈔票。那農民再走得近一點，那時那駕駛員又加了一手把美元，—— 這

無疑是備著在緊急的時候用的……　——　這些全是用左手做的，右手卻老是捏住那把手槍。當那農民是走到離那駕駛員很近，可以碰得到他的時候，便放平了他的獵槍打死了他。

「你的同伴沒有先開槍。為了什麼？」

「我不知道……」

施加里想起了那飛行表上的兩欄：來回。那個「回」，就是那農民了。

「好吧。那麼當時你做 [什麼] 呢？[184]」

「我等著……」

「農民們又來了許多，他們把我帶到縣政府裏去；又從那裏帶到這裏。」

「我是否要受審判？」

「做什麼用？」

「不經審判！」那偵察員喊著。「你們不經審判就槍斃！」

這個呼聲，與其說是表示沉痛，還不如說是表示事情果然不出所料：這個小夥子，自從墮下來以後，心裏就想著，「至多」是不經審判就槍斃他。他站了起來，雙手抓住椅背，好像不讓人家拉他出去似的。

施加里輕輕地推開眼鏡，無限悲哀地聳了一聳肩。這是一個在法西斯諦們之間很普通的觀念，就是他們的敵人，從定義上說就是一種祇配蔑視的劣種；而這種那麼許多蠢貨的蔑視態度，也就是他脫離祖國的一個不小的理由。

「你絕對不會槍斃，」他突然又恢復了他的那種責備學生的教授的口吻，這樣對他說。

那偵察員不相信他。而施加里因為這人的不信而痛苦這件事，

像一個無可奈何的正義似地使施加里感到了滿足。

「等一會兒，」他說。他看了門：「請把伐拉陀（Vallado）隊長的照片拿來，」他向那秘書說。那秘書把照片拿了來。於是施加里就把牠遞給那偵察員。

「你是航空員，是嗎？你知道一架飛機的內部是你們的，還是我們的？」

山勃拉諾的那位曾經打下兩架飛霞機的朋友，曾經坐著一架複座機被迫降落在謝拉的一個村莊附近。第三天，當民軍奪回了那個村莊的時候，他們發現飛機裏的人還是在飛機的原位上，眼睛被挖去了。那轟炸員是那向蒙達涅兵營開砲而不知瞄準的突擊隊隊長。

那偵察員望著那些被挖去了眼睛的臉兒；他咬緊著牙齒，但是他的頰兒卻在發抖。

「我看見過……好些被俘虜的赤色駕駛員……他們從來沒有受過虐刑……」

「你還得弄弄明白，你和我對於戰爭都曉得的太少了……」

那偵察員的目光又回到了那照片上，給迷住了似的；在這目光之中，有點什麼很年青的東西，是和那一雙招風耳朵 [很] 調和的；[185] 照片上的那些臉兒呢，牠們是沒有目光的。

「什麼可以認明，」他問，「這照片不是……假扮了拍……然後送到你們那裏……」

「是呀，那麼牠是假的了。我們去挖政府航軍駕駛員的眼睛來拍照。我們有中國劊子手和共產黨來幹這些事。」

當施加里起初看見這些所謂「無政府黨的暴行」的照片的時候，也以為是假扮了拍的：人們是不大容易相信和自己一起作戰的人的卑劣行為的。

那偵察員又去揀他的文件，好像逃避到那裏去似的。

「你能保得定，」施加里問，「如果我處於你的地位，你們的人會……」

[他] 沒有說下去。[186] 從那一堆銀器之間，溜出了一，二，三，四響鐘鳴聲，像耗子似的，又清朗又輕快，好像並不是那埋沒這悲劇性的雜貨堆中的時鐘所發出來，卻是這亞拉亭（Aladin）的寶藏本身所發出來似的。

這些在這片談話之中，在離原主那麼遼遠的地方報著某一個時辰的時候（牠們上鏈過多少時候了？）給與了施加里一個那麼樣的淡漠和永恆的印 [象]；[187] 他似乎覺得他所說的一切，他所能夠說的一切，都是那麼地無聊，至於祇想閉口不說了。這個人和他都已選擇過了。

施加里漫不經心地望著那死者的地圖，用他已從耳朵上取下來的自來鉛筆順著地圖上的幾條路線畫著；在他旁邊，那偵察員已把伐拉陀的照片翻轉來了。施加里突然湊近他的眼睛去，再望了一眼那偵察員，然後又望了一眼地圖。

從那張飛行表看來，那駕駛員是從托萊陀南方加賽雷斯（Caceres）出發的。而據政府飛機每天的偵察，那加賽雷斯的機場是斷然一徑空著的。那地圖是一張很精緻的西班牙航空地圖，每一個飛機場都標著一小塊紫色的長方形。在離加賽雷斯四十公里的地方，有著另一個長方形，這一個長方形是凹下去的，差不多看不出來：這是用鉛筆劃上去的，因為油墨上面不吃鉛筆的鉛，所以祇留下鉛筆尖的凹印痕。還有一個長方形在沙拉曼加，另外還有幾個在愛斯特雷馬杜拉南面，在謝拉山脈間……這些都是法西斯諦的秘密飛機場。達霍河（Tage）流域的機場也是，托萊陀戰線的飛機，

便是從那裏起飛的。

施加里覺得自己的臉兒緊張起來。他碰到了那敵人的目光；每個人都知道另一個人是懂得了。那法西斯諦既不動，也不説一句話。他的頭縮到肩膀裏去，他的頰兒顫動著，正如他看到伐拉陀的照片的時候一樣。

施加里把那張地圖摺了起來。

西班牙的夏日午後的天壓著機場，正如達拉的殘破的飛機之壓著牠的被子彈所穿的洩了氣的橡皮輪。在那些橄欖樹後面，一個農民在那裏唱一個昂達魯西亞的歌（un cantilène andalouse）。

剛從部裏回來的馬嚴，把空軍人員召集到酒排間去。

「一個出發到托萊陀的阿爾加沙去的志願隊。」

一個很長的充滿了蒼蠅的嗡 [嗡] 聲的寂靜。現在，那些飛機每天帶著牠們的傷者回來。在夕暮中或大太陽下油箱起了火，發動機壞了而悄悄地曳尾而回，──或者竟一去不復返了。伐爾加思所估計到的那一百架飛機已運到了法西斯諦那裏；還有別的飛機。政府軍方面連一架新式驅逐機也不剩了，而敵人全部的驅逐機是在達霍上空。

「一個到阿爾加沙去的志願隊，」馬嚴 [又] 説。

第一章・第三節

像馬嚴一樣，馬賽里諾（Marcelino）以為沒有驅逐機的時候，[188] 應該靠雲來掩護自己。他往往在差不多日落的時候，從達霍河的南戰線的戰鬥回來，看見托萊陀像一個巨人的裝飾似地在禾田中間，牠的阿爾加沙聳立在河灣；幾所著火的房屋的煙斜斜地橫在黃色的石頭上面，牠們的滿載著光的原子的最後的煙縷，好像是

透過了陰暗的太陽光條。在殘陽之下，在戰爭底絕滅時間的萬能的甯靜之中，那些房屋帶著那種村中炊煙的平靜，在地面上燃燒著。那位很能駕駛飛航，能料到他的同機人的行動的馬賽里諾，並沒有再做駕駛員，但是他卻是國際空軍中的最好的轟炸員，又是極好的指揮。今天，托萊陀在這些雲下面的某個地方交戰著，敵人的驅逐機是在很近的地方。

在雲的上面，天是異常地清朗。在上面，沒有一架敵機在城的[附]近巡邏；[189] 一種宇宙的平靜在那一片白色上面統治著。計算起來，飛機是飛近托萊陀了！牠開了最高的速度。哈伊美唱著歌；其餘的人全副精神地注視著，目光 [像] 出了神的人一樣地固定。[190] 幾座 [大] 山在遠處穿出了這雪白的雲的平原；[191] 不時地，在一個雲隙之中，露出了一塊麥田。

飛機大概已到了托萊陀城的上空了。可是飛機裏並沒有指示直風對於飛機的進行所生的影響的器械。如果牠穿過雲飛下去，他大概一定可以看到托萊陀；可是如果牠離開托萊陀太遠呢，敵人的驅逐機就會在牠未及轟炸之前到來了。

飛機俯衝下去。

在同時等待著地面，阿爾加沙的砲以及敵人的驅逐機的這種等待之中，那駕駛員和馬賽里諾帶著那種比他們看人的臉兒時所從未有的極大的熱情，望著那高度表。八百 —— 六百 —— 四百……老是那些雲。應該再上升而等待一個空隙在他們下面經過。

他們又看到了那片天，寂然不動地在那些似乎跟隨着大地的運行的雲上面。風把這些雲從東向西推；那些的空隙是相當地多。他們開始兜著轉子了，孤單地在無際的長天之中，帶著一種星的準確性。

前座的機關槍手哈伊美向馬賽里諾做了一個手勢：他們兩人第一次在他們的身體中領悟到了大地的活動。這架像一個微小的行星似地消失在星球的漠然的吸力中的轉著的飛機，等待著那牽入世事的荒誕的韻律中去的托萊陀，牠的叛變的阿爾加沙以及牠的圍攻者，在牠下面經過。

一看到第一個空隙（太小了），掠食鳥的本能又在大家心頭現了出來。飛機像鷹隼 [似] 地兜著圈子，[192] 等待一個更大的空隙；飛機中一切人的眼睛都垂倒著，在窺伺著地面。似乎是雲的整片風景，帶著一種行星的 [慢] 度（lenteur），[193] 在那不動的飛機周圍轉著。

從那突然又在一個雲隙的邊上現出來的地面，飛來了一朵小小的雲，離飛機有二百公尺：阿爾加沙在開高射砲了。

飛機又俯衝下去。

空間縮小了，已不再有天，飛機現在是在雲下面了 —— 已不再一望無際，是阿爾加沙了。

托萊陀是在左面，而在降落的角度下，那條敞臨著達霍河的峽谷，卻比整個城和那仍在開砲的阿爾加沙更清楚；開高射砲的是砲兵學校的軍官們，但是機中人的真正的對敵卻是敵人的驅逐機。

本來是斜著的托萊陀，現在漸漸地放平了。牠老是具有著那在此時顯得很奇特的同樣的裝飾性；而火燒的長長的橫煙，又一條條地在上面劃著。飛機開始側向 [阿] 爾加沙盤旋著了。[194]

要作準確的轟炸（因為圍攻者就在近旁），是必須像鷹隼一樣的盤旋的，可是每一個盤旋卻把更多的時間給與了敵人的驅逐機。飛機是在離地三百公尺的上空。下面，在阿爾加沙前面，是無數戴著雪白的圓帽子的人們，像螞蟻一般。

馬賽里諾把投彈穴開了一半，拿起他的瞄準器，沒有投下炸彈去，卻校驗著：估量起來，那瞄準器是不錯的。因為阿爾加沙很小，而馬賽里諾又怕輕炸彈飛散開去，所以他想祇投那些重炸彈；他並沒有發任何信號，飛機中人都等待著。傳令者對駕駛員說兜轉子，已說到第二次。一朵朵的高射砲的小雲越來越近了。

「當心！」瑪賽里諾喊著。

直站在飛機中，穿著那老是不束腰帶的航空員衣，他的樣子是異常地傻氣。可是他眼睛一刻也不離開阿爾加沙。這一次他把投彈穴開大了，蹲了下去：感到了那侵入飛機的冷空氣，大家都覺得戰鬥已開始了。

這是西班牙戰爭的第一次寒冷。

阿爾加沙轉著，來了。現在是俯躺著的瑪賽里諾，拳頭臨空舉著，伺候著那幾秒鐘。那些帽子在飛機下經過。瑪賽里諾的手臂好像在撕破一個窗簾似地。阿爾加沙經過了（幾個拙劣的高射砲彈是在牠上面，像衛星一樣），轉著，向右面走開去，而在牠的正院子中央，有一片蒼茫的煙。這是炸彈嗎？

那駕駛員繼續兜他的圈子，又向阿爾加沙側斜過去：那個炸彈是落在院子中央。阿爾加沙的高射砲彈跟隨着飛機；那飛機又飛過，丟下了牠的第二個大炸彈，飛了開去，接著又飛過來。瑪賽里諾那隻重新舉起來的手臂不放下去：在那院子裏，剛剛匆忙地張起了白布：阿爾加沙投降了。

哈伊美和波爾快樂得打著拳。機隊的人都在飛機裏高興得頓腳。

和雲相齊著，敵人的驅逐機現出了。

第一章・第四節

在司令部中（從前是學校，現在改作兵營）洛貝思帶著朋友態度和蒲爾朋的神氣（bourbonien），剛問完了那些從阿爾加沙脫逃出來的人們：一個做肉票的婦女，是靠著一個兵器匠（他也逃走了）所發的通行證逃出來的；還有十個在第一天被投入獄中的兵士，是跳到一個峽谷中而脫逃了出來的。

那婦女是一個強健而黑髮的多嘴的女人，年紀約四十歲，鼻子是圓圓的，眼睛很靈活，看上去顯然比以前衰弱了。

「你們一共有多少人？」洛貝思問。

「我不能對你說，指揮先生。因為，我們並不是大家都在一起，可不是嗎；那些俘虜，這兒也有，那兒也有。在我們的那個地窖子裏呢，一共有二十五個人，可是假定這祇是很少的一房間的人……」

「你們有吃的嗎？」

那婦人望著洛貝思。

「還不少……」

一些農民在司令部前面經過，左肩上負著像大燭台一樣的巨大的木禾叉，右臂下挾著步槍。而在他們後面，一些厚厚的收[穫]，由那些角上綴著金雀花的牛牽拽著，走進托萊陀來。

「這兒，有些人說在阿爾加沙裏面沒有吃的。別相信這話，指揮先生。那是馬肉和壞麵包，可是卻有吃的。我看見過我所看見的東西，我比別人更懂得廚房裏的事，我是開客棧的！那裏吃的東西可有。」

「還有那些飛機丟火腿和沙定魚下去！」一個脫逃出來的兵士喊著。「可是那些火腿總是給軍官們吃的；他們一次也沒有給我們

過。在這樣的幾星期之中！倒說這不是倒霉！那些警衛隊倒會跟那些傢伙留在一起！」

「呃，大哥，那些警衛隊，你要他們怎麼辦呢？」那婦人說。

「像我們這樣呀！」

「是呀，但是，噲，」她慢吞吞地問，「你也許在托萊陀一個人也沒有殺死過吧，你⋯⋯」

洛貝思也是這樣想的：那些警衛隊，當那些右派當權的時候，曾經在托萊陀擔任過鎮壓的工作；他們害怕那些認識他們的面目的人們會推翻那投降的條件。

「那麼那些法西斯諦的妻子呢？」

「那些東西！⋯⋯」那婦人說。

她的那張對洛貝思說話時尊尊敬敬的臉兒，現在突然改變了。

「可是，你們這些男人，你們到底為什麼這樣怕碰那些女人！她們並不全是你們的母親啊！她們那些傢伙，她們可知道怎樣對待我們，比男人還 [厲] 害！ [195] 可是如果你們所害怕的是那些女人， [196] 那麼把那些炸彈交給我們吧！」

「你又不會丟炸彈，」洛貝思說。微笑著，又顯著窘迫的樣子。

他便對那剛到來的兩個手裏捏著拍紙簿的新聞記者說。

「我們曾經建議撤退一切非交戰的人們；可是那些叛軍卻拒絕了。他們說他們的妻子願意跟他們在一起。」

「真是這樣嗎？」那婦人說。[] 那個剛在那裏面生養了孩子的女人，她願意留在那兒嗎？那個要向丈夫開手槍的女人，她願意留在那兒嗎？為了可以再向他開手槍，那倒也許會的！那個對著月亮一小時一小時地叫號著的女人（她甚至要發瘋了），她願意留在那兒嗎？」

「而且不能不聽見她們!」一個兵士說。他神經質地用指頭抵住耳朵說下去:

「可是總聽見她們!總聽見她們!」

「洛貝思同志,」有人在外面喊著,「有電話,瑪德里打來的!」

洛貝思不安地走下樓去。他喜歡別緻的東西而不喜歡苦痛,而老是看著上面的那個充滿了憎恨的阿爾加沙(在 [那] 裏,[197] 人們在院子裏槍斃人,在那裏,嬰孩產生出來)這件事,漸漸地使他不可忍耐了。有一天早晨,他雖則沒有看見一個人的臉兒,卻聽見有人在阿爾加沙裏面喊著:「我們願意投降!我們願意⋯⋯」接著是一響槍聲,以後就什麼聲音也沒有了。

在電話裏,他把他剛才聽到的話簡略地說了一下:沒有什麼了不得的事。

「最後,」他說,「沒有錯,我們應該救出這些人!」

「在西班牙 [全] 國,[198] 法西斯諦都擄了肉票去。」

洛貝思聽得很不清楚:在院子裏,一個軍官在彈著一架放在錦石上的鋼琴;一架留聲機在開著一支老曲的「龍巴」(rumba)舞曲,而一個附近的擴音器又在播著謠言。

那個電話中的瑪德里的聲音更響地說:

「我是同意為了他們用盡一切辦法的;可是我們也應該把阿爾加沙作一個結束,而把民軍調到達拉維拉(Talavera)去。你們總之還應該給上面的那些混蛋一個機會。趕快準備一些傳話人。靠著這個外交團,我們可以照料自己。」

「他們要一個教士。瑪德里有教士嗎?」

「教士,好。我們就直接打電話去給作戰指揮。多謝。」

洛貝思走上樓去。

「那些女人呢，」一個兵士説，「她們是在地窖裏，因為怕飛機。你要曉得，如果是我們的女人呢，便放在馬房旁邊！我們是塞在馬房裏。他們的女人不是放在那裏。那裏，可真受不了，那氣味真厲害：在那練馬場裏，有三十來個死屍浮面埋在地裏，還有那些沒有刮乾淨的馬骨頭。那可真受不了。那死屍，就是那些投降的人的死屍。那時，你懂得嗎，是在那些在我們腳底下的人們，以及當飛機來時在我們所在的馬房前的院子裏掛白布的人們之間……那飛機，牠可真和我們打麻煩，因為無論如何，牠總是向著我們下蛋，然而，我們卻同時也滿意……所以那時他們把白布掛了出去。」

「那是什麼人？警衛隊的人嗎？」

「不是：是兵士。別的人讓他們掛出白布去。可是，當飛機走了的時候，那些機關槍卻掃射起來了。我們看見那些弟兄們倒下去，這裏也是，那裏也是，倒在他們的白布上面，倒在隨便那裏。後來那些警衛隊又來把那些白布收了去。已經不是白色的了！他們甚至還拉著 [白] 布的一角，[199] 像手帕似地把牠們拉開去。那時我們心裏想，我們也會給他們這樣來一手，於是乎我們就跳下去，也顧不得性命了……」

「你知道他們有沒有打死一個名叫摩拉雷斯（Morales）排長的嗎？」一個聲音問。「[因] 為這是我的哥哥。[200] 他有點社會主義傾向……」

那兵士沒有回答。

「你要曉得，」那婦人容忍地回答，「那些傢伙，他們是見人就殺的……」

當洛貝思走出司令部去時候，一些孩子們放學回去，臂下挾著書包。他呆瞪著眼睛 [晃] 着手臂走著，差一 [點] 踏在一灘黑色的

東西上面；[201] 一個無政府黨拉開了他，好像洛貝思差一差要踏死一個受傷的動物似的：

「當心，老哥，」他說。接著，又尊敬地說；「左翼的血（Sang de gauche）。」

第一章・第五節

一半的「塘鵝們」在酒排的長機上打盹。其餘的一半⋯⋯那些機械師們，是在他們的崗位上；四分之一的駕駛員和機鎗手呢，天知道他們到那裏去了。馬嚴心裏想，他怎樣纔能不用強制手段而建立一種紀律。那些「塘鵝們」，雖則胡鬧，亂來，無紀律並不負責任，卻總以一對 [七] 作戰。[202] 山勒拉諾的西班牙機也如此；瓜特羅斯維安多斯（Cuatros-Viento）和葛達費（Gétafé）的勃雷蓋機（Bréguet）也如此。大家都損失了一半以上的作戰效力。有好些雇傭空軍人員 —— 西皮爾斯基（Sibirsky）便是其中之一 —— 都會兩個月中有一個月請求不受薪金而作戰，這樣可以金錢與友情兩不損失。每天，聖安東尼（Saint-Antoine）滿載著紙煙，望遠鏡和留聲機片回來，一天比一天更憂愁。那些沒有驅逐機伴送而起飛的飛機（有什麼驅逐機來伴送呢？）靠著黎明，靠著謹慎，靠著一場別處的作戰，而飛過謝拉，回來的時間兩次裏總有一次被打得像蜜蜂窠一樣。在酒排間裏，酒精的消費是增加了。

那些本來躺在長機上的人們，以及那後面跟著那隻「扁鬼」（Raplati）的施加里，開始像囚徒一樣地在酒排間的平壇上踱來踱去。也不消那推運炸彈小車的人來報告時間，大家都知道瑪賽里諾的飛機還沒有回來。他祇有至多夠一刻鐘用的汽油了。

第五聯隊（註）的委員之一安里葛（Enrique）（他自稱是墨西

哥人，也許是的）和馬嚴一起在飛機場上走著。[203] 太陽已落在他們的後面，於是那些「塘鵝們」便看見馬嚴的在殘陽中朦朦朧朧的髭鬚，突出在那個委員的圖騰一般的側影上面。

（原註）共產黨的民軍，其目的在於趕緊重建正規軍。

「實實在在，你們還剩下多少飛機？」那委員問。

「還是不說起的好。作為正規的航空隊，我們是已經不存在了……我們還老是等著合用的機關槍。那些俄國人，他們在那兒幹嗎？」

「那些法國人呢，他們在那兒幹麼？」

「別說這些吧。你瞧，問題是在於我們能做的是什麼。除了碰運氣以外，我就夜間轟炸，或是利用浮雲。幸而秋天來了……」

他舉起眼來，今夜一定是晴朗的。

「現在，我第一注意天氣怎樣。我們是游擊的航空隊。

「不是飛機從外國運到，便祇有盡可能好一點地死。

「我忘記了什麼事啊？啊！是了，你說，俄國飛機到了巴賽洛拿那個蠢故事 [到] 底是怎麼一會事？[204]」

「我前天是在巴賽洛拿。我在一個開著的倉庫裏看見了一架很漂亮的飛機；到處都是紅星，機尾畫著一把鐮刀和一個鐵鎚，四面都寫著字；前面寫著『列甯』二字。可是那個俄文的 I 字……（他用手指劃著）是像顛倒的西班牙文 N 字。後來，我走過去近看，於是我認出了那就是你的那架阿比西尼亞王的飛機……」

馬嚴曾在英國的市場上弄到了哈伊萊（Haile）。賽拉西皇帝（Selassie）的私人飛機。那是一架很快的飛機，汽油容量也很多，但卻很難操縱。因為被一個駕駛員開壞了，所以送到巴賽洛拿去修理。

「糟糕。為什麼要這樣化 [妝] 呢？[205]」

「是兒戲，是勾引真的俄國飛機的魔法……最後分析起來，也許是挑釁。」

「糟糕。呃……那麼，是呀：你們那邊怎樣？」

「不錯。可是慢慢地。」

安里葛不說下去了，從衣袋裏掏出了一個組織計劃來，用電筒照著。夜來了。

「現在，具體地說，這些都已實現了。」

這差不多就是突擊大隊的計劃。馬嚴想起了那些沒有子彈出發上前線的沙拉戈薩的民軍，想到了差不多全個阿拉貢（Aragon）戰線上都沒有電話機，想到了在托萊陀沒有救護隊而用女民軍的酒精或碘酒去治傷……

「你們已立定紀律了嗎？」

「是的。」

「用強制手段嗎？」

「不。」

「你們怎樣辦的？」

「共產黨都是守紀律的，他們服從支部秘書，他們服從軍事代表；這兩個職司往往是同一個人擔任的許多願意鬥爭的人們，因為愛嚴肅的組織，都到我們這裏來。從前，我們的人之所以守紀律，是因為他們是共產黨。現在，許多人加入了共產黨，因為他們守紀律。在每一個單位之中，我們有不少的共產黨，他們都守紀律，也要別人守紀律；他們組成了一些堅固的核心，而在這些核心周圍，新兵們便組織起來，接著自己也組成了核心。弄到後來，便有比我們所能組織的更多十倍的人們，懂得他們將在我們方面做反法西斯

主義的有用的工作。

「説起，我也想和你談談那幾個德國人……」

這個話題使馬嚴覺得麻煩，因為別人已跟他辦過好幾次交涉了。

安里葛已挽著馬嚴的手臂；這個由這壯健的人做出 [來] 的舉動，[206] 使馬嚴吃了一驚。馬嚴把那些共產黨的領袖們分為軍人型的共產黨和教士型的共產黨；要把這個作過五次內戰，像加爾西亞一樣高大結實的人歸在第二類裏去，在馬嚴實在是一件難堪的事。然而，他覺得這墨西哥的雕像一般的嘴唇，有時卻像販賣毯子的人的嘴一樣地向前突出著。

警務部所要求的是什麼？要那三個德國人不再踏進飛機場。據馬嚴的意見，克萊費爾德（Krefeld）是有嫌疑的，但卻並沒有做間諜的能力；那個機關槍手，[207] 雖則自稱教練，卻不會運用機關鎗，而當加里契（Karlitch）需要他的時候，他總是在共產黨裏的；加里契不得不獨自一個人做全部工作。希萊納（Schreiner）的事是悲慘的，而這人是一定無辜的。但是，無論如何，他必須離開防空部。

「你瞧，安里葛，從人情方面説，這一切都是使人難堪的，但是我卻沒有任何有價值的，有道理的理由去拒絕警務部的要求，——而地又可以一定要我這樣辦的。我並不是共產黨，因此，在這情形之下，我不能説我要服從『我的』黨。航空隊，警務部和情報部之間的關係很好，這件事在這個時候對於我們是有一種極大的實際重要性的，在這個時候，我們事事都憑交情在做，我不能因為這事而跟他們鬧僵。他們會覺得我故意作梗。你大概 [懂] 得我的意思吧。[208]」

「應該留著他們，」安里葛說。「黨替他們負責……你要 [曉] 得，[209] 他們的一切同志們認為，打發他們走就是猜疑他們。總而言之，你們不能拿幾年以來一向是好戰士的人們，這樣地來對付。」

那機關槍手是黨員，馬嚴卻不是。

「我呢，我深信希萊納是無辜的；但是問題並不在此。你們有巴黎的德國黨部的情報；你們相信那些情報；很好：你們對政府去負責吧。我呢，我一點也沒有調查的念頭，而我也不會隨便地，據我自己的意思去解決一個可能有很嚴重的結果的問題的。再說，你要曉得，作為航空員，他們是完全不中用的。[」]

「我們可以籌備一次晚餐，那時我可以代西班牙的同志們向你們致敬，而你又可以向德國的同志們致敬……有人對我說，在航空隊裏，人們對於德國人懷著敵意，有著一點兒國家主義。……」

「我絕對不想對於那些把這種話說給你聽的人們致敬。」

馬嚴對於安里葛的重視（如果不是為了他個人 —— 因 [為] 他並不清楚地認識他，[210] 那麼至少為了他的工作），反而增加了馬嚴的煩惱。馬嚴看見了第五聯隊的大隊組織起來，從整個來說，這些大隊是民軍最好的大隊；人民陣線的全部軍隊都可以以同樣的方法組織的。他們已解決了革命紀律的那個決定的問題。所以馬嚴認為安里葛是西班牙人民的軍隊的一個最好的組織者；但是他深信這個認真，謹慎而用心的大漢，如果別人向他提出那種他剛才提出的要求，他自己也決不會答應做的。

「黨一方面對於這問題已考慮過，以為應該保留他們，」安里葛說。

馬嚴又起了社會主義者和共產黨鬥爭的時代的那種 [嫌] 隙。[211]

「對不起。在我看來，革命比共產黨更要緊。」

「我不是一個狂信者，馬嚴同志。我從前相信過特洛次基主義（trotskisme）。現在，法西斯主義已變成一種出口的貨品了。地輸出完成的出產品：陸軍，空軍。在這種條件之下，我才說，對於我們所要保衛的東西的具體的保衛，已不復第一靠在全世界的無產階級上，卻靠在蘇聯和共產黨上了。對於我們，一百架俄國飛機是比五萬不懂戰爭的民軍更有用。和黨一起行動，便是毫無保留地和牠一起行動：黨是一個整體。」

「是的。但是那些俄國飛機卻不在那裏。至於你的那三個……弟兄們，如果共產黨替他們負責，那麼讓牠自己向警務部去替他們負責，或是自己收用他們。我一點也不反對。」

「那麼，說來說去，你要他們走，是嗎？」

「是的。」

安里葛放開了馬嚴的手臂。

他們現在是在建築物的燈光中了。因為這位委員的一向在黑暗中的印第安人一般的臉兒，又在燈光中顯現出來，因為安里葛已擺脫了馬嚴的手臂，所以馬嚴看起他就格外清楚了。馬嚴想起了一句別人對他說過而他已忘記了的安里葛的話：「對於我，一個黨的同志是比世上的一切馬嚴，一切加爾西亞都更重要。」

「你瞧，」馬嚴說，「我知道黨是什麼：我是隸屬於一個弱小的黨的：革命左翼社會黨（la gauche révolutionnaire socialiste）。當我們撳了電燈開關的時候，應該一切的電燈泡都同時亮起來。要是有些電燈泡不完善，那也沒有辦法；再說，那些大的電燈泡總不大亮的。所以，黨第一……」

「你留住他們嗎？」安里葛用一種中立的口氣問，多份是表示他不願[勉]強馬嚴，[212] 卻也有一點想裝作他自己是無可無不可的。

「不。」

這委員是更關心於決意而不大管心理。

「敬禮！」他說。

沒有辦法的事：馬嚴組織了這航空隊，拉攏了人，不斷地冒著生命危險，又毫無權利地把他所指揮的空軍人員的責任擔負了十次：他並不是他們的人。他並不是黨員。他的說話，是比一個沒有拆卸一架機關槍的能力的機關槍手的都還沒有力量；而一個為了自己的工作和價值而為馬嚴所敬重的人，卻為了滿足自己黨裏同志的怪癖，而要 [勉] 強馬嚴採取一種孩子的態度。[213] 而這一切都是可以辯護的。「應該在一切房間裏都有一些電燈泡。」然而，那組織西班牙最好的軍隊的卻也是安里葛。而馬嚴呢，他卻答應開除希萊納。這行動是不公正的。

現在差不多已完全暗黑了。

他並不是為了不公正而到西班牙來的 [……]

幾響 [遙] 遠的槍聲在機場上經過。和那在著火的村莊前帶著驢子奔逃的農民之群相形之下，這一切是多麼地不多重輕（dérisoire）啊！

他第一次深深地感到著戰爭的寂寞，在機場的枯草間曳著腳步，急急地走到那有人們在協力修理舊飛機倉庫去……

完全的夜是比瑪賽里諾來得更快。而對於受傷的駕駛員，夜間降落是不相宜的。機械師們似乎在望著夕暮降下來；他們在夕暮的不安的甯靜中緊張地望著的，是飛機和黑夜的不可見的賽跑。

阿諦尼（Attignies）走了過來，目光向著山巔。

「我的好西格弗里德（Siegfried），那些共產黨弄得我頭痛，」馬嚴說。

那些西班牙人，以及那些愛阿諦尼的人們，在自己之間都稱他為西格弗里德：他生著金黃色的頭髮，很漂亮。人家當面這樣稱呼他，這還是頭一次；他並不注意。他說：

「每逢我看見黨和一個意願和我們相同的人，像你那樣的人，起了衝突的時候，我總覺得這是一個大悲哀……」

在機隊的一切共產黨員之中，阿諦尼是馬嚴所最看重的。他知道阿諦尼對於克萊費爾德和區爾茲（Kürtz）沒有好感。[214] 他有說話的需要。而他又知道阿諦尼是像他一樣，因為等待他所愛的瑪賽里諾而神經緊張極了。

「我以為在這件事上黨是有許多錯處，」阿諦尼說。「但是你也確得定你自己沒有錯處嗎？」

「一個感情衝動的人總有錯處的，我的孩子……」

他並不用一種保護人的口氣，卻用一種父親一般的口氣對他說著。

「把兩方面來清算一下吧……」

馬嚴並不想攤陳出那些反責的話來。

「你以為，」然而他卻也說，「我不知道自從寇爾茲在那邊演著他的卑陋的偵探的腳色以來，我在共產黨之間是多麼地受人攻擊嗎？」

「他並不是一個偵探。他曾經在德國和希特勒主義鬥爭過；我們之間的在希特勒那面鬥爭的人們，也都就是最好的人們。這整個事情是荒謬的，而且沒有辦法。但是你呢，你是一個革命者，又是一個有經驗的人，你為什麼不看開一些呢？」

馬嚴思索了一下：

「如果那些我應該和他們共同戰鬥的人們，那些我喜歡和他們

共同戰鬥的人們，對於我並不信託，那麼為什麼戰鬥呢，我的孩子？死了也還不是一樣……」

「如果你的兒子錯了，你也恨他嗎？」

馬嚴第一次遇到了這種把最好的共產黨員共他們的黨連在一起的心理上的深切的聯繫。

「哈伊美是在飛機裏，可不是嗎？」阿諦尼問。

「是的，前座機關槍手。」

夜更快地降下來了。

「我們的感覺，」這少年又説，「甚至我們的生命，在這場戰爭之中都是很藐小的東西……」

「是的。但是如果你們的父親錯了……」

「我並沒有説你的父親：我是説你的兒子。」

「你有一個兒子嗎，阿諦尼？」

「沒有。你呢，你有兒子，是嗎？」

「是的。」

他們走了幾步，眼睛向著天，守望著瑪賽里諾。馬嚴感覺到阿諦尼要説什麼話了：

「你知道，我的父親是誰嗎，馬嚴同志？」

「知道的。是為了這個……」

阿諦尼（這是一個假名）以為是一個秘令的那件事，是機隊中都知道的：他的父親是他的國中的一個法西斯諦的首領。

「所謂友誼（amitié），」他説，「並不是當朋友是對的時候和他們一起，卻是即使當他們錯的時候也和他們在一起……」

他們上樓走到山勃拉諾那裏去。

探照燈已經預備好了，一切可以調動的汽車都已派到機場的四

周，一等聽到開燈的命令就開亮牠們的探照燈。

「嚕，我們馬上就開吧！」馬嚴説。

「也許你是對的，」山勃拉諾説。「但是我以為還是等一等好。如果那些法西斯諦來了，犯不著給他們把場地照亮。再説，我以為還是等一等好。」

馬嚴知道山勃拉諾之所以以為還是等一等好，是出於迷信；現在，差不多一切的航空員都是迷信的了。

窗子是開著；在戰爭之前，在這個時候，這位機站主任是拿起他的威士忌酒了。夏末的夜從整個土地中升上來。

「開燈！」他們大家同聲喊著。

人們聽到了飛機的鳴聲。

在汽車的探射燈的短短的光之間，航空探射燈的那道長光帶在那空空的機場中橫拉著。髭鬚向前突出著，馬嚴三腳兩步跑下樓梯去，阿諦尼跟在他後面。

在下面，那些平行的頭把那架飛機指點給他。沒有人看見牠飛過來；但是現在，由聲音所指引著，大家看見牠盤旋著預備降落。在那越來越深的鉛灰色的天上，飛機的側影滑走著，輪廓分明得像一張剪出來的紙，在一[團]蒼青色的圓光的中央，[215]像那在水銀燈光的背景上的建築物一樣地清楚。

「外部的發動機已著火了，」一個聲音説。

那架飛機擴大起來：牠已不兜圈子了，面對著那飛機場滑下來。牠的翼翅變成了線，消失在機場的暗夜之中：黑暗貼著地積聚著。一切人的目[光]現在祇望著機身的那個模糊的斑點了。[216]這飛機像被一隻猛禽所糾纏似地被那道大吹管般的微青的火焰所糾纏著，好像永遠不會降到地上來似的：那些載著人們所等待的死者們

的飛機，總是慢慢地墜下來的。

「炸彈！」馬嚴喃喃地說，把兩手放在眼鏡腳上 [。]

正當那飛機碰到地上的時候，機身和火焰是互相很接近了，好像要拚命毆打一場似的。機身在那扭曲著的火焰中跳起來，倒下去，又發著響聲衝起來：這飛機倒衝下去了。

那像死神一般聚精會神的救護車騰跳著開過去。馬嚴跳上車去。那些一看見飛機怎樣降落就飛奔過去的「塘鵝們」（那些駕駛員們跟在後面，向他們嚷著），現在在那又寬又直的火焰的四周奔跑著，他們的影子投射在四周，好像是一個輪子的軸似的。火焰又散了開來，用一種戰顫著的裝飾性的光照亮了那飛機。好像飛機裏的人們已被自己的血黏住在那像蛋殼般一碎為二的機身中似地，那些「塘鵝們」用著那揭開一個傷口上的繃布那樣謹慎的手勢，去把機中的人們從機身上揭開來；他們都很有耐心，但被汽油的襲人的氣味所弄得煩燥了。當滅火藥水向火焰噴射著的時候，人們便把那些傷者和死者都從飛機裏挪出來，而在四周的黑暗之中，他們的同伴們是圍聚著；在這一片死屍一般的光線下面，那些寂靜的死者好像是被一些騷動的死者所保護著。

三個傷者，三個死者 —— 瑪賽里諾便是其中之一：一共六個人；還少一個機關槍手。那就是哈伊美，他在其餘的人下來之後好久纔下來。戰顫的手向前伸著，有一個同伴攙扶著他：齊眼睛的地方中了一顆爆裂彈。眼睛瞎了。

那些航空員捧住死者的肩和腳，把那些死者抬到酒排間去。廂車（fourgon）要等一會兒纔來，瑪賽里諾因為是在後頸上中了一彈死的，所以流血不多。雖則他的眼睛悲劇地凝注著而沒有人去把牠們合上，雖然光線是陰森森的，他的遺容卻是美麗的。

酒排間的一個侍女望著他。

「至少要一小時，纔能漸漸地看見靈魂，」她説。

馬嚴看慣了人們的死亡，他辨認得出死亡帶到許多人的臉兒上來的那種平靜。線條和小皺紋都已經和慮念和思想一同消隱了；而在這洗去了生命，祇有張開的眼睛和飛行帽維持著意志的臉兒前面，馬嚴想著那句他剛 [纔] 聽到的話。[217] 那句他在西班牙曾經聽到用種種不同的説法説過的話：那就是，祇在死後一小時，那些死者的真正的面貌 [纔] 漸漸地從那遺容下湧現出來。[218]

第二章・第一節 [219]

那些法西斯諦佔領著三個農莊，—— 黃蒼蒼的岩石，在一個白石的凹處的黃蒼蒼的屋瓦。第一應該把他們從這些地方驅逐出去。

這種軍事行動是庸常的。在達拉維拉和托萊陀之間的這一切達霍河流域的嶙嶙的岩石，使民軍們可以在掩蔽之下達到那幾個農莊，祇要他們的動作謹慎而有秩序就好了。希美奈思在前一天的夜間吩咐預備手榴彈。那個負責分配軍械的軍官是一個德國流亡者，而在第二天一清早，那對於辦事迅速高興異常的希美奈思，就看見幾輛貨車開到了 —— 上面卻裝著吃的石榴。（譯者案：手榴彈和石榴，在西班牙文均為 GRANADA，故有此誤會。）

最後，再辦好交涉，那些真的手榴彈到來了。

希美奈思手下的有一連，是由來到沒有幾天而還沒有打過仗的民軍們組織成的。希美奈思把他們編在他的最好的下士們之下，而今天，他親自指揮他們。

他叫他們開始演習擲手榴彈。

　　在第三連，那新民軍的那一連中，有了一種躊躇。有一個民軍，把手榴彈點著了，卻並不把牠丟出去。「丟啊！」[220] 那軍曹大聲嚷著。這手榴彈將要在手裏爆炸開來，而這可憐的傢伙恐怕也將炸得什麼也不 [賸] 了。這時希美奈思使勁在那人的肘子下面打了一拳：那手榴彈在空中炸了開來，那民軍跌倒了，而希美奈思的臉上卻流著血。

　　那民軍在肩上受了傷。他真是差一差就送了性命。人們把這人包紮好又送出去之後，便立刻替希美奈思來包紗布。「讓那些摩爾人去包包頭布吧，」他説，「給我橡皮膏（taffetas anglais）就是了。」這樣子是更少一點英雄氣；他好像是用郵票補過的。

　　他站到那其次一個擲手榴彈的人身邊去。沒有其他的意外事，二十來個人落了選。

　　希美奈思已派了瑪努愛爾去偵察地形。瑪努愛爾是他的黨很聰敏地派來的，[221] 因為在這樣的一位軍官那裏，他最能學習到一點東西。

　　希美奈思對於他頗有好感：瑪努愛爾之守紀律並非由於服從之好尚或指揮之好尚，卻是由於天性，由於效率的意義。他是有教養的；在這一點上，那位上校是很看重的。這個收音技師又是很好的音樂家竟會是一個天生的軍官，使那祇由於荒謬的神話而知道共產黨的上校頗為吃驚；他又不明白，一個由於職分而不得不用嚴格的紀律和説服的手段的相當重要的共產黨戰鬥員，一個同時是行政人員，嚴格執行人員，又是宣傳家的人，是很有成為一個極好的軍官的機會的。

　　對於第一個農莊的進攻開始了。那是一個平靜的早晨，樹葉寂靜得像石頭一樣，不時地，吹著一片很輕的風，差不多是涼爽的，

好像已經報知了秋天一樣。民軍們有秩序地用手 [榴] 彈進攻，由石頭和他們的射手掩護著，這樣一來，法西斯的陣地是變成不可守的了。突然，三十來個民軍跳到岩石上去，呼號著離開了掩護進襲，簡直像是一種黑人的進攻。

「正是這樣！」希美奈思用拳頭敲著汽車的門喊著。

已經有二十個民軍倒斃在那些岩石上了；他們縮做一團或手臂交叉著，或是把拳頭放在臉上，好像這樣就受到掩護似的。其中有一個人的軀體的血在太陽中晶瑩地閃耀著。漸漸地遮蓋了那扁平而潔白得像糖一樣純淨的石頭。

幸而其餘的民軍們已在那村莊的兩旁進至那最後的岩石；他們並沒有看見他們的同伴們倒下去。在手 [榴] 彈之下，那些屋瓦開始像礦泉那樣地冒起來了。在一刻鐘之後，那農莊是奪得了。[222]

現在輪到新的民軍去攻擊那第二個農莊了。他們已看見過剛才的一切情形。

「孩子們，」那坐在福特車的車頭上的希美奈思對他們說，「那農莊已奪得了。凡是違反命令走出岩石來的人，不論他們是否先衝進那農莊，都將從縱隊中除名。你們不要忘記，那觀察著我們的人，我的意思是說歷史，就是那批判我們而將來也要批判我們的人，是需要那有所[獲]得的勇氣，[223] 而不要那聊以自慰的勇氣的。

「順著那幾條選定的路，一直到離敵人一百公尺的地方為止，是一點危險也沒有的。證據就是我將坐著這輛汽車和你們一起去。在此以前，連一個受傷的人也不應該有。

「其次，我們就打，然後奪得那個農莊。但願上天（la Provi）……但願機會（chance）幫我們的忙！但願那無所不見的人，我的意思是說……西班牙民族，和我們在一起，孩子們，和我們這些為

了我們認為是正直的東西而戰鬥的人們在一起……」

　　他們開始向前進攻，由岩石掩護著。而希美奈思又選了他的最好的士兵來做射擊手。

　　在他們未到那兩個農莊之前，他們看見那些法西斯諦放棄了那兩個農莊。

　　前一個星期，有一些法西斯的兵士投附過來；約有十五個人被編到瑪努愛爾的那一連去。這些人的顯然的首領阿爾巴（Alba）（雖則並不是選舉出來的）是一個很勇敢的民軍，老愛批評別人，許多人都疑心他是一個間諜。

　　瑪努愛爾去叫了他來。

　　他們開始在岩石間走著。瑪努愛爾是朝著法西斯陣地的方向走著的。那裏並沒有陣線，但是，在那一個方向，雖則農村是被放棄了，卻不到三公里就有敵人了。

　　「你有一把手槍嗎？」瑪努愛爾問。

　　「沒有。」

　　阿爾巴是在那兒說謊：瑪努愛爾只消看一看他的褲子在腰邊繃得很緊，就可以明白了。

　　「你拿著這一把吧。」

　　瑪努愛爾把他自己衣袋中的那把手槍交了給他；自己留著那把長的自動盒子砲，放在腰邊的皮盒子裏。

　　「你為什麼不加入西班牙無政府黨協會（FAI）？」

　　「不高興。」

　　瑪努愛爾觀察 [著] 他。[224] 他的與其說是男性還不如說是粗蠢的面容，他的圓圓的鼻子，他的嘴唇厚厚的嘴，他的差不多是鬈曲，但卻粗硬地豎在那低低的前額上的頭髮……瑪努愛爾想著，這

樣的人，他的母親從前一定會「覺得他漂亮」呢。

「你閒話說得太多了，」瑪努愛爾説。

「可以說閒話的事太多了。」

「特別多的是那些要做的事。如果你處著希美奈思的地位，或者如果我自己處著他的地位，事情也不會更好一點，事情反而會更 [壞] 一點。[225] 因此，我們應該幫助他去做他所做的事。以後，我們再看吧。」

「那時事情會更加壞一點，但是那時指揮我們的卻不是一個階級的敵人了，我覺得那就好一點。」

「我對於人家是怎樣的人這問題並不發生興味，我所發生興味的是他們所做的事。再説，列甯並不是一個工人。我早想對你説的話是這樣：你有一種價值，這種價值是應該被利用的。趕快地利用牠，而且用在説閒話以外的事上。你想一想；然後説出你是和誰意見一致的。西班牙無政府黨協會（FAI），全國勞動協會（CNT），馬克思聯合勞動黨（POUM），[226] 或 [隨] 便你願意什麼黨派。[227] 我們就把你的組織裏的人聚集起來，然後由你負責。我們需要一些副官。你受過傷嗎？」

「沒有。」

「我呢，我受過傷，在那次倒霉的炸藥進攻中。拿著這個，牠梗得我腰不舒服。」他解下了他的腰帶。「每個人 [都] 有他自己的癖好；[228] 我的癖好呢，就是拿一根樹枝去玩玩。」

他到路邊去折了一根樹枝，然後又回到阿爾巴身邊來。他現在已把武裝解除了。也許那些法西斯諦是在離開一公里的地方。而且，總之阿爾巴是在他旁邊。「我的意見是，對於你呢，這兒不合 [適]。也許永遠不會合 [適]。[229] 可是我們應該讓每一個人都有一

個機會。」

「就連開除黨籍的人也在內嗎？」

瑪努愛爾楞住了。他沒有想到這件事。

「關於這一點，等有了黨的正式指示的時候，不論那指示怎樣，我是要執行的。在黨還沒有指示的時候，我說：就連開除黨籍的也在內。在這時候，一切有用的人都應該幫助共和國去克服。」

「那時也不會留在黨裏了！」

「會的。」

瑪努愛爾望著他微笑。當他大笑的時候，就像一個孩子一樣；但是他卻顯著一種使他的嘴角垂下去的微笑，而把一種苦相給與了他的沉重的下 [巴]。[230]「你知道別人怎樣說你嗎？」他一邊走一邊說，好像預先表明他所提出的問題是並不重要似的。

「也許……」阿爾巴手裏拿著瑪努愛爾的腰帶，腰帶上的手槍 [撞] 碰著他的小腿。[231] 岩石間的寂寞是深沉極了。「那麼，」他一半冷笑著說，「對於他們說我的話，你作怎樣的感想呢？」

「一個人不相信部下是不能指揮的。」

瑪努愛爾一邊走一邊用他的樹枝敲著路上的小石子。

「也許法西斯諦如此。我們可不。否則又何必。一個行動的而同時又是悲觀的人，除了後面有忠貞支撐之外，那麼就是法西斯諦，或將來會變成法西斯諦。」

「共產黨老是說他們的對敵是法西斯諦。」

「我就是一個共產黨？」

「那麼呢？」

「我並不把我的手槍交給法西斯諦。」

「你確得定嗎？」

阿爾巴帶著一種頗不安的表情望著瑪努愛爾。

「確得定。」

當那個和他對話的人的不安之態度變成顯然了的時候，瑪努 [愛] 爾的那種並無危險的堅信便消失了：[232] 一個殺人犯，當他和要被他殺死的人談話的時候，一定是不安的，瑪努愛爾冷嘲地想著。但是他那時感覺到，他的死亡也許是在他旁邊，化形為一個生著孩子般的大 [臉] 兒的固執的少年。[233]

「我不相信那些想指揮別人的人，」阿爾巴說。

「是的。但是那些不想指揮的人們也同樣不可相信。這是一般無二的。」

他們走回到村莊來。瑪努愛爾的肌肉雖則緊張著，[234] 但卻在自己和這人之間感覺到一種隱隱的信託，正如他有時在他自己和他的情婦之間所感覺到一陣地的情感或性感（des bouffées de sensualité）一樣。他想：他一個人和一個女間諜睡覺的時候，大 [約] 是和這種情形差不多吧。[235]

「對於權威本身的憎恨，阿爾巴，是一種病態。是兒時的回憶。應該克服了的。」

「那麼你以為我們和法西斯諦之間的分別在那裏呢？」

「第一，我 [們西] 班牙四分之三的法西斯諦所夢想著的，[236] 並不是權威，卻是尋歡作樂。再說，實際上，那些法西斯諦是一向相信那指揮的人的種族的。那些德國人並不是因為是種族主義者纔做法西斯諦的，卻是因為他們是法西斯諦，所以他們 [纔] 是種族主義者。[237] 一切的法西斯諦憑著神明的權利而指揮著。因此之故，對於他們信任的問題是不像對於我們那樣地被提出來。」

阿爾巴把腰帶束在自己腰上。

「你説，」他並不看著瑪努愛爾問道，「假使你覺得你要改變你[對]於人們的意見不可呢？ [238]」

「這個時候，西班牙是一個並不缺少死的機會的國家……」

阿爾巴把手放在手槍囊上面，打開牠來，把手槍拉出了一半，慢慢地，但卻毫不遮掩。在三分鐘之後，他們又可以看得見那個村莊了。我碰到了一個別扭的情勢，瑪努愛爾想[著]；[239] 同時，他又想：如果我這樣死，也好。阿爾巴放下了手槍。

「一個並不缺少死的機會的國家，你説得不錯……」

瑪努愛爾自問著，阿爾巴是否為了他自己而拔出手槍來的。也許在這一切之中是有一種喜劇在著。

「你去想一想吧。你有三天去想的時候。加入那你所中意的組織吧。否則你就沒有任何組織的支持而指揮著那些沒有黨派的人們吧。我包你快活，但是那是你的事。」

「因為？」

「因為我們應該知道，我們是根據著什麼而指揮那些很不相同的人們的。我知道的還不多，可是已開始知道了。總之這是你的事情。我的事情是：你在這裏已負起了一種精神上的責任。你應當負一個具體的責任。當然囉，我會處理的。」

如果[阿]爾巴回答説：「不[，]」[240] 瑪努愛爾大概立刻會開除了他吧。但是他什麼表示也沒有。他滿意了嗎？然而他卻似乎懷著敵意。

在村莊上，瑪努愛爾取回了他的腰帶。他把腰帶又束上了，把手放在阿爾巴的臂膊上，直對著他的臉望著：

「你懂了嗎？」

「也許，」那人説。

於是就做著鬼臉走開去了。

太陽降下去。

在佔領了那三個農莊而且儘可能地設了防之後，在把那些脫離掩護而攻擊第一個農莊的民軍們遣送到托萊陀去，又把機宜授與了軍官們之後，那在剃光的頭顱的左面交叉著一個漂亮的橡皮膏十字架的希美奈思，和瑪努愛爾向聖伊西德羅（San-Isidro）走過去，在那裏，縱隊的營塞是組織著。路呈著石板的顏色，被卵石所侵蝕了；一直到天邊為止，沒有一件東西不是石頭的，那些四處生長著的有刺的灌木，似乎用了 [牠] 們的尖尖的枝條和那些黃色岩石的尖齒調和著。[241]

瑪努愛爾想起了希美奈思剛纔對縱隊中的軍官們 [所說] 的那幾句話。[242]「一般上說來，一個首領的個人的勇敢，因為他有一種壞的首領意識，便格外大了。你們要記得，我們需要效果，是比需要模範更大得多。」瑪努愛爾慢慢地走著，免得超越過那位曳著腿走著的上校；跛行也是這「鴨子」的一部分。

「那些新來的打得很好，可不是嗎？」瑪努愛爾問。

「不壞。」

「那些法西斯諦沒有打就逃了。」

「他們會回來的。」

因為耳朵半聾，希美奈思喜歡一邊走一邊說話，又喜歡獨白：

「在達拉維拉，那簡直是崩潰，孩子，他們用意大利坦克車進攻……」

「勇敢是一件組織起來的東西，牠生活而死亡，應該像保持步槍一樣地保持牠……個人的勇敢祇是步隊的勇敢的一種好原料……二十個人之中，只有一個人是真正懦怯的。二十個人之中有兩個是

生來勇敢的。我們應該這樣地來組成一個連隊：排除了那懦怯的，儘可能地利用那兩個勇敢的，又組織那其餘的十七個……」

瑪努愛爾回想起那也是這位上校的傳說之一的故事：希美奈思，坐在他的福特車的車頭上面，對那在汽車四周排列成方形的他的聯隊的民軍們面授防飛機轟炸的機宜：一個剛從意大利到來的敵人的飛機隊，這天早晨從達拉維拉出發到托萊陀去。「飛機的炸彈像一個灌壺的蓮蓬頭似的炸開來。」人們毫無辦法；七架敵人的轟炸機，由驅逐機保護著，正在排成縱列，要在廣場上飛過。那位上校固然是一個聾子，步隊卻是聽得見那些發動機的聲音的。「我向你們再提起一句，在這種情況之下，恐懼和大 [膽] 都同樣是沒有用處的。凡是低一公尺的人，就一點也不會受到損傷。在一連躺下的士兵中，飛機上的炸彈祇能傷害那些牠落地之處的那幾個人。」總是這樣說的，那些聽眾心裏想著，一邊斜眼望著天空，聽著那一秒鐘一秒鐘地擴大起來的發動機的震響聲。要使那些民軍不立刻躺伏下去，是非希美奈思的全部威權不可的。大家都知道他是怎樣奪得哥倫布旅館的。大家的鼻子顯然地向上抬起來。瑪努愛爾並不動，用拇指指了一指天空。「全體伏地！」希美奈思喊著。這樣一辦之後，那個方形就在幾秒鐘之內不見了。那第一架敵人的 [炸彈] 機，[243] 看見隊伍從飛機的瞄準器中消失了的時候，便在村莊上面隨便丟著牠的炸彈，其餘的轟炸機把牠們的炸彈留著去炸托萊陀。祇有一個人受傷。從此以後，希美奈思手下的民軍就不怕飛機了。

「戰爭是一個奇怪的東西：即使對於最粗野的領袖，殺人也是一個經濟的問題：儘可能多地消耗鋼鐵和爆炸物，以便儘可能少地消耗活人：我們沒有多少鋼鐵……」

瑪努愛爾知道，從那西班牙步兵規則（糾纏不清的）到克勞塞

維[茲](Clausewitz)的戰爭理論和法國軍事雜誌的，[244] 他不斷地從文法上學習戰爭：希美奈思卻是一種活的語言。在村莊的後面，燃起了民軍的最初的燈火。希美奈思帶著一種辛酸的情感望著那些燈火：

「討論他們的弱點是完全沒有用處的。自從那些人們願意打仗的時候起，軍隊的整個危機是一種指揮的危機。我曾經在摩洛哥軍隊中服役過：那些摩爾人，當他們到了兵營裏的時候，你以為他們是很出色的嗎？當然囉，用軍紀來處理一個軍隊是更容易一點[！]當然囉，我們將來不得不定一個共和國的紀律使我們一切的步隊遵守，否則就不要再活下去。但是，即使現在，你不要誤會，我的孩子：我們的深切的危機是一種指揮的危機。我們的任務是比我們的對敵的任務更難，如此而已……」

「你的朋友共產黨先生們所組織的 —— 一年之前，誰會對我說，我現在會和一個布爾塞維克一起友誼地散步呢！…… —— 你的朋友們所組織的，這第五聯隊，如果不是 REICHSWEHR 一樣的東西，卻也是不含糊的。但是，當牠將成為一個軍團的時候，他們用什麼武器去武裝牠？[245]」

「一隻墨西哥的船已到了巴賽洛拿。」

「兩萬杖步槍……飛機差不多完結了……大砲差不多沒有……那些機關槍呢……孩子，你看見在我們右面，三[個]人祇有一架。在攻擊的時候，三[個]人互相借用著牠。[246] 鬥爭並不在於法朗哥的摩爾人和我們的陸軍（牠已不存在了）之間，卻是在於法朗哥和新軍的組織之間。哎，民軍現在祇能夠讓人家屠殺以拖延時間。但是，這個新軍，牠從什麼地方去找牠的步槍，牠的砲，牠的飛機呢？」

「遲遲早早，」瑪努愛爾堅決地說，「我們總會得到蘇聯的幫助的。」

希美奈思點著頭，默默地走了幾步。問題並不祇是和一個布爾塞維克一起散步了。他本來是期待從法國得到一切的，現在他對於法國已一點也無所期待的了；他的國家將因那些俄國人而獲救呢，還是因他們而喪失……

一道最後的殘光，在他的貼著兩條大橡皮膏的光頭周圍閃動著。瑪努愛爾看見民軍的燈火舒展開來；傍晚把一種無盡的空虛，給與了那被大地的暗影和冷漠所籠罩的人們的永恆的努力。

「俄國很遠……」那上校說。

路的四周圍曾經被法西斯諦大大地轟炸過。左右都是沒有爆炸的炸彈。瑪努愛爾雙手拾起了一個炸彈，旋開了 [撞] 針，[247] 發現了一張用打字機打的紙，便將牠遞給了希美奈思；希美奈思便用葡萄牙文讀出來：「同志們，這個炸彈不會炸。現在我們所能做到的如此而已。」

這並不是第一次。

「還好！」瑪努愛爾說。

希美奈思是不喜歡露出自己的感情來 [。]

「你和阿爾巴做了些什麼？」他問。

瑪努愛爾就將那場話講給他聽。

那被陽光從悲慘的生活中救拔出來的石頭，[248] 現在似乎又回到那種悲慘的生活中去了。每逢岩石的形狀把這位上校引到他的童年時代去的時候，他總看到了他的青年時代 [。]

「不久，你自己將要養成那些青年的軍官了。他們是願意為人所愛的。這是人的天性。這是再好也沒有了，不過應該使他們了

解這一點：一個軍官之受人所愛，是應該在於他的指揮 —— 更正確，更有效，更好 —— 而不在於他個人的特點。我的孩子，如果我對你說，一個軍官永遠不應該『引誘』(séduire)，你了解我嗎？」

瑪努愛爾一邊聽著他，一邊想著革命的領袖；他想，並不引誘而受人所愛，是人的一個極好的事業。

他們走近村莊，牠的白慘慘的扁平的房屋貼著一個山巖的洞，[249] 正如木虱之貼著一樹洞一樣。

「要受人愛戴往往是危險的，」希美奈思一半正經一半隨便地說。他受傷的那條腿的腳跟有規律地在石頭上面響著，他們靜默地走了一會兒。人們就連昆蟲的微小的聲音也不聽見了。

「……做一個領袖比做一個人更崇高，」那上校又說：「那是更難一點……」

他們走到了村莊上。

「敬禮，我的孩子們！」希美奈思喊著回答人們的歡呼聲。民軍是在村莊的東面。他們沒有佔據牠，而牠也差不多是荒廢了。這兩位軍官穿過了這村莊。在教堂前面，是一所有雉疊的堡。

「你說，我的上校，你為什麼叫他們『我的孩子們』？」

「叫他們同志們嗎？我辦不到。我已經六十歲了：這樣不行，我好像是演喜劇。[250] 於是乎我叫他們：兄弟們，或是：我的孩子們，[251] 這樣就成了。」

他們在教堂前面走過。教堂已焚燒過了。從那開著的門口，傳來了一股地窖和冷熄了的火的氣味。上校走了進去。瑪努愛爾望著教堂的正面。

那是一座巴洛克式同時又是通俗的西班牙的教堂，[牠] 那用來代替意大利人造雲石的石塊，使 [牠] 不多份著峨特式

（gothique）的格調。[252] 火焰曾經從內部爆發出來；巨大的筋攣般的黑色的火舌，伸到每一個窗子上面，在那些在空間變成烏焦的最高的雕像腿邊退下來。

瑪努愛爾走了進去，整個教堂的內部是烏黑的；在鐵柵的彎曲的殘片下面，翻起的地面祇是黑色的碎亂的煙煤。那些內部石膏的塑像，被火磨到像石灰粉一樣地，在焦黑的柱子下面呈著高高的蒼白的斑點，而那些聖像的熱狂的手勢，又反映著那從打破的大門傳進來的，達霍河的夕暮的微青色的平靜。瑪努愛爾欣賞著，又感到自己是藝術家了：這些奇形的雕像在那滅了的火裏找到了一種野蠻的偉大，好像他們的舞蹈是在這裏從火焰中產生出來的，好像這風格是突然變成了火的風格似的。

那上校已看不見了。瑪努愛爾的目光尋找他得太高了一點：跪在殘蹟之中，他正在祈禱著。

瑪努愛爾知道希美奈思是信奉天主教的；然而他總還不免因而驚異。他走出去等他。他們默不作聲地走了一會兒。

「我有一句話要請問你，我的上校：你怎樣會加入我們這方面來的？」

「你知道我那時是在巴賽洛拿。我接到了高代德將軍的信，叫我叛變。我安排了五分鐘去考慮。我以前並沒有參加政府的宣示；但是我很知道，我心裏是服從政府的。我的主意打定了，當然囉，可是像我這樣上了年紀的人，我是不願意將來有一種行動出於一時衝動的幻覺的⋯⋯五分鐘之後，我去找龔巴尼思。對他說：總理先生，步兵第十三團和他的上校都聽你的指揮。」

他又把那教堂望了一眼；在充滿了乾草的氣味的夕暮的平靜之中，和那映現在天的背景上的碎裂的門額以及烏焦雕像一起，這教

堂顯得很奇誕。

「為什麼人們往往把現在看見我們的這位天主的神聖的問題，」他低聲說，「和他的不相配的教士們的問題混在一起呢？他的教士們之中的那些不相配的……」

「可是，我的上校，除了從那些教士那裏以外，他們從誰那裏聽到講天主呢？[」]

希美奈思作了一個遲緩的手勢，指著那田園的平靜，一句話也不說。

「舉一個例吧，我的上校：在我一生之中，我曾經戀愛過一次。嚴重地。我的意思是說：用著嚴重的態度。好像我那時是一個啞子。我可能做了那個女人的情夫，可是那也還是不會有什麼改變。在她和我之間，有著一道牆：有著西班牙的教會。我當時愛著她，而當我現在想起來的時候，我覺得我愛過一個瘋狂的女子，一個溫柔而孩子氣的瘋狂的女子。呃，我的上校，你瞧瞧這個國家吧！教會除了拿她造成一種可怕的童年狀態之外，還造成什麼呢？牠把我們的婦女弄成個什麼樣子？還有我們的平民呢？牠教人兩件事：順從和睡覺……」

希美奈思在他的受傷的腿上停下來，挽著瑪努愛爾的臂膊，皺起一隻眼睛：

「我的孩子，要是你做了這個女人的情夫，那麼她也許就不會充耳不聞，不會瘋狂了。

「此外呢，一個宗旨越是偉大[，]便越容易使虛偽和欺妄混跡其中……」

瑪努愛爾走到那在陰暗中還呈著白色的牆上顯得黑黝而挺直的一群農民旁邊去。

「喂，同志們，那小學校，牠可真難 [看]，[253]」他懇切地對他
們說；「為什麼不像在摩爾西爾 [似] 的，不把教堂燒掉，卻把牠改
做小學校呢？」

那些農民並不回答。夜差不多已經來了，教堂裏的雕像已漸漸
地看不見了。這兩位軍官看見那些靠在牆上的不動的影子，黑色的
短褐，寬闊的帽子，卻看不見他們的臉兒。

「這位上校想具體地知道，人們為什麼把教堂燒掉。人們對於
這裏的教士所不滿的，確確實實地是 [什] 麼？」

「為什麼那些教士跟我們作對？」

「沒有。正相反。」

正如瑪努愛爾所能隔着暗黑推測出來的，那些農民們第一是感
到不安：這兩個軍官是靠得住的人嗎？這些恐怕都和保護藝術品有
關係的吧。

「這裏，凡是為民眾工作的同志，總都有教士跟他為難的。那
麼怎樣呢？」

那些農民們責備教會老是給地主們撐腰，贊同那在阿斯都里亞
反抗之後的壓迫，贊同加達魯涅人的掠奪，不斷地教窮人對於無理
屈服，而現在又宣傳對於這些窮人作神聖的戰爭。一個人責備教士
們，說他們的聲音「並不是人的聲音」；許多人責備他們倚仗著那
些因身份之高低而偽善或狠心的人們，在鄉村中橫行；大家都責備
他們在被佔的村子裏指出那些「思想不正」的 [人的] 名字，[254] 來
告訴法西斯諦，而他們又是明知道那些法西斯諦是要將那些人鎗斃
的。大家都責備他們有錢。

「我們可以說，這些都是，我們可以說，」其中有一個人說。
「剛纔，你不是問教堂的事嗎？為什麼不改一所學校嗎？我的孩子

們總還是我的孩子們。這裏，冬天並不是一徑暖和的。[與] 其看見我的孩子們在那裏面過日子，[255] 你懂我的意思嗎？我甯可他們凍死。」

瑪努愛爾遞了一根紙煙過去，接著又點著了他的打火機。剛才說話的那個人是一個四十歲光景的農民，鬍鬚 [刮] 過了，[256] 樣子庸俗。短短的火焰在一秒鐘之內顯出了他右面的人的白豆一般的臉兒，在凸出的前額和下 [巴] 之間的漠然的鼻子和嘴。[257] 人們向他們要求論證，他們已拿出論證來了；可是他們的心聲，卻是最後說話的那個人的。夜已經降下來了。

「那些傢伙，全是裝腔作勢的，」在重新回來的黑暗中，一個農民的聲音說。

「他們要錢嗎？」希美奈思問。

「每一個人都是找自己的好處的。他們呢，他們說不，我很清楚……可是不是這回事。我是說到他們的心底裏。這是說不明白的。他們都是裝腔作勢的傢伙。

「那些教士，那是一個城裏人不能了解的問題……」

狗在遠處吠著。說話的是那一個農民呢？

「他曾經被法西斯諦判過死刑，小古思達伏（Gustavito），」另一個聲音說，用著「他們不能再定他死刑了」的口氣；又好像表示大家都希望他來發表一點意見。

「不要併為一談，」另一個聲音說，無疑是古思達伏（Gustavo）的聲音。「高拉陀（Collado）和我呢，我們是信教的人。反對教士呢，我們是反對教士的。只不過我呢，我是信教的。」

「這個人，他簡直想把他的比里艾（Pilier）的聖處女許配給公保斯德拉的聖約克（saint Jacques de Compostelle）呢！」

「公保斯德拉的聖約克嗎？嚇，我先要操她一下哪！」

接著，放低了聲音，用一種頗為遲緩的解釋自己的農民的音調說：

「那些法西斯諦開了一扇門，正派地。他們提出了一個説著『什麼事？』的傢伙。以後還是這樣一套。排槍呢，我們永遠聽不到。教士的鈴聲呢，我們倒是聽到的。那個臭東西動手搖鈴的時候，那意思就是説，我們之中有一個人快要給幹了。

為的是想給我們懺悔。他有時候來到那裏，這婊子的兒子。來恕我們的罪，他這樣説。恕我們……反對那些軍閥而自衛的罪！在兩個禮拜之中，我一徑聽見搖鈴。那時我説：他們是恕罪的強盜。我［懂］得的。[258] 這並不僅僅乎是錢的問題……聽清楚：一個給你懺悔的教士，他對你説什麼呢？他叫你悔過。要是有一個教士居然能叫我們之中有一個人懺悔自衛，我想那倒真是了不起呢。因為懺悔是一個人的再好也沒有的事。這就是我的意見。」

希美奈思想起了布伊格。

「高拉陀呢，他有點意見！」

「説啊！」古思達伏説。

那農民一句話也不説。

「那麼，什麼，你打定主意了！」

「不能夠這麼説的，」那還沒有説過話的人説。

「把昨天的那套玩藝兒講出來吧。説教吧。」

「那可不是一個玩藝兒……」

一些民軍開到了，在暗夜中帶著一種槍柄的聲音。現在，是完全暗黑了。

「這些，」他終於打趣地説了，「都因為我曾經對他們講，有一

次王上到烏爾特人（Hurdes）那兒去。去打獵。這些人差不多全是痴，傻，有病。他們是那麼地窮，以致王上不相信人會窮到這種樣子的。他們都是因此而變成矮子的。於是乎王上說：「應該給這些人想個辦法 [。] 」別人對他說：「是啊！陛下」——照例。接著什麼辦法也沒有想；照例。接著，因為那地方太可憐了，人們就拿地來利用：人們拿地來做了監牢的地方。照例。那時……」

說話的是誰呢？這種聲音很有頓挫的派頭，雖則語調粗俗，是祇有慣於說話的人才有的。雖則聲音不很響，希美奈思卻很清楚地聽到牠。

「耶穌基督覺得這樣不行。他心裏想：我要到那兒去。天使尋找著那一帶地方的最好的女人，接著天主就在她面前顯現出來。她回答說：『哦！用不著：孩子不達月就會生出來的，因為我那時沒有吃的了。在我們街坊上，四個月以來就只有一個農民吃過肉；他殺了他的貓。』」

冷嘲已經讓位給一種傷心的酸辛了。希美奈思知道，在有幾省之中，宣唱者們在守屍的時候臨時隨口編故事，可是他卻從來也沒有聽到過。

「基督走到另一個女人家裏去。在搖籃的四周，就祇有耗子。為了暖暖孩子，那是不中用的，而為了友誼呢，那又傷心了。於是耶穌心裏想，西班牙總不行。」

貨車和制動機的聲音從村子的中區升起來，還夾著遼遠的槍聲和犬吠聲；風從烏焦的教堂裏吹來了一片石頭和煙的氣味。有一個時候貨車的聲音是那麼地響，以致那兩個軍官已聽不見說話了。

「……強迫那些地主們租地給農民。那些有牛的人們倒嚷著說他們被那些有耗子的剝削了。於是他們去叫了羅馬的兵來。

「於是耶穌到瑪德里去；於是世界上的那些國王，為了要叫他閉嘴，就在瑪德里動手殺死那些孩子們。

「於是基督心裏想，跟這些人真沒有什麼辦法。他們是那麼地可憎，就是無窮無盡地為他們日夜流血，也永遠洗他們不乾淨。」

老是貨車的聲音。在兵站上，人們等待著希美奈思。瑪努愛爾又驚心又憤激。

「博士們的後裔並沒有在他出世的時候前去，因為他們已做了流浪人或官員了。於是，世界上第一次，在一切國家之中，那些已經倒了霉的人和那些差不多要倒霉的人，那些家裏暖和的人和那些家裏冰冷的人，那些勇敢而無告的人們，便都『帶著槍』上路了。」

這個聲音之中有著一種那麼孤獨的信念，所以雖在暗黑之中，希美奈思也感覺到那說話的人已閉了眼睛。

「他們心眼兒裏明白，基督是活在我們的窮人和受屈辱的人的地方。於是，一長例地，在一切國家之中，那些認識貧窮又願意跟貧窮鬥到死的人們，就有槍的帶槍，沒有槍的帶著拿槍的手，都先先後後地前來躺倒在西班牙的土地上……

「他們說著一切的方言，他們之中甚至有賣鞋帶的中國小販。」

那聲音變成格外低沉了；那個人喃喃地說著，在暗黑中縮成一團，像那些剛在肚子上受了傷的人們一樣，他的頭的四周是一圈人頭 ── 以及希美奈思的兩道交叉的橡皮膏（la croix de taffetas anglais）。

「[然而] 那一切的人們殺得太多了的時候，[259] ── 當最後的那列窮人上路了的時候……」

他低聲一個字一個字地分開來說，帶著一種巫祝的低語的強度：

「一顆我們從來也沒有看見過的星，在他們上面升了起來⋯⋯」

瑪努愛爾不敢打旺他的打火機。貨車的喇叭在夜裏呼喚著，像在裝瓶廠裏那樣地喧囂。

「你昨天講的時候不是這個樣子的，」一個差不多是低沉的聲音說。

於是那較高一點的古思達伏的聲音：

「我呢，我並不是來幹這一套玩藝兒的。一個人永遠不知道自己應該做什麼。應該知道他要什麼，只有這一點。」

「用不著，」第三個聲音說，又遲緩又疲倦：「教士的問題，一個城裏人是不能了解的⋯⋯」

「他們呢，他們以為這是宗教的問題。」

「一個城裏人是不能了解的。」

「在叛軍起事之前，他是幹什麼的？」希美奈思問。

「他嗎？」

一時大家都不自然起來。

「⋯⋯他從前是僧侶，」一個聲音說。

瑪努愛爾拉著上校向那喇叭的囂鬧聲走過去。

「在你點旺你的紙煙的時候，你有沒有看見古思達伏的徽章？」當他們又走著的時候，希美奈思又問。「西班牙無政府黨同盟（FAI），不是嗎？」

「換了別一個人也是一樣的。我呢，我的上校，我不是無政府黨。可是我是由教士們教養出來的，像我們大家一[樣]；[260] [你]懂嗎？[261] 我心裏有點什麼東西，我心裏有點什麼東西了解這個人—— 然而，在用共產黨的身份來說，我是反對一切破壞的。」

「比了解別一個人更深嗎？」

「正是。」

「你到過巴賽洛拿吧，」希美奈思説；「有幾座教堂上所掛的牌子，上面並不照例寫着：『民眾管理』（Contrôlé par le peuple），卻寫着：『民眾復仇的產業』（Propriété de la vengeance du peuple）。衹不過⋯⋯在加達魯涅廣場上，第一天，死屍留在那兒相當長久；砲火 [終] 止之後兩小時，[262] 廣場上的鴿子又回來了。—— 停在人行道上和死屍身上⋯⋯人們的仇恨也是要疲憊的⋯⋯」

接著，好像已總結了許多年的不安似地，他更遲緩地説：

「天主呢，他有著等待的時間⋯⋯」

他們的長靴在又乾又硬的泥土上響著，希美奈思的受過傷的腿跟不上瑪努愛爾。

「可是為什麼，」那上校又説，「為什麼他的等待要是這個呢？」

第二章 · 第二節

一個新的交涉的試圖立刻要進行了。一個教士將在夜間來到托萊陀，而無疑在第二天進阿爾加沙去。

那小小的方場上的煤氣街燈已熄滅了。唯一的光是那低低地掛在「雄貓」酒店（la taverne El Gato）前面的一張風燈。貓的圖案引誘了沙特；他在門口的一張桌子前面坐了下來，儘管把他的煙斗的形狀不同的影子映到托萊陀大伽藍的牆上去。

一直到半夜兩點鐘為止，沙特可以打電報給他的報館。到了那個時候，洛貝思可以從瑪德里回來了。帶教士來的就是他：這是一篇好文章的題材。現在還不到十點鐘。那完全的荒涼寂寞使這方場以及牠的階梯和 [牠] 的在黃蒼蒼的樹葉下的小邸宅，[263] 變成了一個舞台佈景，而阿爾加沙的最後的槍聲，又使這佈景有了一種神秘

的非現實性。沙特迷醉地夢想著那些被遺忘在西印度的為椰子樹所侵的榴紅色的大皮中的大無線電收音機，把戰爭的一切聲音傳給孔雀和猿猴之群聽：托萊陀的屍體的氣味就是亞洲的 [沼澤] 的氣味。[264]「月球上有無線電嗎？……如果電波把這戰鬥的廣大的騷音傳到那些死去的星球中去，那倒 [很] 不錯呢……[265]」那個已經廢棄，而此時無疑住滿了民軍的完整無損的大伽藍，滿足了沙特的對於天主教教堂的敵意以及他的對於藝術的愛。在酒店裏面，有些聲音在説：

「我們的飛機沒有 [搞] 好：[266] 法西斯諦的機關槍的確是在巴達霍斯的鬥牛場裏，可是不在中央：在屋子下面。」

「對付那些兵營是要當心的！他們把那些俘虜關在裏面。」

另外一個更年輕一點的，冷嘲的，帶著更重的盎格魯撒克遜（anglo-saxon）的調子的聲音説：

「在戰鬥之後，在方場中有了一個很大的騷動。我看了一看。我是在離那兒五百公尺的地方。每一個女人都是又年輕又漂亮，她們每一個人都説：『上面那個漂亮的小蘇格蘭人是誰啊？』」

沙特在那裏作記錄的時候，洛貝思卻到來了，堂堂皇皇地，臂膊向上舉著，搖著頭。他沉重地坐了下來，又舉起了他的臂膊，然後 [又] 放下去，[267] 他的手在方場的寂靜中在他的大腿上拍拍地作聲，幾聲步槍像回音一樣地響著；沙特等待著，他的小小的帽子頂在後腦上。

「他們要教士，好吧，應該給他們教士！但是，天啊！」

「還是他們要教士呢，還是你們要你們的肉票？」

洛貝思擺出了那種在一日之中真的見得太多了的人的神氣。

「可是這全是一樣的，烏龜！你要曉得，他們要求了教士。這

個呢，是他們的事。在另一方面，那些混蛋不肯放出那些婦女和孩子：我們的不放，他們自己的也不放。他們知道，這樣對於他們是再好也沒有了。好吧，教士呢，我 [倒] 認得兩個。[268] 我打電話到瑪德里去：給我動員這兩個傢伙，我 [三] 點鐘光景到。[269]

「好像他們以為那些沒有溜的教士是無所不在似的！我到了瑪德里。一開頭，就沒有法子抓得蓋爾尼各。他是在他的救傷隊裏。還好！我有著那頭一個教士的住址，那是一個好傢伙：在一九三四年我們坐牢的時候，他是常常到監牢裏來的。我帶著四個民軍到他的住所去（我們全都穿著連 [套] 衫褲）。[270] 那屋子是天主教的，看門人是天主教徒，房客們是天主教徒，窗子是天主教的，牆是天主教的；那裏，在樓梯的每一隻角落，都有著石膏的聖處女像，再難看也沒有了。汽車還沒停定，各層樓上就都嚷嚷起 [了]！[271] 那些蠢東西以為是來捉他們去槍斃的。我對那看門人解釋：一點也不中用。是虐殺啊！那教士一看見汽車，就打從花園裏溜啦。一個就這麼完啦（Et d'un）。[272]」

那方場已不復是像在月光中那樣了。像在任何別的地方一樣，洛貝思在這個地方也安之若素。

「找那另一個教士去吧。我知道他是和民軍總指揮部有關係的。我到了那裏，看見一切的軍官們都正在那兒吃飯。我叫了一個弟兄過來，我就把這一套講給他聽。

[「]『好吧，我在四點鐘把他的教士弄到。』我那麼忙得見鬼，我去跟一切人打麻煩，為的是弄到那些軍械，我就在四點鐘回到那裏。

「『你要曉得 [，]』那弟兄對我說，『剛纔你來的時候，那教士是在這兒，跟我們一起在吃飯，可是我總得先通知他一聲。我覺得

不太容易叫他去：他洩氣了。』什麼，他洩氣啦？這批混蛋，他們簡直連他們自己的工作也不能做！最後，他們告訴我他是大伽藍裏的僧正，你知道他在教會裏 [階] 級是多麼高！ [273] 如果是一個鄉村的教士，就一定不會有那麼許多花樣。可是，那些鄉村裏的教士，我可不認得：他們並不對於雕刻發生興味！『好吧，對他說我要對他說話。如果有辦法把那些孩子從這該死的戰爭中弄出來，那末總應該把他們弄出來的。[』] 那時我口渴得要命。他們在冰箱裏有啤酒。我跑到廚房裏去，我開著門鎖，於是我就看見了一個傢伙，沒有 [硬] 領（col），[274] 穿著骯髒的襯衫，敞開了背心，褲子是條子布做的，正在那 [裏] 開啤酒瓶蓋。[275]（我應該說，天氣可真熱）這就是那位教士先生。」

「青年人呢，還是老頭子？」

[「] 鬍子 [沒] 有刮乾淨，[276] 可長出來的鬍子卻是白的。胖胖的。整個兒看來，一 [副] 骯髒臉嘴，[277] 可是一雙手可值得一畫。我把事情講給他聽（是我。你要明白！）他回答 [了我] 十分鐘。[278] 這裏，人們把那些只要三十秒鐘來回答的話用一刻鐘來回答的人叫做『走江湖的』：他就是一個『走江湖的』。我對他說了些不知道什麼話，他回答我說：『我很辨別得出這是大兵的說話態度』。大概是別人對他說過我是在某一方面責任的吧。我那時穿著連套衫褲，沒有帶徽章。『像你那樣的一位軍官！』他對我說這樣的話，對我這個可憐的雕刻家！最後，我回答他說：『不論是不是軍官，如果別人叫我到一個地方去打仗，我就去；你呢，你是一位教士，那邊有人需要你，而我呢，我要那些孩子。你去呢，還是不去？』他想了一想，嚴肅地問我：『你保險我生命安全嗎？』那時，我就抓住了他的心眼兒。我回答他說：『兩點鐘之前（tout à l'heure）我來

到這 [裏的] 時候，[279] 你正在和那些民軍一起吃飯；難 [道] 你以為托萊陀的民軍會在吃飯的時候吃你下去嗎？[280]』那時我們兩人都坐在一張桌子邊。他站了起來，手放在背心上，高貴地説道：『要是你以為我能夠救一個人的性命，我就去』。『好吧，你的樣子倒像是一位勇敢的人。現在，如果要救人家的性命，就應該立刻去救：車子是在下面。』『難道你不以為我帶上硬領穿上外衣更好一點嗎？』『我呢，我不管這一套，可是別人呢，要是你穿上長袍，也許會更滿意一點。』『我這裏沒有長袍。[』] 我不知道這話是真的呢，還是他謹慎；大概是真的吧。他走了出去……我走下樓去，幾分鐘之後，我就在汽車前面碰到了他，帶著硬領和一條黑領帶，又穿著一件羊駝呢外衣。立刻上路！」

一長縷軟化了的風把一片濃厚的烏焦氣味吹到方場中來：阿爾加沙的煙一直 [襲] 到了那裏。被從腐爛的氣味中解放出之後，這座城似乎一下子改變了。

「人們不斷地攔住我們查問。『要走出瑪德里可真難』，他對我説，神氣之間好像是對於這事考慮過的。

「在路上，他發生興味的事，一是向我解釋，赤黨可能和白黨同樣有理由，『也許更有理由一點』，一是會見是怎樣的。『那很簡單，（我每一刻鐘向他再説一次）那正就像和洛何隊長（captaine Rojo）會見一樣。我們通報他們你已到了，我們帶你到他們的使者那兒去，他們把你的眼睛蒙起來，然後帶你到那阿爾伽沙的指揮莫斯加陀上校的辦公處去。[281] 那裏，你就自己想辦法。』

『到莫斯加陀上校的辦公處去？』『是的，到莫斯加陀的辦公處去。』看清楚了，講定了。我呢，我向他説明，他的責任是：如果莫斯加陀拒絕釋放婦女和孩子，那麼就拒絕給那些人赦罪，行洗禮

以及其他一切。」

「他答應了嗎？」沙特問。

「我不管他：要是他肯這樣做，他就會做的，否則答應也毫無用處。總之我盡我的能力對他說明了；這並不怎樣了不起。我們到了托萊陀。在砲兵陣地，我下車來，我要對那隊長說話。『高霍奈思（*Cojones*）！』他嚷著，那隊長，一邊跳到汽車的踏板上來，不讓我插一句話進去，『砲彈在那裏？他們答應給我們砲彈！明天晚上我們沒有砲彈了！』我像風磨一樣地搖着手叫他閉嘴；祇要一個教士知道這裏一點點，就知道得太多了。叫你瞧瞧吧！最後那傻子懂了。我就介紹：『教士同志 [。]』那隊長指著那快要完蛋的阿爾加沙的堡壘；拍著大腿。『你看看莫斯加陀的辦公處的神氣吧！』

他指著一個不小的三角形的破洞説。『可是，我的親愛的指揮』（我們是親密到這個樣子），那教士對我説，帶著一種決意不去上課的頑童的固執不同意的態度，『你打算叫我到這種破爛的地方去和莫斯加陀上校見面嗎？我怎樣到那裏去呢？』『你自己想辦法吧，』那隊長大聲肯定地説，『可是就是天主自己也走不進去！』[」]

「這顯然越來越好了。最後我對他説，我們會和莫斯加陀辦交涉，我派了三個衛兵看住他，他可渴睡了。」

「他到底去呢還是不去？」

「明天九點鐘：停戰一直到中午為止。」

「你知道一點關於孩子們的事嗎？」

「一點也不知道。那些負責的人會把事情説給那教士聽。還有那些自以為是負責的人。但願他們不使他太害怕吧：在那些無政府黨之間，有一個刺花的特別使人害怕。」

「我們去看看上面怎樣吧。」

他們默默地向索高道維廣場（la place du Zocodover）去，在路上賞識了一下「邦丘‧維拉的恐怖」，這人的帽子在夜裏是格外漂亮了。在他們越走上去，路上的人就越多了。在那些房屋的最高一層上，幾枝步槍和一架機關槍不時地開著。在三個月之前，沙特曾經在同樣的時間在這裏聽到一頭看不見的騾子（âne）的蹄聲，[282]聽到一些彈六絃琴的人奏了夜曲回來在黑夜中快樂地奏著國際歌。阿爾加沙在兩個屋頂之間顯露了出來，被探照燈照亮著。

「我們一直走到廣場去吧，」他說，「我可以在坦克車上寫文章的。」

那些新聞記者慣常躲到那不用的坦克車裏去，帶著一枝蠟燭到那裏去寫文章。

他們終於走到了那障礙物旁邊。在左面，民軍們在開槍；在右面，另一些民軍們躺在牀褥上面，在那兒玩紙牌；還有一些是舒舒服服地坐在柳條圈椅上；在中間，一架收音機在唱著一支昂達魯西亞的歌（un chant d'Andalousie）。在上面，從 [二] 層樓上，[283] 機關槍在那 [兒] 開著。沙特走到障礙物的一個洞口去。

那個由一張強光的弧光燈照著的絕對空虛的廣場（在往日，加斯諦拉的諸王在這裏騎著馬鬥牛）是要比大伽藍的方場更非 [現實] 得多，[284] ── 在這種烏焦氣味和夜間涼爽的這種使人不安的混合之中，牠是更像一個死去的星球中的廣場，而不大像世界上任何別的地方。在一片 [攝] 影場的光線之中，[285] 是亞洲的廢墟，一個拱門，一些關閉著而無人過問的，被子彈所打過的店舖，而在一面，全是酒店裏的那些鐵椅子，亂堆在一起或 [孤] 獨地在一邊。[286]

在那些屋子的上面，是維爾莫酒（Vermouth）的一片巨大的廣告牌，有 Z 字簇出著；在那光祇微微地照到的暗黑的方面，是偵

察者們的房間。在對面，那些探照燈把牠們的舞台上一般的光線射到一切漸漸高上去的路上去；而在那些也照得很亮的路的盡頭，為了死亡而比從前為了旅客照得更亮的，是那冒著煙的阿爾加沙，在夜天的背景上顯得奇特地扁平。

一個法西斯諦不時地開著槍；沙特望著那些回擊的民軍和那些玩紙牌的民軍，心中暗想，這些人之中那一些人在上面有著他們的妻子或孩子。

那些因為要過夜而拿出來的，像障礙物上的牀褥一樣地條子紋的農民的毯子，給與了這座城一種奇異的條紋統一性。一頭騾子走到大街上來。「在午夜，為了條紋的統一，騾子將用斑馬來代替[，」]沙特說。在那條又狹又暗的大街上，在那架先史期的坦克車的前面，那些點旺了燈的裝甲汽車的槍台形成了小小的光的斑點。在廣場附近，一個時裝陳列窗是差不多照亮了；一個戴著一頂羽毛帽的老婦人一動也不動地在那裏，沉醉地在望著那些被那照亮了冒煙的阿爾加沙的弧光燈所映得很分明的下省的帽子。

敵人的子彈不時地在自動機關槍的鋼[擋]板上鏗鏘地響著。[287]洛貝思回參謀部去。沙特走上坦克車，那機關槍手就讓開地方讓他進去。他剛拿起手冊來想寫，那機關槍手，那些裝甲汽車和民軍們，就都開起槍來。在一個槍台裏面，一架機關槍的聲音是很大很大的：在外邊，整條路都惶然了。沙特從坦克車上跳下來：阿爾加沙反攻嗎？

那些法西斯諦剛放了一照明彈；於是全城都向那照明彈開槍了。

第二章・第三節

那教士已進去了半個鐘頭。新聞記者們，各種的「負責人」們，都在障礙物後面走來走去。跨著小步子，等待著頭幾個敵人到廣場上來履行休戰。沙特穿著襯衫，帽子戴在頭後面，在一個共產黨公務員泊拉達斯（Pradas），[288] 一個俄國新聞記者高洛夫金（Golovkine）和一個日本新聞記者之間走著，走三步就向障礙物的洞口斜看一眼。可是那廣場上卻祇有那四腳朝天的咖啡店的椅子。死人的氣味和火的氣味因風勢而相間地飄浮著。

一個法西斯諦軍官在廣場的角上和阿爾加沙的一條小路中顯現出來。他又走了開去。那廣場上便又空了。並不是像每夜在探照燈下那樣地闃然無人，卻祇是暫時空著。白晝把這廣場還給了生活，還給了那像法西斯諦和民軍們那樣在路角窺伺著的，就要回來的生活。

休戰已經開始了。可是那廣場，因為長久以來任何戰鬥員不能經過那裏而不吃到敵人的機關槍，所以現在還似乎是一片凶地。

三個民軍終於決意離開那障礙物。據說在阿爾加沙重新奪得的部分，在拱道下面有著牀褥和紙牌，—— 正像障礙物後面的民軍那樣。因為是對敵的原故，那阿爾加沙雖則有許多部分又奪了回來，卻總還是變成神秘了的。民軍們知道在休戰的期間不能走進阿爾加沙去，但他們卻很想走到牠的近旁去。然而他們卻並不離開那障礙物，一群群地沿著障礙物走過去。

「他們兩方面都欲得而甘心 [，」](Ils sont les uns et les autres plus résolus pour l'assaut.）沙特想著，眼睛湊在沙袋間的一個洞上，額角貼住了那已經熱起來的布袋，帽子格外向後戴著了。「他們簡直像貓！」

　　一群的法西斯軍官剛在那第一個軍官走開去的地方現身出來；他們在空空的廣場前面躊躇著。民軍們和法西斯諦們，都站住了面面相覷著；又有幾個民軍越過了障礙物。沙特拿起了他的望遠鏡。

　　沙特以為在那些他模糊地辨別出的法西斯諦的臉上，將逢到憎恨之色；然而他依稀辨認出來的，卻是那因為步伐特別是手臂活動的僵硬，而格外顯著的窘態；在這種穿著軍官的整潔的軍裝的人們，這種窘態是很引人注意的。那些民軍走過去。

　　「你以為怎樣？」他向那在隔壁的一個洞張望著的人問。

　　「我們的人都很窘，不知道如何開口……」

　　在那些兩個月以來互相想殺害的人們之間，談話的開始並不是容易的。那使這些人分開，又使他們一方面在柱廊邊 [，] 另一方面在障礙物邊徘徊著的，固然是那廣場的禁區，但多份卻是這個觀念：如果他們互相走近，他們就會談話了。

　　另一些法西斯諦從阿爾加沙下來，另一些民軍離開了障礙物。

　　「駐軍的五分之四的確都是警衛隊，可不是嗎？」[高] 洛夫金問。[289]

　　「是的，」沙特回答。

　　「你看他們的軍裝：他們祇放軍官們出來。」

　　這話已經不對了。那些警衛隊到來了，戴著熟皮的雙角帽和黃邊的軍裝，但卻穿著白色的布底鞋。

　　「民軍們好像把皮鞋全打死了，」沙特說。

　　可是在那邊，話已經搭上了，—— 雖則這兩群是相隔至少有十公尺。沙特在兩個沙袋之間點旺了他的煙斗，向那些人走過去，後面跟隨著高洛夫金和泊拉達思。

　　那兩群人正在那兒互相咒罵著。[290]

那三個為首走出障礙物來的民軍停留在旁邊，沒有向廣場走過去。

理想的比較繼續著。

「無論如何，」一個法西斯軍官喊著，「口說為理想戰鬥而一邊在自己家裏瞌睡，像你們那樣，這是一件事；在地窖子裏過日子，這又是一件事！你憑你們自己，你們這披雄牛！我們有煙抽嗎，我們？」

「什麼，什麼？」

一個民軍穿過了那片禁地，那是一個全國勞動協會的人，一隻襯衫的袖子[捲]起了，露出了那青色刺花的胳膊。那差不多是垂直的太陽把他的墨西哥草帽的影子投射到他的腳下，因此，他在一個黑色座壁上走著。他向那些法西斯諦走過去，好像是去打架似地，手裏拿著一包紙煙。沙特知道，在西班牙人們是絕不遞一包紙煙給人的，於是他等著看那無政府黨的舉動。這人把紙[煙]一枝一枝地拿出來分，[291] 但臉上卻仍舊表現憤怒的氣色；他把紙煙遞給那些法西斯諦，好像就是證據，好像就是說：「難道可以責備我們這些紙煙嗎！你們沒有，那是為了戰爭的[麻煩]，混蛋，可是我們絕對不說什麼紙煙不好，你們這披母牛！」他繼續分著紙煙的時候，他好像叫那些窗子來做證人。當他的那包煙分完了的時候，那些跟著他上來的其餘的民軍們便繼續分著。

「這種傻氣的分煙，你怎樣來解釋呢？」泊拉達思問。

他很像一個修尖了鬍子來學列甯的馬瓷林（Mazarin）。

「在比利時議院的一次最激烈的會議中，我看見過各黨各派都友誼地一致同意拒絕定鴿子稅：百分之八十的議員都是鴿子的愛好者。這裏，有一種抽煙者的幫會（franco-maçonnerie des fumeurs）……」

「這是更深刻一點，你 [瞧] ！」

一個法西斯諦剛喊了一句：「可是你們總算鬍子 [刮] 得乾乾淨淨！[292]」特別蹊巧的是那些民軍並沒有把鬍子 [刮] 得乾乾淨淨。[293] 可是在那些民軍之中卻有一個人，還是一個無政府黨，向商業路跑過去。那兩個新聞記者望著他：他剛停了下來，和一個留在障礙物旁邊的民軍說話。那人向法西斯諦那一方面開了一手槍，又把手槍揮動著，好像在暴怒地說話。那無政府黨又跑開去了。

「你們那裏也是像這樣的嗎？」沙特問高洛夫金。

「我們以後再談吧。這是說不明白的……」

那民軍又回來了，手裏拿著一盒「季萊特」（Gillette）牌刀片。他一邊跑一邊把那盒刀片打開。那裏至少有十二個法西斯軍官。他不跑了；顯然，他不知道怎樣分派他的刀片：刀片並沒有十二塊。他做了一個把刀片丟過去的手勢，好像是丟糖果給小孩子們似地，但又躊躇著，而終於帶著仇視的態度把那盒刀片交給了最近的那個法西斯諦。其餘的軍官們向那個剛接到了刀片的軍官趕過去，[294] 可是，在民軍們的大笑之中，有一個軍官卻發了一個命令。

正當他們散開來的時候，另有一個法西斯諦從阿爾加沙到來；這時，那當分刀片的人走過的時候開了一手槍的那個民軍，從廣場的另一面走過來，走到那一群人旁邊去。

「這都很好……」他把那些法西斯諦一個個地望著，這樣說。他的聲音沒有完結，大家都等他說下去。

「……那麼那些肉票呢？我呢，我上面有我的妹妹！」

這一次，是仇恨的口氣了。問題已不在於比較那些理想了。

「一個西班牙的軍官不能干涉他的上官的決意，」一個法西斯

諦回答。

那些民軍差不多沒有聽到這句話,因為,在同時,那最後來到的法西斯諦說:

「我是莫斯加陀上校派來的,要見你們的指揮。」

「來吧,」一個民軍說。

那軍官跟著他去。沙特和泊拉達思也跟上去,在那高大的高洛夫金兩旁顯得很矮小,混在那越來越多的群眾之間;要是那一[夥]向廣場走過去的人們並不固執地注視著阿爾加沙,[295] 那麼他們的步態便準會顯得禮拜天散步的神氣了。

當那法西斯軍官正要走進那皮匠舖去的時候,艾爾囊德思剛從那裏走出來,後面跟著阿比西尼亞王,麥賽里和兩個副官。那法西斯軍官向他行了一個禮,然後把幾封信遞給他。

「莫斯加陀上校給他的太太的。」

沙特突然有了這樣的一個印象,覺得他從昨天以來在托萊陀所看到的一切,從好多天以來在瑪德里所看到的一切,都集中在這兩個在阿爾加沙(風把牠的煙吹到城上,像是一面破旗)的烏焦氣味中,帶著一種老[舊]的仇恨互相望著的人身上。分送的紙煙,剃刀刀片,最後通到了這些信;正如那些肉票,荒誕的障礙物,攻擊,奔逃,以及當火的氣味一時消散的時候,這種又變成了土地本身的氣味的死馬的氣味一樣。艾囊德思照常把右肩聳了一下,把那些信交給了一位副官,同時擺動了一下他的長下[巴],[296] 指點他把信拿到那裏去。

「無聊的東西,」阿比西尼亞王說,但卻也說得很懇切。

艾囊德思這一次聳著兩個肩,老是帶著同樣疲憊的樣子,向那副官做了一個手勢叫他去。

「莫斯加陀的太太是在托萊陀嗎？」泊拉陀思一邊問一面戴正了他的夾鼻眼鏡。

「在瑪德里，」艾囊德思回答。

「自由的嗎？」沙特驚愕地問。

「在一個醫院裏。」

這一次阿比西尼亞王聳肩了，但卻顯著忿怒的神氣。

艾囊德思向那店舖改的辦公處走過去；從那裏，一片打字機的聲音傳到了那從休戰以來變成沉靜的路上，達到了沙特的耳中。在那裏直路上，那些無疑因為砲火中止而驚異著的狗，開始在亂走。那自從人們不開槍以來又變成易於聽到的步聲和人話聲，像和平一樣地，又佔據了全城。泊拉達思趕上了艾囊德思，在他旁邊走了幾步，手撫著鬍鬚。

「送這封信去，算什麼呢？漂亮舉動嗎？」

他走在這位軍官旁邊，皺著眉毛，神氣與其說是冷嘲，還不如說是不知所措。那位軍官呢，他望著那墨西哥草帽投著一斑斑的大黑影的店舖道。

「表示寬大為懷，」艾囊德思終於回答，同時轉過背去。

「你熟識這位隊長嗎？」泊拉達思問，眉毛還沒有恢復原狀。

「艾囊德思嗎？」沙特回答。「不。」

「什麼東西推動他這樣做？」

「什麼東西會推動他不這樣做？」

「這個 [，] 高洛夫金說，指著一輛開過的所謂裝甲的汽車說。在車頂上，是一個民軍的屍體。從這屍體安放的樣子上看來，我們可以看出他是那些載他回去的人們的一個朋友。這新聞記者拉了一下他的小小的領帶的兩端，在他，這是表示懷疑。

「這種事情常有嗎？」高洛夫金問。

「常有吧。那要塞的司令已經叫人送過這一類的 [信] 了。[297]」

「他是一職業的軍官嗎？」

「是的。艾囊德思也是。」

「那女人是個怎樣的人？」泊拉達思問。

「不要提這種問題，壞東西。我沒有見過她，可是她並不是一個年輕女人。」

「那麼，什麼呢？」高洛夫金說。「西班牙精神嗎（De l'espagnolisme）？」

「這一類的字眼使你滿意嗎？他在聖達克魯斯吃中飯，你去吧。一定會請你的：那裏還有共產黨呢。」

在形形色色的民軍之間，「邦丘・維拉的恐怖」經過。沙特意識到托萊陀不論在平時或戰爭，都總是一個小城；他在那裏每天會碰到同樣的那幾個怪物，正如他從前每天碰到同樣的那幾個導遊人和退伍軍官一樣。

「在法西斯諦那方向，」他說，「在二點鐘和四點鐘之間是不攻擊的，為的是睡午覺。關於這裏的事，你不要太快發意見。」

從城市這一面看去差不多完好無損的障礙物上的沙袋和條紋的牀褥，從阿爾加沙那一面看過來卻是七洞八穿，就像被蟲子蛀過的木頭一樣。煙用暗影把一切都掩蔽住。火燒繼續著牠的漠然的生活：在這暫停戰鬥的古怪的平靜中，靠阿爾加沙那一面，又有一所屋子焚燒起來了。

第二章・第四節

　　兩張排成直角形的桌子佔據著聖達克魯斯博物院的一間廳。幾個起勁的傢伙在半明半暗之中著了忙。那老是從磚頭的空洞中鑽過來的光亮的斑點，停在那些交叉背上的步槍上；在生橄欖油的西班牙特有的氣味中，在一大堆果子和樹葉之間，臉兒的出汗斑點蒼茫地發著光，「邦丘・維拉的恐怖」坐在地上，正在那兒修理步槍。

　　艾囊德思的態度，因為他的佝背的身裁不大合於軍人姿態，所以格外單純一點；可是在另一張桌上的他的扈從，卻擺著軍人的架子。沒有一個受傷的人換過繃帶。「他們對於自己的血感到太幸福了 [，] 」泊拉達思喃喃地說。高洛夫金和泊拉達思剛在那正在和另一個軍官談話的艾囊德思對面坐了下來。這位額上映著一點光斑，又長又尖的下 [巴]（這使他有了高爾德士（Cortez）的同胞的神氣）也映著一點光斑的隊長，[298] 並不像任何國家的人，祇像那俄國的新聞記者，但卻是另一個時 [代] 的。[299] 一切的民軍身上都是一點點的太陽光。

　　「這位是泊拉達思同志，黨的技術委員會委員，」瑪努愛爾說。

　　艾囊德思抬起頭來。

　　「我知道，」他回答。

　　「到底，確確實實地，為了什麼，你把那封信轉送過去？」瑪努愛爾繼續著那已經開始了的談話，這樣地問。

　　「為什麼那些民軍要分紙煙呢？」

　　「這個我倒很發生興味，」泊拉達思喃喃地說，顯著茫然的神氣，把手放在耳朵後面，鬍子上映著一點陽光。

　　他聽不清楚嗎，他用手來幫忙嗎？他並不把手貼著耳朵，卻移到耳朵後面去，好像一隻貓洗臉似的；艾囊德思用著他的長長的手

指的一種漠不關心的動作回答瑪努愛爾。那一直消失到外面耀目的陽光的深處的無線電收音機的聲音，似乎從那些槍洞裏鑽了進來，而在那現在已在步槍之間和奇特的帽子下面睡著丁邦丘・維拉的四周 [捲] 轉著。

「這位蘇維埃的同志説（泊拉達思翻譯著，手放在腦 [殼] 上）：如果在我們那兒，莫斯加陀的妻子就 [立] 時拘捕起來了。我想知道，為什麼你有一種不同的意見。」

高洛夫金懂得法文，知道一點點西班牙文。

「你坐過牢嗎？」阿比西尼亞王問他。

艾囊德思並不作聲。

「在沙皇制度之下，我是年紀太輕了。」

「你作過內戰嗎？」

「作為一個技術員。」

「你有孩子嗎？」

「沒有。」

「你呢，你有孩子嗎？」沙特問。

「我……有過。」

沙特不問下去了。

「寬大是偉大的革命的光榮，」麥賽里堂皇地説。

「但是我們的人的孩子們卻是在阿爾加沙裏面，」泊拉達思説。

一個民軍拿了一盆很好的橄欖油煎的蕃茄火腿來。沙特是最討厭那橄欖油的。阿比西尼亞王並不吃。

「你這個西班牙人，你也討厭橄欖油（l'aceite）嗎？」那關於任何烹調的問題都發生興味的沙特問。

「我從來也不吃肉。」

沙特拿起他的叉子來：那叉子上標著大主教的徽 [章]（armes de l'archeveche）。[300]

大家都吃著。在那博物院的玻璃，鋼和鋁所做的最新型的陳列窗中，一切都井井有序，祇有幾件小東西是被子彈所打得粉碎，牠們前面的玻璃上留著一個彈孔，彈孔四周是一圈圈的紋路。

「你仔細聽著，」阿比西尼亞王對泊拉達思說：

[「] 當人們從監牢裏出來的時候，他們的目光不靈了。他們看起東西來不像普通人一樣了。在無產階級之間，有許多人的目光都是不靈的。應該改了這個來開始。你明白嗎？」

他是對泊拉達思說，也同時也對高洛夫金說，但是他不樂意叫泊拉達思翻譯。

「我很覺得這人頭不太大 [，]」沙特滿意地低聲說。

民軍之中有一個人帶著一頂紅衣教主的帽子走到他身邊來。

「我們剛找到了這個玩藝兒。因為牠對於集體沒有用處，於是乎大家決定把牠送給你。」

「多謝，」沙特平靜地說。「一般上說來，我是為純潔的東西所喜歡的，那些長毛狗，那些孩子們。可不是那些貓，哎！多謝。」

他把那頂帽子戴在頭上，撫摩了一下帽纓，然後繼續吃他的火腿。

「在郁華城（Iowa-City）我外祖母那兒，也有這樣的纓絡。垂在圈椅下面。多謝。」

阿比西尼亞王用他的短短的食指指著一個在地瀝青的背景上現著蒼白色的鮑拿派的耶穌苦像（une crucifixion à la Bonnat）；好些日子以來，對面的人們就拿牠做槍靶子。那聚在一起的子彈洞差不多已把右臂打掉了；那左臂呢，無疑地被牆上的石頭所擋住吧，祇

東零西碎地打穿了幾處；從肩膀到腰為止，這蒼白的身體被機關槍斜斜地掃射了一下，彈痕整齊而清晰，就像縫衣機的針跡一般。

「在這裏和瑪德里，即使我們是給壓下去，那些人們總已經在心上活過一天了。你明白我的意思嗎？雖則有著仇恨也如此。他們現在是自由的。他們以前從來也沒有自由過。我並不是說政治的自由，嗯，我說的是別的！你明白我的意思嗎？」

「明白極了，」麥賽里說：「好像麥賽里太太所說的那樣，心，那是最重要的。」

「在瑪德里，那是更嚴重一點，」那安然戴著那頂紅色的帽子的沙特說。「但我也同意。革命，那就是人生的假期……我今天的文章題目叫做『休假』（congé）。」

泊拉達思把手一直掠到他的像梨子一般的頭蓋上，留心聽著。他沒有聽到沙特的那句話的最後幾個字，因為是被椅子的移動聲所掩住了：人們正在讓位子給那剛銜著煙斗微笑著到來的加爾西亞。

「對於人，生活在一起並不是容易的，」阿比西尼亞王說。「好吧。但是在世界上沒有這樣大的勇氣：憑著勇氣，做得出一點事來！不開玩笑；那些決意赴死的人們，我們到後來總老是覺得他們過去了。可是用不到那些『辯證方法』；用不到官僚來代替代表；用不到陸軍去消滅陸軍，用不到不平等去消滅不平等，用不到跟資產階級玩把戲。過著人所應該過的生活，或者就死。要是失敗了，完蛋。沒有什麼打來回票的！」

加爾西亞的像伺機的松鼠一般的眼睛發亮了。

「阿比西尼亞王老兄，」他懇切地說，「當我們願意革命是一種為了革命本身而生活的方式的時候，那麼牠差不多總是變成一種死的方式的。在這種情形之下，好朋友，弄到後來我們便會對於殉節

或勝利都同樣地滿意了。」

阿比西尼亞王舉起右手來，帶著一種講道的基督的手勢：

「怕死的人良心沒有安逸。」

「而在這個時候，」瑪努愛爾舉起了叉子說：「法西斯諦打到了達拉維拉。要是還是這樣，你就丟了托萊陀了。」

「仔細分析起來，你們都是天主教徒，」泊拉達斯學究氣地說。「然而……」

他失去了一個不開口的好機會，加爾西亞想。

「打倒教士！」阿比西尼亞王痙攣地說。「但是在通神學（la théosophie）裏卻也有好的東西。」

「不，」沙特說，一邊玩弄著他的帽子上的纓絡。「你說下去吧。」

「我們絕對不是基督教徒！你們呢，你們卻變成教士了。我並不是說共產主義已變成了一個宗教；但是我說，那些共產黨員卻正在變成教士。在你們看來，做革命者就是做狡猾的人。在巴枯甯看來，在克魯泊特金（Kropotkine）看來，[301] 卻並不如此；絕對不是如此。你們是吃黨的飯。吃紀律的飯。吃陰謀的飯：對於那些並不是你們自伙淘裏的人，你們就既沒有誠實，又沒有責任，什麼都沒有。你們已不再是忠實的人了。我們呢，從一九三四年起，我們單為了互助而罷工了七次—— 一個物質的目的也沒有。」

忿怒使阿比西尼亞王話說得很快，同時指手劃腳著；他的手在他的亂蓬蓬的頭髮周圍揮動著。高洛夫金不[懂]他說些[什]麼，[302] 但是零碎聽懂的幾個字眼使他不安著。加爾西亞用俄文對他說了幾句話。[303]

「具體地說，與其無能，還不如不忠實好，」泊拉達思說。

阿比西尼亞王拔出手槍來，放在桌子上。

加爾西亞用同樣的態度放下他的煙斗。

在這巨大的靜物似的房間中（à travers l'énorme morte），盆子和細頸瓶像螢火蟲一般地反映出磚牆洞的成千的光點來。在枝子旁，果子和手槍的微青色的 [短] 線條閃耀著。[304]

「一切武器都送上前線去，」瑪努愛爾說。[305]

「明天，他們將不化費什麼就可以刮鬍子了，」阿比西尼亞王說。「別開玩笑。各黨派是為人而設的，並不是人為黨而生的。我們既不要建一個國家，也不要建一個教堂，也不要建一個陸軍。祇要人。」

「讓他們當有機會的時候就開始擺出高貴的態度來，」艾囊德思說，長長的手指交扭在下 [巴] 下面。[306]「已經有好些混蛋和兇徒在那兒冒充我們了……」

「同志們，容我說幾句話，」麥賽里說，「把手放在桌上和把心放在手上。這兩件事之中做一件。要是我們是勝利者，對面的那些人就會帶著那些肉票走到歷史前面來，而我們呢，卻帶著莫斯加陀太太的自由。不論事情怎樣，艾囊德思，你總給了別人一個高而偉大的模範。憑著『和平與正確』（Paix et Justice）運動的名義 ── 我是不勝榮幸參加這個運動的 ── ，我向你脫下……我的軍帽。」

從噴火器的那一天初次會面的時候起，麥賽里就使加爾西亞感到莫名其妙了：這位指揮心 [裏] 暗自想著，[307] 是否喜劇性是和理想主義不可分離的；而在同時，他感到在麥賽里身上，有點什麼東西是深刻的，純正的，是反法西斯主義所應依賴的。

「而且不要老是擺出那副樣子來，把無政府黨員當做一班瘋子，」阿比西尼亞王說 [，]「西班牙的工團主義在好多年以來做了

一件認真的工作。不和任何人妥協。我們並沒有一千七百萬人做後盾，像你們那樣；可是，如果一個觀念的 [價值] 是憑著那些好好先生的數量來估計的話，[308] 那麼世界上吃素的人，是比共產黨員多，即使把一切俄國人算上去也不中用。那總罷工，有沒有這件事的？你們攻擊了牠好多年。再去讀讀昂格爾斯（Engels）吧，你會得到益處的。總罷工，那就是巴枯甯。我看過一齣共產黨的戲，戲裏有幾個無政府黨；這些無政府黨像什麼？像資產者目光中看出來的共產黨。」

那些聖像好像在黑暗之中用他們的激昂的手勢鼓勵著他。

「我們不要隨便一概而論吧，」瑪努愛爾説。「阿比西尼亞 [王] 可能有過一些……[309] 不幸的經驗：亦不是一切的共產黨員都是完善的：除了這位俄國同志（對不起，我已忘記了他的名字）和泊拉達思以外，我相信在這張桌子上，我是唯一的黨員：艾囊德思，我以為我是一個教士嗎？你説，阿比西尼亞王？」

「不，你呢，你是一個好傢伙。而且你打仗。你們那裏有許多好傢伙，但是你們那裏還有別的。」

「還有一句話：你們説話的神氣好像你們是有著誠懇的專利似的，而你們又把那些不和你們意見一致的人當做官僚。然而你們卻 [也] 知道，[310] 第米特洛夫（Dimitroff）亦不是一個官僚！第萊特洛夫對抗杜魯諦，那便是一種道德對抗另一種道德，卻不是一種鬼把戲對抗一種道德！我們是同志，應該相見以誠。」

「這句話是你們的杜魯諦寫出來的：『我們除了勝利之外，將放棄一切』，」泊拉達思對阿比西尼亞王説。

「是的，」阿比西尼 [亞] 王在突出的牙齒之間喃喃地作聲著，[311]「但是，如果杜魯諦認識你，他一定得在你的屁股上踢幾

腳！」

「不幸你們不久就可以看出，具體地說，不能用你們的道德去幹政治，」泊拉達斯說。「因此……」

「用別的道德也不成，」一個聲音說。

「革命的複雜，」加爾西亞說，[312]「以及或許牠的悲劇，便是也不能革命而無……（c'est qu'on ne la fait pas non plus sans.）」

艾囊德思抬起頭來。

一點光斑在瑪努愛爾的刀上閃耀著；他在吃太陽。

「在資本主義者那裏，有一件事是好的，」阿比西尼亞王說。「一件重要的事。我真奇怪他們竟會發現了牠。在戰爭完結之後，我們在這裏也應該給每個工團弄這樣的一種東西。他們那裏我所唯一佩服的東西。那就是『無名者』（l'Inconnu）。無名士兵，在他們那裏，可是還能做得更好一點。在阿拉貢前線，我看見過許多沒有名字的墳：祇不過在 [木] 頭上或石頭上，[313] 總寫着『西班牙無政府主義者協會』或 [『] 全國勞動協會』。這使我……這是對的。在巴賽龍拿，軍隊在阿斯加梭墳墓前列隊走過然後出發到前線去，大家都閉著嘴；這也很好 [。] 這比空口說白話好。」

一個民軍來找艾囊德思。

「都是些天主教徒……」泊拉達思在鬍子裏喃喃地說。

「那教士已出來了嗎？」那已經站了起 [來] 的瑪努愛爾問。

「還沒有呢？是指揮來叫我去。」

艾囊德思和麥賽里和阿比西尼亞王一起走出去：阿比西尼亞王拿起了他的帽子；那已不復是昨天的那頂墨西哥草帽，卻是無政府黨同盟的紅黑二色的軍帽。一時靜了下來，沉靜充滿了軍人餐畢的那種散漫的聲音。

「他為什麼叫人送那封信去？」高洛夫金問加爾西亞。

他感覺到加爾西亞是唯一受人尊敬的人，連那阿比西尼亞王也在內。再說，他是說俄文的。

「一步一步地來說吧……第一：為了不拒絕別人；他因為家長的決意而做了軍官，他因為相信自由主義而多年以來做著共和派，而且他是相當地智識階級的……[314] 第二：你得知道他是職業的軍官（這裏，職業軍官不祇是他一個）；不論他在政治上對於對面的人們如何想，他總還是職業軍官。第三：我們是在托萊陀。你是很明白的，在一切革命的 [開] 頭（au début），[315] 總有不少戲劇；在這時候，在這裏，西班牙是一個墨西哥殖民地……」

「那麼那一面呢？」

「那在我們的司令部和阿爾加沙之間的電話線並沒有割斷，從圍攻開頭起，兩方面都使用這電話。在最近的談判中，說定我們的代言人將是洛何司令。洛何是在這裏教養出來的。到了一扇門的前面，人們解了那蒙住他的眼睛的布帶：那是莫斯加陀的辦公處。那左面的牆，你從外面 [看見過牠] 嗎？[316] 一個洞。那辦公室是沒有了屋頂的。[」] [317]

「我具體地知道，」泊拉達思回答，「共和國把工錢加了三倍；農民們因此終於能購買襯衫了；法西斯政府又恢復了舊時的工錢；因此那開出來的成千的襯衫店不得不關門了；當我知道了這些的時候，我就明白為什麼西班牙的小資產階級是和無產階級聯合在一起的。屈辱是不會使兩百個人武裝起來的。」

加爾西亞開始發覺各黨的那些典型字眼：在共產黨員呢，那是「具體地」（concrètement）。他還知道泊拉達思 —— 甚至瑪努愛爾 —— 的對於心理學的不信；但是，他固然以為反法西斯諦鬥爭的

前途是應該安排在經濟上面，他也覺得，在經濟上説來，在無政府黨（或他們的朋友）社會主義大眾和共產黨集團之間，實在是一點分別也沒有。

「同意，我的好朋友，然而，我們頂好的軍隊和我們最多的軍隊，卻並不是從那吃橡實的愛斯特雷馬杜拉區域來的。可是我請你不要叫我弄出一個屈辱的革命理論來罷！我試想了解今天早晨所發生的事，而不是西班牙一般的情形。歸根結底，—— 正如你所説的那樣 ——，艾囊德思並不是襯衫匠，就是象徵地説來也不是。」

「這位隊長是一位很嚴正的人，在他看來，革命是他的道德願望之實現的一種方式。在他看來，我們所經歷的悲劇是一種個人的啟示錄。在那些半天主教徒之中最危險的東西，就是他們的犧牲的好尚：他們不怕去犯最糟糕的錯誤，祇要他們以自己的性命去換。」

因為一部分的聽眾對於加爾西亞所説的話要猜測而不是全懂，所以他們覺得他是格外的聰明。

「當然囉，」他接著説下去，「阿比西尼亞王並不是艾囊德思；但是在自由主義者和自由黨人之間，卻祇有一種名詞和氣質的分別。阿比西尼亞王曾經説過，他一伙人總是準備去死的。在那些優良的分子説來，這話倒是真的。你們注意，我説是：在那些優良的分子説來。他們是沉醉在一種友情（fraternité）之中，而這種友情，他們是知道不會老是這樣延長下去的。他們準備在過了幾天激昂的日子 —— 或復仇的日子，那時按情形者變的 —— 然後去死，而在那些日子中，那些人就會照著自己的夢想生活過了。你們注意，他對我們説過這種話 [：] 用他們的心……祇不過，在他們看來，這種死償補了一切。」

「我不喜歡那些對準着手槍讓別人 [拍] 照片的人，[318]」泊拉達

思説。

「這些人往往就是在七月十八日那天，把拳頭捏緊了放在袋子裏裝手槍，去奪有錢人的兵器的人們。」

「無政府黨員……」

「無政府黨員，」瑪努愛爾説，「這是幾個特別用來叫別人糊塗的字眼。阿比西尼亞王是西班牙無政府主義者同盟的會員，這是大家知道的。但是，説來説去，重要的並不是他的同伴們想的是什麼；卻是幾百萬的人，幾百萬並不是無政府黨員，思想和他們一樣。」

「他們[對]於共產黨的思想嗎？[319]」泊拉達思喃喃地説。

「不是，我的好朋友，」加爾西亞説：「他們對於鬥爭和生活的思想。他們和……譬如這位法國隊長吧……共同的思想。你們得注意，這種態度我已經在一九一七年的俄國和還不到六個月之前的法國看到過。這是革命的青春時代。總之現在還來得及明白，民眾是一件事，各黨則又是一件事：從七月十八起，我們已看到這一點了！」

他舉起了他的煙斗的柄來。

「使人們想到他們將要『做』的事，這是再困難也沒有了。」

「然而只有這個是重要的，」泊拉達思説。

「否則就只有改變或是死，」高洛夫金悲哀地説。

現在，加爾西亞不説話了，他思索著。在他看來，在無政府派工團主義之中，是有著無政府派，又有著工團主義；無政府主義者們的工團的經驗是他們的肯定的因子，意識形態是他們的否定的因子。西班牙無政府的界限（在特殊風味之外）正就是工團主義的界限，而無政府黨中的最明敏的人們，又並不自稱是通神學派，而是

索萊爾派（Sorel）的。然而，這全篇談話之發展開來的 [樣] 子，[320]
就好像那些無政府主義者是一種特別的種族似的，就好像他們第一
（avant tout）是由於他們的性格而被別人下定義似的，就好像加爾西
亞是必須不用政治家的身份，卻用人類學家的身份去研究他們似的。

他心中想：真的，在西班牙全國，在這個吃中飯的時候，人家
一定都這樣地想著吧……去知道人們能夠根據了 [什] 麼，[321] 由於
那稱為「全國勞動協會」，或「西班牙無政府主義同盟」，或「共產
黨」，或「總工會」等等的組織的一致行動，去叫人執行政府的決
意：這件事大概是怎樣地更嚴重一點吧。真是奇怪，人們在生命懸
繫於自己的行動的時候，竟會喜歡去辯論那些 [在] 他們行動的條
件以外的別的事。以後我不得不和這些人個別地來研究可以做點什
麼事。

一個剛向瑪努愛爾問了一句話的民軍走了過來：

「加爾西亞同志嗎？司令部裏請你去：瑪德里有電話來。」

加爾西亞打電話到瑪德里去。

「那麼，那交涉怎樣了？」那邊問。

「那教士還沒有出來，協定的時間在十分鐘之後就要完結了。」

「等你一有消息的時候，就立刻再打電話 [過來。] [322] 你看來情
形怎樣？」

「不好。」

「很不好嗎？」

「不好。」

第二章・第五節

艾囊德思知道別人叫加爾西亞去聽電話，便等待著他回博物院來。

「你說過一句話使我聽了很驚異：那就是說不能拿道德來幹政治，但是沒有道德也不能幹政治。你大約已把那封信送出去了吧？」

「沒有。」

兵器的聲音，正午太陽中的軍用洗臉盆的閃光，死人的氣味，這一切都那麼真切地使人想起昨天的喧騷聲，使人覺得戰爭中止是不可能的。不到一刻鐘休戰的期間就要完結了；和平已經屬於浪漫的和過去的了。艾囊德思的沉靜而拉長的步子在加爾西亞的堅實的步子旁邊滑著。

「為什麼？」

「第一 [：] 他們沒有送還肉票。第二：當你接受了一個責任的時候，你應該負起責任來。如此而已。」

「對不起，我並沒有選擇這個責任。我從前是軍官，我現在也做著軍官而已。」

「你已經接受了地。」

「我怎樣拒絕這個責任呢？你是很明白的，我們沒有軍官……」

頭一次地，那沒有步槍的午睡時間降落到這個城上來，伸長在一種不安的睡眠中。

「如果革命不使人們更好一點，那麼革命有什麼用呢？我不是一個無產者，我的指揮：為無產階級而無產階級，在我看來是和為資產階級而資產階級一樣地和我無關；但是我總還盡我的力量戰鬥，有什麼辦法呢？……」

「革命將由無產階級造成的呢，還是由……禁慾主義者們造成

的？」

「牠為什麼不是將由那些最近人性的人們造成的呢？」

「因為那些最近人性的人們瞧不起革命的，我的好朋友：他們造圖書館 [或] 是公墓。[323] 不幸……」

「公墓卻也並不妨礙一個模範之成為一個模範。正相反。」

「同時，卻有法朗哥。[」]

艾囊德思帶著一種近乎女性的手勢挽著加爾西亞的手臂。

「你聽，加爾西亞。我們不要再來耍這一套誰有道理吧。我祇有對你可以談談。瑪努愛爾是一個正直的人，但是他祇憑著他的黨來觀察一切。不到一個星期，那些傢伙就要打到這裏來，這是你知道得比我更清楚的。那時候，可不是嗎？有理沒理……」

「不。」

「是的……」

艾囊德思望了阿爾加沙一眼：還是老樣子。

「祇不過，如果我是應該死在這裏的話，我願意情形不是像這個樣子……

「上個星期，我的一個……一個泛泛之交的同伴，一個無政府黨或自稱無政府黨，被人告發偷銀箱裏的錢。他是無罪的。他叫我去做證人。當然囉，我替他辯護。這個人曾經在他所負責的村莊中實行強制集體制度，而他手下的人又把這個辦法施行到鄰近的村莊中去。我同意，這種辦法是不好的，一個農民為要得到一把鐮刀而必要填寫十來張紙是要暴跳如雷的。我同意，共產黨在這一方面的辦法，反而是好的。

「自從我做了證人以後，我就和那些共產黨關係不好了……管他；有什麼辦法呢？當一個人請我去做證人，而我又知道他是無罪

的時候，我是不讓人家當他賊辦的。」

「那些共產黨（以及那些嘗試著組織什麼的人們）的意思是，你的那位朋友雖則心地純潔的，但如果他引起了農民反抗，那就等於在客觀上幫助法朗哥……

「共產黨員們要『做』（faire）點什麼事。你們和那些無政府黨員呢，為了種種不同的理由，你們卻要『是』（être）點什麼……這是像這樣的一切革命的悲劇。我們所憑藉著生活的神話都是矛盾的：和平主義和防禦的必要，組織和天主教神話，效力和正義，以及其他等等。我們應該把這些都加以整理，把我們的『啟示錄』化為軍隊，否則祇有死路一條。如此而已。」

「這樣，那些在自己心裏有著同樣的矛盾的人們，也祇有一條死路了……如此而已，像你所説的那樣。」

加爾西亞想起了高洛夫金：「他們應該改變，否則就是死……」

「有許多人，」他説，「從『啟示錄』那兒等待他們自己的問題的解決。但是革命卻不知道那成千成千從牠那兒引伸出去的路線，而繼續去……」

「你以為我是被判了死罪的，是嗎？」艾囊德思微笑著問。

他並不是帶著冷嘲的態度微笑的。

「自殺之中有著安息……」他用手指指著維爾莫酒和電影的舊廣告牌（他們是在廣告牌下面走著），又微笑著，露出了他的悲哀的一般的長長的牙齒；「那過去……」接著，過了幾秒鐘：「可是，説起莫斯加陀，我也有過一個妻子。」

「是的……但是我們並沒有做過肉票……莫斯加陀的那些信，你的見證……你所提出的每一個問題都是精神上的問題，」加爾西亞説。「隨着道德率的變化而生活往往是一個悲劇。在革命中和別

處都是一樣。」

「而當革命沒有來到的時候，人們所想的總是和這相反的！……」

在那七零八落的花園裏，薔薇和黃楊似乎也分享著那休戰。

「這是可能的事，你正在逢到你的……定命（destin）。一個人拋棄自己以前的耽愛，拋棄以前生活的目的，這決不是容易的事……我願意幫助你，艾囊德思。你所下的注子沒有賭就先輸了，因為你是政治的地生活著，——在一個政治的行動之中，——在一個每一分鐘都和政治有連聯的軍事指揮中，——而你的注子卻不是政治的。牠是你所看見的以及你所夢想的比較。行動祇能用行動的言詞來考慮。祇有在一件具體的東西和另一件具體的東西，一個可能性和另一個可能性的比較之中，纔有政治思想。我們的人，或是法朗哥——一個組織和另一個組織——卻不是一個組織對一個願望，一個夢想或一個『啟示錄』。」

「人祇為了那不存在的東西而死。」

「艾囊德思，只想那應該是怎樣，而不想那可能做到怎樣（即使所能做到的事是不能滿意的），是一種毒。無藥可救的，正如戈牙（Goya）所說的那樣。這一注每個人都預先失敗了。這是無望的一注，我的好朋友。精神上的完美，高貴，都是個人的問題，而在這些問題之中，革命是絕不直接牽涉進去的。對於你，那搭在這兩者之間的唯一的橋，咳——就是你的犧牲的思想。

「你大概知道維吉爾（Virgile）的這句詩吧：『勿與汝共，非與汝難……』（*Ni avec toi, ni sans toi...*）現在，我要擺脫出來了……」

一五五厘口徑砲的隆隆聲，砲彈的尖銳呼鳴聲，爆炸聲和那飛墜下來的瓦片的差不多清脆的聲音。

「那教士失敗了，」加爾西亞說。

第二章・第六節 [324]

牙葛（Yagüe）的軍隊從達拉維拉向托萊陀攻過來。

公民勒格萊，穿著很別扭的白色飛行衣，頭上戴著灰色的帽子，臂下挾著熱水瓶，走到他的飛機旁邊去；飛機的門是開著。

「天哪，誰又來碰過我的奧里熊（Orion）了！」他用他的最美的喉頭尖的聲音説，好像在那兒對自己咕嚕似的。[325]

「氣門靠不住！」他向勒格萊喊著。

「管他呢，」勒格萊喊著:「姑且冒危試一下吧。」

阿諦尼束緊了他的飛行帽：他總是準備冒險試一下的。[326]

達 [拉] 維拉在天邊顯現出來了，[327] 在荒涼和黑暗中顯得很巨大。貼著山岡，牠的燈火消失在群星中，又似乎一直向飛機迎過來。發動機的不均勻的聲音使那座城成為生動而有威脅性的。在那些 [外] 省的燈火以及戰爭的激動而游移的微光之間，[328] 那熄滅了燈火的煤氣廠黑暗的影子有著那種睡著了的野 [獸] 的使人不安的沉靜。[329] 現在飛機飛行在一條柏油路上，路剛被雨淋過，反映著路燈的光。當飛機漸漸地飛近達 [拉] 維拉的時候，[330] 火光也漸漸擴大了起來；阿諦尼從那急降下去的舊飛機的兩翼邊看到了那些火光，好像是那在一隻上升的飛機四周的星星一樣。

他偶然打開了投彈孔：夜間的寒氣襲入到飛機中來。俯跪在那城市上面，他等待著，他的目光為瞄準器所限制著，正如一匹馬的目光為眼罩子所限制著一樣。勒格萊呢，對準著煤氣廠的那一個黑色的方塊，豎起了耳朵，在達 [拉] 維拉的發光的骨架子上面前進。[331]

他越過了那黑色的斑點，暴怒地向阿諦尼回過頭來。他祇看見阿諦尼 [在] 飛機的半明半暗中發著亮的金髮。[332]

「天呀，你傻了嗎？」

「閉嘴！」

勒格萊把飛機傾側了一下：那些還被飛機的速率所牽引著的炸彈伴著他們，但是比他們更低一點，更落後一點，在月光之中像魚一樣地閃光。正像一群轉了方向的鴿子之顯著細細的側影而消逝一般，那些炸彈突然看不見了；他們的墜落是成著垂直線了。在那煤氣廠的邊上，湧起了一片紅色的爆炸的火光來。

沒有投中。

勒格萊很快地向那工廠兜過回來，飛得更低一點。「注意高度！」阿諦尼喊著，因為高度的改變是和瞄準的度數有關係的。他望著高度表，又回到投彈穴來，這現在從相反的方向看過去的達拉維拉，是像一個轉過背去的人一樣地改變了樣子了：那些軍事署局所映到街上來的模糊的光，到處都已讓位給明亮的長方形的窗框子。那煤氣廠的斑點已模糊起來。在下面，那些機關鎗射擊著，但是那些射手卻不見得能清楚地看見那飛機。整座城熄滅了，於是在這綴滿了繁星的天上，祇有機表板上是亮的；勒 [格] 萊的大 [氅] 的影子投在高度表上。[333]

那城市已活過了牠的燈火四佈的渺茫的生活，然後又活過了牠的被飛機的轉向所揭露了出來的燈火的明確的生活；牠現在是的確更有生氣，但卻熄滅了燈火。機關鎗的短促的火焰隱現著，正像打火機的電石的火星一樣。那懷著敵意的城市窺伺著，好像飛機動一動牠也動一動。那飛機又向牠飛過來，帶著那定睛望著，披著灰色大氅又蓬著頭髮的勒格萊，以及那俯躺著，鼻子湊在瞄準器上面的阿諦尼，河的最小的彎映進他的瞄準器來，在月光下呈著微青之色：煤氣廠是在那裏。他把第二批炸彈放下去。

這一次，他們 [看不] 見那些炸彈在他們下面了。[334] 飛機在一

片無窮的騷聲中，在一個雷電之色的火球上面直衝下去。在這片要把他們吞下去的青色的火上面，勒格萊發狂地扳了一下機桿；那飛機又跳了起來，一直跳到繁星的冷漠的甯謐之中；在下面，現在起了蔓延而紅色的火了；那煤氣廠已炸中了。

有些子彈穿過了機身：也許爆炸使飛機被人看得見了吧；一架機關鎗隨着那飛機的剛飛到月亮的圓光中的側影開著鎗。阿諦尼回過頭去望著紅色的大火的網延燒開去。那成串地丟下去的炸彈，也投中了那就在煤氣廠近旁的兵營。

一幕的 [雲] 把他們和大地分隔着。[335]

勒格萊抓起那放在他身邊的熱水瓶，突然拿著瓶蓋子楞住了，向阿諦尼做了一個手勢：飛機是被一片微青的光所照著，現著燐光。阿諦尼指了指天。一到那個時候為止，他們一徑帶著一種戰鬥的注意望著地下，卻從來沒有看飛機：在他們上面，在後面，那個他們所看不見的月亮，照光了機翼的鋁質。勒格萊放下了他的熱水瓶：人類任何舉動都變成渺小的了；遠遠地離開了那在無數里內唯一亮著的機表，那追隨着 [整] 個戰鬥的安適快意之感是消失在一種地質學的甯謐之中，[336] 消失在月亮和這慘白金屬的和諧中了 ── 那慘白的金屬是像那在已死的星球上幾千萬 [年] 閃著光的石頭一樣的閃耀著。[337] 在雲上，在他們下面，飛機的影子有耐心地前進著。勒格萊舉起食指來，同意地撅了一撅嘴，沉著地喊道：「記一下吧！」接著就又拿起那熱水瓶，發覺那發動機還在那裏軋軋地響。

他們終於越過了那片雲。那 [又重] 見到的大地上的有幾條路在那兒動著。[338] 現在，阿諦尼是知道夜間的道路的這種蠢動了：法西斯的貨車正在向托萊陀進發。

第二章・第七節

一直到夜間為止，瑪努愛爾做著翻譯員：安里希（Heinrich），那在瑪德里組成的國際旅團中的一位將軍，正在檢閱達霍的戰線（如果那還可以稱為戰線的話）：從達拉維拉起到托萊陀為止，除了希美奈思和其餘兩三個人指揮的以外，就沒有什麼警衛線，偵察線，而後備隊也是既無組 [織] 又無防禦；[339] 那些機關鎗呢，既不中用，又沒有安放在適當的地方。

安里希穿著軍裝，手上拿著軍帽，頭頂上流著汗（他剃了光頭，為的是不讓別人看見他的白頭髮），皮靴在夏末龜裂的土地上響著，帶著共產黨的樂觀的決意，不斷地矯正別人。

瑪努愛爾已從希美奈思那兒學會怎樣操縱 [，] 他現在正在學習如何指揮。他一向以為自己在學習戰爭，而兩個月以來，他卻學習謹慎，組織，執固和嚴格。他特別注意要不單了解，卻要能運用。而在夜間向那有一帶像發光的水母一樣的流動著的火的阿爾加沙走上去的時候，他看出，在經過安里希十一小時的 [矯] 正之後，他在心頭纔漸漸地感到，那所謂一個作戰的師團是什麼了。那迷失在疲勞之中的武將們的話語，在他的頭腦中嗡嗡的作聲，和砲火的聲音混在一起：「勇敢不容有虛偽。—— 聽著的話就聽見，看見的事就模做」前一句話是拿破倫説的，後面一句話是季洛迦（Quiroga）説的，希美奈思為他揭發了克勞賽維茲；他的記憶，徘徊在軍事學校的書庫的周圍，但是那個書庫卻並不壞。阿爾加沙的大火在低低雲端反映著，正如一隻著了火的船之反映在海裏一樣。每隔兩分鐘，一架重砲就向那堆大火開 [發] 一砲。[340]

安里希的願望和西班牙參謀部中最活躍的分子的願望相同，那就是：一邊保留突擊隊作衝鋒隊伍，等待國際隊着手活動，一邊儘

可能地擴充第五軍團：以後，當牠的部隊人數相當眾多了的時候，要把他們編進正規軍隊裏去，使他們成為正規軍的核心，把革命的紀律引到正規軍中去，正如最初的共產黨分子之使第五聯隊紀律一樣。昂里葛的各大隊變成了一個軍團，瑪努愛爾是先從機械化連（la compagnie motorisée）着手的；他先在希美奈思的部下指揮一個大隊，他就要到瑪德里去做一個聯隊的指揮。可是「升上去」的並不是他，卻是西班牙的聯軍。[341]

「在三四點鐘之間。」

「靠得住嗎？」

那礦工想了一下。

「靠得住。」

「可以炸掉什麼？」

「這個呢，可說不準……[」]

「你看起來呢？」

「整個前部。」

「就只有這一部分嗎？」

那礦工又想了一想：

「他們説還可以炸得多一點。我呢，我可不相信。那些地窖並不是重疊著的，牠們是成梯形的，牠們順著岩石的形式。」

「多謝你。」

那礦工去了。瑪努愛爾左手拿著那枝茴香，挽著那指揮的臂膀。

「要是明天打起來，同志，請你當心：你們的機關槍巢太低了。一處都沒有偽裝：火光裏給人家看得見的。」

他走到棕紅色的夜裏去。死屍和炙熱的石頭的氣味包圍住他，

一瞬間消失在風中，但立刻又飄過來，而佔住了那滿是大鑿的花園。

　　他一個一個地檢閱了那些使人訝怪的崗位，一直檢閱到阿爾加沙的已被政府軍所佔的部分。那裏，一切都在改變著：突擊隊，警衛隊和民軍都組織起來了。但是他還是不安著：那應該在爆炸之後進行的襲擊，並沒有經任何軍事專家劃籌過。

　　在隆隆的砲聲之間，他還聽到那現在在他的腳下從地底升上來的，敷設地雷的聲音。那些敵人在他們的地道中無疑是聽見得更清楚一點⋯⋯

　　安里希在電話邊等待那關於保衛瑪德里的回答。他願意保衛托萊陀，但是，不論托萊陀抵抗下去也 [好]，不 [抵抗下去] 也好，[342] 他總要求放棄了部隊的制度，[和] 成立一個強大的後備隊，[343] 由第五聯隊做核心。那個開始在搜尋勝利入城的白馬（des chevaux-blancs-pour-entrée）的法朗哥，很盼望藏在瑪德里的法西斯諦舉事，而他的軍隊又進展很快。

　　艾囊德思在工作完畢之後，和他的朋友莫雷諾（Moreno）同坐在民軍常務部的一張桌子邊；那裏是托萊陀唯一還能喝到不很熱的啤酒的地方。莫雷諾中校在叛軍起事的當天就被叛軍關在牢裏，定了死罪，幸而在解到別一個牢裏的時候被放了出來，而在三天之前回到了瑪德里。他剛被邀來供給一點情報：像艾囊德思一樣，他以前 [是] 托萊陀軍官學校的學生。[344] 在那大開著的窗子前面，那些民軍們騷動著，正像那大火下面的火焰的青色的火心一樣。

　　「全發了瘋，」莫雷諾在他的頭髮之間。他的當中分開的沉重的黑頭髮，垂下來遮住了他的臉兒。艾囊德思疑問地望著他。十五年以來，他們一 [向] 是結合在那一種由談說自己的私事和回憶的

淡薄友誼之中的。[345]

「我已不相信我從前所相信的了，」莫雷諾説，「我什麼也不相信了。然而，我明天要出發到前線去。」

他把頭髮抹上去。他的俊美在托萊陀是有名的：高鼻子，很大的眼睛，拉丁美的傳統面相 —— 今天夜裏卻因剪過頭髮而顯得很特別；他頭髮雖則是剪過，但還是留得很長，好像是故意要在身上保留點什麼東西，作為曾坐過牢的證物似的。他鬍子沒有剃乾淨，人們可以看見他的鬍子是灰白色的。（他曾經是西班牙王阿爾封梭十三世的一個情婦的心愛的情郎。）[346]

房屋遮住了阿爾加沙，但卻遮不住牠的反光。在這片逐一顯著紫葡萄的深淺之色，又從雲端下來把陰影投在舖道上的光線之中，民軍們在大砲的有規則的聲音之中經過。

「在你坐牢的時候，需要你化最大的努力的是什麼？」

「那就是使我自己鬆散……」

長久以來，艾囊德思懷疑著莫雷諾對於悲劇性的東西有一種奇特的愛好。但是現在他的苦痛（這位隊長辨別不出這苦痛的性質）卻是明顯的。

他們緘默了一會兒，等待著砲聲。那他們所看不見的大遷徙，用牠的 [轔轔] 的車聲充滿了黑夜。

「老兄，我坐牢沒有我被判死刑重要。這就是改變了的……我以前以為想到世人的什麼事。我一向是一個馬克思主義者，我相信我是第一個馬克思主義者的軍官。我現在的思想也沒有改變，沒有：我現在什麼也不想了。」

艾囊德思一點也不想來討論馬克思主義。民軍們奔跑著，夾著步槍的聲音。

「你聽我説，」莫雷諾繼續説：「當我被判處了死刑的時候，他們准許我到院子裏去走走，在那裏的人們都是為了他們的政治思想而判死刑的。我們從來也不談政治。從來也不。如果有人開始談政治，那末他四周的人就會立刻走開去了。」

一個駝背的女民軍帶了一個信封來給艾囊德思。莫雷諾神經質地笑出聲來。

「從革命的觀點，」他説，「你對於這場喜劇的意見到底怎樣？」

「這並不祇是一個喜劇。」

艾囊德思望著那駝背的女人走開去；但是，正和莫雷諾相反，他從這女人身上所看到的祇是活躍，又帶著友誼望著她；正如他所能在茄子色的夜裏所估量到的那樣，那些民軍們對她也如此。她現在已上了台：一直到這時為止，她無疑一向是在孤寂之中的。這位隊長向莫雷諾舉起他的近視眼 [鏡] 來：[347] 他開始不相信起來了：

「你明天晚上出發到前線去嗎？……」

莫雷諾躊躇了一下，玻璃杯從他的手頭掉下去，而他卻並不注意。他眼睛不住地望著艾囊德思。

「我今天夜裏動身到法國去，」他終於説。

那隊長緘默了。有一個外國的民軍，不知道這裏喝酒是不需付錢的，用一個銀幣敲著他的玻璃杯。莫雷諾從袋子裏取出一個銅幣，好像玩字紋似地把牠丟上去，然後用手掩住牠，但卻並不去看牠落下來的時候是字兒呢還是紋兒，有點兒窘地微笑著。在這個完全有規則的面相上面，一切深切的情感都呈著一個孩童的表情。

「在起初，老兄，我們並不是在一個監牢中；我們是在一個老舊的修道院裏：這地方顯然是完全指定的。在先前的那個監牢裏，什麼也不看見，什麼也不聽見。（總是這個樣子的）在修道院裏，

就有機會了；什麼都聽見。在夜裏，排槍聲。[」]

他向艾囊德思不安地望著。在他的那種孩童的表情之中，是具有一種淳樸，但是也有一點猙獰。

「你相信嗎，他們用探照燈槍斃人？」

接著，也不等回答，他說下去：

「在探照燈照著你的時候被人槍斃了……那裏有排槍聲，還有一種別的聲音；他們搶了我們的銀錢去，但卻並不把小錢搜去。於是差不多大家都玩著字紋兒打賭。譬如說賭我們明天到不到院子裏去；或是賭槍斃。他們並不是祇賭一下，但卻賭十下，二十下。排槍聲從遠處傳過來，聲音被窒住了，那是為了牆壁和氣墊的緣故；夜裏，在那些排槍聲和我之間，有著這種小小的銅錢的聲音，在左面，在右面，在四周圍。老兄，我從銅子兒的聲音散開去的遠近，感覺到那監牢有多大。」

「那麼那些獄卒兵？」

「有一次，一個獄卒聽到了叮噹聲。他開了我的牢間的門，嚷著：輸啦！然後又把門關上了。我曾經碰到過一些糟糕的獄牢。我說糟糕的。可是並不是那裏的那些。你聽見那些食叉的小小的聲音嗎？就是這樣大小。後來，也許弄到後來會聽到那些並不存在的聲音了。這使人心煩意亂。有時候，我是沉在銅子兒的聲音之中，正如人們之沉在雪裏一樣。而那些傢伙，他們並不是像我那樣地在叛軍一起事的時候被捕的；他們是戰鬥員，這是難堪而傻氣的：總之，他們向死神丟擲銅子兒。你說，老兄，在這裏面，那英雄主義有什麼意思呢？」[348]

「在我未死之前，在世界上至少還有什麼沒有法西斯諦的國家吧。當我被解放了出來的時候，我醉沉著想回來，我去報到再服

役。但是現在，我看得明白了。每一個人是為他的真實所威脅著，你要記得。他的真實，嗯，竟連死亡也不是，竟連苦痛也不是，卻是一個銅子兒。老兄，卻是一個銅子兒……」

「對於像你那樣的一個無神論者，為什麼死的時辰是會比任何別的時辰更有價值，或是更重要呢？」

「一個人可能忍受一切，即使明知道自己會消耗在世的幾小時，明知道自己第二天將被槍斃，而去睡覺；一個人可能撕掉自己所愛的人的照片，因為看著那些照片而頹喪得也夠了；一個人可能快樂地看見自己還正在像狗一樣地跳著，為的無聊地向小窗間望一眼，——以及其他……我說：這是一切。一個人所不能忍受的，那就是確切地知道，在給你吃了耳[刮]子或打你一頓之後，[349] 就要弄死你。此外就什麼也沒有了。」

熱情使他的電影明星的臉兒緊張起來；在那看不見的大火的一會兒黃一會兒紫的光裏，他的臉兒又呈現著真正的美麗了。

「不，老兄，你想想吧！在巴爾馬，我在牢裏耽了十四天。十四天。一隻耗子每天在一定的時間到來：簡直是一隻鐘，正如每個人所知道的，人是分泌戀愛的動物，我就開始愛起那隻耗子來。在第十四天，我有權利到院子裏去，我可以和其餘的囚徒談話，那時，當我當天晚間回到牢裏去的時候，我就覺得那隻耗子討厭了。」

「一個人受過了像你所受過那樣的試驗之後，總留著點回憶的；你應該先吃東西，喝酒，睡覺，——而儘可能地少思想……」

「說說是容易的。老兄，人沒有死的習慣，你牢牢記住這一點吧。絕對沒有死的習慣。於是乎，當他碰到這種事的時候，他就要常常回想著了。」

「這裏，即使沒有被判死刑，也學到許多也許並不是世人生就

去學的東西……我呢，立刻得到一切，然而，為要使人前進一分，是需要死許多人的……這條路在查理五世治下的時候，有一夜一定也差不多是這樣的……而自從查理五世以來，世界究竟也改變過了。不管那些銅子兒怎樣，人需要世界改變 —— 也許他們連那些銅子兒存在於什麼地方也不知道。……沒有東西比在這兒作戰更使人沮喪的了。然而那在世上像你的回憶一樣……沉重的唯一的東西，那便是我們能夠給與現在正在我們前面一句話也不談地走過的那些傢伙的幫助。」

「當我在牢裏的時候，我在早晨也對自己說著這一類的話。在天晚的時候，事實回來了。晚間是最糟糕的：你知道，當一個人在三公尺寬之間走得太長久了的時候，當那些牆壁開始互相湊近來的時候，那就會叫人聰明起來了！那些革命的墳墓是和別的墳墓並無不同之處的……」

「一切的種子都是先腐爛的，但是有的卻發芽……一個沒有希望的世界是不能生息其間的。否則，那就是一個物質的世界。為此之故，許多軍官們都很合得上：對於差不多一切的人，生活總一徑是物質的。可是對於我們卻並不 [如] 此。[350][」]

「你應該要求請假兩個禮拜調理你的身體。這樣，你就會平靜地看著那些民軍，而不衹看見他們的喜劇了；要是在你心頭並不有任何東西是和他們心裏的希望連繫在一起的，那麼，你就到法國去吧：你要在這裏做點什麼呢？……」

在那些靜沉的一群群的人後面，是一些裝滿了筐子和袋子的車子，在那裏，一時閃著一個瓶子的紅色的光彩；其次，是那些騎驢子的看不見顏面的農婦，然而人們卻也想像得出她們的發定的目光，帶著「奔向埃及」（Fuites en Egypte）的百年的不幸之色。這

大群的人流著，悶在氈子下面，在火的氣味之中，由大砲的深沉而有韻律的轟擊聲按著拍子。

一切的山崗從窬謐的群星向一個山谷降下來；敵人的坦克車將從這兒開過來。遠遠地在一個農莊中，在一個小樹林中，在一個岩石後面，那些炸藥手的隊伍等待著。

托萊陀的政府軍的陣線是在兩公里之後。

在幾棵橄欖樹下面，躺著十來個炸藥手。其中有一個俯臥著，用手托著下頦，不斷地望著那個有瞭望人在著的山峰。其餘的人們差不多每人嘴裏都含著一根紙煙，但是那紙煙卻還沒有點 [著]。[351]

謝拉守住著，阿拉貢戰線守住著，高爾道巴戰線守住著，馬拉加守住著，阿斯都里亞斯守住著。但是法朗哥的車輛卻開著高速度沿著達霍河前進。而在托萊陀呢，情形糟了起來。正如當情形糟起來的時候一樣，那些炸藥手總談著一九三四年在阿斯都里亞斯的情形。貝貝（Pepe）講著得到了剛從加達魯涅開到了援軍的奧維艾陀：那次失敗之後，接著就起來了人民陣線。

「那時我們奪得了兵工廠。我們以為已經有救而沒有事了；那裏面所有的東西，拿來都毫無用處。砲彈筒沒有火藥，砲彈沒有引火線……那些砲彈呢，我們拿來作彈丸用；就是拿牠們來這樣用的。有響聲，總還能給人一點信心，並不是沒有用的。」

貝貝 [翻] 了一個身仰躺著：[352] 在那些橄欖樹上面，月亮的光像 [鍍] 銀的樹葉上的銀粉一樣地閃耀著。[353]

「那給人信心。那信心，牠推動我們。牠甚至推動我們一直到去坐牢。」

月亮照著他的馴馬般的頭。

「你以為他們會打進托萊陀去嗎？」

「鬼纔會打進來。」

「不要那麼大意，貝貝！我呢，我覺得，托萊陀……是一團烏糟……我看就只有瑪德里有希望。」

「當時在阿斯都里亞斯呢，可不是也是一團糟嗎？」

「要是沒有炸藥，」另一個聲音説，「那時我們在三天之內就被他們耍乾淨了。我們試著叫會裝配子彈的同伴們到兵工廠裏想點辦法可是總不中用！後來，弟兄們終於每人帶了五粒子彈到前線去；你想想看：五粒子彈！噲，貝貝，你記得那些帶著青菜筐子和布袋的女人們嗎？我一輩子拾麥穗也看得多了，可是拾彈殼可真是第一次看見哪！她們就只想著她們的彈殼。她們覺得鎗開得還不夠快！真是倒霉！」

一個人也沒有回過頭去！這個聲音，是龔沙萊思（Gonzalez）的聲音。難道有一種快樂的聲調而不屬於胖子的嗎？大家一邊聽著，一邊等待著遠處的坦克車聲。

「靠著炸藥，」貝貝繼續説，「我們做了不起的工作。你記得美爾加德（Mercader）的擲石器嗎？」

他是向那些加達魯涅人轉向過去説的：他們都不知道美爾加德是誰。

「那是一個能幹的傢伙，他曾經製造了一些放射大量的炸藥的機器。總之，是擲彈機一類的東西。像古代戰爭時所用的那樣；那是用繩子來繃緊的。需要三個人。起初，當那些摩爾人在兩百公尺的地方吃到了真正的炸藥的時候，他們可真嚇壞了。我們也製造了盾牌；可是並不中用，給人一打就壞。」

在遠處，一架機關槍開起來，停了，接著又開，像縫衣機的聲音似地消失在夜的遼矍之中。但是坦克車老不來。

「他們呢，他們卻發明了飛機，」一個聲音慘然地說。

在這個山谷中，當守望著敵人的一排排的坦克車的時候，他們談著那些偉大而同時也無足重輕的故事。無疑，那些炸藥手是世人能和機械對抗的最後的一個集體。那些加達魯涅人之在那裏，猶如他們之會在別的地方一樣；但是那些阿斯都里亞斯人卻不放開自己的過去：他們繼續著他們的過去。他們是西班牙的終於有組織了的最老舊的革命團體；也許唯有對於他們，即革命的黃金的傳統是和戰爭的經驗一起長大起來，而不為那戰爭的經驗所壓碎的。

「現在，摩爾人的騎兵有手提機關槍了……」

「管他媽的！」

「在塞維拉，滿是德國人；全是一些什麼專門技術人員。」

「連監獄官也是。」

「據說兩 [師] 的意大利人已經開拔出來了……[354]」

「弟兄們抵抗那些坦克車並沒有抵抗得很好，是嗎？」

「他們還沒有習慣呢……」

他們重新又用著過去來和威脅鬥爭了：

「在我們那兒，」貝貝又說，「最傻氣的是最後的結局。在農民的中央委員會裏，弟兄們都打得不錯。祇不過沒有幫助，又寡不敵眾。那些摩爾人趕了來，他們費了三小時纔包圍住。咱們還有人手和炸藥，可是裝炸藥的東西卻一點也沒有。咱們就用報紙和鉉釘做成爆仗一類的東西。至於兵器呢，那還是不說起的好；兵器早已沒有了。

[「] 那前一天派到兵工廠裏去的弟兄，帶著一個字條回來；在那字條上，那負責人用鉛筆寫着，要是為了軍械的原故，那是用不到再派人來要了，因為那裏連一粒子彈也不剩了。最後的子彈已被

裝配子彈的弟兄們分了。每人五粒。而且他們已帶著他們的槍上前線去了。就是如此而已。你明白嗎：這次可真糟了。農民中央委員會裏的人，就僅圍著他們的桌子嚷嚷著，因為他們所能做的，就差不多祇如此而已。四面有許許多多的弟兄們。他們一句話也不説。那些摩爾人的機關槍漸漸地近起來，就像現在這個時候一樣。接著，是一種騷亂……怎樣來説呢，這騷動好像是被人悶住了的，一種沒有聲響的騷動：桌子上的杯子和刀，牆上的畫像，都發起抖來了。這是什麼？人們後來纔知道是鈴聲：一群群的牛趕過來了，因為那些摩爾人四處亂開槍，所以牠們亂跑起來。現在牠們衝到路上來了。委員會裏的一個傢伙，一個出色而有作為的人，忽然大聲嚷著：咱們來堆一個障礙物，咱們把這些牛的鈴除下來（那些鈴不是薄薄的，卻是山間用的那種，是厚厚的）我們於是乎把那些牲口的鈴全解了下來，拿來做手榴彈，這樣做支持了三小時，而且居然把一切應該撤退的都撤退了。

「所以，總之那些坦克車，我們可不放在眼裏！現在，我們總還已經有自衛的東西了。」

貝貝也想起了鐵甲車。總是靠着手的戰爭。但是自從他們有了組織以來，他們即使沒有平射砲也抵擋住那些坦克車。

在遠處，一隻狗吠著。

「那麼驢子呢，你説那驢子吧，龔沙萊思！」

「那戰爭，當回想起來的時候，總是想起那些為難沒辦法的時候的……糟糕！」

有許多炸藥手都是不聲不響，或是沒有能力講點什麼的。貝貝，龔沙萊思和另外少許幾個人，是唯一講故事和逗起人的興致來的專家。無疑，那些坦克車不敢在夜裏進攻；他們地勢不熟，又害

怕那些溝渠。但是天快要亮了。[講] 講驢子吧。

「想到派驢子去，那倒真是一個好主意。我們在驢子身上裝了炸藥，點著了藥線，呃，走吧，到摩爾人那兒去。那頭驢子拔腳就走，豎起了耳朵，也不想到牠自己在那兒幹什麼。不過那些人卻開始對著牠開槍了，最初幾槍，牠 [晃] 了幾 [晃] 耳朵，好像那是蒼蠅似地，就停了下來，肚子裏懷疑起來。大約是想不出什麼道理來吧：牠就回過頭來啦。啊！不成！我們就也開起槍來。不過我們呢，牠到底是認得我們的，於是，想來想去，東也吃槍子，西也吃槍子，牠甯願回到我們這兒來……」

一個天崩地裂的爆烈聲使樹葉和枯枝像雨一樣地落下來。

在那從托萊陀升起來的巨大的紅色的雷霆之中，大家都在黑夜之中呈著紫色，張開了嘴，直眸著眼睛，看見了自己已死之後的面目。

1　《希望》(一至一四八)的翻譯自 1941 年 6 月 16 日至 12 月 8 日於《星島日報》副刊〈星座〉連載,其中 1941 年 11 月 17 日刊載〈希望〉所標示的期數「一三〇」誤植為「一三一」,由此略去了一期,故《希望》連載實際只有一百四十七期。又因報刊資料散佚不全,本文據現存資料整理校訂,小說刊載具體日期為 1941 年 6 月 16、18-20、22-27、29-30 日;7 月 1-4、6-10、13-15、17-18、20-21、23-25、27-31 日;9 月 1-5、7-12、14-19、21-26、28-30 日;10 月 1-10、12-17、20-31 日;11 月 2-7、11-12、14、17-20、23-24、26、28、30 日;12 月 1、3-5、7-8 日。《希望》整理從缺期數如下:第廿二期(7 月 11 或 12 日)、第三十八至六十三期(8 月 1-31 日)、第一一八期(11 月 1 日)、第一二五期(11 月 8、9 或 10 日)、第一二八期(11 月 13 日)、第一三五期(11 月 21 或 22 日)、第一三九(11 月 27 日)及一四三期(12 月 2 日)。《希望》及相關篇章乃據法文原著校訂,參考 André Malraux, *Œuvres Complète*, Tome II, Introduction par Michel Autrand, Édition par Noël Burch, Marius-François Guyard, Maurice Larès, François Trécourt, Paris : Gallimard, coll. *Bibliothèque de la Pléiade*, 1996。

2　文中瑪德里(Madrid)又譯作瑪德里。

3　文中法西斯(fasciste)又譯作法西斯諦。

4　法文原著按西班牙文標示為 "Arriba España!"。

5　文中沙拉戈薩(Saragosse)又譯作沙拉哥薩。

6　文中蒲爾哥斯(Burgos)又譯作蒲爾戈斯。

7　文中達伯拉達(Tablada)又譯作達勃拉答。

8　據法文原著,此句意譯為:「我們將找到你,並找著你的耳朵把你拖出來。」

9　「剩下的只有」,原文誤植為「剩下的沒有」,現據法文原著校訂。

10　「都歸政府」,原文誤植為「都歸歸政府」。

11　文中告爾道巴(Cordoue)又譯作高爾道巴。

12　文中巴塞洛拿(Barcelone)又譯作巴賽洛拿或巴賽龍拿。

13　文中摩爾西亞(Murcie)又譯作摩爾西爾。

14　「一直到伐拉道里為止」,原文誤植為「一直到伐拉道里為直」。

15　U.G.T. 全寫為 "Union générale des travailleurs"。

16　編者案:穆拉(Emilio Mola, 1887-1937),1936 年領導國民軍起義,反對當時的西班牙共和政府。

17　編者案:加巴列羅(Francisco Largo Caballero, 1869-1946),西班牙工人社會黨(PSOE)領袖,曾於 1936 至 1937 年任職共和國總理;泊里愛多(Indalecio Prieto, 1883-1962)於加巴列羅政府任海洋及航空部長。

18　FAI 全寫為 "Fédération anarchiste ibérique",意即「伊比利亞無政府主義者聯盟」,文中又譯作「西班牙無政府黨協會」、「西班牙無政府黨同盟」、「西班牙無政府主義同盟」、「西班牙無政府主義者同盟」、「西班牙無政府主義者協會」等等。

19 「拿到過槍」，原文誤植為「拿到槍過」。

20 「匆匆」，原文誤植為「忽忽」。

21 「花」，原文誤植為「化」。

22 文中多次將「手榴彈」誤植為「手溜彈」。

23 原文遺漏「事」字，現據法文原著增補。

24 此處原文誤植逗號，已刪去。

25 原文無法辨識，現據法文原著增補。

26 此句法文原著以斜體標示，表示擴音器的廣播內容。

27 此句法文原著以斜體標示，表示擴音器的廣播內容。

28 編者案：龔巴尼思（Luis Companys, 1882-1940），加泰羅尼亞（Catalunya）獨立運動領袖，今譯貢巴尼思。

29 此句法文原著以斜體標示，表示擴音器的廣播內容。

30 「躑躅」，原文誤植為「溜躂」。

31 編者案：杜魯諦（Buenaventura Durruti, 1896-1936）和奧里佛（Juan García Oliver, 1901-1980）皆是著名的無政府主義領袖。

32 此句法文原著以斜體標示，表示擴音器的廣播內容。

33 此句法文原著以斜體標示，表示擴音器的廣播內容。

34 此句開首原文誤加開引號。

35 「倒了下去」，原文誤植為「倒了打去」。

36 「像」，原文誤植為「線」。

37 「按部就班」，原文誤植為「按步就班」。

38 原文無法辨識，現據法文原著增補。

39 原文無法辨識，現據法文原著增補。

40 編者案：「主權」是指擁有槍械的私有權，因步槍數量不足，故布伊格提出能者得之。

41 「瞄準」，原文誤植為「描準」。

42 「軀體」，原文誤植為「驅體」。

43 「軍服」，原文誤植為「股服」。

44 文中勞動總同盟（Confédération nationale du travail）又譯作全國勞動協會，簡稱 CNT。

45 UHP 西班牙文全寫為 "Unios, hermano proletarios!"，意即「聯合起來，無產階級的兄弟們！」

46 法文原著指哥倫布「COLON」一字的字母「O」裏。

47 原文無法辨識，現據法文原著增補。

48 原文無法辨識，現據法文原著增補。

49 此句法文原著以斜體標示。

50 「是另一群飛鴿似的」，原文誤植為「另是一群飛鴿似的」。

51 編者案：巴枯甯（Mikhail Bakunin, 1814-1876），俄國無政府主義理論家。

52　「瞄準」，原文誤植為「描準」。

53　「瞄準」，原文誤植為「描準」。

54　原文無法辨識，現據法文原著增補。

55　「記者們」，原文誤植為「者記們」；「騷動著」，原文誤植為「騷動者」。

56　文中拿破崙（Napoléon）又譯作拿破倫。

57　「你的教理問答和我的教理問答」，原文漏植「我」字，現據法文原著增補。

58　以下五句在法文原著中均以斜體標示。

59　「七月二十日」，原文誤植「七月二十二日」，現據法文原著校訂。

60　文中布爾雪維克（bolcheviks）又譯作布爾塞維克。

61　以下三句在法文原著中均以斜體標示。

62　文中阿斯加索（Ascaso）又譯作阿斯加梭。

63　此句法文原著以斜體標示，表示無電線播音機的廣播內容。

64　「布爾雪維克」，原文誤植為「布爾基維克」。

65　「瞄準」，原文誤植為「描準」。

66　原文無法辨識，現據法文原著增補。

67　原文無法辨識，現據法文原著增補。

68　「生著」，原文誤植為「坐著」。

69　下文缺 1941 年 7 月 11 日《星島日報》〈星座〉第九八三期所載《希望》（第廿二期）。

70　「院子底裏」，原文誤植為「院子底里」。

71　「院子裏」，原文誤植為「院子里」。

72　「坐在」，原文誤植為「生在」。

73　「臥在」，原文誤植為「一在」。

74　「格朗哈咖啡店」是當時知識分子和藝術家聚會的地方，由 CNT 控制。

75　此句法文原著以斜體標示。

76　「十五世紀」，原文誤植為「十六世紀」，現據法文原著校訂。

77　「看」，原文誤植為「想」，現據法文原著校訂。

78　「被迷住了」，原文誤植為「被呢住了」，現據法文原著校訂。

79　原文無法辨識，現據法文原著增補。

80　文中蓋爾尼戈（Guernico）又譯作蓋爾尼各。

81　文中勃里丹（Breton）又譯作勃勒達涅。

82　原文無法辨識，現據法文原著增補。

83　「那樣」，原文誤植為「那像」。

84　原文無法辨識，現據法文原著增補。

85　「蒲爾哥斯」（Burgos），原文誤植為「蘭爾哥斯」。

86　「按部就班」，原文誤植為「按步就班」。

87　此句法文原著以斜體標示。

88　此句法文原著以斜體標示。

89 「洛貝思」，原文誤植為「貝洛思」。

90 原文無法辨識，現據法文原著增補。

91 原文無法辨識，現據法文原著增補。

92 原文無法辨識，現據法文原著增補。

93 「制服」，原文誤植為「服制」。

94 「抽紙煙」，原文漏植「煙」字。

95 「勉強」，原文誤植為「免強」。

96 編者案：「塘鵝」乃作者對轟炸部隊（escadrille de bombardement）的戲稱。

97 原文無法辨識，現據法文原著增補。

98 原文無法辨識，現據法文原著增補。

99 原文無法辨識，現據法文原著增補。

100 「衣服」，原文誤植為「衣過」。

101 文中賽侶謝（Séruzier）又譯作賽呂謝。

102 「副」，原文誤植為「付」。

103 「臭馬槽」，原文誤植為「臭馬糟」。

104 原文無法辨識，現據法文原著增補。

105 編者案：此為法國歌劇作曲家馬斯奈（Jules Massenet, 1842-1912）的作品。

106 此句法文原著以斜體標示，表示歌劇《曼儂》的歌詞。

107 「瞄準」，原文誤植為「描準」。

108 「閃爍」，原文誤植為「閃礫」。

109 原文無法辨識，現據法文原著增補。

110 原文無法辨識，現據法文原著增補。

111 原文無法辨識，現據法文原著增補。

112 原文無法辨識，現據法文原著增補。

113 下文缺 1941 年 8 月 1 日至 31 日《星島日報》〈星座〉所載《希望》（第三十八至六十三期）。

114 文中希特萊（Hitler）又譯作希特勒。

115 「妨礙」，原文誤植為「妨凝」。

116 「加爾西亞」，原文誤植為「加爾西加」；「態度」，原文誤植為「態皮」。

117 原文無法辨識，現據法文原著增補。

118 以下四句在法文原著中均以斜體標示。

119 原文無法辨識，現據法文原著增補。

120 原文遺漏此句翻譯，現據法文原著增補。

121 此句在法文原著中以斜體標示，表示報告內容。

122 此句在法文原著中以斜體標示，表示報告內容。

123 此句在法文原著中以斜體標示，表示報告內容。

124 原文無法辨識，現據法文原著增補。

125 文中伐爾加斯（Vargas）多譯作伐爾加思。

126「按部就班」，原文誤植為「按步就班」。

127「白梃」，原文誤植為「白挺」。

128「前線」，原文誤植為「前別線」。

129「伐爾加思」，原文誤植為「伐爾西里」。

130「加爾西亞」，原文誤植為「加爾西加」。

131「沒有」，原文誤植為「究有」。

132 原文無法辨識，現據法文原著增補。

133「蒲爾哥斯」，原文誤植為「蘭爾哥斯」。

134 原文無法辨識，現據法文原著增補。

135「勉強」，原文誤植為「免強」。

136 原文無法辨識，現據法文原著增補。

137 文中華爾奇里（Walkyries）又譯作革爾季里。

138 文中艾囊德思（Hernandez）又譯作艾囊代思或艾爾囊德思。

139 文中聖達克魯斯（Santa-Cruz）又譯作聖達克魯沙。

140「加爾西亞」，原文誤植為「阿爾西亞」。

141 編者案：佛朗明歌（flamenco）是西班牙南部昂達魯西亞（Andalusia）的歌舞形式。

142「商隊」，原文誤植為「隊商」。

143「廣場」，原文誤植為「歸場」，現據法文原著校訂。

144「廣場」，原文誤植為「歸場」，現據法文原著校訂。

145「攔著」，原文誤植為「欄著」。

146「一副」，原文誤植為「一付」。

147 原文無法辨識，現據法文原著增補。

148「艾囊代思」，原文誤植為「艾囊代里」。

149 文中索高道維爾（Zocodover）又譯作索高道維。

150 編者案：邦丘・維拉（Pancho Villa, 1878-1923）是著名墨西哥革命領袖。

151「默默地」，原文誤植為「默地默」。

152「紙板」，原文誤植為「低板」，現據法文原著校訂。

153「終止」，原文誤植為「中止」。

154「並不是」，原文誤植為「並本是」，現據法文原著校訂。

155「招紙的骯髒」，原文誤植為「招紙的的骯髒」。

156「到底」，原文誤植為「倒底」。

157「遠處」，原文誤植為「遠遠」，現據法文原著校訂。

158 原文無法辨識，現據法文原著增補。

159 原文無法辨識，現據法文原著增補。

160「不感覺到她在空空的衫子下面」，原文誤植為「不感覺到在她在空空的衫子下面」。

161「到底」，原文誤植為「倒底」。

162 「都不能」，原文誤植為「做不能」。
163 原文無法辨識，現據法文原著增補。
164 文中莫思加爾陀（Moscardo）又譯作莫斯加陀。
165 原文無法辨識，現據法文原著增補。
166 原文漏植「光」字，現據法文原著增補。
167 此句在原文中位置有誤，現據法文原著校訂。
168 原文無法辨識，現據法文原著增補。
169 此句原文漏植「是」字。
170 原文無法辨識，現據法文原著增補。
171 「你」，原文誤植為「我」，現據法文原著校訂。
172 原文無法辨識，現據法文原著增補。
173 「那麼」，原文誤植為「那是」，現據法文原著校訂。
174 「她」，原文誤植為「他」。
175 「眼神」，原文誤植為「神眼」。
176 感歎號「！」，原文誤植為問號「？」。
177 「沒有」，原文誤植為「有沒有」。
178 「成了俘虜」，原文誤植為「過了俘虜」。
179 原文無法辨識，現據法文原著增補。
180 「神經質」，原文誤植為「經神質」。
181 編者案：阿薩涅（Manuel Azaña, 1880-1940），1936 至 1939 年出任西班牙共和國總統。
182 「回教托盤」，原文誤植為「回回托盤」，現據法文原著校訂。
183 「眼鏡」，原文誤植為「眼睛」，現據法文原著校訂。
184 原文為「那麼當時你做這樣呢」，現據法文原著校訂。
185 「很」，原文誤植為「狠」。
186 「他」，原文誤植為「你」，現據法文原著校訂。
187 「印象」，原文誤植為「印像」。
188 文中馬賽里諾（Marcelino）又譯作瑪賽里諾。
189 原文無法辨識，現據法文原著增補。
190 原文無法辨識，現據法文原著增補。
191 原文無法辨識，現據法文原著增補。
192 「鷹隼似地」，原文誤植為「鷹隼像地」。
193 原文無法辨識，現據法文原著增補。
194 「阿爾加沙」，原文誤植為「讀爾加沙」。
195 「厲害」，原文誤植為「利害」。
196 「你們所害怕」，原文誤植為「所你們害怕」。
197 「那裏」，原文誤植為「號裏」，現據法文原著校訂。
198 「全國」，原文誤植為「會國」，現據法文原著校訂。

199「白布」，原文誤植為「自布」。

200「因為」，原文誤植為「這為」。

201「差一點」，原文誤植為「差一差」。

202「一對七」，原文誤植為「一對心」，現據法文原著校訂。

203 文中安里葛（Enrique）又譯作昂里葛。

204「到底」，原文誤植為「倒底」。

205「化妝」，原文誤植為「化粧」。

206「做出來」，原文誤植為「做出人」。

207「機關槍手」，原文誤植為「機關槍手裏」，現據法文原著校訂。

208 原文無法辨識，現據法文原著增補。

209 原文無法辨識，現據法文原著增補。

210「因為」，原文誤植為「因有」。

211「嫌隙」，原文誤植為「慊隙」。

212「勉強」，原文誤植為「免強」。

213「勉強」，原文誤植為「免強」。

214 文中區爾茲（Kürtz）又譯作寇爾茲。

215 原文無法辨識，現據法文原著增補。

216「目光」，原文誤植為「目的」。

217 原文無法辨識，現據法文原著增補。

218 原文無法辨識，現據法文原著增補。

219「第二章‧第一節」，原文誤植為「第三章‧第一節」。

220 原文此處誤植雙重關引號，已刪。

221「他的黨很聰敏地」，原文誤植為「他的黨所很聰敏地」。

222「是奪得了」，原文誤植為「是是奪得了」。

223「獲得」，原文誤植為「護得」。

224「觀察著」，原文誤植為「觀察看」。

225「更壞」，原文誤植為「更懷」。

226 POUM 全寫為 "Parti ouvrier d'unification marxiste"。

227「隨便」，原文漏植「隨」字，現據法文原著增補。

228「都有」，原文誤植為「火有」。

229「合適」，原文誤植為「合式」。

230 原文無法辨識，現據法文原著增補。

231 原文無法辨識，現據法文原著增補。

232「瑪努愛爾」，原文漏植「愛」字。

233 原文無法辨識，現據法文原著增補。

234「瑪努愛爾」，原文誤植為「瑪努愛愛爾」。

235「大約」，原文誤植為「大的」。

236「我們西班牙」，原文誤植為「我西們班牙」。

237 原文無法辨識，現據法文原著增補。

238「對於」，原文誤植為「的於」，現據法文原著校訂。

239「想著」，原文誤植為「想看」。

240「阿爾巴」，原文誤植為「時爾巴」。

241「牠們」，原文漏植「牠」字。

242「所說」，原文誤植為「說所」。

243「炸彈機」，原文誤植為「彈炸機」。

244「克勞塞維茲」(Clausewitz)，原文誤植為「克勞塞維站」；文中又譯作克勞賽維茲。

245「武裝地」，原文誤植為「武裝重地」。

246「三個人」，原文誤植為「三連人」，現據法文原著校訂。

247「撞針」，原文誤植為「擅針」，現據法文原著校訂。

248「從悲慘的生活」，原文誤植為「所從悲慘的生活」。

249「房屋」，原文誤植為「房的屋」。

250「好像是」，原文誤植為「好像那是」。

251「孩子們」，原文誤植為「孩子個們」。

252「牠」，原文誤植為「○」，現據法文原著校訂。

253「難看」，原文誤植為「難見」，現據法文原著校訂。

254「『思想不正』的人的名字」，原文誤植為「『思想不正』的的人名字」。

255「與其」，原文誤植為「於其」。

256「刮」，原文誤植為「括」。

257 原文無法辨識，現據法文原著增補。

258 原文無法辨識，現據法文原著增補。

259「然而」，原文誤植為「而然」。

260「一樣」，原文誤植為「一標」。

261「你」，原文誤植為「我」，現據法文原著校訂。

262「終止」，原文誤植為「中止」。

263「牠」，原文誤植為「他」。

264「沼澤」，原文誤植為「澤沼」。

265「很不錯」，原文誤植為「限不錯」。

266「搞好」，原文誤植為「稿好」。

267「又」，原文誤植為「叉」。

268「倒」，原文誤植為「到」。

269「三點鐘」，原文誤植為「兩點鐘」，現據法文原著校訂。

270 原文無法辨識，現據法文原著增補。

271「了」，原文誤植為「子」。

272「一個就這麼完啦」，意為找第一個教士的行動就這樣失敗告終。

273「階級」，原文誤植為「極級」。

274 「硬領」，原文誤植為「帶領」，現據法文原著校訂。

275 「那裏」，原文誤植為「那些」。

276 「沒有」，原文誤植為「究有」。

277 「一副」，原文誤植為「一付」。

278 「回答了我」，原文誤植為「回答我了」。

279 「這裏的」，原文誤植為「這的所」。

280 「難道」，原文誤植為「難到」。

281 文中阿爾伽沙（Alcazar）多譯作阿爾加沙。

282 「騾子」，擬為誤譯，據法文原著應作「驢子」（âne）。

283 「二層樓」，原文誤植為「三層樓」，現據法文原著校訂。

284 「現實」，原文誤植為「實現」。

285 「攝影場」，原文誤植為「撮影場」。

286 「孤獨」，原文誤植為「狐獨」。

287 「鋼擋板」，原文誤植為「鋼檔板」。

288 文中泊拉達斯（Pradas）又譯作泊拉達思或泊拉陀思。

289 「高洛夫金」，原文誤植為「馬洛夫金」。

290 下文缺 1941 年 11 月 1 日《星島日報》〈星座〉第一零八二期所載《希望》（第一一八期）。

291 「紙煙」，原文誤植為「紙酒」。

292 「刮」，原文誤植為「括」。

293 「刮」，原文誤植為「括」。

294 「那個剛接到了刀片的軍官」，原文誤植為「那個剛接到了刀片的軍官們」，現據法文原著校訂。

295 「一夥」，原文誤植為「一够」。

296 原文無法辨識，現據法文原著增補。

297 「信」，原文誤植為「位」，現據法文原著校訂。

298 原文無法辨識，現據法文原著增補。

299 原文無法辨識，現據法文原著增補。

300 原文無法辨識，現據法文原著增補。

301 編者案：克魯泊特金（Peter Kropotkin, 1842-1921），俄國無政府主義理論家。

302 原文無法辨識，現據法文原著增補。

303 「加爾西亞」後原文誤植句號，已刪去。

304 原文無法辨識，現據法文原著增補。

305 下文缺 1941 年 11 月 8、9 或 10 日《星島日報》〈星座〉所載《希望》(第一二五期)。

306 原文無法辨識，現據法文原著增補。

307 「心裏」，原文誤植為「心自」。

308 「價值」，原文誤植為「值價」。

309 「阿比西尼亞王」，原文漏植「王」字。

310「卻也」，原文誤植為「卻在」，現據法文原著校訂。

311「阿比西尼亞王」，原文誤植為「阿比西尼王們」。

312「加爾西亞」，原文誤植為「加爾西亞王」。

313「木頭」，原文誤植為「示頭」，現據法文原著校訂。

314「相當」，原文誤植為「相相當」。

315「開頭」，原文誤植為「盡頭」，現據法文原著校訂。

316「看見過牠」，原文誤植為「看見牠過」。

317 下文缺 1941 年 11 月 13 日《星島日報》〈星座〉第一零九三期所載《希望》（第一二八期）。

318「拍照片」，原文誤植為「把照片」，現據法文原著校訂。

319「對於」，原文誤植為「懟於」。

320「樣子」，原文誤植為「像子」。

321 原文無法辨識，現據法文原著增補。

322 原文無法辨識，現據法文原著增補。

323「或」，原文誤植為「式」，現據法文原著校訂。

324 原文欠標點「‧」號，並將「第六節」誤植為「第達六節」。

325 下文缺 1941 年 11 月 21 或 22 日《星島日報》〈星座〉所載《希望》（第一三五期）。

326 此句句末原文誤植關引號。

327「達拉維拉」，原文誤植為「達爾維拉」。

328「外省」，原文誤植為「下省」，現據法文原著校訂。

329 原文無法辨識，現據法文原著增補。

330「達拉維拉」，原文誤植為「達爾維拉」。

331「達拉維拉」，原文誤植為「達爾維拉」。

332「在」，原文誤植為「的」。

333「勒格萊」，原文誤植為「勒特萊」；「大氅」，原文無法辨識，現據法文原著增補。

334「看不見」，原文誤植為「不看見」。

335 原文無法辨識，現據法文原著增補。

336「整個」，原文誤植為「頓個」，現據法文原著校訂。

337「幾千萬年」，原文誤植為「幾千萬地」，現據法文原著校訂。

338「那又重見到的」，原文誤植為「那重又見到的」。

339「組織」，原文誤植為「組縱」。

340「開發」，原文誤植為「開始」，現據法文原著校訂。

341 下文缺 1941 年 11 月 27 日《星島日報》〈星座〉第一一零七期所載《希望》（第一三九期）。

342 原文無法辨識，現據法文原著增補。

343 原文無法辨識，現據法文原著增補。

344 原文無法辨識，現據法文原著增補。

345「一向」，原文誤植為「一晌」。

346 據法國巴黎伽利瑪出版社（Éditions Gallimard）1996 年出版《馬爾羅全集》第二卷所載之《希望》原文，並無此句；《馬爾羅全集》附錄所載小說不同版本之比對也沒有相關句子的紀錄。

347「眼鏡」，原文誤植為「眼睛」，現據法文原著修訂。

348 下文缺 1941 年 12 月 2 日《星島日報》〈星座〉第一一一一期所載《希望》（第一四三期）。

349「耳刮子」，原文誤植為「耳括子」。

350「如此」，原文誤植為「加此」。

351 原文無法辨識，現據法文原著增補。

352「翻了」，原文誤植為「番了」。

353 原文無法辨識，現據法文原著增補。

354 原文無法辨識，現據法文原著增補。

編者前言：

　　1937 年 7 月抗日戰爭爆發，11 月上海淪陷，戴望舒和家人於 1938 年 5 月避戰南下香港，隨即受胡文虎第三子胡好的邀請，擔任《星島日報》副刊〈星座〉的編輯。他首次翻譯馬爾羅長篇小說《希望》的選段〈火的戰士 ——「希望」片斷之一〉，便於 1938 年 8 月 3 日的〈星座〉刊載。此篇原為《希望》第二部「曼薩納雷斯河」（Le manzanares）第二卷第十三章的節錄，內容着重表現戰爭中人民無力還擊仍捨命抗敵的犧牲精神。

火的戰士 ——「希望」片斷

〔法〕馬爾洛著、戴望舒譯

像正在 [瞄] 準的射擊者一般地一動也不動，[1] 處身在急湧的藥水的噴射和燃燒著沙伏訶旅館（l'hôtel Savoy）之間的消防隊員們，突然在他們救火梯上驚跳了一下，他們的被搖動了的噴射器好像是釣魚竿。在一種地雷的 [巨] 聲中，火 [停] 止了一會兒：一個魚雷像在後面爆發了。[2]

「他們 [燒旺] 牠們 [比] 我們救熄牠們都快，」美爾賽里（Mercery）想。

他以前以為自己可以給西班牙做顧問，甚至做將軍；自從 [誤][取] 了肥 [皂] 廠以來，他便又做了消防隊長了。他從來也沒有像現在這樣地有用過。他從來也沒有像現在這樣地受人愛戴過。而在前線上，他又從來也沒有碰到像現在二十小時以來所碰到那樣的敵人過。「火是偽善的，」他說：「可是運用了好技術，可不是嗎 [……]」接著就動了一動鬍子。穿了避火衣，他從對面的人行道上望著每一堆的火燄，好像就是進攻中的一堆堆的敵人；那些烈火不斷地重又燃燒起來：鈣 [燃燒] 彈是 [難] 以撲滅的。然而，從 [左] 面即已斷然熄滅了的火源裏，卻冒出白色的 [濃煙] 來，在西愛拉山（Sierra）吹來的風中平行著，被火所映染成紅色。

還 [賸] 下四枝滅火噴射器來 [澆] 三個火源，[3] 可是這三個火 [源][祇] 是在離鄰屋四 [米突]（mètres）的地方了。

[左] 面的火源又 [旺] 了起來。

在 [左] 面的火還沒有燒大來的時候，那極右面的火，是可能在最可 [慮] 的當兒 [攔] 住了的。滅火噴射器還在一個不活動了的火源上面跳躍著：又是一個魚雷，這次卻是在 [前] 面。

美爾賽里想辦別出那些聲音來：雖則已經是夜裏，空中還有許多法西斯蒂（fascists）的飛機；瑪德里（Madrid）的火燒在他們看來是很好的目標。十分鐘之前丟下了四個燃燒彈。巨大的口徑的砲彈老是落在工人區域和中央區域：那邊，輕炮隊開著炮，向戰地的炮混在一起，而這些炮聲，往往是被汽笛的狂呼聲，救護車的鐘聲，和火炮四濺的火中的坍屋聲所掩蓋住了。可是美爾賽里並不聽到那通報補充滅火噴射器到來的喇叭聲。

第三個飛機炸彈，在同一條線上。當美爾賽里和火鬥爭著的時候，十五架複式飛機（multiplaces）一寸也不離開他。

中央的火源突然擴大了，可是差不多立刻就反曲到自身去。「在戰爭之後，我要變作賭徒了 [⋯⋯]」美爾賽里想。極左方面的火源已制住了。要是補充到來了 [⋯⋯] 美爾賽里覺得自己有點拿破崙黨（napoléonien）的派頭。他快樂地捋著他的鬍鬚。

極右邊的那個消防隊員手中的滅火噴射器掉落了下來，一隻腳搭住梯子 [，] 在梯子上掛住了一會兒，就墜到火裏去了；其餘的消防隊員們都走下梯子來，平行地，一級一級地。

美爾賽里向那頭一個跳到地上的人跑過去。

「上面別人向我們開槍！」那人説。

美爾賽里回過頭去：附近的屋子都是低低的，不能從窗口開鎗。但是別人可以從遠處 [瞄] 準：[4] 消防隊員們在火中現著黑 [影]，[5] 再説瑪德里也有法西斯蒂。

「要是這臭東西有一天落在我手裏！」另一個消防隊員説。

「我看來呢，這多份是一架機關鎗。」另一個説。

「沒有打 [攪] 你吧？ [6]」

「我們看 [著] 瞧吧，[7]」美爾賽里説。「上去，一起爬上去。火又延燒開來了。為了人民（le Peuple）和自由（la Liberté）！」

「不朽的自由！」他在未去到梯子邊又回過頭來補説這一句。

他代替了那墜到火裏去的消防隊員的位置。

在梯子頂上，他回過頭來：沒有人開槍；他看不見任何可以開槍的地方。把一架機關槍偽裝起來並不是一件難事；可是機關槍的聲音卻一定會引起哨兵的注意 [……] 他 [瞄] 準了滅火噴射器；[8]他在惡鬥著的那個火源是最猛的；這是一個比人更活動的敵人，比世上一切東西都活動。對著這個像一隻瘋狂的章魚似地用千萬隻觸 [手] 活動著的敵人，[9]美爾賽里覺得自己異常的遲緩，—— 簡直是礦物化（minéralisé）了。然而他總會屈服這火燒。在他後面，大片石榴色和黑色的煙降下去；雖則火聲嘈雜，他還聽見路上有三四十聲咳嗽升上來。他呢，他卻在一種光亮的響鳴的，乾燥的炙熱中拚著命。火源熄滅了；牠最後的一片煙散了之後，美爾賽里從一個暗黑的窟窿中看到了那沒有燈火的祇從那著地猛口著紅袍的遙遠的火燒纏分辨出的 [瑪德里來]。[10]他已都擺脱了一切 —— 就連美爾賽里太太也擺脱了 —— 以便使世界變得更好一點。他彷彿看見自己正在舉手攔住像初受聖體禮的那種潔白的 [飾] 花的車子一般的兒童們的柩車；他所聽到的每一個炸彈，每一場火起，都向他暗示那種傷心慘目的小柩車。他把他的噴射器對準了另一個火頭，忽然好口，像輪跑車開足速率馳過，而一種狂暴的空氣的壓迫，似乎又使一個消防隊員掉了下去。可是這一次美爾賽里卻明白了：一架驅逐機在向他們開機關槍。

是兩架。

美爾賽里看見牠們又回過來，非常地低，離火場祇有十米突。牠們沒有開槍；那些祇當消防隊員們映在火焰的明亮的背景中的時候纔看見消防隊員的駕駛員，是要從他們的背後攻擊他們。美爾賽里手槍是在他的連套衣褲裏面；他知道手槍是沒用的，他不能打 [倒] 牠們，[11] 可是他有一種瘋狂的開槍的需要。飛機回來了，又是兩個消防隊員掉了下去，一個掉在火焰中，一個掉在人行道上。美爾賽里是那麼樣地充滿了鄙棄之感（dégoût），竟第一次鎮靜下來，望著那在瑪德里的通紅的天上向他轉過來的飛機。牠們在未擺正方 [向] 之前，[12] 在經過時，空氣打著他的臉：他走下了三級，直立在救火梯上，轉身向著牠們。當那第一架飛機像一個砲彈似地向他撲過來的時候，他揮著他的噴射器暴怒地噴射那機身，接著就倒在梯子上，身上中了四彈。不管死活，他總不放開那在兩根梯木間絆住了的噴射器。當機關槍向下開的時候，一切旁觀者都躲避到門口去了。美爾賽里的手終於慢慢地放了開來，他的身體在梯子上翻躍了兩下，就掉到空虛的街路中去了。

1　「瞄準」，原文誤植為「描準」。
2　文中多處無法辨識，現據法文原著增補。
3　「膪」，原文誤植為「下」；「澆」字原文無法辨識，現據法文原著增補。
4　「瞄準」，原文誤植為「描準」。
5　原文無法辨識，現據法文原著增補。
6　原文無法辨識，現據法文原著增補。
7　「看著瞧」，原文漏植「著」字。

8　「瞄準」，原文誤植為「描準」。

9　原文無法辨識，現據法文原著增補。

10　「瑪德里來」，原文誤植為「馬德來里」。

11　「打倒」，原文誤植為「打到」。

12　原文無法辨識，現據法文原著增補。

編者前言：

〈反攻 ——「希望」片斷之一〉為《希望》第二部「曼薩納雷斯河」（Le manzanares）第二卷第五章節錄，可說是〈火的戰士——「希望」片斷之一〉的續篇，於 1938 年 8 月 14 日《星島日報》〈星座〉副刊刊載，內容描述炸藥工人反攻法西斯軍隊的過程，並寄予抗戰勝利的「希望」。

反攻 ——「希望」片斷

〔法〕馬爾洛著、戴望舒譯

　　這一區隊，是貝倍（Pepe）指揮著。還活著的八月間的那些炸藥工人，雖則指揮能力薄弱，現在卻在指揮了。貝倍喃喃地 [作] 聲：[1]「可惜他的同伴共沙萊思（Gonzalez），[2] 不在那兒跟他在一起，可以和他來做這個他正要試作的小試驗。」可是共沙萊思是 [在] 大學城作戰。[3] 同時，貝倍非常高興。「這一下，可要叫他們看誰，叫他們懂得了！」那些，法西斯蒂的坦克車，遠遠地有步 [兵] 跟在後面，現在開足速率向那使牠們不受到政府軍的炮隊的轟炸的第一個山谷前進了。在西愛拉（Sierra）山間的每一個山谷中，總有一條大路或是路徑的：運輸汽車及時地把貝倍和他的部下載到那裏。

　　在大路的兩邊，一片頗無掩蔽的陣地：在雨中呈著黑色的小松林，東也是，西也是。貝倍的部下安好陣地，躺在濕淋淋的松針上面，直伸在一種 [香] 菌的氣味中。

　　頭一輛 [坦] 克車在大路右面開 [進] 山谷來了。那是一輛德國 [坦] 克車，很快又很靈活：在這無終盡的雨下，那些炸藥工人都有了一種牠一定得發鏽的感覺。在牠前面，一群逃 [難] 到西愛拉山間來的重又變 [成] 野性了的狗，拚命地奔跑著。

　　其餘的坦克車已清楚起來了。躺著的貝倍看不見在草叢間的那片地；那些坦克車好像跳躍著前進，像馬頭一樣地彎倒牠們的炮塔或是抬起牠來。牠們已在那兒開槍了，而牠們的鐵 [鏈]，似乎作

著聲音 —— 並不是雨帶來那種機械的小小的聲音，卻是全部機關槍的嘈 [雜] 的大聲。貝倍是習慣於機關槍和坦克車的。

他等待著。

他浮上了一片惡意的微笑，露出牙齒，開始開火了。

機 [械] 是可能有痴呆的神氣的。聽到了機關槍的時候，那些坦克車已經深入陣地。其中的四輛，—— 三輛 [子] 在第一線，一輛在第二線 —— 一同直立了起來，不知道自己碰到了什麼，好像是在夢魘中的雨裏的神秘的威脅似地豎立著。

牠們剛剛第一次碰到了 [破] 坦克車的機關槍。

第二陣潮還沒有看見剛纔的事 —— 坦克車差不多總是盲目的。牠們開足速率前來。從臥倒著的第一排機關槍手上面，第二排機關槍手開始射擊，而那些坦克車也開始顛躓了 —— 然而有四輛卻越過了貝倍而深入到第二線。

這種情形是有預防的：馬努愛爾（Manuel）叫他的部下活動。第二線的機關槍手轉過兩架機關槍去，而同時，其餘的人們和第一排上的人們，也繼續對那歪歪曲曲在大雨中黑色的松樹間 [奔][逃] 的大群的坦克車開槍。

貝倍呢，他也轉身過去：這四輛，要是他們的司機有決心，是比一切其餘的都更危險；終於給牠們衝上去的那個旅團，是一定會以為牠們後面還有坦克車的。

三輛坦克車都各自撞在一 [棵] 松樹上：[4] 牠們是自己過來的，牠們的司機已經死了。

最後一輛在兩架機關槍的彈雨中 [，] 繼續前進 [。] 牠衝到空無一人的大路上，在破坦克車的機關槍，嘈 [雜] 之聲中，開著每小時七十公里的速率，帶著牠的爬蟲的騷動奔馳著，然而並不開槍，

在那些越來越高的山坡間顯得荒誕而渺小，迷失在那反映著蒼白的天的，被雨水漆得光光亮亮的，奇異地孤獨的地瀝青上面。牠終於來到一個轉彎角上，撞著了一大塊岩石，不動了，像一個玩具似的。

　　沒有中彈的坦克車現在向著和政府軍的坦克車同一的方向衝下去，撲到牠們自己的驚恐四散的步兵身上去，前面，在松樹之間，在那像一個戰爭的幽靈似地直立著的坦克車的周圍，是那些東歪西倒的坦克車，上面已經鋪上了小枝條，松針和被子彈所切下來的松果了，——牠們已在雨和將來的鏽爛的掌握中，好像已被拋棄了許多日似的。馬努愛爾剛趕到。在最後幾輛坦克車的砲塔的跳躍的那一面，法西斯蒂的右翼在這巨象的墓場後面四散奔逃。而政府軍的重砲也開始在那兒轟炸那退卻線了。

　　馬努愛爾立刻跑向他的中央步隊去。

　　敵人的右翼在他們自己的坦克車面前奔逃著；而在這些坦克車後面，現在卻跟隨著貝倍的沒有機關槍的部下，好像牠們就是 [政府軍的] 坦克車似的；[5] 而貝倍的部下後面，又跟隨著炸藥工人們和馬努愛爾的後備隊，都在泥濘中跑步前進，轉向潰軍，牽動了法西斯蒂的中翼，馬努愛爾的中央步隊，得到了由瑪德里趁 [運] 輸汽車來的軍隊的一部分的增援（另一部分留著做後備隊），終於很嘈雜地從他們的岩石間走了出來。[6]

　　這一天那些法西斯蒂不會奪得瓜達拉馬（Guadarrama）。

　　把松樹枝湊到鼻頭邊的馬努愛爾，望著阿朗胡愛斯（Aranjuez）的人們和貝倍部下的人們的混亂的戰線，好像看見了那在單調而無盡的雨中還黏著泥濘的他的最初的勝利前進著。

　　在兩點鐘，法西斯蒂的一切陣地都已奪得了；可是他們不得不

停止在那裏。說不到向塞谷維亞（Ségovie）前進：在堅濠深溝中的法西斯蒂是等待在那面，而中央的軍隊除了現在在前線上的以外，還沒有其他的後備隊。

1　原文無法辨識，現據法文原著增補。

2　文中共莎萊思（Gonzalez）又譯作共沙萊思。

3　本文多處無法辨識，現據法文原著增補。

4　「一棵」，原文誤植為「一顆」。

5　「政府軍的」，原文誤植為「政軍的府」。

6　據法文原著，譯文此句以下刪去一段文字。

編者前言：

　　〈死刑判決〉為馬爾羅《希望》第一部「詩情的幻覺」（L'Illusion lyrique）第一卷第二章第四節的選節翻譯，原載《大風》旬刊第十七期（1938 年 8 月 15 日）。篇章講述警備隊軍人面對民軍審判以至槍斃的過程，有關戰爭中人們面對死亡的思考，可與戴望舒兩年後翻譯薩特（Jean-Paul Sartre, 1905-1980）短篇小說〈牆〉（Le Mur, 1938）的主題互相呼應（載《星島日報》副刊〈星座〉第 521 至 531 期，1940 年 3 月 6 至 16 日）。

死刑判決

〔法〕馬爾洛著、戴望舒譯

　　二十來個穿短褐（monos）的民軍走下西愛拉山（Sierra）來吃午餐。沒有軍官：無疑地 [，那些] 負責者恐怕在進餐的時候守禦峽道有疏失，¹ 所以親自守在那兒。幸而在對方差不多也是這樣的情形，馬努愛爾（Manuel）想。

　　到來的民軍之中有五個人戴著一九三五年型的女帽，樣子像是花生碟子，顏色是淡青色的，—— 他們的鬍子已有三天沒有刮了。他們在那些帽子上插了幾朵西愛拉山的最後的野薔薇。

　　「從此以後 [，]」馬努愛爾說，「祇有工人和農民的機關推舉的同志們來表演時裝了。頂好是上了年紀的，[至少有] 兩個工團的保證。² 這人們是不會 [不] 注意的。³」

　　「我們攻擊他們的時候有太陽。我們看不見他們。那兒有一家女帽店；門關上了，可是我們想出辦法來對付。以後，我們就拿了那些帽子。」

　　這天那村子是他們的根據地，鐵甲車的根據地是在離那裏六百公尺的地方：一個像農莊的內院似的有木露台的廣場，一個愛斯各里亞爾（Escurial）的尖頂的樓閣，和幾家休假期開的舖子，橙色的或是洋紅色的，其中有一家裝飾著一面大鏡子。

　　「我們戴著還不壞！」那民軍說。「我們丟了不少！」

　　他們在酒店的 [桌] 子旁坐下來，⁴ 槍交叉在背後，頭上戴著 [帽子；] 在他們後面，⁵ 在三十公里的斜坡上，那在兩個月之前遮

蓋著西愛拉的岩石的風信子花，現在在麥原上面完成呈著茶褐色
了。一輛開足了速度的汽車的聲音漸漸地近來。突然，一輛茶黃色
的福特車（Ford）從廣場的大門口衝了出來，在汽車上，三隻平行
的臂膊在那兒行法西斯蒂（fasciste）敬禮。在陽光中舉起的手下
面，是拿破崙式（napoléoniens）的雙角帽和鑲在綠色制服上的黃
邊：警備隊（gardes civils）。他們沒有看見那些在大門左面吃東西
的民軍。以為自己到了一個法西斯蒂的村子上。第二家酒店裏的武
裝農民慢慢地站了起來。

「朋友們！」那些警備隊喊著，一面一下子把車停住。「我們跟
[你] 們是一道的。[6] [」]

農民們舉起槍來。民軍已經開槍了：的確，有許多警備隊曾經
越過敵人的陣線來，但卻沒有這種法西斯蒂的敬禮。至少有三十餘
槍開了出去。馬努愛爾辨出了那車胎炸裂的比較不生硬一點的聲
音；差不多一切農民都是瞄準了汽車開槍的。然而一個警備隊卻打
傷了。風在廣場中充滿了一片燒焦的花的氣味。

馬努愛爾叫那些警備隊繳了械，叫人仔細地搜索他們，叫民軍
押著他們（農民們是很恨警備隊的）到縣政府（mairie）的一間廳
裏去，然後打電話給芒加達上校（colonel Mangada）的司令部。

「有什麼威脅或是什麼危急嗎？」那值差的軍官問。

「沒有。」

「那末，千萬不要『就地正法』（justice expéditive）。我們派一
位軍官來開軍法會議。他們要在一小時之後受審判。」

「當然囉。還有一件事。他們的到來向我們證明了這件事：別
人可以從法西斯蒂的村子上走到我們這兒來。我已在村口派了一個
衛兵，又在路上派了一個。這還不夠……」

軍法會議是在縣政府裏開的。在那幾個被告後面，在那間用石灰塗牆的大廳裏，穿著藍色和灰色的短褐的農民們和民軍們，——大家都站著一聲也不響；在第一排上，被法西斯蒂們殺死的農民們的妻子。好戰的回教式的嚴肅。

兩個警備隊已經發言過。固然，他們曾經行過羅馬式的敬禮；但是那是因為他們以為這村子是在法西斯蒂手裏，而他們卻想通過這村子投到政府軍的陣線裏。聽起來和說起來都是同樣難堪的謊話，像一切顯然的謊話一樣；這兩個警備隊似乎在那兒掙扎著，在他們的僵硬的衣服裏面喘氣，像是穿著軍服的受絞刑的人一樣。一個農婦走到審判台旁邊去。法西斯蒂們曾經佔領過她的村子——一個很近的村子——是後來政府軍又奪回來的。當那幾個警備隊坐著汽車來的時候，她曾看見他們。

「在他們為了我的兒子叫了我去的時候……我呢，在他們叫了我去的時候，我還當是叫我去給他安葬……不是的，是叫我去問，這些壞東西……」

她退了一步，好像這樣可以看得更清楚點：

「他在這兒，這個人，他在這兒……要是人家也把 [他] 的兒子殺死，[7] 他怎麼說呢，口他怎麼說呢？你怎麼說呢，你這壞蛋？」

這個受了傷的人 [申] 辯著，[8] 氣越喘越急，帶著一種出水的魚的痙 [攣] 的動作。[9] 馬努愛爾心想他是寬極的（innocent）：那兒子是在母親受訊問以前槍斃了的，她把隨便那個都當是殺死她兒子的人。這警備隊說著他對於政府的忠心。漸漸地，他旁邊那個人的割得乾乾淨淨的頰兒上流出汗來；一滴滴的汗水從他兩邊上過蠟的鬍子上流下來，而這種在寂定（immobilité）之下凝成珠子的生命，似乎就是恐懼底自主的生命。

「你們是投到我們這兒來，」那軍法會議主席説，「那麼你們怎麼沒有什麼證據給我們？」

他轉身過去對著那個還沒有説過一句話的第三個警備隊。那人瞪住他看，顯然表示他是祇對他説話的：

「你聽著。雖則你跟這班人在一起，你總是一位軍官。我已經聽得夠了。我有塞各 [維] 亞的憲兵營（phalanges de Ségovie）的第十七隊符號。[10] 你們要槍斃我，好，我想是今天吧。可是在死以前，我希望得到這個滿足，那就是看見在我前面的這兩個臭東西槍斃。他們有著第六隊和第十一隊的符號。他們叫我看了討厭。現在，看在同袍的份上（de soldat à soldat），叫他們閉嘴吧，否則就叫我出去。」

「這傢伙，他倒真神氣活現，」那老婦人説，「這殺孩子們的！……」

「我是跟你們一起的！」那 [受] 傷的警備隊的主席喊著。[11]

[主席觀察] 著那剛發言過的軍官：[12] 很扁平的鼻子，厚厚的嘴，短短的鬍子和鬈曲的頭髮，一個墨西哥電影上一般的頭顱。一時那主席以為這人要打那受傷的警備隊的嘴巴了，可是他並沒有。他的手並不是憲兵的手。法西斯蒂們可不是混進警備隊裏去破壞嗎，像蒙達涅（Montagne）兵營裏似的？

「你是什麼時候進警備隊的？」

那人並不回答，從現在起，他已對於軍法會議漠不關心了。

「我是跟你們一起的！」那受傷的狂喊著，第一次帶著叫人信服的聲調了。「我對你們説我是跟你們一起的！」

馬努愛爾祇在聽到了排槍聲之後纔到了廣場上。那三個人已在鄰近的一條路上槍斃了；身體是俯倒下去的，頭在太陽裏，腳在陰

影中。一隻很小的狸斑貓把牠的鬍鬚湊到那扁鼻子的人的那灘血水上去。一個小夥子走了過來，推開了那隻貓，用食指蘸著血，開始在 [牆] 上寫起字來。[13] 馬努愛爾逼緊了喉嚨跟著那隻手看：「處死法西斯主義」（MEURE LE FASCISME）[。] 這年輕的農民捲起他的袖子到水池裏去洗手。

　　馬努愛爾望著那個已死的 [軀體]，[14] 幾步以外的雙角帽，那彎在水池上的農民，和那還差不多是紅色的字句。「應該克服了那個和這個去建造新的西班牙，」他想，「而這個恐怕並不比那個容易一點。」

　　太陽用盡全力射著那些黃色的牆。

1　「無疑地，那些」，原文誤植為「無疑地那，些」。

2　「至少有」，原文誤植為「至有少」。

3　「不注意的」，原文誤植為「注意的」，現據法文原著校訂。

4　「桌子」，原文誤植為「泉子」，現據法文原著校訂。

5　「帽子；」，原文誤植為「帽；子」。

6　「你們」，原文誤植為「他們」，現據法文原著校訂。

7　此句遺漏「他」字，現據法文原著校訂。

8　「申辯」，原文誤植為「伸辯」。

9　原文無法辨識，現據法文原著增補。

10　「塞各維亞」，原文誤植為「塞各組亞」。

11　「受傷」，原文誤植為「愛傷」。

12　「主席觀察」，原文誤植為「察主席觀」。

13　「牆上」，原文誤植為「瘔上」，現據法文原著校訂。

14　「軀體」，原文誤植為「驅使」，現據法文原著校訂。

編者前言：

　　〈烏拿木諾的悲劇〉於 1938 年 10 月 7 及 8 日《星島日報》副刊〈星座〉分上、下二期刊載。此篇翻譯本屬《希望》第二部「曼薩納雷斯河」（Le manzanares）第二卷第八、九章的節錄。篇章內容提及 1936 年西班牙著名文學家兼哲學家烏拿木諾（今譯烏納穆諾）（Miguel de Unamuno, 1864-1936）被發動反共和政府武裝叛亂的弗朗哥（Francisco Franco, 1892-1975）革除薩拉曼卡大學（University of Salamanca）校長一職，並加以囚禁。

烏拿木諾的悲劇

〔法〕馬爾洛著、江思譯

　　紅十字會的一個派遣團的首領納蒲爾博士（docteur Neubourg），剛從沙拉芒加（Salamanque）來。加爾西亞（Garcia）和他從前在日內瓦（Genève）的兩次國際大會中曾經碰到過。這位指揮官很明白納蒲爾在沙拉芒加看到的很少；可是他至少總清楚地看見過米蓋爾・德・烏拿木諾（Miguel de Unamuno）。

　　法朗哥（Franco）剛褫奪了這位西班牙最偉大的作家的大學校長之職。而加爾西亞是很明白，法西斯主義（fascisme）此後是怎樣威脅著這位曾做過牠的著名的辯護者的人。

　　　　　*　　　　　　　　　*　　　　　　　　　*

　　「六個星期以來 [，]」那位醫生説，「他躺在一間小房間裏，讀著書 [……] 在褫職以後，他曾經説：我除非死了或是判了刑纔會離開此地。他躺下來。他繼續躺著。在他褫職後第二天，聖心會（le Sacré-Cœur）的人便去接收大學了。……」

　　納蒲爾一邊走一邊望著房間裏的惟一的鏡子裏的他的刮過鬍子的瘦臉兒；那臉兒想顯得機警，但卻像是牠的青春的殘跡。在談話開始的時候，加爾西亞從他的皮篋裏取出了一封信來：

　　「在我知道你要到這兒來的時候，」他説，「我翻了一翻我們從前的通信。我 [重] 新找到了這封十年之前流戍時的信。[1] 在中間，他寫著 [：]

　　『除了真理以外沒有別的正義。而那真理，索福格萊思

（Sophocle）說，是更強於理智。正如生活之強於快樂和苦痛一樣。我的銘語因此就是真理和生活，而不是理智和快樂，即使要受苦也生活在真理之中，而不在快樂中理論或在理智中幸福……』[」]

　　加爾西亞把那封信放在他面前的那張反映著紅色的天空的光滑的書案上。

　　「這正就是使他 [褫] 職的演說的意思 [，」] [2] 那醫生說：「『政治可能有牠的苛求，我們這兒不談。這個大學卻應該為真理服務的……米蓋爾‧德‧烏拿木諾不能處在欺謊所處的地方。至於說人們不斷地對我們說著的赤黨的殘暴呢，請諸位要曉得，那最默默無聞的民軍的女人 —— 就算她像別人所說的那樣是一個妓女吧 —— 當她帶著一枝槍並冒著為她所選定的主張而死的危險的時候，和我前天看見走出我們的宴席，露著不斷地磨擦著珍貴的衣衫和花朵的手臂，去看槍斃馬克思主義者（marxistes）的婦女們的心靈比起來，是要高尚得多……』」

　　納蒲爾學別人的聲音的本領是大家都知道的。

　　「用醫生的資格，好朋友 [，」] 他接著用他自己的聲音說，[「] 讓我來對你說這句話吧：他對於死刑的憎惡是有點病理學性的。他針對著那創設客籍軍（Tercio）的將軍的話答覆這件事，的確使他興奮了起來（énervé）。當他為西班牙（Espagne）文化的統一辯護的時候，打斷他的話的呼聲起來了 [……]」

　　「那一些？」

　　「『處死烏拿木諾，處死智識者們（intellectuels）！』」

　　「誰在那兒喊？」

　　「大學裏的那些傻青年。當時米朗‧阿斯特雷將軍（le général Millan Astray）站了起來，[3] 喊道：處死智識（intelligence），死萬歲

（vive la mort）！」

「照你看來，他意思是説什麼呢？」

「一定是説：走你的吧（allez au diable）！至於『死萬歲』呢，或許是對烏拿木諾反對槍斃的話而發的吧。」

「在西班牙，這個呼聲是很深的：從前那些無政府主義者也喊過。」

一個砲彈落在大路（Gran Via）上。納蒲爾滿意於他自己的勇氣，在加爾西亞的辦公室裏來來往往地踱著，他的禿頂的頭模糊地映出了那紅色的天。從他的頭顱的兩邊，黑色的鬆髮 [蓬] 起著。[4] 二十年以來，納蒲爾覺得「他是十八世紀的教士，可不是嗎，朋友？」（雖則在他的一類人中，他是很出色的），而他現在依然還有點這樣的派頭。

「當時 [，]」那醫生繼續説，「烏拿木諾就用這句有名的話回答：『西班牙沒有了維斯加牙（Biscaye）和加達魯涅（Catalogne），那麼牠就是一個像你，將軍，一樣的國家了：瞎了一隻眼又缺了一隻手。』這話，在大眾咸知的這句回答穆拉（Mola）的話：『征服並不就是使人信服』（Vaincre n'est pas convaincre.）之後，是不能被人當做是恭維話（madrigal）的……

「晚上他到俱樂部（casino）裏去。人們辱罵了他。他回到他的房間裏，説他不出來了。」

加爾西亞雖則留心聽著，眼睛卻老望著那放在他書案上的烏拿木諾的舊信。他高聲讀出來：

「遠征和復仇的人們可會拋棄了那把里夫（Rif）地方保安隊化（garde-civiliser）的主意嗎？所謂保安隊化者，就是剝奪牠的文明

（déciviliser）。我們得免脫這種劊子手的光榮嗎？」

「關於那邊，關於西班牙的事，我什麼也 [不] 想知道；[5] 關於那些大呼著而不願意聽別人的話的人們所稱為大西班牙的事，我更不願意知道。我避居在另一個西班牙，我的小西班牙。而我很願意有意志永遠不看的，就是那些西班牙的報紙。那是有點使人害怕的。甚至連折斷的心弦的爆 [裂] 聲都沒有。[6] 我們祇聽到傀儡的，我們的巨人風磨坊的轆轤的軋響著……」

一種喧囂聲從大路升上來。火燒的微光在牆上顫動著，正如夏天太陽下的河水的反映在房間的天花板上顫動一樣。

「甚至連折斷的心弦的爆 [裂] 聲都沒有……[7]」加爾西亞又說了一遍，一邊把他的煙斗在他的拇指的指甲上敲著。

「我所想知道的，就是他的『思想』（ce qu'il *pense*）。我現在彷彿也看見他正在責 [斥] 米朗・阿思特雷，帶著他的那副白貓頭鷹的高貴，愕然和沉思的神氣。可是這祇是逸聞的一面：還有別的事呢。」

「後來在私人談話之中，我們談了許多話。或者不如說他說了許多話，因為我祇聽著。他憎厭阿沙涅（Azaña）。他還認為共和國唯有共和國，是西班牙的 [聯] 邦統一的辦法；[8] 他是反對一種絕對的 [聯] 邦制度的，[9] 但他也反對那武力的中央集權：而他現在卻看見法西斯主義就是這種中央集權。」

一種香水和火燒的奇特的氣味佈滿了那玻璃窗破碎的辦公室：一家香水店在焚燒著。

「他曾經願意和法西斯主義握手，卻沒有看見法西斯主義也有腳的，我的好朋友。他保守著他的 [聯] 邦統一的意志這件事，[10]很可以闡明他的矛盾……」

「他相信法朗哥會勝利，接見新聞記者又對他們説：『你們寫吧，不論怎樣，我總決不會站在勝利者那邊的……』」

「他們可沒有這樣辦。關於他的兒子，他對你説了些什麼？」

「一句話也沒有。為什麼呢？」

加爾西亞夢沉沉地望著那紅色的夕暮。

「他的兒子都在這兒，兩個是戰鬥員……我不相信他會一點也不想起。一位認識兩個分野的敏感的人是難得看見的……」

「在演説之後，他走出去過一次。據説為了答覆他所説的關於那些婦女的話起見，人們召他到一間窗戶大開著的房間裏去，在窗前，人們在那兒執行鎗斃……」

「這話我已聽見過了，可是卻不大相信。你有關於這事的確切的報告嗎？」

「他沒有對我説起過，這是很自然的。我也沒有説起，這你是可想而知的，我的朋友。

「看到這國家不斷地求助於暴力和不合理，他的不安近年來是大為增加了。」

加爾西亞茫然地動了一下他的煙斗，似乎表示他把這類的字眼的定義相當當作認真的。納蒲爾看了一看他的錶，站了起來。

「不過，我的好加爾西亞，我覺得我們所説的話總之還沒有打到正題。烏拿木諾的抗議是一種倫理上的抗議。我們對於這抗議的談話是間接的，可是牠卻是恆久不變的。」

「當然囉，鎗斃並不是一個中央集權的命題。」

「當我離開他，看見他在那張牀上，又辛澀又悁鬱，四周圍著書的時候，我好像離開了十九世紀……」

在送他出去的時候，加爾西亞用煙斗柄指著拿在手中的信的最

後幾行給他看：

「自從我離開了沙拉芒加的某一間狹小的工作室中的陰蔽的夢以來（我在那裏做了多少的夢啊！），當我把精神的眼睛移到我苦痛的十二年上去的時候，這在我看來就好像是夢中的夢了。

「讀書嗎？我已不再多讀了，除非是在海上；我是一天一天地更和海變成密友了⋯⋯」

「這已經有十年了，」加爾西亞說。

1　「重新」，原文誤植為「從新」。
2　原文無法辨識，現據法文原著增補。
3　文中米朗・阿斯特雷（Millan Astray）又譯作米朗・阿思特雷。
4　原文無法辨識，現據法文原著增補。
5　「不想」，原文誤植為「小想」，現據法文原著校訂。
6　「爆裂」，原文誤植為「爆烈」。
7　「爆裂」，原文誤植為「爆烈」。
8　原文無法辨識，現據法文原著增補。
9　原文無法辨識，現據法文原著增補。
10　原文無法辨識，現據法文原著增補。

編者前言：

　　〈克西美奈思上校〉為馬爾羅《希望》第一部「詩情的幻覺」
(L'illusion lyrique) 第二卷第二章第一節的選節翻譯，分上、下二期
於 1938 年 10 月 13 及 14 日《星島日報》副刊〈星座〉刊登，同時
刊載的還有沈從文的連載長篇小說《長河》以及梁宗岱翻譯莎士比
亞的《天籟》五首。1941 年戴望舒翻譯《希望》全文時曾重新翻譯
相關片段，見〈星座〉第 105 至 111 期(1941 年 10 月 17 至 25 日)。

克西美奈思上校

〔法〕馬爾洛著、戴望舒譯

他們走到了村子上。

「敬禮（Salut），我的孩子們！」克西美奈思（Ximénès）喊著回答人們的歡呼聲。民軍是在村子的東面。他們沒有佔領牠，牠差不多是放棄了。這兩位軍官穿過了牠。在教堂面前，是一所有雉堞的堡。

「你說，我的上校，你為什麼叫他們『我的孩子們』[？」]

「叫他們同志們嗎？我辦不到。我已經六十歲了：這樣不行，我好像在演喜劇。所以我叫他們：弟兄們，或是：我的孩子們，就是這樣。」

他們在教堂面前走過，教堂已焚燒過了。從開著的門口，傳來了一股地窖和冷熄了的火的氣味。上校走了進去。馬努愛爾（Manuel）望著教堂的正面。

那是一座巴洛克式（baroques）同時又是通俗的西班牙教堂，牠那用來代替意大利人造雲石的石塊，使牠有了差不多是峨特式（gothique）的格調。火燄曾從內部爆發出來；巨大的筋癵般的黑色的火舌，伸到每個窗子上面，在那些在空間燒成烏焦的最高的雕像腳邊退下來。

馬努愛爾走了進去。整個教堂的內部是烏黑的；在鐵柵的彎曲的殘片下面，翻起的地面衹是因煙煤而黑色的殘片。內部的石膏塑像，被火磨到像石灰粉一樣地，在焦黑的柱子下面形成高高的蒼白

的斑點，而那些聖人們的熱狂的手勢，反映著那從打破的大門傳進來的，達霍河（Tage）的夕暮的微青色的平靜。馬努愛爾欣賞著，又感到自己是藝術家了：這些畸形的雕像在那熄滅了的火裏找到一種野蠻的偉大，好像他們的舞蹈是在這兒從火焰中生出來的，好像這風格是突然變成了火的風格似的。

上校已 [看不] 見了。[1] 馬努愛爾的目光尋找他得太高了一點：跪在殘蹟之中，他正在祈禱。

馬努愛爾知道克西美奈思是天主教徒；然而他總還不免驚異。他走出去等他。他們默不作聲地走了一 [會] 兒。[2]

「請你回答我一個問題，我的上校：你怎樣會加入我們這方面來的？」

「你知道那時我是在巴賽洛拿（Barcelone）。[3] 我接到了高代德（Goded）將軍的信，叫我叛變。我安排了五分鐘考慮。我並沒有參加政府的宣示；可是我心裏知道我是服從政府的。我的主意打定了，當然囉，可是像我這樣上了年紀的人，我是不願意將來有一種行動出於一時衝動的幻覺的……五分鐘之後，我去找龔巴尼（Companys），對他說：總理先生，步兵第十三團和牠的上校都聽你的指揮。」

他又望著那教堂；在充滿了乾 [草] 的氣味的夕暮的平靜之中，[4] 和那映現在天的背影上的碎裂的門額以及烏焦的雕像一起，這教堂顯得很奇誕。

「為什麼人們往往把現在看見我們的這位上帝的神聖的問題，」他低聲說，「和他的不相配的教士們的問題混在一起呢？他的教士們中的不相配的那些……」

「可是，我的上校，除了從這些教士那兒，他們從誰那兒聽到

講上帝呢？」

　　克西美奈思作了一個遲緩的手勢指著那田園的平靜，一句話也不回答。

　　「一個例子，我的上校：在我一生之中，我戀愛過一次。嚴重地。我的意思是說：用著嚴重的態度。好像我那時是一個啞子。我可能做了那個女人的情夫，可是那還是不會改變了什麼的。在她和我之間，隔著一道牆：有著西班牙的教會。我當時愛著她，而當我現在想起來的時候，我覺得我好似愛一個瘋狂的女子，一個溫柔而孩子氣的瘋狂的女子。呃，我的上校，你瞧瞧這個國家吧？教會除了拿牠造成一種可怕的童年之外，還造成什麼呢？牠把我們的婦女弄成個什麼樣子？還有我們的平民呢？牠教人兩件事：順從和睡覺……」

　　克西美奈思在他受傷的腿上停下來，挽著馬努愛爾的臂膊，皺起一隻眼睛：

　　「我的孩子，要是你做了這個女人的情 [夫]，[5] 那麼她也許就不會充耳不聞，不會瘋狂了。

　　「此外呢，一個主義越是偉大，便越使偽為和欺妄容易 [插] 足進去……[6]」

　　馬努愛爾走到在那在陰暗中還呈著白色的牆上顯得黑黝而挺直的一群農民旁邊去。

　　「喂，同志們，那小學校，牠很難 [看]，[7]」他懇切地對他們說 [：]「為什麼不像在摩爾西亞（Murcie）似地，不把教堂燒掉，卻把牠改做小學校呢？」

　　那些農民們並不回答。夜差不多已經來到，教堂的雕像開始消隱下去了。這兩位軍官看見那些靠在牆上的不動的黑影子，黑色的

短褐，寬闊的帽子，卻看不見他們的臉兒。

「這位上校想具體地知道為什麼把教堂燒掉。人們責備這裏的教士些什麼？[到] 底怎樣？[8]」

「為什麼那些教士跟我們作對？」

「沒有。正相反。」

正如馬努愛爾所能隔着暗黑推測出來的，那些農民第一是覺到不安：這兩個軍官是靠得住的人嗎？這些恐怕都和保護藝術品有關係吧。

「這裏，凡是為民眾工作的同志，總都有教士跟他為難的。那麼怎樣呢？」

那些農民們責備教會老是給地主們撐腰，贊同那在阿 [斯] 都里亞（Asturies）的反抗之後的壓迫，[9] 贊同加達魯涅人（Catalans）的掠奪，不斷地教窮人對於無理屈服，而現在卻宣傳對於他們作神聖的戰爭。一個人責備教士們，説他們的聲音「並不是人的聲音」；許多人都責備他們按著他們在各村子上倚仗的人的等次，而用偽善式硬心腸；大家都責備他們在被佔的村子裏點出那些「思想不正」的人的名字來告訴法西斯蒂，而他們又是明知道那些法西斯蒂是要將那些人槍斃的。大家都責備他們有錢。

「我們可以説，這些都是，我們可以説，」其中一個人又説。「剛纔，你不是問教堂的事嗎？為什麼不改一所學校呢？我的孩子，嗯，總還是我的孩子。在冬天，這裏並不是一徑暖和的。[與] 其看見我的孩子們在那裏面過日子，　——[10] 你懂我的意思嗎？ —— 我寧可他們凍死。」

馬努愛爾拿出一枝紙煙，接著擦旺了他的打火機：剛纔説話的人是一個四十歲光景的農民，鬍鬚刮過了，樣子庸俗。短短的火燄

在一秒鐘之內顯出了他的右面的人的一張豆子一般的臉兒，在凸出的前額和下頦之間的漠然的鼻子和嘴。人們向他們要求論證，他們已經拿出來了；可是他們的心聲，卻是最後說話的那個人的。夜已經降下來了。

「那些傢伙，都是裝腔作勢的，」在重新回來的陰暗中一個農民的聲音說。

「他們要錢嗎？」克西美奈思問。

「每一個人都找自己的好處。他們呢，他們說不，我很清楚⋯⋯可是不是這回事。我是從實說。這是不能解釋的。這些都是裝腔作勢的人。」

「那些教士，這是一個城裏人不能了解的問題⋯⋯」

狗在遠處吠著。說話的是那一個農民呢？

「他曾經被法西斯蒂判過死刑，小古思達伏（Gustavito），」另一個聲音說，用著「他們不能再定他死刑了」的口氣；又好像是表示大家都希望他發表意見。

「不要併為一談，」另一個聲音說，無疑是古思達伏（Gustavo）的聲音：「高拉陀（Collado）和我呢，我們是信教的人。反對教士，我們是反對教士的。只不過我呢，我是信教的。」

「[！] 這個人，他簡直想把他的比里艾（Pilier）的聖處女許配給公保思戴爾的聖約克（saint Jacques de Compostelle）呢！」

「公保思戴爾的聖約克嗎？嘿，我先要拿她操一下哪！」

接著，放低了聲音，用一種解釋自己的頗為遲緩的農民的音調說：

「那些法西斯蒂開了一扇門，正派地。他們提出了一個說著『什麼事？』的傢伙。以後這還是這一套。排槍呢，我們永遠聽不到。

教士的鈴聲呢，我們倒是聽到的。在那個臭東西動手搖鈴的時候，那意思就是說我們之中有一個人快要給幹了。為的是想給我們懺悔。有時候他居然達到目的，這婊子的兒子。恕我們的罪，他這樣說。恕我們……反對那些將軍而自衛的罪！在兩個禮拜之中，我一 [徑] 聽見搖鈴。[11] 當時我說：他們是偷盜恕罪的賊。我懂得的。這不僅僅乎是錢的問題……聽清楚：一個給你懺悔的教士，他對你說什麼呢？他叫你悔過。要是有一個教士叫我們之中單單一個人懺悔自衛，我想他永遠不會使他懺悔到怎樣的。因為懺悔是一個人的再好也沒有的事。這就是我的意見。」

克西美奈思想起了布伊格（Puig）。

「高拉陀呢，他倒有點意見！」

「說啊！」古思達伏說。

那農民一句話也不說。

「那麼，什麼，你打定主意了！」

「我們可不能這樣說，」那還沒有說過話的人說。

「你講昨天的那套玩藝兒吧。說教吧。」

「那不是玩藝兒……」[12]

「而在一切的人殺得太多了的時候，—— 當窮人的最後一列上路了的時候……」

他低聲一個字一個字地分開來說，帶著一種巫祝的低語的強度：

「……一顆我們從來也沒有看見過的星，在他們上面升了起來……」

馬努愛爾不敢打旺他的打火機。運輸汽車的喇叭在夜裏呼喚著，像在裝瓶廠裏那樣地喧囂。

「你昨天講的時候不是這個樣子的，」一個差不多是低沉的聲音說。

於是那較高一點的古思達伏的聲音：

「我呢，我是不來幹這一套玩藝兒的。一個人永遠不會知道他應該幹什麼。應該知道他要什麼，只有這一點。」

「用不著，」第三個聲音說，又遲緩又疲倦：「教士的問題，一個城裏人是不能了解的……」

「他們呢，他們以為那是宗教的問題。」

「一個城裏人是不能了解的。」

「在起事之前，他是幹什麼的？」克西美奈思問。

「他嗎？」

一時大家都不自然起來。

「……他從前是僧侶，」一個聲音說。

馬努愛爾拉著上校向那喇叭的囂鬧走過去。

「你點旺紙煙的時候，有沒有看見古思達伏的徽章？」當他們又走著的時候克西美奈思問。「伊倍里亞無政府黨聯盟（FAI），不是嗎？」

「換了別一個人也還是一樣的。我呢，我不是無政府黨，我的上校。可是我是由教士們教養出來的，像我們大眾一樣；你懂嗎？我心裏有點什麼東西（然而在用共產黨的資格來說，我是反對一切破壞的），我心裏有點東西了解這個人。」

「比了解別一個人更深嗎？」

「正是。」

「你到過巴塞洛拿吧，」克西美奈思說；「有幾座教堂，牌子上並不照例寫着：『民眾管理』（Contrôlé par le peuple）[，] 都寫着：

『民眾復仇的產業』（Propriété de la vengeance du peuple）[。] 祇不過……第一天，在加達魯涅廣場（place de Catalogne）上，死屍留在那裏相當長久；砲火 [終] 止之後兩小時，[13] 廣場上的鴿子又回來了，—— 停在人行道上和死屍身上……人們的仇恨也疲憊了……」

接著，好像已總結許多年的不安似地，他更遲緩地説：

「上帝呢，他有著等待的時間……」

他們的長統靴在又乾又硬的泥土上響著，克西美奈思的受了傷的腿跟不上馬努愛爾。

「可是為什麼，」那上校又説，「為什麼他的等待要是這個呢？」

1　「看不見」，原文誤植為「不看見」，現據法文原著校訂。
2　「一會兒」，原文誤植為「一回兒」。
3　文中巴賽洛拿（Barcelone）又譯作巴塞洛拿。
4　「乾草」，原文誤植為「乾舊」，現據法文原著校訂。
5　「情夫」，原文誤植為「情婦」。
6　原文無法辨識，現據法文原著增補。
7　「難看」，原文誤植為「難著」。
8　「到底」，原文誤植為「倒底」。
9　「阿斯都里亞」，原文誤植為「阿里都里亞」。
10　「與其」，原文誤植為「於其」。
11　「一徑」，原文誤植為「一經」。
12　據法文原著，譯文此句以下刪去了高拉陀編説耶穌到訪西班牙的故事。
13　「終止」，原文誤植為「中止」。

第二部分

「詩情」小説選譯

編者前言：

戴望舒留學法國之時，曾於 1935 年親身探訪法國詩人許拜維艾爾（今譯蘇佩維埃爾）（Jules Supervielle, 1884-1960），及後撰寫〈記詩人許拜維艾爾〉訪問記錄，收入《新詩》第一卷第一期（1936年 10 月）。《新詩》雜誌同期除刊載戴望舒翻譯許拜維艾爾的八首詩作以外，還譯載瑞士的法國文學評論家雷蒙（Marcel Raymond, 1897-1981）的專著《從波特萊爾到超現實主義》（*De Baudelaire au Surréalisme*, 1933）有關許拜維艾爾的評論章節，文章題為〈許拜維艾爾論〉。本書整理的為戴望舒翻譯許拜維艾爾的短篇小說〈賽納河的無名女〉（*L'Inconnue de la Seine*, 1929），於 1945 年 6 月 10 日、12 至 18 日分八期在《香島日報》副刊〈綜合〉所設「新譯世界短篇傑作選」專欄連載。[1] 此文後經修訂刊載於《文潮月刊》三卷一期（1947 年 5 月 1 日）。

賽納河的無名女

〔法〕許拜維艾爾著、戴望舒譯

「我以為是留在河底裏的，可是現在我又浮上來了 [，] 」那個在水中間前進的十九歲的淹死女子模糊地想著。

過了亞歷山大橋（Pont Alexandre）不遠的地方，她纔大大地驚恐了，因為水上警察局的那些辛苦的代表，用他們的篙子打著了她的肩，想鈎住她的衫子，可是沒有鈎住。

幸而夜來了，而他們也沒有固執下去。

「給撈了上去，」她想著。「要躺在什麼認屍處的地板上，在那些人面前拋頭露面，又一點也不能做一下抵抗，或是退後的動作，連舉起小指也不能。要感覺到自己已經死了，感覺到別人撫摩你的腿。而且一個女人也沒有，四周沒有一個女人來替你拭乾水，並替你最後一次梳裝。」

終於，她已經過了巴黎（Paris），而現在在那飾著樹木和牧塲的兩岸間溜過去，設法在白晝靜伏在河流的什麼曲折之處，以便祇在夜間，當月和星單獨地到魚鱗上去磨擦的時候，纔作旅行。

「要是我能夠到海就好了，」她想著，「我現在就是最高的浪也不怕了。」

她前進著，不知道自己臉上閃耀著一片顫動著的，但卻比那活女人的老是受隨便什麼東西擺佈的微笑更有抵抗力的微笑。

「達到海」（*Atteindre la mer*）這三個字現在就在河中做著她的伴兒了。

[眼瞼緊閉，][2] 並著腳，臂膀貼著身體，受著她的一隻襪子在她膝上面所形成的 [褶] 皺的麻煩，[3] 乳房還在找尋著消失了的生命方面的什麼力量，她這樣地前進著，像是一件卑微而飄浮的俗品；除了知道那自古以來經由同樣的灣曲（méandres），盲目地向海走去的法蘭西的老河 —— 拉・曼式所屬的河流 —— 的行動以外，就不知道其他的行動。

在她穿過一個城市的時候（「我是在芒特（Mantes）嗎，我是在盧昂（Rouen）嗎？」她想著）她被逆流踏著一座橋的柱腳，留住了一會兒，虧得一隻拖船很近地開過，攪亂了水流，她纔能夠再上路。

這是在水中的第三天（troisième nuit）。她永遠，永遠到不了海吧。

「可是你已經到了」，一個就在她身邊的男人說；她在閉緊的眼皮下面覺得那人很高大而裸體，而這人又在她的腳脛骨上繫了一個鉛塊（lingot de plomb）。接著他便那麼有權威又那麼有信念地握住了她的手，以致她也許不會再抵抗下去，好像她不是一個已死的女孩子，而是別的東西一樣。

「既然我自己什麼也不能，那麼咱們就相信 [他] 吧。[」][4]

於是這少女的軀體就汩沒到越來越深的水裏去。

當他們到了那在海下面等待著沙土的時候，好些發燐光的生物（phosphorescents）便向他們走過來，可是那個男子 —— 他就是「大漂泊者」（le Grand Mouillé），做了一個手勢叫他們走開。

「相信我們吧，」他對那個淹死的少女說。「你瞧，錯誤便是還想呼吸。也不要因為感覺到心差不多永遠不再跳躍，而祇在錯誤的時候跳躍一下，而害怕起來。而且不要這樣地把嘴唇抿緊著，好像

害怕給水灌進去似地。你已沒有什麼東西可以害怕了，聽見嗎，沒有什麼東西可以害怕了。你感到力氣恢復嗎？」

「啊，我又快要昏暈過去了。」

「沒有的事。為了促成習慣（accoutumance）起見，你現在就把那在你腳邊的 [細沙]，[5] 從這一隻手倒到那一隻手。用不到那麼快，這樣，行了。你不久就又可以平穩了。」

她重又完全清楚起來。可是她一下子又十分害怕了。那個「大漂泊者」在這一片水裏一句話也沒有說過，她怎樣會了解他的呢？可是 [她] 的恐懼卻是短暫的。[6] 她剛剛看出，自從他們到了海底以來，那個男人是用他的高大的軀體的燐光（phosphorescences）表達著他的意思。她自己的袒露著的長長的手臂，也在放出那些像螢火蟲一樣的小光作為回答。而那些在他們周圍的「閃光者」們（Ruisselants），也並不是用別種方法來表達意思的。幾條很光亮而常常不動的魚，所謂火炬魚，替他們照亮著海的深淵。

「而現在，你可以告訴我你是從那裏來的嗎？」那個老是側著身子對她的「大漂泊者」問（照「閃光者」們的習慣，當一個男子對一個少女說話的時候，是要側著身子的）。

「關於我自己的事，我已經一點也不知道了，連我自己的姓名也不記得了。」

「那麼我們就叫你『賽納河的無名女』（l'Inconnue de la Seine），這就是了。你要曉得，我們對於自己的事，也並不知道得更清楚一點。我們老是希望一個新到的人能使我們知道一點什麼……不過你至少應該知道，這裏是法國『閃光者』們的一片大居留民地（grande colonie），還有，你在這裏是不會不幸的。」

她很快地閃著睫毛，好像是給太強的光所弄得不舒服似地，於

是那「大漂泊者」向一切的火炬魚（poissons-torches）—— 一條除外 —— 做了一個手勢，叫牠們退開。

一些老老 [少少] 的人好奇地走了過來。[7] 他們都是裸體的。

「你有什麼願望嗎？」那「大漂泊者」問。

「我想保留我的衫子。」

「你就保留著吧，少女，這很簡單。」

於是在這些海底的居民的眼睛中，舒徐而有禮貌的舉動中，可以看到他們那替這新來的少女服務的願望。

那繫在她腳上的鉛塊妨礙著她。她想一等沒有人看見的時候就解掉了牠，或至少解鬆那個結。那「大漂泊者」懂了她的意向。

「第一不要動這個，我請求你，那時你就會失去知覺而浮到水面上去 —— 假如你卻也能越過 [鯊] 魚的大障礙的話。」[8]

於是那少女就祇得聽天由命，而且模倣著她周遭的那些人們，開始擺著驅除那些海藻和魚的手勢。那裏有許多小魚，非常別緻，像蒼蠅或是蚊子一樣地，不斷在她的臉兒和身體的四周徘徊著，竟至觸碰到她。

一兩條家畜魚（poissons domestiques）或是守護魚（poissons de garde）（難得有三條的）依繫著每一個「閃光者」而做著零碎的事情，譬如把各樣的物件卿在牠們的嘴裏，或是替你除去了貼在你背脊上的海草。牠們一看見招呼就立刻趕到，或甚至不待招呼就先到了。有時牠們的巴結使人麻煩。在牠 [們] 的眼睛中，[9] 人們看到一種卻也叫人歡喜的圓滿而樸直的敬佩（admiration ronde et simpliste）的神情。而且人們從來也不看見牠們吃那些像 [牠] 們一樣地 [侍] 候人的小魚。[10]

「我是為什麼投水的？」那新來的女子想。「我甚至已不知道我

在上面是一個婦人呢還是一個少女了。我的可憐的頭腦現在衹裝滿了海藻和貝殼了。而這是很悲哀的。[11]」

　　另一個少女看見她這樣苦惱著，便走了過來（她是在兩年之前乘船遇難的，人們稱她為「自然女」（La Naturelle））：

　　「在海底的逗留，你將來可以看出，」她對她説，「會給你一種極大的寧靜（confiance）。可是你應該讓肉體有時間來改造，變成充分地稠密，使軀體不會再升到水面去。不要儘在那裏想吃想喝。這種幼稚思想很快就過去了。而且我想，在不久之後，一些真正的珍珠就會在最出乎你意外的時候從你的眼睛中出來了，那就是服水土的先兆。」

　　「人們在這裏做些什麼？」賽納河的無名女過了一會兒問。

　　「許許多多的事情，我包你不會煩悶。我們查訪海底，去收羅那些孤獨的人，把他們帶回到我們這裏來，增加我們居留民的強大。當我們發現一個自以為被判定在我們的琉璃的大牢獄中終身孤獨的人的時候，我們是多麼興奮啊。他那樣地揪住海草！他那樣地藏身著！他以為到處都看見 [鯊] 魚。[12] 接著來了一個像他那樣的人，把他抱著帶到那什麼也不用懼憚的地方去。」

　　「而那些沉沒的船，你們也常看見嗎？」

　　「那是很少有的。因此，那就是我們最有味兒的消遣了。在海底裏看到這一披地上用的東西，這在水中搖 [晃] 著，[13] 從上面來到我們這裏的一切東西，碗碟，衣箱，纜索，甚至小兒推車。應該去解救那些留在房艙中的人們，第一先除掉他們的救生帶。一些強壯的『閃光者』，手裏拿著斧頭，去解救那些船中溺死的人，接著藏好了斧頭，竭力叫他們安心。而且人們還把各種的糧食排列在那你還未見過的，在海下面的我們的地底下的倉庫裏。因為儲蓄的嗜

好，在這裏還是那麼地深強。」

「但是既然你們已用不著這些了？」

（「沒有關係，這是一種真正的惡癖。應該[囤]積糧食，[14] 比鄰人所有的更多，而且許多的正人君子，甚至那些教士，牧師，海裏的猶太法學博士，都深自慶幸著得到這他們所謂『一個小小的好沉船』。」

「『我們就要能夠造成一些幸福者了，』他們説。於是他們就在那些聚集起來的沉船遇難的人們之前發言了：

「『你們幸而落到了這裏文明之邦，落在我們的法國閃光者們的居留民之間。你們也同樣很可能落在大西洋底的一片荒漠之中，在那裏，有由往時的海盜組成的野蠻民族出沒著』，以及其他等等……」）[15]

一個男子走上前來，牽著一匹馬的韁繩。那匹稍稍有點傾斜的光燦的馬，輝耀著一種莊嚴，一種禮貌，一種視死如歸的態度——這些也都是奇蹟。還有那在牠軀體四周的那一些生動的銀色水沫！

「我們馬很少，」那自然女説。「在此地，馬是一種大奢侈。」

到了賽納河的無名女身邊，那男人帶住了那個駕著一副女用鞍的牲口。

「是大漂泊者差來的，」他説。

「哦，請他原諒我，我還覺得身體很柔弱呢。」

那匹漂亮的馬便回去了，帶著牠的全部威風，以及牠的美麗而又柔嫩的臀部——在那裏，無數小小的寒噤在皮下面俏皮地跑著。

「這裏的首領是大漂泊者嗎？」那個深信如此的賽納河的無名女問。

「是的，他是我們大家之中最強的一個，而且他最熟識這一帶地方。而且他是那麼地堅實，竟能夠升到水面上去，並且在那裏逗留幾秒鐘而並不感到不舒服。祇有他還有一點關於太陽，星星和世人的消息，可是他卻永遠不對我們講。是的，有一些人物，在人世上是完全無名的（inconnus），可是在海底卻獲得了大權威（reputation）。在那人們在上面所教的歷史之中，你不會找得到法國海軍大將倍爾拿・德・拉・米式萊特（Bernard de la Michelette），以及他的妻子泊麗絲丁（Pristine）的蹤跡，也不會找得到我們的大漂泊者的蹤跡 —— 他是在十二歲做少年水手的時候淹死的；他在海底的環境之中那麼地自在，竟至長了二十五公分，變成了我們這區系之中的巨人了 —— 而且還養著你看見過的那兩撇漂亮的髭鬚，」她笑著補說。

賽納河的無名女不脫衫子，就連睡覺也不脫。她利用著衫子的濕和褶皺，而這就在那一切脫光了衣衫的女人之間，給與了她一種奇蹟般的風致（élégance）。男子們是那麼地想見一見她的乳房的形狀。（人們看出那兩隻乳房並不很大，但是，因為有無數方法可以把乳房隱藏起來，他們就很想知道那到底是怎樣一[回]事。）[16]

那個少女想別人原諒她的衫子，便帶著一種也許太顯明一點的謙卑態度，離群而獨處著，整天採集貝殼給孩子們，或是給淹死的人們中的最卑微或最殘廢的，這樣地做著消遣。她總是第一個向人招呼，而且常常向人道歉，雖則並無抱歉之時也如此。

那大漂泊者每天去訪問她；他們兩人便帶著他們的燐光在一起，像銀河的兩片星雲似地，並排並地規規矩矩地躺著。

「我們一定離開海岸不很遠吧，」有一天她說，「要是我能夠溯著河流上去聽一聽城市的聲音，那就好了！」[17]

「可憐的孩子，壞記心，你難道忘記你是已經死了，而且你在上面會冒著被關在最狹窄的牢裏的危險嗎？那些活人不喜歡我們東跑西走，而且很快就懲罰我們的浮浪之罪（vagabondages）。這裏，我們在最美麗的死亡之中是自由自在的（Ici vous êtes libre, et à l'abri.）。」

「你呢，你難道從來也不想到上面的東西嗎？牠們時常來到我前面，一件一件地，而且一點秩序也沒有。就是這時候，也來了一張橡木的桌子，（上 [蠟] 上得光光的，）[18] 可是祇是單獨一張。牠消隱了，現在來了一頭 [兔] 子的眼睛了。現在是在沙上的一隻牛腳印了。這一切好像是帶著使命前來的，可是除了牠們的出現以外，卻什麼話也沒有對我說。而當那些東西兩件一起呈現到我面前來的時候，牠們總是不配在一起的。這裏，我看見一粒櫻桃在一片湖水裏。而這隻在牀上的鷗鳥，這隻在冒煙的大燈罩裏的鷓鴣雛，你要我拿牠們怎麼辦呢？這些永遠不會互相調和的東西，真是再使人絕望也沒有的了。」她想著：「還有你自己呢？你這在那裏，在我身旁，側著身子，像一個用冰塊雕刻出來的戰士那樣的人。」

（於是那大漂泊者想著：

「我應該要有比現在我所有的更大的想像，來使這少女相信她是幸福的。」

他緘默了。）[19]

那些做母親的一個一個地不准她們的女兒和賽納河的無名女來往，就為了她成日成夜穿著的那件衫子。

有一個船中遇難的女人，就是在死後也失去理性，而不能獲得平靜的，說道：

「可是她是活人啊！我對你們說，這少女是活人啊！如果她是

像我們一樣的，那麼她不穿衫子是沒有問題的。這種裝飾對於已死的人是不再有什麼關係了。」

「閉嘴吧，你已失去理智了，」那自然女説。「你叫她怎樣會活呢，在海底裏？」

「那倒是真的，一個人在海底裏是不能活的，」那瘋婦悲哀地回答，好像突然記起了她在很長久以前所學習的一個功課似的。

可是過了一會兒，她仍然還來説：

「我呢，我對你們説她是活人啊！」

「你可以讓我們安逸一點嗎？你這瘋子，」那自然女反駁她。「總之，這一類的話是不應該説的！」

可是有一天，就是那個一向做著無名女的最好的朋友的人，[她] 面上帶著好像説「我也恨你」的神情，[20] 走到她身邊去：

「是的，女孩子，」那自然女説：「你應該像大家一樣地順從我們的習慣，（現在男子們就祇瞪著你望了。）[21]」

「我永遠也不能夠。」

於是一個已經責備過她的婦女説：

「她太以這樣標新立異為自滿了！這祇是一個小蕩女（débauchée）。我呢，我老實對你們説，我在世上是一個家庭中的母親，要是我的女兒是在我身邊，我就會毫不躊躇地對她説：『脱了你的衫子，你聽見我説嗎，脱了你的衫子！』而你這東西，你脱掉牠吧，」她對那無名女説，稱呼很不客氣，為的是要屈辱她。（在海底裏，稱呼不客氣是最大的侮辱。）「否則你就得當心這個，小東西（mignonne），」她一邊説一邊用一把剪刀威脅著她，而終於把牠暴怒地拋在那少女的腳邊。

「你可以走開嗎？」那被這樣的刻毒所感動了（émue）的自然

女說。

那無名女，在獨自的時候，儘可能地把她的苦痛藏在沉重而難堪的水裏。

「這可不就是，」她想說，「那在世上叫做妒忌的嗎？」

而當她看見一些從她的眼睛裏出來的沉重的珍珠憂鬱地滾著的時候。

「啊！永遠不！」她說，「我不能夠，我不願意習慣於這一切。」

（於是她便帶著絕望的手勢，開始用她的手指和指甲撕碎她的衫子。

遠遠地，一些婦女慶幸著看見她裸體了。有幾個女人已經走上前來向她道賀，而那些男子們也帶著揶揄的神氣走過來了。）[22]

但是她卻儘著她曳左右腳上的鉛塊所容許她有的速度，很快地逃到那荒涼的區域中去。

「生活的可憎的面目，」她想，「讓我安寧些吧。不要來打擾我吧！我拿你們怎麼辦呢？」

當她已把一切的火炬魚遺在後面很遠時候，當她已處身於深沉的暗夜中的時候，她便用了她在逃走以前拾起的那把黑色的大剪刀，剪斷了那將她繫在海底裏的鋼線。

「終於完全地死了，」她在水中上升的時候想。

在海中的夜裏，她自己的燐光變成異常地光亮，接著便永遠地熄滅了。於是她的流浪的淹死的女子的微笑，便又浮到她嘴唇上來了。而她的那些寵愛的魚，也毫不躊躇地去扈從著她，我的意思就是說，當她漸漸地達到水不很深的地方的時候，毫不躊躇地去窒息而死。（本篇完）

1 〈賽納河的無名女〉於《香島日報》副刊〈綜合〉的連載日期為 1945 年 6 月 10 日、12-18 日，合共八期。本文乃據法文原著校訂，參考 Jules Supervielle, *L'Enfant de la haute mer*, Paris: Gallimard, 1931.

2 譯文漏譯句子，現據法文原著增補。

3 原文無法辨識，現據法文原著增補。

4 「他」，原文誤植為「她」。

5 「細沙」，原文誤植為「沙細」。

6 「她」，原文誤植為「他」。

7 「老老少少」，原文誤植為「老老小小」。

8 「鯊魚」，原文誤植為「沙魚」。

9 「牠們」，原文漏植「們」字，現據法文原著校訂。

10 「牠們」，原文誤植為「他們」；「侍候」，原文誤植為「待候」。

11 據法文原著，譯文此處漏譯句子，大意為：「縱然我也不再知道此詞的準確意義。」(bien que je ne sache plus au juste ce que ce mot signifie.)

12 「鯊魚」，原文誤植為「沙魚」。

13 「搖晃」，原文誤植為「搖幌」。

14 「囤積」，原文誤植為「屯積」。

15 譯文此三句均不見於 1931 年法國伽利瑪出版社出版《高海上的孩子》(*L'Enfant de la haute mer*) 所載〈賽納河的無名女〉。

16 「一回事」，原文誤植為「一會事」。譯文此句不見於 1931 年法國伽利瑪出版社出版《高海上的孩子》所載〈賽納河的無名女〉。

17 據法文原著，譯文此句以下刪去兩句文字。

18 「上蠟」，原文誤植為「上臘」。此句不見於 1931 年法國伽利瑪出版社出版《高海上的孩子》所載〈賽納河的無名女〉。

19 譯文此三句均不見於 1931 年法國伽利瑪出版社出版《高海上的孩子》所載〈賽納河的無名女〉。

20 「她」，原文誤植為「也」，現據法文原著校訂。

21 此句不見於 1931 年法國伽利瑪出版社出版《高海上的孩子》所載〈賽納河的無名女〉。

22 譯文此二句均不見於 1931 年法國伽利瑪出版社出版《高海上的孩子》所載〈賽納河的無名女〉。

編者前言：

　　穆朗（Paul Morand, 1888-1976）被視為二、三十年代中日新感覺派寫作的重要影響來源。穆朗曾於 1925 年旅訪亞洲，途經京都、大阪、北京、上海以及香港等城市；1928 年由劉吶鷗自資出版的文學雜誌《無軌列車》特別刊載「穆朗小專號」，譯介其短篇作品。相較於日本新感覺派，只有中國的新感覺派以至廣義的現代派作家包括劉吶鷗、戴望舒、徐霞村、葉靈鳳等，才能直接閱讀穆朗著作的法文原著並進行翻譯。其中，又以戴望舒翻譯穆朗作品的數量最多。〈六日之夜〉（La Nuit des six jours, 1924）首次由戴望舒翻譯，收入其主編的《法蘭西短篇傑作集》（上海：現代書局，1928年）；後再由戴望舒親自修訂，易名為〈六日競走之夜〉，收入由他編譯的穆朗短篇小說翻譯集《天女玉麗》（上海：尚志書屋，1929年）。本書重新整理之〈六日競賽之夜〉（一至十二），乃戴望舒於香港淪陷時期第三次修訂自己的翻譯舊著，並於 1945 年 6 月 28日開始在《香島日報》副刊〈綜合〉新設的「新譯世界短篇傑作選」專欄連載，資料彌足珍貴。[1]

六日競賽之夜

〔法〕穆朗著、戴望舒譯

　　三晚以來我們總看見她。她老是自個兒，除非是為了她從來也不缺一次的跳舞，但她跳舞的時候，不是和那舞師，便是和那些女伴們。當別人邀請她的時候，她總辭絕了；我也像別人一樣，雖則我是為了她而來，而這個她又是知道的。我來並不是為了她的乳白色的背脊，她的烏晶片（jais）的衫子（顫動著的黑雨），和過份多的瑪瑙的飾物——那雙細長而和耳邊的鬢髮相接的眼睛，也是在內的；卻可以說是為了她的扁平的鼻子，她的胸膛的飛突，她的像洒過硫酸的葡萄葉一樣的，美麗的猶太風的臉色，她的有點兒蹊蹺的孤獨癖。而且也是為了她每晚許多次到盥洗室和電話處去的那種奇特的行動。

　　她只花錢喝酒而不付小賬給侍者頭目。她從淡酒喝到烈酒。這第三個晚上，在午夜到兩點鐘之間，是兩盃香檳酒，六盃茴香酒和一小瓶白蘭地酒。牙籤和青杏子還不算在裏邊。

　　她上樓去打電話；我跟在她後面。

　　「是萊阿（Léa）。你有好奶嗎？順當嗎（Ça roule?）？……腰上沒有酸痛嗎？他吃過了嗎？啊……？用哺乳瓶的嗎？」

　　在那狼藉著花瓣，麥管（chalumeaux），折斷的洋娃娃，科加因（cocaïne），幽會和拉謝爾粉（poudre Rachel）的沒有水的盥洗室裏，我們格外互相認識了。她無情地在燈下對著鏡子鑑照自己，竟至對鏡中她自己的嘴脣接吻。在她呵上去的水氣上，我畫了我的

心。她把一個肩聳了一下。

她穿著一件繡衣，上面有幾個銀色的中國官員在一座寶塔的門口議事。

「沒有房間出租嗎？」我問著，同時把我的手指一一地點著那在她胸前的一層塔的門。她像一個大寫字母（majuscule）似地挺起身子來：

「你老是來這一套嗎？」

那個在一件外套上拭着手的盥洗室的侍女轉過身來為我疏解。

「是的，你神氣倒像是一位紳士，」萊阿說。「可是我醉了的時候，我老是弄錯的。」

從陽台上，在那些直豎著的提琴的弓上面，人們可以看見穿著浴衣的黑人的半身，在那裏空空地咀嚼著，因一種神聖的熱病而戰慄著。地下鐵道的分軌似的扭曲的黃銅的澤蘭（iris），映照著賽納河（la Seine）的風景；那風景現在已不為工廠所蹂躪，卻泛濫著詩意，而在那裏，又有畏寒的裸體在洗浴。身體和身體緊擠在華爾斯舞的大桶（cuve des valses）裏，那些跳舞的人接踵著，舞廳中有肉汁（bouillon-minute）的氣味，孵退蛋（œuf couvi）的氣味，腋臭的氣味和「一日將至」香水（un Jour viendra）的氣味。

「你住在那裏？」我對她說。「我愛你。」

「你是開玩笑呢還是有心（t'as l' béguin）？」

「照例兩者同時都有。」

她不可免地說：

「我好像已經在什麼地方看見你過？」

「你是我的妹妹？」我吻著她的衫子說，「而且是少不了的。」

[她看起來我大概是大膽，可鄙而且完全沒有主見的吧。她擺

脫開去。

「你神氣好像很著急。」

「不，可是我所做的一切，我都做得很快而很壞，因為我怕要做的渴望消滅得太 [快] 了。[2]」

「快兩點鐘了，我該得溜啦。」

「可是你得先告訴我，你為什麼時時走開去？你賣『那個』嗎？」[3]

她張開了眼睛，像煎蛋似的：

「不見得，」她回答。「我不想吃五年官司。」

「那麼呢？」

「那是為了要聽聽我的朋友的消息，他在那兒工作。」][4]

「你的朋友，他是幹什麼的？」

「他是選手……一個 SIX DAYMAN……

「他跑六天。你難道沒有聽人說起過伯諦馬底曷（Petitmathieu）嗎？你是從那裏出來的？」

她一下子披上了九十八隻白 [兔] 子。

「我沒有叫我的車夫等我。替我叫一輛街車。到格勒奈爾（Grenelle）那邊去。」

沿著一條彎曲的賽納河，里程表像一顆發狂的心一樣地跳動著。沿著古爾拉雷納（Cours-la-Reine）的碎落的桃色的珍珠，發燐光的溝口，她的乾咳，衷情透露的草稿，我的過了教塲（Champ-de-Mars）不再說曖昧的話的自誓，青菜的貨車。

「我愛馬車，」我說。「我們本來就應該坐一輛這種馬車，而在那裏過幾個月的生活，一直到認識牠的燈，牠的彈簧，牠的橡皮輪。你要曉得，祇有于爾班公司（les stores des Urbaines）馬車簾

子是只放得下一半的，而當巴黎在煙霧後面蠢動著的時候，當人們做著使世界人口減少的事的時候，碰到一匹不起勁的小牛似的馬是有味兒的……[」]

　　格勒奈爾。水在橋的軛下俯折著。紅色的燈照在戀人們的欄[杆]上，綠色的燈照在商人們的欄[杆]上。十四法郎二十五生丁。

　　我不安地説：

　　「你住在巴黎嗎？」

　　「蠢貨，」她説。「誰對你説我住在那裏？我到冬季自由車競賽場（Vel' d'hiv.）去，去看兩點鐘的賞金比賽。」

　　一條地下廊通到觀覽席去。格里希廣塲（La Place Clichy）所[賣]的那種不值錢的氈門簾被風所[吹]起著。[5] 在半路上，我們頭頂上起了一陣雷聲。鋪地板呻吟著。接著，那木造的競技塲以及牠的由一片分成圓錐形的光組的霧所接連著的玻璃頂蓋，便顯現出來了。在那些塗琺瑯的小傘下，許多弧光燈在競技塲中巡迴著；萊阿尊嚴地跂起了腳尖。

　　「你看：黃色和黑色……蜂組（Les Guêpes）……第一流選手的一隊。現在跑著的是房・談・霍文（Van den Hoven）。他們就要去叫醒伯諦馬底曷來參加兩點鐘的獎金競賽了。」

　　細長的[笛]子聲切斷了長天。[6] 隨後有四千個吶喊，那是從喉嚨深處發來的巴黎人的吶喊。

　　那個澳洲選手想衝上前去，達到終點前的爭趕開始。我看見那些高出在廣告牌上面的平民們緊張的臉色和興奮的眼睛。樂隊奏起樂來。拉特里式（Latriche）在唱著。人們把「快點，老哥！」（Hardi coco!）合唱著，這使人興奮起來。那十六個競賽者每隔二十秒鐘經過一次，一個也不落後，成著緊緊的一串。體重稱量處是在自由

車競賽塲的底裏，在每個盡頭，轉折處是像牆壁一樣地直立著，使那些競賽人在他們的突進中一直衝到「最純淨的汽油」（LA PLUS HOMOGÈNE DES ESSENCES）那幾個字上面，揭示牌活動起來，有些數字降下去，另幾個數字升起來。

「第四夜。第八[十五]小時。[7]二三〇〇百公里六五〇公尺。」

「噲，你看他在那裏，你看我的好人（mon chéri）上車了，」萊阿說。

伯諦馬底曷還獨自個轉著，擺著身體，頭髮是鬈曲的，項頸是骯髒的，眼睛是像貓眼一樣地虛偽。

「他真了不起，第四夜還這個樣子，這孩子。」

那塗鎳的傳話筒報告著兩個一百法郎的獎金。手鎗開出這獎金的出發信號。

「我們走上前去吧，現在更上勁了。哈，他已經看見我們了。」

他看見了我。我正携著萊阿的手。我們交換了一次男子對男子的憎恨的目光。

那還成些螺旋形拉長著的聲音，是愈轉愈短了。出發鐘一打，那簡直就像一個打出去的彈子，於是那十六個人便經過了，被彎曲的轉彎處又拋擲到直線上。

「萊阿，」我低聲地說，「我願我們『躺在歡愉之中』（couchés en délices）像那位老加爾文派（calviniste）阿格里巴·陀比涅（Agrippa d'Aubigné）所說的那樣。你早晨吃什麼？」

群眾的吶喊是非人性的。

「你這傻子，」她回答。「當這個好人在木板上兜圈子的時候，我們倒作樂起來；我覺得，在這六日六夜之中，如果我除了他以外還想別的東西，那麼我便會變作疾病，水槽的髒腳和爛泥了。[」]

在終點，像鯉魚撲到一片麵包（quignon）上去似地，那密生著汗毛的意大利人，那巨大的瑞士人，那幾個生著再去當兵的人的面顱的高爾斯人（Corses），以及在那些金髮的弗朗特爾人（Flamands）之間的一切黑人，都撲到那獎金上去。

「完了。那澳洲人得勝了。運氣真壞！伯諦馬底曷讓他們抱住了，」萊阿說。「他就要下車來，我們去看他吧，那心肝（amour）。」

選手們的區域在競賽塲的盡頭，在小轉彎的那裏生長了出來。每人有一間木板的小屋子，外面遮著一張幕，裏面是一張行軍牀。在一塊牌上，人們看見這幾個字：「維洛克斯壇，伯諦馬底曷—房 [·] 談 [·] 霍文隊。」（*STAND VELOX. ÉQUIPE PETITMATHIEU-VAN DEN HOVEN*）一張探照燈一直照到那些小屋的底裏，使群眾可以把他們所歡喜的選手的一舉一動都看得出來，甚至在他們休息的時候。那些穿著醫院的白色手術衣的服侍的人們，帶著盤子的響聲，在煤油和脂肪的污斑之間來來往往走著，用雞蛋和樟腦在花園椅子上面調合著塗擦劑。拆下來的刺輪（Roulements démontés），車架，橡皮的圓片，浸在盥洗盆中的黑色的棉花。伯諦馬底曷是朝天躺著，手枕在項頸下，把有粗血管的毛腿伸給按摩人。那人把腿輕拍著，把牠們弄得像布一樣地軟。

「皮班頓（Bibendum）你答應讓我吻他吧，」萊阿對理事說。

伯諦馬底曷張開了一隻眼睛。

「經過很好（Ça va bien），」他不樂意地說，一邊把她推開去。「讓他去幹他的事兒吧。」

「你沒有剃鬍子嗎，我的無賴？」

「不要來跟我胡鬧。」

沉靜了一下。那些選手們成著一條線過去，擦著我 [們]，[8] 而他們的影子是描畫在簾幕下面。裸露的腿像機械那樣地轉動著，房・談・霍文在經過的時候向我們喊著 [：]

「振作一點，明晚快到了！（Vivement demain soir!）」

我和伯 [諦] 馬底曷相見了，可是他竟有不當我在面前的神氣。他喃喃地自語著。你以為他們請得他起來去爭一個婊子獎金嗎！而且還是只有一百個法郎。倒霉的看客！那些帶著自己的婆娘來的空心大老官們，不為了來勾引別人的老婆已經是很好了。

他的大腿現在已是濕淋淋的象牙了。

「伯諦馬底曷，快起來！」不滿足的群眾在畫著伯口汽車廠（Peugeot）的獅子商標廣告牌上面喊著。他做了一個手勢，表示他已經夠了。

一些骯髒的機械匠，長著五天的鬍子，穿著茶褐色的襯衫，正在把塗松香的細繩縛在自由車的把手上，[把要試] 驗的輪子放在一起，[9] 旋緊了螺絲釘。

伯諦馬底曷並沒有覺得舒服。

「肚子，你打算什麼時候來弄我的肚子啊？」

那按摩人拉下了短褲的寬闊褲腰（l'élastique de la culotte）；在肚臍下面可以看見寫著：「非洲步兵第 [四] 聯隊第一連 [10]」（*4e régiment de zouaves, 1re compagnie*）和那標語「盡力為之」（*Tant que ça peut*）；他用手掌平平地在肚上按摩著。

「用滑石粉塗在我的屁股上。」

那些剛由自己的同組人輪替了的人們，下車去睡兩小時。那些司理們握住了把手和坐墊止住了他們，解開了縛在踏腳上的皮帶，小心地把這些雛馬（poulains）抬到牀上去。

隨後一切整頓著等待夜了。不論囂聲怎樣響，那些選手們總還打著鼾。另一些選手呢，走出了蓋被，從這一張牀走到那一張牀地開著玩笑，好像在營房裏似地。人們聽到打氣筒的聲音，接著是安全瓣放出來的被壓搾的空氣的聲音。

像一個死屍一樣地伯諦馬底曷老是朝天躺著，那裝飾著四方的黑色的指甲和鋁質的指環的手指，是交叉在胸上。萊阿在他的腳邊坐下來，拿胭脂塗在頰上，我便走了開去。

在那小屋後面，我聽見伯諦馬底曷説：

「我可不是不准你在競賽的時期踏進馬克沁酒店（Maxim's）嗎？」

萊阿解辯著説，她是太興奮了，她不能夠躭在家裏。她不能夠睡眠。她祇想著他，祇想著他的在努力著的美麗的大腿，祇想著他的生著黑色的鬈髮，卓別靈式（Charlot）的鬍子，[11] 顎骨和那老是直瞪著教練員的後輪的眼睛的可愛的臉兒，祇想著他的用螺鈿鈕扣扣在項頸上的石榴色的運動毛衫。這難道是他的初次試驗嗎？去年當他在美迭生方塲（Madison Square）比賽的時候，她可不是在電報局裏過 [著] 生活的嗎？[12]

那些競賽者們，被那一百零五小時的勞動和二千八百七十二公里五百八十公尺所壓潰了，在車輪彈子的銀聲中成著一條線轉著。一個黑人領著頭。有幾個人已 [戴] 上了眼鏡。[13] 往往其中有一個人的車胎炸了或是一條鐵鏈脫落了。人們 [匆匆] 地喚醒了他的睡眼矇矓的同伴，[14] 強把他扶坐到坐墊上去；這人便一邊睡覺一邊黏附到那一串競賽者之中去。像在一切的夜盡的時候一樣，那轉圈子變成單調的了；在那種夜盡的時候，除了真個要昏倒以外，那些競爭者是沒有一個人想「溜之大吉」（se sauver）的。一個十噸的沉

靜降了下來。

　　萊阿到觀覽席中來和我相會。

　　「你 [走] 吧（Cassez-vous）。否則他是不能夠睡著的。他時時刻刻地監視著我們。他知道我和什麼男子在一起，而他又不能離開他的那間牢房，那就會使他發狂了。疲倦會越來越增 [加]，[15] 他又會越來越神經緊張了。

　　「並不是他恨你，他甚至還覺得你很有點兒可愛，不過總有點兒傻，」她繼續說：「可是他卻恨我。他不願意我到馬克沁酒店去，也不願意我跳舞。他是一個硬繃繃的人。」

　　因此我知道伯諦馬底曷祗准她到那些自由車競賽人常去的愛克賽爾修爾啤酒店（Excelsior）去拿信和見客。在那裏，從伙伴們和侍者們那兒，他總可以知道一切。

　　我答應給她一個不意的快樂，答應送她一件禮物也都沒有用，毫無辦法，我不能說動萊阿到我的住所去。我所能得到的祗是在明天下午去探訪她。我需要她。她描出漂亮的肥肥的曲線，而她的粗澀的嗓音 —— 一種蠱惑 —— 又使我心醉。她那一身用香油塗過，用香水洗過的嬌柔的皮膚，那一切的珠寶，秘藏的美味（mets），顏色（teinture），藥品（drogues），柔情（tendresses），都是由那雙現在珍貴地捲在毛毯中休息著的，像活塞（bielles）一樣的強有力的毛腿支配的。這是一整個不合理然而也是自然的遊戲（我以第三者的身份加入了這遊戲），牠使我驚訝，使我發怒，然而在同時，也祗有牠給與了我能忍受這難堪的時間的力量 —— 在這時間中，那些夜的愛好者（amateurs de nuit）看到自己是不得不承認戰敗了的（s'avouer vaincus）。

　　落日。石榴水（Grenadine）。時間是像在瀝青一樣地平滑。

縱然有那苦酒的烈味，一種平定的感覺總降落下來。我在馬欲門（Porte-Maillot）啤酒店等待著萊阿。她 [僱] 了馬車從蒙馬特爾（Montmartre）下來，[16] 穿著一件水獺皮大衣，來喝幾杯淡酒（les apéritifs à l'eau）。

「這使我回想起我的青春，我便是在那個時候認識了伯諦馬底曷的。那時我是在阿加西亞路（rue des Acacias）租了一個房間住的。」

我的第一句話就是問她比賽的消息。

「有點疲倦了，」她說。「腰痛。還有肚子痛。可是另一個佔先的隊伍裏的人也是這樣。那澳洲人已不中用了。關節液充溢（Épanchement de synovie）。他沒有辦法了。他們整個上午硬撐著；轉圈子吧了，還有什麼！」

「那麼房·談·霍文呢？」

「老是轉著，像一個野人一樣。可是頭腦和聯絡（combine），你要曉得，是都已經沒有了。在那作一番決戰的是皮班頓和伯諦馬底曷。[」]

我看出我重見萊阿的快樂已並不是沒有混雜的了。我愛她的平民的手，她的五十法郎鈔票的顏色的眼皮，—— 那顆被力量所魔法地打開了的荒蕪的心，可是我不能忘記那在那邊繼續著的圓轉的鬥爭（la lutte ronde）。

那些排列在人行道旁邊的顧客的汽車用盡了種種奇異的形式。牠們是大礮，遊艇，浴盆，飛艇。有的呢，卻祇是 [匆] 促地蓋著一個香檳酒的空箱。[17] 牠們的主人是那些那樣美麗的好修飾的青年人，他們在上林苑大街（avenue des Champs-Élysées）的一間鋪方磚的陳列室中（那裏祇有一株 [椶] 樹（palmier），[18] 一塊小地氈

和一個塗鎳的框子），在一方厚玻璃後面幾小時地等待著。這使我回想起盎斯德當（Amsterdam）妓女區中在玻璃窗後面的那些女人。

侍者們在桌子之間飛翔著，每個手指間拿著一杯黑色的飲料。穿著罩衫的機械工人，周身繞著橡皮胎的自由車騎手，從居尼（Cuny）出來的拳師。每個人都用自己本行的手勢和朋友打招呼。懇切地，中級體重拳師們（bantams）互相在腰上打一拳，足球員們互相在腿上拍一下。

萊阿是永遠美麗的，反抗的。單單那一條我特別去買來的黃色和黑色 —— 蜂組的顏色 —— 的領帶感動了她。她戴著一頂白色的大呢帽，帽上插著一支鷺羽，又戴著一雙使人想起西邊和對鏡向背後開鎗的婦女的耳環。我把這個對她說了。我也對她說，我不是像以「盡力為之」做標銘的伯諦馬底曷那樣一種人，對她說我接連六日六夜的什麼事也不要做，對她說醫生禁止我洗冷水浴，對她說我日常生活中老是可怕地做了「應做的事」（ce qu'il faut），對她說我的心是一個和我完全沒有關係的東西，對她說那些生鬈髮的很瘦小的婦女也有著她們的可愛之處。

反之，當她知道了我游過意大利的那些湖，認識「提伯萊雷」（*Tipperary*）的作者，以及我有著霞飛將軍（maréchal Joffre）的手跡的時候，[19] 她顯得著迷了。我甚至還誇口說，在我的畫室裏，我有一個阿剌伯酋長（chef arabe）的帳篷的原樣的複製，還說我能為她在提琴上奏出達爾諦尼（Tartini）的魔鬼曲（Trilles du diable）。[20]

她凝視著我：

「這樣說來，你不是一個平常人了。」

「謝謝你，萊阿。祇有婦女們對人說這樣的話；然而特別是對於婦女們，一個人總是和平常人一樣的 [。」]

　　附近的汽車駕駛教練所衝出一種惡臭的氣味。人們聽見遠處有一團狩獵的人在城壁下經過,而這如此幽鬱的角聲,是在那像一隻泊在一個破產的造船廠裏的大郵船的船 [身] 一樣的盧拿園(Luna Park)的遠景下應響著。[21]

　　空空洞洞的過了一個白天,當晚來到自由車競賽塲的時候,[22]我不得不爽然地承認,我為了競賽而去的成份,並不比為萊阿而去的成份少一點;揭示處(à l'affichage)什麼也沒有改變。可是立刻起了一陣混亂。那六個競賽人成著一條彩帶似地轉著,其中混和著綠色,黃色,白色,[石榴](grenat),[23] 橙色。在標記他們的途程的鐘聲之中,他們用柔軟的踏腳磨損了被一轉轉的圈子所研光的地板。

　　伯諦馬底曷是騎在車上;他看見了我,便用他的左眼皮向我作了一個友誼的微笑:在第一百三十一小時,近三千四百二十一公里的時候,有了一種衝到前頭去的企圖。在那些正在吃飯的時候驚起,嘴裏還滿含著食物的群眾的推擠之下,欄杆呻吟著。

　　那個黑人,把鼻子貼在把手上,像一枝箭似地出發,轉了一個彎,維持著他的領首地位。那些跌痛的人,那些扶著腰的人,那些車胎爆 [裂] 的人,[24] 是輪流地落後,又立刻被趕上。由伯諦馬底曷領著頭,那一班人追蹤著那漸漸氣盡力竭而轉過頭來望著的黑人,一直衝上去;那黑人的同組人正在睡覺,並不前來;群眾喊他來幫一手:

　　「老哥,鬼臉兒,上車啊!」

　　一個侍者從二層樓掉下了一個啤酒杯。全塲在狂喊聲,尖呼聲,哨子聲之中戰慄著,一直到那黑人豎直起身子,把他的兩隻手放在扶手中央的高起部分,順勢滑著,表示他已經認輸了纔為止。

那時，我便走到選手們的席位（quartier）去。

伯諦馬底曷開始大模大樣地進食了。他已洗過臉，刮過鬍子，好像是一個穿著羊毛浴衣的漂亮孩子，手裏拿著一根肋骨在咬著。萊阿坐在他的牀邊，看著他咀嚼，她的目光是濕潤而柔馴的。他請我喝了一杯香檳酒和一份盛在溶汁罐中的打雞蛋（œufs à la neige）。

我很矜傲居然認識了這位選手，這個秩序單（programme）上所謂「競車界的名角」（un ténor de la pédale）的人。我漸漸對於他的靈活的腿，他的沒有傷損的膝頭感到驕傲。我向他表示出我的同情，又鼓勵著他。

「我領帶了這群獵犬，」他簡單地解釋。「那個黑人這樣下去不久就心碎（écœuré）了。重要的是大家協力。」

伯諦馬底曷所使我最驚異的，便是他的鎮定，在那塲追逐之後幾分鐘就平靜地，像一個平民似地進食（dînnant paisiblement, en bourgeois），[25] 四面由他的慇懃的看護員，他的心愛的妻子（sa femme aimante）環繞著，身子陷沒在坐墊之中，背後是一張給他在空間剪裁出的一種室內的姿態的籐花屏風。

萊阿溫柔地握著他的一個手指，一句話也不説。我同樣地愛著他們兩個。我把這意思對他們説了出來。

我們碰著杯子喝酒。萊阿唸著這個祝詞：

敬祝我們的健康，

牠是我們大家所寶貴的，

又是我們那麼地不可少的，

因為有了健康就可以有錢，

有了錢就可以買糖，

有了糖就可以捉蒼蠅。

(*A notre santé qui nous est chère à tous*

et qu'on a tant besoin

parce qu'avec la santé on peut avoir de l'argent

avec de l'argent on peut acheter du sucre

avec du sucre on attrape des mouches.)

伯諦馬底曷向我訴說著他的幸福:

「她真好玩!可是總之還是一個好女孩子。在需要的時候,她早就預備好小食,繃帶,和一切別的東西。還預備好一個會吹喇叭又熟認一切香菌的按月支錢的車夫。她知識豐富又健談,使交際塲中的人都歡笑。在我們私自之間呢,她有一片描著像地圖上的河流一般的脈絡的皮膚,一頭一直垂到腳跟邊的頭髮(不是現在的那些女人所有的那些三縷短頭髮,而且又是不叫細梳子吃力的),那樣出色的乳房,真是地道的冷藏肉(vrai frigorifié);再說,牀上也賣力,而且不是祇靠一隻大腿的功夫;吃過東西就洗牙齒,鉗蘆筍的時候用專用的鉗子,而且從來不穿緊身小衣(corset)。」

「你會知道的,」他說,「當你更和她熟識一點的時候。」

樂隊演奏著一支波斯頓舞曲,起伏有如過山車。人們從美妙的峰頂急降到覆奏的憔悴的谷中去。一些頰下搽粉的戲子在散戲塲之後到來了。他們想跳舞,可是群眾卻把他們視為裝腔作勢的人(feignants),浮誇的傢伙(crâneur),飯桶(mangeurs de saucisson)。

我離開了那個高談闊論著,逗得群眾有趣,假裝要在小舍中和萊阿睡覺的伯諦馬底曷。

我不得不答應第二天再來看決賽而在那裏過夜。

*　　　　　　　*　　　　　　　*

　　第六夜，第一百 [五] 十八小時，[26] 三 [九] 六二公里五七〇公尺。[27] 同樣單調的光景。疲倦了，那些栗鼠一邊轉圈子一邊睡覺；一個人撞著別人的後輪，倒下去，把同伴的人都帶倒了。人們聽到英國話的喊聲，土耳其話的咒罵，有時又聽到一個放棄競賽的選手所發出來的叫囂聲；隨後，圈子又轉起來了。

　　夜已深了。夜間的短程競賽已結束了。那些選手轉著，手反向著，使手腕可以休息，頭上裹著過山 [帽]（passe-montagne）以防夜寒。[28]

　　伯諦馬底曷在他的籠中休息著。房・談・霍文在做著他的夜間的無名的操作，而把那行將開始的最後幾小時的顯赫的工作留給他的同伙。我向那臉兒已被疲乏所改變了樣子的皮班頓自薦幫忙。我脫掉上衣，把一圈橡皮輪浸到一個水桶裏去測驗有沒有漏洞。我正在做這事的時候，萊阿來了，我是那樣地忙碌著，竟不大和她說話。她怨語起來。我聳了一聳肩。

　　許多的看客在那裏度夜。躺在粉紅色或是蒼黃色的體育新聞紙上面，一些孩子在那裏睡覺。陸軍士官學校的值日生，[泰] 福之家（grande maison）的汽車夫，還未上工的莫里諾工廠（Moulineaux）的工人，還未到辦事所去的職員，穿著喪服的外省夫婦，都正打著呵欠，又玩紙牌，開酒瓶以免睡去。

　　「于葉納（Ugène），」有一個人說，「把香水噴瓶遞給我。」

　　＊　　　　　　　　＊　　　　　　　　＊

　　我們裹在重重的毛毯中，頭靠在蔴袋上，並排並地等待天明。萊阿握住了我的手。

　　「多麼細的骨頭！我覺得我要為你情 [癡]（chipée pour vous）了，」她說著，好像是那些矯作的流行俗曲中的歌詞似的。她的

音［調］是溫柔而有味（douce et savonneuse）。「你正是一個選手的反面。你的神氣倒不如說像是一個教士或是滑稽歌人。你並不說［話］，[29] 但是你卻精神飽滿。再說，我一向夢想著和什麼不很健康的人來往。例如一個青年藝術家，穿著翻領襯衫，有深藍色的脈絡和尖尖的細鬚的……我是屬於你的了（Je suis à toi.）。」

「什麼都不能使我更快樂，昨天還是這樣，」我愛撫著她回答。「而且明天或許也是這樣。可是今天，我的整顆心是在這裏；我為單單一個思想苦惱著，那就是伯諦馬底曷的勝利。我不屬於我自己；你也如此。我們已變成自由車競賽塲的一部分，競賽的一瞬間，勝利的等待。再過幾小時，你便想想那些攝影機的撥動，那群眾，那些號外新聞，那掛萬國旗又有國會議員參加的大宴會。我們大概都有一點點份兒，使我們的勝利者獲得這一切吧。[」]

「我親愛的人，」萊阿困窘地說，「你有一顆好良心。那真好。真有感情（délicat）。我格外愛你了。」

失望揉曲著她的嘴唇。

她不再說話了。她閉上了眼睛。隨後我聽見她說，可是在夢裏：

「我不知道伯諦馬底曷要作何感想呢……」

在我們的右面，從「永保油漆」（Éternol）的廣告牌上面，從玻璃櫥上面，一片淒清的曙色顯現了出來，受著自動鋼琴的敬禮。我唱著：

在曙色和牠的曖昧的沐巾裏，

一聲聲交啼著雄雞；

桃色的背棄，攛圾箱裏的花枝，

我的愛情奇異地消滅，當你睡眠時。

（*Dans l'aube et ses draps douteux*

les coqs ébréchés s'interpellent ;

reniements roses, fleurs aux poubelles,

mon amour diminue singulièrement pendant que vous

dormez.）〔本篇完〕

1　〈六日競賽之夜〉於《香島日報》副刊〈綜合〉的連載日期為 1945 年 6 月 28-30 日，7 月 2-7、10-12 日，共十二期。本文乃據法文原著校訂，參考 Paul Morand, *Nouvelles Complètes*, Tome I, Édition présentée, établie et annotée par Michel Collomb, Paris: Gallimard, coll.《 Bibliothèque de la Pléiade 》, 1991.

2　「太快」，原文誤植為「太怏」。

3　「那個」，即上文提及的「科加因」，今譯可卡因。

4　以上九句譯文中排序有誤，現據法文原著校訂。

5　「賣」，原文誤植為「買」；「吹起」，原文誤植為「吸起」，現據法文原著校訂。

6　「笛子聲」，原文誤植為「叫子聲」，現據法文原著校訂。

7　「八十五」，原文誤植為「八〇」，現據法文原著校訂。

8　原文無法辨識，現據法文原著增補。

9　原文無法辨識，現據法文原著增補。

10　「第四聯隊」，原文誤植為「第西聯隊」，現據法文原著校訂。

11　編者案："Charlot" 為差利・卓別靈（Charlie Chaplin, 1889-1977）在電影《流浪漢》（The Tramp, 1915）中的角色。

12　「過著生活」，原文誤植為「過卻生活」。

13　「戴上」，原文誤植為「帶上」。

14　「匆匆地」，原文誤植為「怱怱地」。

15　「增加」，原文誤植為「增來」，現據法文原著校訂。

16　「僱了」，原文誤植為「肩了」。

17　「匆促地」，原文誤植為「怱促地」。

18　「櫻樹」，原文誤植為「梭樹」。據法文原著、戴望舒 1928 年〈六日之夜〉及 1929 年〈六日競走之夜〉的譯本校訂。

19 編者案：霞飛（Joseph Joffre, 1852-1931），法國將軍，一次大戰期間指揮在法國的盟軍。

20 編者案：達爾諦尼（Giuseppe Tartini, 1692-1770），意大利作曲家及小提琴家。

21 「船身」，原文遺漏「身」字，現據法文原著增補。

22 「的時候」，原文誤植為「的的時候」。

23 「石榴」，原文誤植為「榴石」。

24 「爆裂」，原文誤植為「爆烈」。

25 編者案：戴望舒分別在 1928 和 1929 年發表〈六日之夜〉及〈六日競走之夜〉的譯文中，此處均按法文原著譯為「資產階級式地安然地進食」（dînnant paisiblement, en bourgeois）。1945 年的譯本〈六日競賽之夜〉疑因戰爭政治環境，此句刻意改譯為「平民似地進食」。

26 「第一百五十八小時」，原文誤植為「第一百二十八小時」，現據法文原著校訂。

27 「三九六二公里」，原文誤植為「三三六二公里」，現據法文原著校訂。

28 「過山帽」，原文誤植為「過山頭」，現據法文原著校訂。

29 「說話」，原文誤植為「說語」。

編者前言：

　　戴望舒翻譯的〈淑女化狐記〉（*Lady into Fox*, 1922）於 1945 年 7 月至 8 月期間刊載於《香島日報》副刊〈綜合〉所設「新譯世界短篇傑作選」專欄，合共四十一期。[1] 他在〈新作露布〉中簡單介紹了英國作家加奈特（David Garnett, 1892-1981），以為他「以此書及《萬牲園中的人》（*A Man in the Zoo*, 1924）馳名世界文壇」，又表示「《萬牲園中的人》我國前有徐志摩譯本，惜未譯完，此書則從來未經人迻譯。」可惜戴望舒對〈淑女化狐記〉的翻譯，卻同屬未完稿。小說講述故事主人公的妻子變狐，人和動物之間卻嘗試重新建立親密關係，其中動物野性的刻畫與人物心理描寫極為細緻，展現香港淪陷時期戴望舒選譯作品的不同風格。

淑女化狐記

〔英〕加奈特著、戴望舒譯

神奇怪異的事是並不那麼地罕有的，牠們衹是發生得不規則而已。所以，可能整整一個世紀沒有一件奇蹟可言，隨後卻又來了豐饒的奇蹟的收穫；各種的怪物突然 [蜂] 湧到世上，[2] 彗星在天上輝煌，日蝕月蝕使自然界恐怖，流星像雨一樣地隕落，同時水女（mermaids）和人魚（sirens）媚惑著世人，海蛇吞沒每一隻航過的船，而海嘯又包圍著人類。

但是我要在這裏講的這件奇怪的事，卻是單獨，沒有支撐又沒陪伴地來到一個懷著敵意的世界中的，而就為了這個理由，牠並沒有怎樣引起人類廣泛的注意。因為特勃立克太太（Mrs. Tebrick）的突然變作狐狸是一件確切的事實，[3] 我們是可以任意試加解釋的。當然啦，我們最大的困難是在於解釋這事件並將牠和我們的常識調和，而並不是在於把一個故事作為真實接受，因為這故事是已那麼充分地證實了的，證人不衹是一個人，卻有十二個，那是可敬的人，而且他們之間也 [絕] 對沒有自相矛盾。[4]

但是我在這裏衹限於把這件事情的發生以及事後的一切，作一番確切的敍述。然而我卻也並不勸阻我的任何讀者去探求這件顯然的奇蹟的解釋，因為一直到現在為止，沒有一個解釋是令人完全滿意的。我認為，那使困難格外增大的，就是那變形發生的時候，特勃立克太太已經是一個成年的婦女了，以及這事件又是突然那麼快地發生了的。一條尾巴的生長，狐毛在身體上的逐漸的現出，全身

骸骨由於生長過程的慢慢的變化等等，雖則也是古怪，但總不[至]於那麼不可能和我們通常的觀念調和，特別是假定這事是在一個孩子身上發生的時候。[5]

但是在這裏我們卻碰到了一件十分不同的情形。一位成年的婦女一瞬間變成了一隻狐狸。這是任何自然哲學所不能解釋的。我們這時代的唯物論在此地一點也不能幫我們的忙。這實實在在是一件「奇蹟」；一件完全從我們世界以外來的事；這一種事件，如果我們是在聖[經]中碰到，[6]有神示（Divine Revelation）授與權威的解釋，那些我們是很願意接受的，可是當牠是在牛津驛（Oxfordshire），在我們的鄰舍之間，而差不多又在當代發生的時候，我們就不勝驚愕了。

那約略可以作為一個解釋的祇是猜測之辭，我在這裏把牠們都說出來，多份是因為我不願有所隱瞞，倒並不是因為我覺得牠們有什麼價值。

特勒力克太太的娘家姓確實是「令狐」（Fox），而且很可能這一類的奇蹟以前曾經發生過，所以這家族因而得到了這個姓氏（soubriquet）。他們是一個舊家，世世代代居住在唐格里霍爾（Tangley Hall）。[7]這也是事實：從前，在唐格里霍爾的內院中，繫著一隻半馴的狐狸，而我又聽到茶坊酒店中的許多議論家都認為這是十分重要的 —— 雖則他們卻也不得不承認説：「在西維亞（Silvia）小姐的時代，那裏倒的確沒有狐狸的。」最初，我曾經想，令狐西維亞在十歲的時候曾經參加打獵而飲過血這件事，也許能供給我一個重要的解釋。（譯者按，當時習俗，凡初次參加打獵者，必以獵得之獸血飲之。）她似乎很害怕或是很憎惡這種事，並且立刻嘔吐過。但是我現在卻並不覺這件事對於那奇蹟有什麼了不

得的闡明。然而我們卻也知道，自從那一天起，當預備打獵的時候，她老是可憐那些「可憐的狐狸」，而且一直到她結婚為止，她是從來也不親自打獵的，祇在她的丈夫要求之下，她纔親自打獵。

在一千八百七十九年，經過了一個短短的訂婚時期，她和特勃力克李卻先生（Mr. Richard Tebrick）結了婚，接著在蜜月之後，一同住到奧克森省（Oxon）斯多可（Stokoe）附近的萊蘭治（Rylands）去。這裏有一點我實在不能確定，那就是這兩夫婦是如何相識的。唐格里霍爾離斯多可有三十英里之遙，而且是一個十分荒僻的地方。就是在現在，也沒有真正的大路通到那裏，而更可注意的，便是在周圍數英里之內，那是主要的，而且是唯一的大廈（manor house）。

他們的認識是由於大路上的邂逅，或是由於特勃力克認識他的未來夫人的叔父那位牛津的牧師，而被他邀到唐格[里]霍爾去（這是更不浪漫一點，但卻更近情理一點），[8] 我可不能確定了。可是，不管他們是怎樣認識的，結婚卻十足圓滿。新娘年方二十三歲。她生得矮小，手和腳都非常小。也許是值得注意的事是，在她的外表上，一點也沒有狐狸一般地潑[辣]或狡點（foxy or vixenish）。[9] 正相反，她是一個十分美麗而可愛的婦人。她的眼睛是鮮栗色的，但卻異常地光輝，她的頭髮是黑色而隱隱帶著紅色，她的皮膚是櫻色的，有幾點雀斑[,]有一兩粒黑痣。在態度上，她是拘慎至於怕羞，但卻十分有自制力，而且落落大方。

她是由一個教養有方[才能]無限的婦人嚴格地領大的。[10] 這婦人是在她結婚之前約[莫]一年的時候纔去世。[11] 因為她的母親是早已亡故了，而她的父親又長期臥病在牀，並且在逝世之前一段時期中神經錯亂了，他們是除了她的叔父以外不大有客人來訪的。

她的叔父常常到他們家裏去，一住總是接連一兩個月，特別是在冬天，因為他喜歡獵山鷸（snipe），而在那地方的山谷中，這種 [野] 禽是很多的。她之所以沒有變成一個粗蠢的鄉下大姑娘，也就是多虧了她的保姆的嚴格和她的叔父的影響。但是，生活在一個這樣荒僻的地方的，縱使有良好的宗教教育，也是很可能使她有一點生野的脾性的。她的老保姆常常說：「西維亞在心地裏總一向是生野的 [。」] 這話是否真的 [，] 除了特勃力克先生以外，可就沒有別的人看得出來了 [。]

在一千八百八十年年初幾天的一個午後，夫婦二人到那臨瞰著萊蘭治的小山上的樹林中去散步。在這個時期，他們的態度還好像是一對情人 [，] 而且是寸步不離的 [。] 正當他們在散步的時候，他們忽然聽到了一片獵犬的 [叫] 聲，[12] 隨後又聽到了獵人的遼遠的號角聲。在聖誕節的翌日，特勃力克先生曾經費了很大的勁兒說服他的妻子去打獵，雖則她對於騎馬頗有興致，可是她對於那次打 [獵] 卻毫不感到趣味。

在聽到了打獵的時候，特勃力克便加緊了腳步走到樹林口去，因為如果那些獵犬從那邊來，他們便可以有機會看得到。他的妻子稍稍落後，而他呢，握著她的手，開始差不多拉著她了。在他們還未走到樹林口以前，她突然猛力地把她的手從她丈夫的手中拔出來，而且發出一片喊聲來，以致他立刻回過頭去。

在那一瞬間之前他的妻子所在的地方，他看見了一隻顏色十分鮮紅的小小的 [狐] 狸。[13] 牠求懇似地望著他，向他走上前一兩步，於是他就立刻懂得，他的妻子是在用這個畜生的眼睛望著他。你可以想像得到他是怎樣地驚愕失措，而他的太太，發見自己有了這樣的外形，無疑也是惶恐的吧。所以他們就這樣的相對著差不多有半

小時之久，除了互相呆看著以外什麼事也沒有做，他是心亂魂迷了，她呢，好像開口對他說話似地用眼光問著他：「我現在變成什麼了？可憐我吧，丈夫，可憐我吧，因為我是你的妻子。」

他呢，凝看著她，即使在這個外形之下也清楚地認出是她，然而他卻也不斷地自問自：「真是她嗎？我不是在做夢嗎？」；她呢，求懇著他，接著又撫愛著他，而且好像對他說，這正就是她；這樣地，他們兩個終於走近來，於是他便把她抱在懷裏。她緊貼著他，縮在他的大氅裏面，開始舐著他的臉兒，但她的眼睛卻永遠也不離開他的眼睛。

在這整段時間中，那做丈夫的不斷地把這件事在腦子裏轉來轉去，又不斷地凝視著她，但是他對於這件剛發生的事，卻一點也不能了解，祇是自慰自解著，希望這祇是一個暫時的變化，而她不久又會變還原形，再化為他的那個和他一心一體的妻子。

因為他與其說是像一個丈夫，還不如說是像一個情人，所以他心中起了一個想頭，覺得這件事是他的錯處：這就是為了他一向如果碰到什麼不如意事，他是永遠不責備她，卻總是責備自己的。

他們這樣地經過了好一會兒，到後來，眼淚從那隻可憐的狐狸的眼睛中湧了出來，她哭泣起來（但卻是靜默地），而且也顫動著，好像是發熱病似的。這樣一來，他也忍不住流淚了，他坐倒在地上，嗚咽了長久，但是在嗚咽之間，他卻吻著她，好像她還是一個女人一樣，而在他的沉哀之中，他竟沒有想到他所吻著的是一隻狐狸的嘴（muzzle）。

他們這樣地一直坐到差不多天黑，那時候，他稍稍振作了一下，接著便想到他必需設法掩藏住她，然後帶她回去。

他等到天完全黑了，這樣可以格外妥當地帶她回去而不被人看

見，他把她裹在大氅裏面，又扣緊了衣紐，不，他在熱情之中竟還撕開了他的背心和襯衫，讓她可以格外貼近他的心躺著。因為當我們為一種極大的悲哀所沉淹著的時候，我們的舉動總是並不像一個男子或婦人一樣，卻是像孩子們那樣的。孩子們對於一切苦惱的安慰就是把自己緊貼著他們母親的胸膛，而如果母親是不在那裏的時候，他們便互相緊緊地抱持著。

當天已完全黑了的時候，他無限小心地帶了她回去，同時也不讓狗嗅到她的氣味，因為狗一嗅到她的氣味，可就沒有辦法使牠們寧靜了。

這樣地走進了屋子之後，他所想到的其次的事便是藏過她不讓僕役們看見。他懷抱著她上樓一直走到臥室裏去，然後再走下樓來。

特勃力克家裏有三個傭人，那就是廚娘，女僕和一個曾做過他妻子的保姆的老婦人。在這三個女人以外，還有一個馬夫或是園[丁]（你願意怎樣稱他都可以），[14] 他是一個獨身漢，是寄住在半英里以外的一個勞工家裏的。

特勃力克先生下樓來的時候就撞到了那個女僕。

「貞尼（Janet）[，]」他說，「特勃力克太太和我剛接到了不好的消息。太太被叫到倫敦去，而且今天下午就動身走了。我呢，我今天還在這裏留一夜，來收拾我們的東西。我們要把這屋子封閉起來，所以我要給你和勃蘭特媽媽（Mrs. Brant）一個月的工錢，請你們在明天早晨七點鐘動身。我們可能要到大陸去，而我也不知道我們什麼時候回來。請你告訴其餘的人，而現在呢，請你預備我的茶，給我放在托盤上送到我的書房裏去。」

貞尼一句話也不説，因為她是一個怕羞的女孩子，特別是見了

先生們的時候，可是當她走到廚房裏去之後，特勃力克先生就聽到談話突然起來，還夾著那廚娘的大聲驚歎了。

當她帶著茶回來的時候，特勃力克先生對她説：「我不需要你到樓上去了。你去收拾你自己的東西吧，再對詹麥士（James）説，叫他在明天早上七點鐘預備好馬車送你們到車站上去。我現在很忙，可是在你們動身以前，我會再看見你們的。」

當她出去了之後，特勃力克先生便把托盤捧到樓上去。最初，他以為臥房已空，而他的狐狸已經走了，因為他到處也看不見她的蹤跡。可是過了一會兒之後，他看見有什麼東西在臥房的一角動著，瞧啊！她不知怎地鑽在睡衣裏面，拖著睡衣走過來了。

這一定是一種滑稽可笑的景 [象]，[15] 可是那可憐的特勃力克先生當時是太傷心了（以後他總是十分傷心的），對於這種可笑的場面，不能感到有趣。他衹是柔和地向她喊著：

「西維亞，西維亞，你在那裏幹什麼啊？」隨後他就立刻看出了她想做什麼，於是他又開始猛烈地責備自己 —— 因為他沒有猜出，[他] 的妻子雖則變了外形，[16] 也總不願意赤身露體的。他除非從衣櫥裏取出她的一切衣衫給她選，替她好好地穿上衣衫，纔能心裏安適。可是，正如你們所能想得到的一樣，那些衣衫現在都是太寬大不合她的身了。最後，他找到了一件小小的晨衫，是有時她在早晨所喜歡穿的。那是花綢（flowered silk）做的，鑲著花邊，袖子也很短，現在很合她的身。當他結著絲帶的時候，他的可憐的太太便用一片溫柔的目光感謝他，但同時卻也顯著羞愧之態。他把她安置在一張圈椅上，給她墊了坐墊，於是他們就一起喝茶。她很 [斯] 文地用一個碟子喝茶，[17] 又從特勃力克先生的手裏吃牛油麵包。這一切都表示 —— 或至少他這樣想 —— 他的妻子總還沒有變

樣子。她在態度之中是很少有野性，但卻十分 [斯] 文爾雅，[18] 特別是在她不願意赤身露體這一件事上，因此他就大大地得到寬解，而開始想像，祇要他們能夠 [擺] 脫世界而永遠獨處著，那麼他們還是可能幸福的。

園丁的聲音把他從這個太樂觀的夢中拉了出來。他聽到那園丁正在對狗說話，試想叫牠們安定下來，因為自從他帶著他的狐狸回來以後，牠們就不停地吠著，鳴著，號著；這一切，他是知道的，都是因為在屋子裏有一隻狐狸在著，牠們想咬死她。

他突然站了起來，向那園丁喊著，說他就要親自下樓去叫那些狗安靜，他吩咐那園丁走進屋子來，讓他自己去料理。這些話都是用一種斬釘截鐵的命令口吻說出來的，那人不得不照樣服從，但心裏卻不願意，因為他是一個好奇的人。特勃力克先生走下樓去，從架上取下獵槍，裝上子彈，然後走到院子裏去。那裏有兩隻狗，一隻是漂亮的愛爾蘭長毛獵犬，是他的妻子的狗（她在結婚的時候從唐格萊霍爾帶來的）；另一隻是名叫奈里（Nelly）的獵狐犬，是他養了十多年了的老狗。

當他走到了院子裏的時候，那兩隻狗 [就] 迎著他吠，又號了兩次，那隻長毛獵犬發狂地牽著鍊條奔跳著，奈里呢，顫抖著，搖著尾巴，一時望著牠的主人，一時望著屋子的門 —— 在那裏，牠清楚地嗅到了狐狸的氣味。

月光很亮，所以特勃力克先生可以儘可能清楚地看見那兩隻狗。他先一槍打死了他妻子的那隻長毛獵犬，接著他就去找奈里，請牠再吃一槍，但是卻找牠不到。那隻狗已不見了，可是，當他在查驗牠是怎樣擺脫了鍊條的時候，他卻發現牠實在是縮在牠的窠的盡裏面。但是這個把戲並沒有救了牠的命，因為特勃力克在沒有法

子拉牠出來的時候，就把槍膛塞進狗窠裏去，頂住牠的身體，而打死了牠。隨後，他就劃了一枝火柴，看了牠一下，看牠是不是的確死了。於是，讓那兩隻狗縛住鍊條死在那裏，特勃力克先生就進屋子裏去。他看見那園丁還沒有回家去，便給了他一個月的工錢打發他走，對他說，還有一件要他做，那便是就在當夜埋葬了那兩頭狗。

他的這種那麼奇怪又那麼斷然的態度，使僕人們十分不安。他在院子裏的時候，他的妻子的老保姆南尼（Nanny），聽到了槍聲，便雖則沒有事要做也急急跑到臥房裏去，而在開房門的時候，她看見了那隻可憐的狐狸，穿著那件小小的晨衣，半躺在坐墊上面，沉在一種那麼悲哀的夢想之中，竟至什麼聲音也沒有聽到。

那老南尼雖則決想不到會在那裏看見她的女主人，因為據說她的女主人已在下午動身到倫敦去了，卻立刻認出了她，就喊道：

「哦，我可憐的寶貝！哦，可憐的西維亞小姐！這是什麼可怕的變化啊？」隨後，看見她的女主人驚跳了一下又望著她的時候，她便喊道：

「不要害怕，好人，一切都會沒有事兒的，你的老南尼是知道你的，到後來一切都會沒有事兒的。」

但是，她雖則說了這樣的話，卻不想再看，眼睛儘望著別處，免得碰到她的女主人的狹長的狐狸眼睛，因為這在她是太難堪了。因此她就立刻跑出去，怕給特勃力克先生發現了，也許會因為她知道秘密，而將她像那兩隻狗似地殺死。

一直到那時候為止，特勃力克先生所做的事，如打發他的僕人們，打死他的狗等等，都好像是在夢中似地。現在呢，他喝了 [兩] 三杯純威士忌壯壯氣，[19] 然後抱著他的那隻狐狸上牀去，便呼呼地

睡著了。她是否也是如此，我卻説不出，而且恐怕任何人也説不出吧。

在早晨，當他醒過來的時候，屋子裏除了他們以外就沒有別的人了，因為僕人們聽了他的吩咐，一早都已動身走了；貞尼和那廚娘到牛津去找工作做；老南尼到唐格萊附近的一間草舍去，她的牧豬的兒子就是住在那裏的。

因此，那可以算做現在他們日常的共同生活的，便在這一天的早晨開始了。特勃力克在天光大亮的時候纔起身，第一到樓下去升著了火，燒好了早餐，然後給他的妻子刷毛，用一塊濕海綿擦她的身體，然後再用刷子刷她，同時儘量地使用香水，來稍稍減輕她的狐騷臭。當他給她穿好了衣衫之後，他便把她抱下樓去，和她一起進早餐。她和他一起坐在桌邊，在碟子裏喝她的茶，從他的手上吃她的食物，或是説由他餵著。她依然還喜 [歡] 吃她在未變形以前所愛吃的那幾樣菜，一隻半生熟的 [硬] 殼蛋或是 [一] 片火腿，[20]一兩片牛油麵包，塗一點兒無花菓醬（quince）和蘋菓醬。

説到關於她的食物問題的時候，我應該説：特勃力克先生查百科全書，知道大陸上的狐狸都非常喜歡吃葡萄，而在秋天的時候，牠們就放棄了牠們平常的食物而大吃葡萄，那時牠們就變成非常肥胖，而失去了牠們的狐騷臭。

這種對於葡萄的嗜好，是由「伊索寓言」和「福音書」的幾節那麼確切地證實了的，所以特勃力克先生未之前聞，實在是一件奇怪的事。在讀了那段文章之後，他便寫信到倫敦去定貨，要他們每星期兩次，每次寄一籃葡萄來，於是他就快樂地證明，那部百科全書對於這方面的最重要各點，説得完全不錯。他的狐狸非常愛吃葡萄，而且好像永遠吃不厭，因此他就格外多定，先是從一磅增加到

三磅，後來又增加到五磅。這樣一來，他的妻子的狐騷臭大大地減輕，到後來，除了有時早晨在她梳裝之前，他簡直就聞不出來了。

那最使他覺得和她一起生活並不難堪的，便是她完全地了解他——是的，他所説的每一句話都了解；雖則她是啞巴，從來不用聲音，但卻常常用眼光和表情表達她的意思。

因此他常常和她談話，把他的全部思想説給她聽而什麼也不隱瞞她；他之所以格外願意這樣做，就是因為他已學會很快懂得她的回答的意義。

「小貓兒（Puss），小貓兒［，」］他對她説，因為他慣常是這樣稱呼她的。「親愛的小貓兒，有些人會可憐我在經過這塲事之後獨自在這裏和你一起生活，但是我呢，當你在之日，我卻不願意和任何一人易地而處，即使出天大的代價也不願意。雖則你是一隻狐狸，我也寧願和你而不願意和任何別的女人生活在一起，我發誓要這樣，而且即使你變化成任何東西我也還是要這樣。」可是當時他看見她有一種嚴重的表情，就説道：「親愛的，你難道以為我開玩笑嗎？我並不開玩笑。我向你發誓，我的愛人，我要終身真誠對你，忠實於你，我要敬仰你，［尊］重你，因為你是我的妻子。我要這樣做，並不是希望上帝在慈悲之中有一天會使你變回原形，卻祇是因為我愛你，不論你變成什麼樣子，我的愛情是不變的。」

在那個時候，不論什麼人，如果看見他們的，一定會發誓説，他們是一對情人，因為他們是那麼熱情地互相凝看著。

他常常向她發誓説，魔鬼可能有權力造成什麼奇蹟，可是如果想改變他對於她的愛情，那件事魔鬼可就萬萬做不到了。

這種熱情的話，在平時對於他的妻子會發生怎樣的效力，我們可不知道，但是現在呢，這似乎就是她的最大的安慰了。她會向他

走過去，把她的前腳放在他的手裏，用那閃著快樂和感激的光的燦亮的眼睛望著他，迫切地喘著氣，跳到他身邊去，又舐著他的臉兒。

現在，有許多零碎的事情使他在家中忙[個]不了 [21] —— 預備飯食，收拾房間，鋪牀，以及其他等等。當他做著這些家務的時候，他的狐狸的態度是滑稽的。她看見一件如果她能夠做便可以做得很好的事，他卻做得那麼笨拙，便常常會惱得發脾氣。那時，她便忘記了她起初自己立下的決不四腳落地的規律，而到處跟著他走，而且當他做錯了一件事的時候，她便止住他而指點他應該怎樣做。當他忘記了吃飯的時間的時候，她便來拉他的袖子，好像說話似地告訴他：「丈夫，我們今天沒有午飯吃嗎？」

她的這種女性本能，不斷地使他感到快樂，因為這向他表示，她仍然是他的妻子，雖則埋沒在一隻野獸的骸骨之中，但總保持著一個婦女的靈魂。這種情形那麼有力地激勵著他，以致他心裏想來想去，他是否應該像從前所常做那樣地，把書高聲讀給她聽。最後，因為他找不到不這樣做的理由，便走到書架邊去取下那部幾星期之前開始朗誦給她聽的「克拉麗絲・哈勞傳」(*History of Clarissa Harlowe*) 來 [22]（譯者按：係英國十八世紀名小說家李卻生 (Samuel Richardson) 名著長篇小說）。[23] 他翻開書來，找到上次未讀完的那一頁；那就是拉夫雷思 (Lovelace) 在林中徒勞地等過了一夜之後所寫的信：

「好上帝！」

「我現在要變成怎樣啊？」

「我的腳因為半夜在前所未有的濃露之中徘徊而凍僵了；我的假髮和我的襯衣都被融霜所濕透了！」

「天剛剛破曉⋯⋯」以及其他等等。

（*"Good God!*

What is now to become of me?

My feet benumbed by midnight wanderings through the heaviest dews that ever fell; my wig and my linen dripping with the hoarfrost dissolving on them!

Day but just breaking..."）

當他讀著書的時候，他覺得他是把握著她的注意力，可是讀了幾頁之後，那故事卻把他的注意力吸引了去，這樣他便接連讀了半點鐘而沒有看她。當他向她再望一眼的時候，他看見她並不在聽他，卻異常專注地在望著什麼東西。她的臉上顯著一種那麼專心而緊張的表情，以致特勃力克先生吃了一驚，便去探求那緣因。他立刻就發現，她的目光是集注在那掛在窗口籠中的她所愛的鴿子的活動上面。他對她說話，可是她似乎不樂意，於是他便把「克拉麗絲·哈勞傳」放下了。以後，他就沒有再試著讀書給她聽 [。]

然而就在這一天晚上，當他翻著書桌的抽屜的時候，他的「小貓兒」在他旁邊，從他的肘子上面望著，看見了一副紙牌，便一定要他拿出來，隨後又要他把紙牌從紙盒裏取出來。最後，在試著這一樣又試著那一樣之後，他纔懂得原來她要和他玩紙牌（piquet）。最初，他們想不出辦法叫她拿住紙牌並出牌，但是他們終於想到了一個辦法，那便是把那些紙牌放在一塊斜豎著的木板上，這樣，每次輪到她出牌的時候，她便很可用爪子拍牠們出來。他們解決了這個困難之後，他們就玩了三盤，而她也玩得十分有興致。再說，那三盤全是她贏的。此後，他們就常常玩紙牌了。我應該說，分數總是由他來計算的，因為她既不能拿鉛筆又不能拿紙。[24]

　　那常常下大雨的又潮濕又多霧的天氣，在下一個星期已大大地轉好了，而且，正如在正月所常有的，有好幾天是晴天，並不颳風，夜裏稍稍有一點霜：這霜一天比一天濃，所以看來不久就要下雪了。

　　在這一段晴天的時期，特勃力克先生想到帶著他的狐狸到外面去走走，實在是一件很自然的事。這是一件他還沒有做過的事，第一是因為天下雨，其次是因為一想到帶她出門就使他心頭充滿了不安。的確，他是有著那麼許多顧慮，所以有一個時候，他竟決意放棄了這個念頭了。

　　使他惴惴不安著的，不僅是怕她逃脫，而離開他的那種恐懼（他覺得這是決不會的），卻還有一些更近情的幻 [象]，[25] 譬如野狗，陷阱，網羅，自動獵鎗等等，被鄰人看見和她在一起的危險，是更不用說了。然而在最後，他終於下了決意，特別是因她不斷地輾纏著問他，她難道不可以到園子裏去走走嗎？那倒是真的，當他對她說，如果他們被別人來看在一起，是會激他們鄰人的好奇心的時候，她總是溫順地聽他的話的；此外，他還常常說給她聽，他是如何替她擔心那些狗。可是有一天，對於這種話，她的答覆是帶她到前廳去，而大膽地把那桿獵槍指點給他看。這樣，他就決意帶她出去，然而一邊卻也小心從事。他讓大門開著，以便在必要的時候她可以迅速地跑回來，隨後他便把槍挾在臂下，去用一件小皮襖裹住她，免得她受冷。

　　他 [實] 在很想抱著她，[26] 但是她卻委婉地從他的臂間擺脫了出來，而且很有表情地望著他，好像是說，她喜歡自己走。因為怕給人看見四腳落地走的那種恐懼，現在是已經消失了；無疑地，她已經考慮過，她如果不安命於這樣四腳落地走，便祇有終身躺在

[牀] 上了。[27]

在走進園子裏的時候，她的快樂真是非筆墨所能形容的。她 [先] 跑到這裏，[28] 接著又跑到那裏，然而卻也老是不離 [她] 丈夫的左右，[29] 豎起了耳朵，目光十分尖銳地看這一樣，又看那一樣，然後又舉目望一下他的眼睛。

她差不多歡舞了一些時候，在他四周圍跑著，向前走幾步，又回到他身邊來跳躍著。可是她雖則這樣快樂，卻總十分害怕著。每聽到一點聲音，如母牛的鳴聲，雄雞的啼聲，一個驅趕著烏鴉的農夫的遼遠的喊聲，她就顫動起來，豎起了耳朵聽聲音，皺著嘴，縮著鼻子，貼到他的腳邊來。他們在園子裏走了一圈，便走到池子邊去。池中有很美麗的水禽，小水鴨，赤頸鳧和鴛鴦，她再看見了這些，心中大大地快樂起來。牠們一向是她所愛好的，而她再看見牠們的時候的快樂是那麼地大，竟至她的行動與她平時的拘謹態度大不相同了。她先是凝看著牠們，接著就跳到她的丈夫的膝邊。

想在他的心靈中燃起一種同樣的興奮。她一邊把 [爪] 子放在他的膝上，[30] 一邊不斷地轉頭望著那些鴨子，好像她的眼睛是一刻也不能離開牠們似的，隨後，她就在他前面跑到水邊去。

可是那些鴨子一看見了她，就陷於一種極度的震驚之中。那些在岸上的以及在池邊的，都游到或飛到池子的中央去，而互相擠在一起；接著，牠們就兜著圈子游泳著，又開始發出使特勃力克先生耳朵也幾乎聾了的叫聲。正如我上文所說過的一樣，他妻子的變形所引起的任何可笑的事情（這類的事情是很多的），都是連使他微笑一下也不能的。現在的這種情形也如此，因為當他看出那些傻鴨子以為他的妻子當真是一隻狐狸而驚恐起來的時候，他便對於這個旁人看來是有趣的光景，覺得是難堪的了。

他的狐狸卻並不作如是觀；當她看見她使牠們驚鬧到一團糟的時候，她便顯得格外高興起來，而開始不停地跳擲著。雖則特勃力克先生起初喊她回來到別處去走走，可是他終於為她的快樂所戰勝，而索興坐了下來，而她呢，在他的周圍奔跳著，比她變形以來的任何時候都更快樂。她先滿臉微笑地滑稽地奔到他身邊來，接著又跑回到水邊去，開始踢著前腳，踢著後腳，追逐著她自己的尾巴，甚至還站起來舞蹈，並且在地上打滾，隨後她又轉著圈子跑，而這樣做著的時候，她是毫不顧到那些鴨子的。

但是那些鴨子呢 [，] 牠們把牠們的項頸向同一個方向伸長著，在池子中央游來游去，而且永久不停止牠們的齊聲合唱的「咖，咖，咖」聲。最後，她離開了池邊，而他呢，看看他們已經玩膩了這種玩藝兒了，便抓住了她對她説道：

「來吧，西維亞，我親愛的，天冷起來了，是回到屋子裏去的時候了。我深信清鮮空氣使你得益不淺，可是我們也不應該再躭下去了。」

那時她似乎表示同意，然而卻也從他的肩頭向那些鴨子望了最後的一眼，於是他們兩個就神氣十足地向屋子那邊走過去。

當他們差不多走了一半路的時候，她突然轉身跑了過去。他立刻回過頭去，看見那些鴨子原來跟在他們後面。

這樣，她就把牠們驅趕到池中去；那些鴨子驚恐地奔跑著逃避她，張開了翼翅，但是她卻並不逼得牠們太緊，因為他看出，如果她願意，她是很可能捉住最後的那兩三隻的。隨後，她就那麼快樂地搖頭擺尾地跑回來，以致雖則他看見 [他] 的妻子會對於這種胡鬧發生興趣，[31] 起初是楞住了，後來又十分驚異，但終於寬容地撫摩著她。

可是當他們回到屋子裏去的時候，他便將她抱在懷裏，吻著她，又對她說道：

「西維亞，你真是一個輕浮而孩子氣的生物。你在不幸之中而不失勇氣這件事，對於我是一個教益，但是這種光景我卻實在看不下去，看不下去。」

說到這裏，他的眼睛就含滿了淚水，於是他就投身在沙發上哭泣起來，也不去注意她，一直等到她來舐著他的頰兒和耳朵，只纔起身來。

喝過了茶之後，她就領他到客廳（drawing room）門口去，抓著門，一直等他開了門纔為止。這間房是他為了免得掃除而關閉了的，因為他以為現在他們三四間房已經夠用了。進去之後，她似乎想請他演奏鋼琴：她帶他到鋼琴邊去，又指定了他要奏的曲子。先是漢代爾（Handel）的一支「追逝曲」（fugue），[32] 其次是曼德爾生（Mendelssohn）的一支「無辭曲」（Songs Without Words），[33] 接著是「潛水者」（The Diver）；最後是吉伯特（Gilbert）和蘇里文（Sullivan）的一個小歌劇；[34] 她挑選出來的每一支曲子，都是比前一支更快樂，這樣，他們心曠神怡地在蠟燭光下躭了差不多一小時，到後來，因為這房中沒有畀火而寒冷異常，他纔停止演奏而和她一同下樓去烤火。在她的丈夫失去勇氣的時候，她便是這樣可佩地安慰他的。

然而，第二天當他醒來的時候，他卻悲哀地看到，她並沒有和他一起睡在牀上，卻是綣睡在牀腳邊。在吃早餐的時候，她差不多不大聽他的話，就是聽的時候也顯著不耐煩的神氣，卻盡注視著那隻鴿子。

特勃力克先生在窗口沉默地站了一會兒，接著就取出了他的皮

夾子來；在那皮夾子裏，有一張她妻子在婚後不久所拍的照片。他一時望望那熟稔的容貌，一時又抬頭看看在他前面的那隻畜生。於是他就無可奈何地笑了起來，而特勃力克先生之對於他的妻子的變形大笑，這是第一次，也是最後一次，因為他並不是一個喜樂的人。但是這種笑是辛酸的，而且使他很痛苦。他把那張照片撕成粉[碎]，[35] 從窗口丟了出去，一邊心頭想道：「記憶在這裏不會對我有所幫助了[。]」接著，他轉眼望著那隻狐狸，卻看見她依然還注視著那隻籠中的鳥兒，而當他望著她的時候，他看見她正在舐著咀唇（chops）。

　　他把那隻鳥兒帶[到]隔壁的房間中去，[36] 於是，突然起了一個衝動，打開了鳥籠的門，把那隻鴿子放了出去，一邊說道：

　　「去吧，可憐的鳥兒！趁著你還記得你的女主人，用她的珊瑚一般的咀唇，親自給你哺食的時候，離開了這淒慘的屋子吧。現在，你已經不是她的一個適當的玩物了。永別了，可憐的鳥兒！永別了！」接著他又[帶]著一片憂鬱的微笑補說道：「除非你是像挪亞（Noah）的鴿子一樣，帶著好消息回來吧[。]」（譯者按：舊約創世紀云：洪水氾濫之時，挪亞入方舟以避難，水將退時，挪亞放鴿，鴿返時口銜橄欖葉，始知地上洪水已退）

　　但是，可憐的紳士，他的不幸還沒有完呢，而且我們甚至可以說，他是迎接著那種不幸，因為他老是以為他的妻子的行為，是和她未變成狐狸之前一模一樣的。

　　對於她的靈魂以及她的靈魂現在變成怎樣，我們並不作什麼不可擔保的假設（雖則我們可以在巴拉賽爾蘇思（Paracelsus）的學說中找到極好的論據），[37] 祇是我們要考慮到，她身體的變化，對於她的日常行為是必然有影響的。所以，我們不要先對於這位不幸

的太太作太嚴厲的批判，卻須對於她的新身份的生理需要，缺點和胃口加以考慮，而且，對於使她能另處於這新的地位，卻依然舉止不失身份，清潔而端正的她的心靈的那種堅決，我們是不得不佩服的。

所以，她如果在房間裏遺屎，也就不是出奇的事了。然而，在這一方面，無論人和畜生都是 [刻] 意避免了的。[38] 但是在吃中飯的時候，特勃力克先生給了她一隻雞翅膀吃，然後離開了房間一分鐘，去取他所忘記了的水；在回來的時候，他看見她正在桌上咬嚼雞骨。他靜默地站著，被這種景 [象] 所楞住了，[39] 所傷了心。我們不要忘記，這個不幸的丈夫，是一向把他的那隻狐狸，當做他往時的那個溫柔而斯文的婦人的。所以當那隻狐狸的舉止是和他妻子所應有的舉止不合的時候，他便受了深創，而在他看來，她這樣地忘記了自己，便是世上最大的痛苦了。在這一方面，也 [得怪] 特勃力克太太教養太好了，[40] 特別是席間的禮節，簡直是盡善盡美的。如果她平時是像那位和我吃過飯的某外國公主一樣，抓著雞腿骨咬雞肉，那麼對於在目前的境遇之下的特勃力克先生，也許不會這樣難受。但是，因為她的舉止一向是那麼無疵的，而現在卻這樣毫無禮貌，相形之下，他便格外痛苦了。這樣，他一動也不動，默默地受著苦痛，一直等到她把雞骨狼吞虎嚥，吃個精光；那時，他就把她抱到膝上，摩撫著她的皮毛，一邊給她幾粒葡萄，一邊對她說道：

「西維亞，西維亞，你竟覺得這樣難嗎？努力回想一下往日吧，我的愛人，而在我們生活在一起的時候，我們是會完全忘記了你已經不是一個女人的。這種不幸一定不久就會過去的，正如牠來時一樣地突然，那時我們就會覺得這一切祇是一場惡夢而已。」

　　她似乎完全了解他的話，又向他投射著悲哀而抱歉的目光，但是，就在當天的下午，當他帶她出去的時候，他就不得不費了極大的辛苦，去阻止她走到鴨子邊去了。

　　那時他心頭就發生了一個對於他很難堪的思想，那就是，他不敢讓他的妻子獨自和任何鳥類在一起，否則她就會咬死牠們。這種思想之所以對於他更難堪，便是說他的妻子是比一隻狗都還不可靠。因為我們很可以不必擔心，把狗和一切家畜放在一起；豈止如此，我們還可以把隨便什麼東西交給牠們，而且我們知道，即使牠們是餓著肚子，也不會碰一碰的。可是他的那隻狐狸呢，情形可就大大地不同，以致他心底裏實在絕對不敢相信她。然而，在許多面，她還是更像一個婦人不像一隻狐狸，使他可以和她談任何話題，而且她了解他的程度，也比那些奴事主人（kept in subjection），除了談家中瑣事以外不能了解他們的東方婦女，要高明得多。

　　她非常懂得宗教的重要和本份。每天晚上，她同 [樣] 地聽著特勃力克先生唸天父禱辭（Lord's Prayer），而且又十分嚴格地守安息日（Sabbath）。第二天剛巧是禮拜天，他呢，想想並沒有甚麼壞處，就請她一起照常來玩一盤紙牌，可是不成，她不願意玩。特勃力克先生雖則平時是很快就了解她的，最初卻不懂她是甚麼意思，便再要求她來玩一盤，可是她又拒絕了他，而這一次呢，為了表示她的意思起見，她就用了她的爪子劃了一個十字。這使那在不幸之中的特勃力克先生大大地高興而安慰。他懇求她原諒，而且熱忱地感謝上帝使他得到這樣的一個妻子，雖則在這樣的境遇之中，也比他更清楚地知道對於上帝的本份。可是，在這裏我需要請讀者注意，不要因為她畫十字，就斷定她是天主教徒（papist）。

據我看來，她之所以畫十字，實在是沒有辦法纔這樣做的，因為她不能用別的方法來表達自己的意思。她是一個真正的新教徒，而她至今依然還是一個新教徒這事實，是已由她拒絕玩紙牌這件事證實了的；如果是天主教徒，那麼她也就不會這樣認真的。然而在這天晚間，當他帶她到客廳裏去為她奏一點宗教音樂的時候，他看見她過了一會兒就畏縮地離開了他走到房間最遠的一隅去，垂倒了耳朵，眼睛中顯著一種大苦痛的表情。當他對她説話的時候，她舐著他的手，但卻長久地躭在他腳邊戰慄著，而在他一向鋼琴邊走過去的時候，她就表示出極明顯的恐怖的樣子。

看到這種情形，他便記起狗的耳朵是如何地受不住我們的音樂，又想到這種憎惡在一隻狐狸一定是格外地強，因為一隻野獸的官感是格外尖銳得多。想到這些的時候，他便閉了鋼琴蓋，把她抱在懷裏，鎖上了門，而從此就不再把門再打 [開] 了。[41] 然而他也不能不驚異，因為就在兩天之前，她還親自帶他到鋼琴邊去，又親自替他選出她所愛的音樂來，請他彈奏並歌唱。

這一天夜裏，她不願意和他一起睡在牀上，也不願意睡在被上，因此他不得不讓她盤在地板上睡。可是即使這樣，她也不能入睡。她在房中團團地走著，噪醒了他好幾次；而有一次，他已呼呼地睡著了，她突然跳上牀去又跳下來，而驚醒了他。他驚跳了一下醒過來，喊了一聲，可是除了聽到她在房中團團地跑著以外，什麼回答也沒有。那時他心想她一定需要什麼吧，於是他就去替她拿食物和水來，但是她卻連看也不看一眼，卻繼續兜著圈子，而且不時抓著房門。

他雖則對她説話，喊她的名字，但是她總不理他，或是祇注意他一瞬間。最後，他祇得隨她，而簡單地對她説：「西維亞，你現

在獸性發作要做一隻狐狸，但是我卻要管緊你，而在明天早晨，你就會收了心，而感謝我現在管緊你的。」

他重新躺到牀上去，可是並不是為了睡覺，卻是為了聽聽他的妻子在房中跑著並且想走出去。他這樣地過了這在他一生之中也許是最不幸的一夜。在早晨，她還是沒有安定，而且表示不樂意讓他給她洗澡刷毛；而當他給她灑香水的時候，她又顯得十分不舒服，而且祇是為了他纔這樣受罪。平常，她是一向對於梳裝感到莫大的快樂的，而現在的這種情 [況]，再加一夜沒有睡著，便使特勃力克先生不勝沮喪了 [。] 這個時候，他纔決定來執行一個計劃：他想，這個計 [劃] 可以向他指示出，他所藏在家裏的究竟是一個妻子呢，或僅僅是一隻狐狸。然而對於她事事遷就他一事，心頭卻也稍稍得到安慰；但是她遷就是遷就了，卻總顯得那麼地不安寧，以 [至] 他 [終] 於稱她為「可惡的野狐狸」。[42] 隨後，他這樣地對她說道：「西維亞，你這樣地發狂，這樣地暴 [躁]，[43] 難道不怕羞嗎？你對於服飾是十分注重的。我看出這完全是虛榮心，因為現在你已沒有了往時的美麗的時候，你就連儀禮也忘記了。[」]

他的這一套話對於她，又對於他自己，都頗發生一點影響，所以當他替她梳裝完畢的時候，他們兩個都陷入最悲哀的境界之中，而且兩個都幾乎要流淚。

她吃早餐還算斯文，吃完早餐，他就去預備他的如上的試驗。他到園子裏去採了一束松雪花（snowdrops），這就是他所能找到的唯一的花，然後又到斯多可村中去向一個養 [兔] 子的人買了一隻荷蘭種 [兔] 子（是黑白二色的）。

當他回來的時候，他拿了他的花，同時又把那盛著兔子的筐子開著蓋，一齊放在地上。接著他就喊道：「西維亞，我替你帶了一

些花來。你看啊，這最初開的松雪花。」

聽到這話，她就很可愛地跑了過來，而且，也不看一眼那隻從筐子裏跳了出來的 [兔] 子，便開始去謝謝他送花給她。真的，她的感謝的表示是不倦的；她嗅著花，走開幾步看看牠們，然後又謝他。特勃力克先生於是就拿起一個花瓶（而這也就是他的計劃的一部 [份]），[44] 去盛水預備插花，但卻把花藤下在她身邊。他在外面逗留了五分鐘，看著錶算準時間，而且十分留心地諦聽著，但是他卻並不聽見那隻 [兔] 子叫喚。然而當他走進房去的時候，那在他眼前展開來的，是怎樣可怕的一個屠殺塲啊！地氊上是血，圈椅上是血，坐墊上也是血，就是牆上也濺著一點血，而最糟糕的，便是特勃力克太太正在嗚嗚的發著聲音，撕著一片 [兔] 皮和 [兔] 腳，因為她已把一切其餘的都吞下肚子去了。看到了這種樣子，這位可憐的紳士是那麼地傷心，竟差一 [點] 想自殺了；他一時想去拿他的槍來打死自己，同時也打死那隻狐狸。的確，他的悲哀是達到了那樣的極度，以至倒反而對於他大為有用，因為他是完全地為悲哀所壓倒，竟至一時除了哭泣以外什麼事也不會做了。他倒在一張圈椅上，用手捧住了頭，這樣繼續地哭泣著，呻吟著。

在這樣的淒涼的境界中過了一些時候之後，那隻趁著這時間把 [兔] 子，[兔] 皮，[兔] 頭，[兔] 耳和其餘一切都裝進肚子去的狐狸，便走到他身邊去，將她的腳放在他的膝上，把她的嘴伸到他的頭邊去，而開始舐起他來。但是他呢，現在卻另眼看著她，看見她的嘴還斑斑點點地染著新鮮的血，而她的爪子上又滿是 [兔] 毛，便不願意接受她的撫愛。

他推開了她四五次，甚至還打她踢她，可是她卻每次都回到他身邊去，匍伏在地上，並且用她的張大著的悲哀的眼睛，懇求他原

諒。在未做這個 [兔] 子和花的大膽的試驗之前，他曾經對自己約定，要是她失墜其中，那麼他就對於她不再有情感或同情，而當她真是一隻從林中出來的野狐狸。這種決意，雖則他以前覺得是理由極充分的，現在卻覺得執行是比下決意難得多了。

他咒罵她又打她開去經過半小時之後，他不得不承認，他的確還捨不得她，而且不論怎樣，不論對她作什麼矯飾，他總還是愛戀著她的。看到了這一點之後，他就望著她，碰到了她的向他凝視著的目光，便向她伸出臂膀去，說道：

「哦，西維亞，西維亞，你永遠不做這樣的事就好了！要是我永遠沒有在一個定命的時間引誘了你就好了！這種屠殺，這 [兔] 毛和生 [兔] 肉的一餐，難道不令你作嘔嗎？難道你真是靈肉兩方面都是怪物嗎？你難道已忘記了做女人是怎樣一回事嗎？」

他每說一句話，她就肚子貼著地挨近一步，而最後，她終於可憐地爬到了他的懷中。他的說話那時似乎已感動了她，而她的眼睛又是滿涵著眼淚；她十分懊悔地在他懷中哭泣著，而她的身體又為嗚咽所震動，好像她的心快要碎了一樣。她的這種悲哀使他生了一種他從未感到過的 [苦] 痛和快樂的混合之感，[45] 因為他對於她的愛情已飛奔了回來；他不忍看見她如此痛苦，然而他卻也高興著，因為這苦痛使他有希望看見她有一天再變成女人。因此，他的狐狸越是因羞恥而苦惱，他的希望便越是增大，竟至他對於她的愛情和憐憫，也同樣地增長起來，到後來，他竟差不多希望她祇是一隻狐狸，而不是半具人性的，免得她這樣痛苦。

最後，他因為流了那麼多眼淚，有點呆木了，向周圍望了一眼，把他的狐狸放在一張沙發上，心兒沉甸甸地動手去打掃房間。他去取了一桶水來，洗清了一切的血跡，除下了圈椅的椅套，又

到隔壁房間中去找兩個乾淨的椅套來。當他做著這工作的時候，他的那隻狐狸一動不動地坐在那裏，十分悔恨地注視著他，嘴直伸在前腳之間，而當他做完了事之後，雖則時候已很遲了，他還端上了一盤簡單的中餐來給他自己吃，但卻一點也沒有預備東西給她吃，因為她剛剛已狼吞虎嚥吃飽了。但是他卻給了她一點水喝，又給了她一串葡萄。吃完之後，她帶他到一個玳瑁做的小箱子邊去，要他開了那小箱，又向他指點著那藏在箱中的雙眼相片鏡（stereoscope）。特勃力克立刻懂得了她的心願，於是，試了幾下之後，便替她較準了那相片鏡的光度。他們便這樣一起十分愉快地消磨了一個下午，望著他們往時所買的那一大批意大利，西班牙和蘇格蘭的風景畫片。這種消遣給與了她一種顯然的大快樂，而且又大大地使他得到了安慰。但是這天的晚上，他卻不能夠說服她，使她和他一起睡在牀上，結果沒法祇得讓她睡在牀邊一張蓆子上，使他可以伸下手去摸得到她。他們便是這樣地（他的手放在她的頭上）過了一夜。

第二天早晨，為了要給她洗澡穿衣，他不得不和她作一番更劇烈的鬥爭。甚至有一個時候，他不得不抓住了她的項頸的皮，纔使她不能逃脫，但是他終於達到了他的目的，於是給她洗了身，刷了毛，灑了香水又穿上了衣衫。當然囉，對於這次的成功更滿意的是他，而她呢，她卻不滿意地望著自己的縐短衫。

在吃早餐的時候，她 [雖] 則有點倉 [忙] 的樣子，[46] 但在大體上總還禮貌不差。接著，困難就來，因為她無論如何也要走出去；他呢，因為他有家務要料理，卻不能答應她這樣辦。他拿了圖畫書來給她做消遣，但是她卻一本也不要看，而一儘躲在門口，又不斷地用她的爪子抓著門，竟至連油漆 [也] 被她抓去了。[47]

起初，他試著哄騙她，説好話給她聽，給她紙牌玩又試著其他種種玩藝兒，可是看看什麼辦法也都不能逗得她不出門去的時候，他就發起脾氣來，而乾脆地對她説，她儘管等待他高興也好，他是像她一樣地固執的。她連聽也不聽他，反而格外抓得厲害一點。

這樣，他就讓她繼續抓著，一直到吃中飯的時候。在吃中飯的時候，她不願意坐在椅子上，也不願意用盤子吃。她要跳到桌子上去，而當她是被遏止住了的時候，她就攫住了她的肉，而鑽到桌子底下去吃。不管他怎樣責罵也好，她一概置之不理，於是他們便這樣吃完了他們的中飯，兩個都吃很少，因為當她要在桌底下吃的時候，他不願意多給她吃，而他自己呢，因為種種不如意，連 [胃] 口也減失了。[48] 在下午，他帶她到園子裏去呼吸一下新鮮空氣。

這一次，在看到最初的松雪花並從平壇上望見遠 [景] 的時候，[49] 她就毫不假裝出歡喜的樣子了。不 —— 現在，她心目之中衹有一樣東西了，那就是那些鴨子；在他還來不及攔住她的時候，她就一直向那些鴨子撲了過去。幸而她到了那邊的時候，那些鴨子都在水中（因為一條溪水是穿流過池子的那一面，而在那一面，水是沒有結冰的）。

當特勃力克先生到了池子邊的時候，她已經跑到載負不起他的體重的冰面上去；他呼喚她，懇求她回來也都沒有用，她什麼話也不聽，[卻] 儘在那 [裏] 亂跑亂跳，儘可能大膽地走到那些鴨子邊去，但是在臨著薄冰的時候，卻在戰戰兢兢地小心著。

不久她就開始撕碎她的衣服，用她的牙齒擺脱了她的小短衫，銜在嘴裏，然後成團地把牠塞到他不能走過去的一個冰穴裏去。接著她就四面八方地奔跑著，像一隻真正的狐狸一樣地一絲不掛，而且一眼也不看那個默默地站在池邊，心頭為失望和恐怖所騷動著的

她的可憐的丈夫。在大半個下午,她一儘讓他躭在那裏,一直到他[渾]身冰冷,[50] 而且因為看守她而十分疲憊。最後,他默想著怎樣她剛才擺脱了衣服,怎樣她在早晨掙扎著不願意穿衣衫,於是他想,也許他對待她太嚴厲了,如果他讓她照她自己的意思做,那麼即使她在地板上吃飯,他們也可相當地獲得幸福。因此他就向她喊道[:]

「西維亞,現在來吧,乖一點;如果你不願意,你就不穿衣服吧,而且我答應你,你可以不上桌吃飯。這方面,你可以高興怎樣做就怎樣做,但是你必須放棄一件事,那便是不要獨自出門去,因為那是危險的。如果有狗纏到你,牠會咬死你的。」

他一説完這些話,她就立刻快快活活地走了過來,開始在他面前搖尾乞憐,並且在他四周踴跳著,因此,雖則他心中惱怒她,而且身上冷得要命,他也不禁撫摩[著]她。[51]

「哦,西維亞,你不是又惡又刁嘴?我看出你會以此為光榮,但是我決不責備你。我這一方,我將堅守信約,而你這一方呢,你也必須堅守信約的。」

在回到屋子裏的時候,他升了一爐融融的煖火,喝了一兩杯烈酒煖煖肚,因為他是凍到徹骨了。接著在吃過晚飯之後,為了助興起見,他又喝了一杯,接著又是一杯,這樣地接連喝下去,終至竟有了一種非常快樂的印[象]。[52] 那時他就想和他的狐狸玩耍,而他的狐狸呢,也帶著她的可愛的戲嬉精神鼓勵著他。他站起身來提她,覺得自己立不定腳,便索興爬在地上了。總而言之,他已把他全部的悲哀沉溺在酒裏了;那時,他便願意自己也做一隻畜生,像他的妻子一樣(其實她變成畜生咎不在她,而她自己也是沒法的)。至於他在酒醉之中鬧到怎樣的程度,我卻並不[想]講出來冒犯讀者

諸君，我所想説的祇是，他是那樣地酩酊大醉，那樣地糊裏糊塗，竟至在第二天早晨醒來的時候，連昨夜的經過也不大記得清楚了。

這是一條沒有例外的規律：如果一個人在晚上喝了許多酒，那麼第二天早晨，他一定會顯出他的脾性的另一面來。特勃力克先生的情形就是如此，因為那天夜裏他越是野性發作，快樂而胡鬧，在醒來的時候便越是羞恥，憂鬱而對於造物者深深地感到懺悔。他清醒過來之後所做的第一件事，便是高聲求懇上帝赦他的罪，接著他便熱忱地禱告起來，而且長跪了半小時之久。隨後他站起身來，洗了澡，穿了衣服，但是整個上午，他還是十分憂鬱的。你可以想像得出，他在這種心境之中看見他的妻子赤身露體到處亂跑，是如何地痛苦，但是他考慮到，如果一開始就失約食言，那麼這段改革時期起首就會弄糟了。他已立定了合約，自必需緊守不渝，因此他就雖則心裏老不願意，也只得不去管她。

為了同樣的理由，那就是説，為了要堅守信約，他並不 [勉] 強她上桌，[53] 卻把她的早餐盛在一隻盤子上，放在房間的一隅；在那裏，我們應該説老實話，她倒是很斯文而有儀態地把一切吃完的。這天早晨，她也並不企圖走出去，卻對著爐火蹲在一張圈椅上瞌睡。午飯之後，他帶著她出門；她甚至並不慫恿他走到鴨子那邊去，卻在他前面跑著，帶著他走，要他作一次更長的散步。為了討她的妻子的歡喜，他自然答應。他帶著她從少有人行的路穿過田野，因為他很害怕給別人看見。但是他們運氣真好，在田野中走了四英里路竟沒有看見一個人。一路上總是他的妻子跑在他前面，然後又回轉來舐他的手，接著又跑上前去。她似乎對於這種運動感到莫大的快樂。而在途中，雖則他們驚起了兩 [三] 隻家 [兔] 和一隻野 [兔]，[54] 她卻並不試想去追趕牠們，祇望了牠們一眼，接著又

狡獪地望著她的丈夫，好像是嘲笑他的「小貓氣，來，別胡鬧！」的警告聲似地。

正當他們回家來走進大門去的時候，他們迎面碰到了一個年老的婦人。特勃力克楞住了，轉眼去找他的狐狸，但是她卻已經跑上前去，毫不害羞地去歡迎那老婦了。那時他纔認出了那不速之客，那就是她的妻子的老保姆 [。]

「你到這兒來幹什麼，柯克太太（Mrs. Cork）？」他問她。

柯克太太用這樣的話回答他：

「可憐的東西。可憐的西維亞小姐！讓她這樣像一隻狗似地跑著真是可恥的事。這真是可恥的，而且還是你自己的太太呢。但是不論她變成什麼樣子，你總得像從前一樣地信任她。如果你這樣，她就會竭力為你做一個好妻子了；如果你不如此，那麼我毫不奇怪她會變一隻真正狐狸了。少爺，在離開這裏之前，我曾經看見 [過她] 一眼，[55] 我從此就沒有安心過。我一儘想著她，連睡覺也睡不著。所以我回來照料她，正如我一生對她所做的那樣，少爺。」於是她彎身下去，抓住了特勃力克太太的爪子。

特勃力克先生開了門鎖，於是他們就走了進去。科克太太一看見屋裏的樣子，便不斷地喊道：「地方弄得變成一個豬圈了。不能夠這樣地生活。一位紳士應該有一個人侍候他。她願意 [效] 力。[56] 他也可以信 [託] 她守秘密。[57]」

要是這個老婦人是昨天來的，特勃力克先生很可能趕她走了，但是因為他的良心之聲已被他昨夜的酒醉所覺醒了，所以他對於一向處置這件事的態度，便感到十分害羞；再說，那老婦人所說的「讓她像一隻狗似地跑著，真是一種羞恥」等語，也使他十分感動，因此在這種心境之中，他就歡迎她了。

但是我們可以下這個結論，特勃力克太太看見她的老南尼時的悲哀程度，是正與他快樂的程度相等。如果我們考慮到這些——那就是她在孩提時是由她嚴格地看管大的，而現在見自己又歸她管，再則她又很知道，她的保姆現在對於她所做的任何事都不會滿意，卻會常常因為她變做了狐狸而說她不好——那麼她的不滿意，便似乎有充分的理由了。而且也可能有另一個緣故，那就是妬忌。

我們是知道的，她的丈夫老是試想使她變回一個女人，或至少想使她行為像一個女人，她一方面呢，她可不是也很想使他自己也變成一隻野獸，或是使他行為像一隻野獸嗎？她想到不會想到，使他變成野獸是比她自己復變為女人更容易嗎？如果我們想到，就在前一天晚上當他喝醉了的時候，她在這一方面已經獲到成功，那麼我們難道不可以下結論說，這的確就是一個實例，那時我們可不就明白了，那可憐的女人之所以厭惡看見她的老保姆的另一個好理由嗎？

當然囉，特勃力克先生希望科克太太會對於他的妻子發生好影響，結果大失所望。她越變越野了，而在幾天之後，她竟使她的保姆那麼地受不住，以至特勃力克先生不得不重新親自去照料她的一切了。

第一天早晨，科克太太取了特勃力克太太的一件青色縐衫，剪去了袖子，鑲上了天鵝毛的邊，替她做了一件新的衫子；她一做好就給她的女主人穿在身上，然後去找一面鏡子來給她看看這件衣服如何合身。那位老太太對特勃力克太太說話的神氣好像是對一個孩子（baby）一樣，而且實在也當她孩子看待，也不想到特勃力克太太在兩者之間必居其一，那便是，她的女主人是一位僕婢應該尊敬的太太，其智力高出保姆萬倍，否則便是她是一隻語言所不能感動的野畜生。然而最初特勃力克太太卻將就了她；可是等那老南尼一

轉了背，她就把她的手工撕成粉碎，然後搖著她的尾巴，快樂地跑來跑去，[頸] 上還垂掛著一兩條絲帶。[58]

這種情形反覆來了好多次（因為那老婦人是一向全憑她自己的頭腦做事的），以至我想，科克太太如果不怕特勃力克太太常常向她露出她的白牙齒，那麼一定想認真地責罰她一下了。特勃力克 [太太] 向她露過牙齒之後，[59] [總] 是笑嘻嘻的，[60] 好像説這不過是鬧著玩罷了。

西維亞不僅撕碎給她穿的衣服，而且竟有一天溜到樓上她自己的衣櫥中去，把她往日的衣裳都拉了下來加以撕咬，就是結婚禮服也沒有放過，完全撕破咬碎，連可以拿來做娃娃的衣服那麼大小的布片也不賸一塊。經過了這一件事之後，那讓那老婦去管理一切，看看她能替他的妻子做點什麼的特勃力克先生，便重新親自去照料他的妻子了。

現在，他對於科克太太既已失望，因此便覺得那老婦人在他手下頗為礙手礙腳了。這倒是真的，在許多方面，如料理家務，燒菜，修補衣服等等，她對於他是頗為有用的，但是他所不安的是她知道他的秘密，特別是現在她想操縱他的妻子而失敗了。如果她能夠使她的女主人生活改善，那麼這種虛榮心，也許會使她三緘其口，而她對於她的情愛，也許 [會] 因而倍增。但是她現在已經失敗了，她一定不樂意她的女主人不聽她的話，即使他從好的方面著想，她並不懷恨在心，那麼她東講西説，也是極可能的事。

現在，特勃力克先生所能做得到的一切，便是不 [准] 她到斯多可的村子上去，因為在那裏她會碰到她一切的老長舌婦（cronies），而且許多人又一定會問她萊蘭治到底發生了什麼事。可是，當他看見自己無力看守那老保姆和他自己的妻子，並使她們

不碰到別人的時候，他便自問著，到底怎樣 [辦] 纔好。

自從他打發走了僕役和園丁，對他們說接到了不幸的消息，他的妻子已動身到倫敦去，而他自己也可能要離開英國等話以來，他很知道，附近地方的人一定對於 [他] 有許多閒話可說了。

而且，和他所說的相反，他還是留在那裏不走這件 [事]，更會引起許多的謠言。真的，如果他知道了不知要怎樣呢，當地已經流行著一個故事，說他的妻子已跟了蘇爾麥士少校（Major Solmes）私奔，他苦惱得發了狂，打死了他的狗和馬，在屋子裏閉門不出，又不願意和任何人說話。這個故事完全是由他附近的人杜撰出來的；這些人卻也並沒有什 [麼] 想像，[61] 甚至連說謊的心意也沒有，然而，像一切的謠言一樣，不過是要填滿一個缺陷而已，因為很少有人喜歡承認自己的無知，如果有人對他們說起某一件或 [某] 一件事（about such or such a man）的時候，他們總得找出點話來說說，否則就會給人瞧不起，給人當做不識趣或是不識時務的人。這樣的，在不久之前，我碰到了一個人，不知道我是誰，和我談了一會兒之後，便告訴我說，大衛・加奈特（David Garnett）（譯者按係本書原作者）已經死了，是因為毒打一隻貓而被貓咬 [傷]，因而致死的。

再說，這人長久以來就因為改不好地向朋友借錢吃白食而為他們討厭，所以現在死了倒也乾淨。

當我聽到這個關於我自己的故事的時候，一時頗覺有趣，可是，我卻認真地相信，這對於我是有用的。因為這故事俾我常加防範，免得像別人一樣地把一切謠言和村里之談當做真話，因此，我由於習慣，變成了一個真正的懷疑主義者，而且，如果證據不充分，我差不多什麼話也不相信。真的，我可以確切地說，如果我相

信了別人所講給我聽的話的十分之一，那麼，我此刻所寫的這個故事，我就會永遠弄不明白了，因為有許多話不是顯然杜撰或荒謬，便是和已有確證的事實矛盾。所以在這裏諸君祇能找到這故事的光光的骨幹，就連那我深信能使有一些讀者感到興趣的花繡也取消了；我以為，一個故事的真實性如果稍稍有一點可疑之處，那麼讀起來就祇有一種庸俗的趣味了。

話休煩瑣。言歸正傳：特勃力克先生覺得自己在這地再住下去，祇會格外引起附近的人想拆穿秘密的願望，便終於決意，認為移居是一個上策。

在心頭把這件事想之又想之後，他終於覺得除了那老南尼的茅舍以外，沒有一處地方是更適合於他的計劃了。那茅舍是座落在離斯多可三十英里的地方，那個地方之在鄉間，在我們看來，猶之東 [浦] 克都（Timbuctoo）（譯者按在非洲，係法屬地之一城）之於倫敦一樣地遠。[62] 再說，那地方是鄰近唐格里的，而他的妻子，因為是從小就熟識那個地方的，所以必然會像在家中一樣地舒服。那個地方是很和人世隔絕的，附近並沒有村莊，而那裏唯一的大廈（manor house）就是唐格里大廈，現在呢，一年之中大部分是沒有人住的。再說，這次遷移過去，他也不需要叫什麼別人代守秘密，因為那裏祇有科克太太的兒子。這人是一個鰥夫，白晝整天在外耕種，是很容易欺瞞的，再說，他耳朵聾得像一塊石頭一樣，而頭腦也笨拙滯鈍。那倒是真的，那裏還有科克太太的孫女兒小寶麗（Polly）。但是特勃力克先生已忘記了她的存在，或是把她當作一個不能成為危險的小孩子吧。

他把這件事和科克太太討論了一番，於是他們就立刻決意這麼辦。事實是，那位老婦人已經後悔被感情和好奇心吸引到萊蘭治

來，而一直到那時為止，她祇做了許多的工作而毫無成功。

當一切安排停當之後，特勃力克先生便在下午做完了他在萊蘭治所還賸下的幾件事，其中主要的便是把他妻子的馬交託給一個鄰近的佃戶，因為他打算駕他自己的馬，而另一頭替換的馬便繫在他的四輪馬車上。

第二天早晨，他們把屋子封鎖了，把特勃力克太太裝在一隻頗可容身的大柳條筐中，然後起程。這是為了安全，因為在駛車的騷動中，她可能會跳出去，而在另一方面，如果一隻狗嗅到了 [她] 而她又是沒有關住的，[63] 那麼她的生命就會受到危險。特勃力克先生駕著車，把那隻筐子放在自己座位旁邊，而且又常常溫和地和她說話。

旅行的快樂使她興奮得了不得。她不斷地把她的鼻子有時從筐子的這一個洞，有時從那一個洞鑽出去，不斷地打圈子，又張望著路上有什麼事。那天天氣嚴寒，當他們趕了十五英里路光景的時候，他們便在路上停了下來，讓馬休息一下，並且吃中餐，因為他不敢走進客棧去。他知道，不論什麼裝在筐子裏的活東西，即使是一隻老母雞也罷，總是引起旁人的注意的；那裏很可能有一些遊手好閒的人，注意到他帶著一隻狐狸，而且即使把他抱那隻筐子留在馬車上，客棧裏的狗也一定會嗅出她的氣味來的。所以，為了避免一切危險起見，他就在路邊停下來休息，也不管天寒地凍，也不管颳著西北風。

他取下了他的寶貴的筐子，解下了那兩匹馬，在馬身上披了毛氈，而 [給][牠] 們燕麥（corn）吃。[64] 接著他就開了那筐子，放出了他的妻子。她快樂得發了狂，四面八方奔跑著，跳到她丈夫身上去，向四圍張望，而且甚至在地上打滾。特勃力克先生認為這是

表示她對於旅行感到快樂，因此也和她一起歡笑著。至於科克太太呢，她一動也不動，把衣服裹得緊緊的，坐在馬車的後座，一聲也不響地在吃夾肉麵包。在逗留了半小時之後，特勃力克先生又駕上了那兩匹馬；他凍得要命，幾乎連韁繩也扣不上了。接著他再把他的狐狸裝在那筐子裏，但是，看看 [她] 想向四周圍望望，[65] 他便讓她用牙齒咬斷了柳條，一直到咬成一個大洞，可以把頭伸出來。

他們重新上路，而不久之後，雪就開始降下來了，下得那麼大，以致特勃力克先生一時害怕不能趕到目的地。但是，在天剛黑了的時候，他們居然到達了。他把解馬以及飼馬等事交給科克太太的兒子西蒙（Simon）去做。他的狐狸是已經疲倦了；他自己也如此，於是他們便一同就睡，他睡在牀上，她睡在牀下，都十分滿意。

第二天，他把那地方察看了一回，又在那裏找到了他所最需要的東西：那就是一個四周有圍牆的小園子；在那裏，他的妻子可以自由地跑來跑去而又安全。

早餐之後，她一心一意想出去踏雪。因此他們一 [同] 走出去。[66] 他一生之中從來也沒有看見過一個比他的妻子更瘋狂的生物了。她就到這邊，又跑到那邊，如像發了狂一樣，咬著雪，在雪上打滾，團團地轉著，又突然地猛烈地向他撲過去，好像要咬他似的。他也夾到她的遊戲中去，向 [她] 擲著雪球，[67] 這就引得她大大地撒野起來，使他十分為難鎮定她，並把她帶回屋子裏去吃午飯。她在嬉戲之中使那個園子播滿了腳跡，所以特勃力克先生很可能辨出，什麼地方她在雪中打過滾，什麼地方她跳過舞。而當他一邊和她一起回去，一邊望著她的腳跡的時候，他可就不知怎地感到心痛了。

他們在那老南尼的茅舍中所過的第一天是很快樂的，也沒有發生那日常慣有的爭吵，這就是全靠了那使他們兩個都感興味的雪的

新趣。在下午，他初次把他的妻子給小寶麗看。小寶麗十分好奇地
望著她，但卻膽怯地向後退，好像怕那隻狐狸似的。特勃力克先
生拿起了一部書讀著，讓她們兩個自己去結識。不久之後，當他
舉起眼睛來的時候，他看見她們已在一起，寶麗正在撫著他的妻
子，拍拍她，又用手在她的皮毛間摸著。接著她又對那隻狐狸說起
話來，拿了她的洋娃娃來給她看，而不久她們便變成了極好的遊
戲伴侶了。看著她們兩個的時候，特勃力克先生得到了一種微妙
的快樂（great delight），特別是當她注意到他的狐狸的母親的態度
（something very motherly）的時候。她的智力是要比那女孩子高
得多，而她又小心留意著不做太快的動作。她似乎遷就著寶麗的快
樂，而且玩耍起來的時候總弄出什麼花樣來叫那小女孩子開心。總
而言之，在短期之中，寶麗就那麼依戀著她的新伴侶，以致當人們
把她們分開的時候，她就會哭起來，而願意永遠和她在一起。特勃
力克太太的這種態度，使科克太太改變了一向的樣子，對於那夫婦
兩者格外和氣了。

　　他們到達那茅舍之後三天，天氣改變了，而有一天早晨，當他
們醒來的時候，他們看見雪已消失了，風向轉從南方吹來，而太陽
也燦照著了。這就像是初春了。

　　特勃力克先生在早餐之後帶著他的狐狸到園子裏去，和她在那
裏逗留了一會[兒]，[68] 然後自[己]回進屋子裏去寫幾封信。[69]

　　當他再出去的時候，他已看不見她的影蹤了，他驚慌失措地四
面奔跑著，一邊喊著她的名字。最後，他在園子一角的牆邊看到了
一小堆泥土；便立刻跑過去，看見有一個洞在牆下面，好像是新挖
掘的。他立刻跑到園子外面去看看牆的那一面，但卻看不到有洞，
因此他知道洞還沒有穿通。後來他就證明了的確是如此，因為他從

洞口伸手進去的時候，他的手就碰到了那狐狸的尾巴，又清楚地聽到了她的爪子挖泥土的聲音。於是他喊著她，說道：「西維亞，西維亞，你為什麼幹這種事？你難道想逃開我嗎？我是你的丈夫，而我之所以關緊你不讓你出去，完全是為了保護你，免得你受到危險。你指點我怎樣可以使你幸福，我就怎樣做，但卻不要試想離開我。我愛你，西維亞；你難道是為此而要離開我，而走到一個你的生命不斷有危險的世界中去嗎？那裏到處都有狗，要不是我在那裏，牠們是都要咬死你的，出來吧，西維亞，出來吧。」

　　但是西維亞卻不願意聽他，於是他就默默地等待著。接著他就用另一種方式對她說話，問她怎樣會忘記了決不獨自出去的約言，而現在當她已有了一個可以自由自在的園子的時候，她怎樣如此瘋狂地食言的？於是他又問她，他們難道不是結婚了的嗎？難道她不是常常覺得他是一個好丈夫嗎？但是她對於他的話一概置之不理，終至於他惱怒起來，咀咒著她的固執，又對她說，如果她一定要做一隻該死的狐狸，那麼她儘管去做吧，他呢，他自有他的辦法。她現在還沒有逃走。他還來得及掘她出來，如果她掙扎，他就把她裝在一隻蔴袋裏。

　　這一片話使她立刻走了出來。她天真地驚愕地望著她的丈夫，好像她完全不知道他為什麼發怒似的。她甚至還跳到身上去愛撫他，帶著一種好脾氣的神氣，好像是一個和靄地忍受丈夫發脾氣的有耐心的妻子似地。這小小的喜劇使那可憐的丈夫十分懊悔自己大發脾氣，而且是十分慚愧，因為他是很老實的。

　　然而，當她走出了那個泥洞之後，他就用那大石頭塞滿了那個洞，而且塞得很深，使她如果想再試來一下的時候沒法鑽得通。

　　在下午，他答應讓她出去，可是卻派小寶麗 [陪] 伴著她。[70]

過了一會兒，他向園子望了一眼，看見 [他] 的狐狸已爬到一棵老梨樹的樹枝上去，[71] 望著牆頂。她是和牆離得很近，祇到在枝上再前進幾步，就可以跳到牆的那一面去了。

特勃力克先生儘可能快地跑到園子中去；他的妻子看見了他，顯得著了慌，拙劣地向牆那面跳過去，沒有跳到牆，就沉重地墜在地上，失去了知覺。跑到了她身邊的時候，特勃力克先生看見她倒下去頭是彎折在她的身子下面，她的項 [頸] 似乎已經斷了。[72] 那可憐的丈夫是 [起] 了 [那] 麼大的感情衝動，[73] 一時竟不能去救她，而祇知道 [跪] 在那不動的 [軀] 體旁面，[74] 而發傻似地轉動著她。最後，他認為她的確已經死了，而想著這個天降於他的可怕不幸的時候，他便 [對] 神賭咒起來，請求上帝立刻叫天雷打死他，或是歸還他的妻子。

「這難道還不夠嗎？」他喊著，還加上一句可怕咒 [詛]，[75]「把我親愛的妻子變成一隻狐狸而將她從我這裏奪了去，這難道還不夠嗎？你難道現在還要把這作為我悲痛之中唯一的安慰，唯一的解脫的狐狸，也奪去了嗎？」

於是他就大哭起來，扭著自己的手，在那裏躭了半小時光景，陷於一種那麼強烈的哀慟之中，竟連什麼也不管，也不知道自己在做什麼，也不願 [想] 到將來怎樣，[76] 祇知道他的生命現在是已經完結了，祇知道如果可能，他就不願再活下去了。

這時候那小寶麗一儘躭在他旁邊，先呆看著他，接著問他到底出了什麼事，接著就因害慌而哭起來；但是他卻一點也不注意她，連看也不看她一眼，卻繼續拔著自己的頭髮，仰天大喊，又向天 [晃] 著拳頭。[77] 因此，在恐怖之下，寶麗就開了園門逃出園子去。

最後，特勃力克先生氣盡力竭了，被不幸所弄得麻木了，便站

了起來走進屋子裏去，讓他的親愛的狐狸直躺在 [她] 所墜下的地方。[78]

他在屋子裏祇逗留了兩分鐘，便又走了出來，手裏拿著一把剃刀，想割斷自己的咽喉，因為這失望最初的衝動已使他失去意識了。

但是他的狐狸已經失蹤了。他一時驚呆地向四面望著，接著便突然大怒，以為有人把那屍體偷去了。

園子的門是開著，他便立刻一直跑出去。且説那扇被寶麗在逃出去時半開著的門，是通接一個在夜裏關家禽的小院子的；木倉和便所也在那裏。在園子的對面，是兩扇木大門，大得可以通馬車，而且相當高，使人不能從外面窺見內院。

當特勃力克先生走進那個院子的時候，他看見他的狐狸在門邊 [縱] 跳著；[79] 她是害怕得發了野，但卻是活生生的。他向她跑過去，但是她卻避開了，而且很想逃走，但是他卻抓住了她。她向他露出了牙齒，可是他置之不理，一下子把 [她] 抱在臂間，[80] 帶了她到屋子裏去。然而他總不大能夠相信他自己的眼睛看見她還活著，便十分小心地在她全身摸著，看看她是否有幾根骨頭折斷了。但是一切都沒有出毛病。過了一些時候，這位可憐的老實紳士纔開始懷疑 [起] 那事實來，[81] 那就是説，他的那隻狐狸做了一個圈套來耍他，而當他慘然慟哭著她的喪失的時候，她卻乾脆裝著死，以便容易逃走。如果院子的門沒有關（這完全是偶然的事），那麼這猾計就會使她自由了。什麼，裝死祇是一個猾計？他越想越明白了。真的，這是狐狸的猾計中的最老最傳統的一個。「伊索寓言」就説起過，而以後無數其他作家也都這樣説。可是她卻那麼巧妙地欺騙了他，以致最初他看見他的妻子活著的時候，竟快樂得了不

得，因為一刻之前，他以為他妻子死了，哀痛萬狀。

　　他把她抱在懷裏，緊貼著她，千謝萬謝上帝保留了她的生命。可是那些接吻和撫愛對於她都沒有什麼效用；她既不用溫柔的目光，也不用舐舌去回答他，卻老是氣鼓鼓地一動也不動，豎起了頸毛，而且每當他碰到她的時候，她就垂倒了耳朵。他起初以為他一定碰到了骨傷或是跌損之處，使她疼痛，但是最後，他纔明白了實情。

　　所以他又開始痛苦起來。那知道她負心的悲哀，和喪失她的沉痛比較起來，雖則是不算什麼，但那總之還是一種更微妙更經久的苦惱。這種在最初是不知不覺的哀痛，現在卻慢慢地擴大起來，一直到變成一種難熬的痛苦了。如果他是一位世上常見的那種丈夫，由於經驗，對於自己的妻子的行為決不多加過問，而且永遠不問她們：「你今天做了些什麼事？」為的是害怕自己祇會顯得格外傻，如果特勃力克先生是這樣一類的丈夫，那麼他就會更幸福一點，他的苦痛就會毫不令他難堪。但是你們應該想一想，他自從結婚以來，他是從來也沒有受過他的妻子的欺瞞的。她從來也沒有對他說過謊，就是無關緊要的謊也沒有說過一句。她對他一向是真誠而坦白的，好像他們兩人並不是夫妻，甚至並不是異性的人。然而，不管這些情形是怎樣，特勃力克先生的老實，在我們看來總是過份了。他現在總之是和一隻狐狸生活在一起，而這野獸在一切地方，任何時間，在無論什麼民族間，都同樣地有著虛偽，點惡和狡猾的名聲，而他卻想從這野獸期待那他從前所娶的鄉村女子所對他的坦白，拘謹，可真就有點孩子氣了。

　　他的妻子發了一整天脾氣；[她]遠離開他伏著，[82] 躲在沙發下面，使他沒有法子弄[她][83]出來。即使在吃飯的時候，她[仍]

躭在那裏，[84] 絕對不受飯食的引誘，而且那麼安靜地獨處著，竟至他幾小時都聽不到 [她] 的聲息。[85] 晚上，他抱她到臥房裏去，但是她仍舊發著脾氣而不願意吃東西；然而在夜間，當她以為他熟睡了的時候，[86] [她] 卻也喝了一點兒水。[87]

第二天早晨也還是那樣。現在，特勃力克先生已經過了損失自尊心，幻滅和絕望等的一切痛苦了。雖則感情膨漲著他的心一直到使他窒息，他卻一點也沒有向他的妻子顯露出來，而且仍然照樣向 [她] 表示溫柔和殷勤。[88] 在吃早飯的時候，他試想引誘她，給了她一隻剛殺死的母雞。他這樣遷就她是頗有苦痛的，因為一直到那時為止，他是一 [晌] 是祇給她燒熟的肉吃的，[89] 但是看見她不受他給她吃的東西，在他卻是更為痛苦。而在他的痛苦之上，現在又加上了一種恐懼，那就是怕她寧願餓死而 [不] 願意繼續和他一起生活下去。[90]

整個早晨，他關緊了她不讓她出去，但是在下午，他先鋸掉了那梨樹的枝條，免得她像昨天一樣地再爬上去，然後把她放在園子裏。她一看見他走近過就顯出討厭的神氣，而且又不願意奔跑和遊戲，卻一動不動地在那裏，尾巴夾在兩腿之間，耳朵垂倒了，毛聳起著。看到了這種樣子，他就完全出於仁慈，讓她獨自個在那裏。

當半小時之後他回到那裏去的時候，她又不見了，但是在牆邊有一個頗不小的洞，她已全身鑽在裏面，祇賸一個尾巴在外面，而且正在拚命地挖著。

他跑到洞邊，把手伸進去，而且向她喊著，叫她出來；她並不服從。於是他抓住她的肩拉著，接著因為抓不穩，便抓住她的後腳拉她出來。他一把她拉出來之後，她便立刻回過頭來，咬住他的手，在他的拇指骨上咬了一口，但卻立刻放開了他。

　　他們這樣地相對了一分鐘，他是腳膝貼著地，而她卻面對著他，顯出了兇惡和無悔的暴怒的本來面目。因為是腳膝貼著地，特勃力克先生是和他的妻子一般高低，而她的嘴又是和他的臉兒相觸著。她的耳朵是倒垂著，她的牙根肉是在一種懷恨的緘默之中露出著，她用她整副美麗的牙齒威脅著他，好像要再咬他似的。她的背脊是微微弓起著，聳起了毛，而她的尾巴又垂倒著。但是那吸住了他眼睛的，卻特別是她的眼睛，她的那雙帶著一種暴怒，一個野蠻的狼毒望著他的眼睛。

　　血拚命地從他的手上流出來，但是他卻既不注意他的傷口，也不注意痛楚，因為他的全部思想都是灌注在他的妻子身上。

　　「這算什麼呢，西維亞？」他很安閒地說，「這算什麼呢？你為什麼現在這樣野蠻了呢？我之所以不放你自由，那就是因為我愛你。難道你和我生活在一起真是痛苦難熬嗎？」可是西維亞卻一動也不動。

　　「可憐的畜生，如果你是並不痛苦，那麼你是不會這樣做的。你需要你的自由。我不能夠留住你，我不能叫你實踐那當你還是一個女人時所立的誓約。[為]什麼，[91] 你連我是誰都忘記了。」

　　於是眼淚就從他的頰上流了下來，他嗚咽著，就對她說道：

　　「去吧 —— 我不來留住你了。可憐的畜生，可憐的畜生，我愛你，我愛你。要是你要走，你就走吧。但是如果你回想起我，你就回來吧。我決不違反你的意志強留住你。去吧 —— 去吧。但是現在來和我接一個吻。」

　　他向她俯身過去，把他的嘴唇放在她的獠牙上面，但是，她雖則還在嗥嗥作聲，但卻並不咬他。接著他便迅速地站了起來，走到園子的門邊去；那扇門是臨著一片毗連樹林的小草地的。

　　當他把門一打開的時候，她便像一枝箭似地跑了出去，一溜煙似地越過了那片草地，轉瞬之間便看不見了。那時，突然覺得自己是孤單一個人，特勃力克先生纔彷彿清醒過來，便趕上去追她，喊著她的名字，一邊喊一邊衝到樹林中去，在林中跑了差不多一英里，差不多像盲人一般地狂奔著。

　　最後，當他氣盡力竭了的時候，看看她已經遠去而沒有回來的希望了，而且天也已經黑了，他便在地下坐了下來。過了一會兒，他纔站起身來慢慢地向家中走回去，身體疲憊至極，精神也頹唐萬狀。他一邊走一邊把他的還在流血的手包裹起來。他的衣服是已經破碎了，他的帽子已經遺失了，他的臉兒也被荊棘劃破了。

　　鎮定下來之後，他便開始想到他自己剛纔所做的事，又慘然懊悔著放了他的妻子。他已負了她，而且由於他的過失，他判定了她永遠去 [度過] 野狐狸的生活，[92] 去遭受寒暑風雨的酷烈，去冒被人狩獵的野獸的一切危險。當特勃力克先生回到了茅舍的時候，他看見科克太太正在等待他。那時已是深夜了。

　　「你把特勃力克太太弄成 [怎] 樣了，少爺？我沒有看見她，我也沒有看見你，我不知道怎樣纔好。我想大概出了什麼可怕的事了。我等了你半夜。她現在在那裏啊，少爺？」

　　她直截了當地這樣問他，使他一下子說不出話來。最後，他說：「我放走了她。她已經逃走了。」

　　「可憐的西維亞小姐！」那老婦人喊著。「可憐的東西！你一定自己覺得慚愧吧，少爺！放她走了！可憐的太太，難道她的丈夫真應該這樣說的嗎？這是一個羞恥！可是這是我早就料到的。」

　　那老婦人是憤怒得臉兒發白，她連自己說什麼話也不知道了，但是特勃力克先生卻不聽她的話。最後，他看了她一眼，看見她竟

哭起來了，因此他就走出房去，上樓倒身在牀上，連衣服也不脫，完全氣盡力竭，於是就昏沉沉地睡過去了。他不時驚醒恐怖地跳起來，接著又疲憊地躺下去。在他醒來的時候是寒冷澈骨，覺得四肢都不能 [動彈] 了。[93] 在他躺下的時候，他又聽到了那使他駭醒的聲音 —— 幾匹馬的得得蹄聲和屋子附近的騎馬的人的聲音。特勃力克先生一躍而起，跑到窗子邊去望著，而他所看見的第一件東西，便是一個穿紅色禮服的紳士，騎著馬在路上款步著。看到了這種光景，特勃力克先生不再等待下去了，他瘋狂一般迅速地穿上了他的靴子，突然地跑了出去，目的是要叫那些打獵的人們住手，並且對他們說，他的妻子已逃了出去，他們是很可能打死她的。

可是當他跑到了他們前面的時候，他卻說不出話來了，他暴怒填胸，忍不住向他們大聲喊道：

「你們這些該死的蠢才，你們竟這樣大膽嗎？」

他拿着手杖，向那穿紅色獵衣的紳士撲過去，抓住了他的馬韁繩，接著便拉著他的腿，打算揪他倒地。特勃力克先生這種行為的動機，實在是沒有法子去解釋的。那打獵的人呢，看見自己受到一個頭髮亂蓬蓬，衣衫不整齊的人那麼厄突地攻擊，便拿起了他的鞭子，在特勃力克先生的顳顬上使勁地打下去，竟打得他暈倒在地上了。

這時候另一個打獵的人跑了過來，他們居然好心下了馬，把特勃力克先生抬到茅屋中去，而在那裏碰到了老南尼。她扭曲著她的手，對他們說特勃力克先生的妻子是一隻狐狸，現在已逃出去了，為了這個緣故，特勃力克先生纔趕出去攻擊他們的。

那兩位紳士聽了禁不住大笑起來，他們便騎上馬去，毫不逗留就走了，互相談說著道，那個特勃力克先生一定是一個瘋子，而那

個老婆也好像和她的主人一般，也是一個瘋子。

然而這個故事卻傳到了當地的士紳們耳中，並且證實了他們最初的意見，那就是説：特勃力克先生發了瘋，他的妻子已離開了他。關於她是狐狸那一節，聽到的少數人都覺得可笑，但不久就刪除了這一節，以為這是無用的瑣節，而且是不可置信的。然而在以後，人們又想起了這件事，於是就了解了這件事的意義。

當特勃力克先生清醒過來的時候，已在正午之後，他覺得頭痛難當，以 [致] 對於剛才的事，[94] 祇是模糊地記得而已。

他立刻派科克太太的兒子騎著他的一匹馬，去打聽打獵的結果。

同時，他吩咐老南尼將水和食物放在門口，以備當她的女主人還在附近的時候 [供] 她吃喝。[95]

在天快黑的時候，西蒙回來了，告訴他説，打獵的人跑了長夕，但卻打不到那第一隻狐狸；後來，在搜索莽叢之下，他們居然趕出了一隻老雄狐，而且立刻打死了；一天的打獵便是這樣結束了的。

這報告使可憐的特勃力克先生又燃起希望來。他立刻從牀上起身，出門去到樹林中去，開始呼喚他妻子的名字。但是不久他就無力支持了，他倒在地上，不能夠再起身，就在露天之下過了一夜。

第二天早晨，他回到茅屋中去，但卻受了寒，不得不在牀上躺了三四天。

在這一段時期，他每夜給她預備食物；那些食物都給老鼠來吃了去，而那狐狸的蹤跡卻一點也沒有。

最後，他的焦慮使他有了另一個假設，那便是他的妻子也許已經回到斯多可去了，於是他也不管自己患着重傷風發著熱，就親自

駕車到萊蘭治去。

從此以後，他便過著 [孤獨] 的生活，[96] 遠離開世人，而祇見一個名叫阿思寇（Askew）的人。那人是在溫太基（Wantage）學當騎師的，後來因為生得太高大了，不能擔任這份職業。特勃力克先生每星期三次叫這不中用的人騎著他的馬，去跟著那些打獵的人們 [跑]，[97] 而每當有一隻狐狸打死的時候，便來向他報告。他特別囑咐他要看見那野獸，並且仔細地描摹給他聽，使他知道那是否是他的西維亞。但是他自己卻不敢去，因為他害怕自己發起火來，犯出人命案。

每逢在附近有人打獵的時候，他便把萊蘭治的柵門和屋子裏的門戶都敞開著，他自己則拿著槍站著崗，希望當他的妻子被狗追急了的時候跑進來，他就可以救她。但是祇有一次打獵的人們 [靠] 得很近，[98] 兩隻獵狗迷了路，在他的領地上徘徊，於是他就立刻打死了牠們，而且又親手把牠們埋葬了。

打獵的季節快完結了，因為那時已經是在三月中了。

這樣地生活下去，特勃力克先生越來越變成一個厭世者了。他什麼人也不接見，很少在人前露面，而且祇有在早晨未有行人的時候出門，希望可以碰到他的那隻親愛的狐狸。這一朝重見她的希望，便是他生活的唯一的繫維，因為他對於自己的安樂已漫不經心，很少真正地吃一頓飯，整天祇吃一點麵包皮和一口乾酪而已。然而他有時卻喝半瓶威 [士] 忌酒，[99] 去澆他的憂愁，促他睡覺，因為他常常失眠，而且剛剛闔眼，就會以為聽到什麼聲音，而突然驚醒。他也讓他的鬍子長起來；他本來是很講究修飾的，現在卻完全不 [修邊] 幅了，[100] 而且有時竟一兩星期忘記洗澡，而當他看見指甲藏垢的時候，他也一概不理。

這種漫無規則（disorder）在他心頭飼養著一種刁蠻的快樂（malignant pleasure）。他竟至憎恨他的同類的人了；人類一切的 [儀禮] 和習慣，[101] 都使他引起一種辛辣的卑視。說起來也奇怪，在這幾個月之中，他從來也沒有一次恨憎（regret）過那他曾經深愛過的妻子。他現在所唯一悲泣著的，便是那隻逃走了的狐狸。時時勾上他的心頭的，並不是那溫柔的嫻雅的女子的記憶，卻是一隻畜生的影像。那倒是真的，那隻野獸在願意的時候會坐在席上和玩紙牌，但是無論如何，總是一隻野獸。他唯一的希望便是重獲得這隻畜生；他不斷地夢想著的，便是牠。不論在他醒的時候或是睡著的時候，他所追尋著的便是牠的影子：牠的面具，牠的毛茸茸的白尾巴，牠的白色的嘴部，牠的耳朵的 [厚] 密的毛，這便是時時浮到他腦中去的。

牠的一切狐狸的舉動，在他看來都是那麼地可愛，我深信，如果他確切知道牠已經死去，而他又想續娶的話，那麼他再娶一個女人一定會不幸。他一定會想去買一隻馴熟的狐狸來，而且一定會以為這結合是他所能辦得到的最好的結婚了。

我們可以說，這一切都是從此世無匹的一種熱情，一 [種] 夫妻的恩愛而來的。我們可能認為特勃力克先生是荒謬，是近乎發狂，可是當我們仔細加以觀察的時候，我們便在他的異乎尋常的忠忱之中發現他是大可敬佩的。有些人，當他們的妻子發了瘋的時候，他們便把她們放到瘋人院去，而藉口去亂姘女人，這樣的人世上是很多的，特勃力克先生呢，卻和這些人大不相同的。雖則他的妻子已經變成了一隻狐狸，他卻仍然在世界上唯一愛她。

但是這吞人的戀愛像結核菌一樣地侵蝕著他；失眠之夜，飲食的不注意等等，使他在幾個月之中變成不成一個樣子了。他的臉兒

變成猙獰可怕，他的眼睛陷了下去，但卻光亮異常，他的身體疲得可怕，竟至在看到他的時候，人們竟難以相信他還是活著的。

1　〈淑女化狐記〉於《香島日報》副刊〈綜合〉的連載日期為 1945 年 7 月 13-14、16-21、23-28、30-31 日；8 月 1-4、6-11、14-18、20-25、27-29、31 日，合共四十一期。惟 1945 年 8 月 11 日所載第二十六期之〈淑女化狐記〉被錯誤重複標示為「第廿五期」，故最後一期之〈淑女化狐記〉被標示為第四十期。本文乃據英文原著校訂，參考 David Garnett, *Lady into Fox*, New York: Alfred A. Knopf, 1923.

2　原文無法辨識，現據英文原著增補。

3　文中特勃立克（Tebrick）又譯作特勃力克。

4　「絕對」，原文誤植為「極對」，現據英文原著校訂。

5　「不至於」，原文誤植為「不致於」。

6　「聖經」，原文誤植為「聖候」，現據英文原著校訂。

7　文中唐格里霍爾（Tangley Hall）又譯作唐格萊霍爾。

8　「唐格里霍爾」，原文誤植為「唐格爾霍爾」。

9　「潑辣」，原文誤植為「潑剌」。

10　「才能」，原文誤植為「能才」。

11　「約莫」，原文誤植為「約摸」。

12　原文無法辨識，現據英文原著增補。

13　「狐狸」，原文誤植為「孤狸」。

14　「園丁」，原文誤植為「園子」。

15　「景象」，原文誤植為「景像」。

16　「他」，原文誤植為「她」。

17　「斯文」，原文誤植為「廝文」。

18　「斯文」，原文誤植為「廝文」。

19　「兩三杯」，原文誤植為「三杯」，現據英文原著校訂。

20　原文無法辨識，現據英文原著增補。

21　「忙個不了」，原文誤植為「忙了不了」。

22　文中克拉麗絲（Clarissa）又譯作克拉麗思。

23　編者案：李卻生（Samuel Richardson, 1689–1761），今譯理查森，英國小說家

及出版商。

24 編者案：據英文原著，此處記述特勃力克先生和狐狸還會玩一種克里比奇的紙牌遊戲（cribbage），而特勃力克先生計分時是用紙和筆，並移動計分板上的釘子。

25 「幻象」，原文誤植為「幻像」。

26 「實在」，原文漏植「實」字。。

27 原文無法辨識，現據英文原著增補。

28 「先跑到」，原文誤植為「前跑到」。

29 「她」，原文誤植為「他」。

30 「爪子」，原文誤植為「瓜子」。

31 「他的妻子」，原文誤植為「她的妻子」。

32 編者案：漢代爾（George Frideric Handel, 1685-1759），今譯韓德爾，德國作曲家。

33 編者案：曼德爾生（Felix Mendelssohn, 1809-1847），今譯孟德爾遜，德國作曲家。

34 編者案：吉伯特（Sir William Schwenck Gilbert, 1836-1911），英國戲作家和詩人；蘇里文（Sir Arthur Seymour Sullivan, 1842-1900），英國作曲家。二人於1871 至 1896 年間共同創作了十四齣喜歌劇（comic opera）。

35 「粉碎」，原文誤植為「粉粹」。

36 「帶到」，原文誤植為「帶著」。

37 編者案：巴拉賽爾蘇思（Paracelsus, 1493-1541），文藝復興時期物理學家、植物學家及神秘主義者。

38 「刻意」，原文誤植為「克意」。

39 「景象」，原文誤植為「景像」。

40 「得怪」，原文誤植為「怪得」。

41 「打開」，原文誤植為「打鬥」。

42 「以至他終於」，原文誤植為「以他總於」，現據英文原著校訂。

43 「暴躁」，原文誤植為「暴燥」。

44 「一部分」，原文漏植「份」字。

45 「苦痛」，原文誤植為「菩痛」。

46 「雖則」，原文誤植為「還則」；「倉忙」，原文誤植為「倉切」，現據英文原著校訂。

47 「也」，原文誤植為「在」。

48 「胃口」，原文誤植為「脾口」。

49 原文無法辨識，現據英文原著增補。

50 「渾身」，原文誤植為「混身」。

51 原文無法辨識，現據英文原著增補。

52 「印象」，原文誤植為「印像」。

53　「勉強」，原文誤植為「免強」。

54　「兩三隻」，原文誤植為「兩隻」，現據英文原著校訂。

55　「看見過她」，原文誤植為「看見她過」。

56　「效力」，原文誤植為「勃力」。

57　「信託」，原文誤植為「信托」。

58　「頸上」，原文誤植為「頭上」，現據英文原著校訂。

59　「特勃力克太太」，原文誤植為「特勃力克先生」，現據英文原著校訂。

60　原文無法辨識，現據英文原著增補。

61　「什麼想像」，原文漏植「麼」字。

62　編者案：非洲廷巴克圖 "Timbuctoo" 現今多併寫成 "Timbuktu"，為馬里共和國（Republic of Mali）的城市，因書刊貿易發達而聞名於西歐國家。以這城市為背景的故事逐漸引起讀者興趣，為此地帶來無限想像和臆測，也讓它變得神秘起來，成為一個「渺遠之景」的代名詞。

63　「嗅到了她」，原文誤植為「嗅到了牠」。

64　「給」字原文無法辨識，現據英文原著增補；「牠們」，原文誤植為「他們」。

65　「她」，原文誤植為「他」。

66　「一同」，原文漏植「同」字，現據英文原著增補。

67　「她」，原文誤植為「他」。

68　「一會兒」，原文誤植為「一會見」。

69　「自己」，原文誤植為「自巳」。

70　「陪伴」，原文誤植為「倍伴」。

71　「他」，原文誤植為「她」。

72　「項頸」，原文誤植為「項頭」，現據英文原著校訂。

73　「起了那麼大的」，原文誤植為「跪了郵麼大的」，現據英文原著校訂。

74　「跪在」，原文誤植為「起在」，現據英文原著校訂；「軀體」，原文誤植為「驅體」。

75　「咒詛」，原文誤植為「咒咀」。

76　「不願想到」，原文漏植「想」字。

77　「晃著」，原文誤植為「幌著」。

78　「她」，原文誤植為「他」。

79　「縱跳」，原文誤植為「蹤跳」。

80　「她」，原文誤植為「牠」。

81　「懷疑起」，原文誤植為「懷疑地」。

82　「她」，原文誤植為「他」。

83　「她」，原文誤植為「他」。

84　「仍耽在」，原文誤植為「在耽在」，現據英文原著校訂。

85　「她」，原文誤植為「他」。

86　「他熟睡了」，原文誤植為「他的熟睡了」。

87 「她」，原文誤植為「他」，現據英文原著校訂。
88 「她」，原文誤植為「他」。
89 「一晌」，原文誤植為「一响」。
90 「不願意」，原文漏植「不」字，現據英文原著校訂。
91 「為什麼」，原文漏植「為」字，現據英文原著校訂。
92 「度過」，原文誤植為「過度」。
93 「動彈」，原文誤植為「彈動」。
94 「以致」，原文誤植為「以使」。
95 「供她吃喝」，原文漏植「供」字。
96 「孤獨」，原文誤植為「狐狸」，現據英文原著校訂。
97 「跑」，原文誤植為「跪」。
98 「靠得」，原文誤植為「看得」，現據英文原著校訂。
99 「威士忌酒」，原文誤植為「威土忌酒」。
100 「邊幅」，原文誤植為「篇幅」。
101 原文無法辨識，現據英文原著增補。

第三部分

《希望》、《鄙棄的日子》(選譯)

〔法〕馬爾洛　著

施蟄存　譯

編者前言：

　　施蟄存受戴望舒之邀，選譯馬爾羅《希望》第三部「希望」(L'Éspoir) 第三、四卷的節錄，題為〈青空的戰士 ——「希望」的插曲〉，於 1939 年 1 月 1 日、3 至 16 日分十五期在《星島日報》副刊〈星座〉連載。[1] 篇章記述農民與反法西斯民軍合作，空襲法西斯軍隊，表現視死如歸的勇氣。由於戴望舒對《希望》的翻譯只涉及該書第一、二部分，施蟄存對《希望》第三部分的翻譯可說是重要的補充。

青空的戰士 ——「希望」的插曲

〔法〕A. 馬爾洛著、施蟄存譯

譯者附記

　　望舒來函索稿，苦無以應，課餘偶讀馬爾洛新作「希望」（ESPOIR），為之擊節，因擇其感人最深之插曲一篇，窮九晝夜之力譯成，寄諸「星座」，聊償夙願。篇名節目，原書未有，但憑己意增添，市語方言，非所素稔，概由望舒校補，理應聲明，謹此告罪。

民國二十七年十二月十日

蟄存誌。

一·越過法西斯陣線的農民

　　飛機場的電話是裝在一個哨所中。馬嚴（Magnin）把聽筒貼在耳邊，望著那「鴨號」（*Canard*）在落日的塵埃中降落。

　　「這兒是司令部。你們有兩架準備好的飛機嗎？」

　　「有的。」

　　每天用了去攻德魯艾爾（Teruel），用劣質的零件修整，那些飛機便漸漸變成像達拉維拉（Talavera）時期一樣地不足恃：修機人員必須不停地去對付揮化器（carburateur）了。

　　「加爾西亞司令（commandant Garcia）要派一個農民到你們那

兒去，是阿爾巴拉新村（Albarracin）北面的人，昨天夜裏從法西斯陣線越過來的。在他村子的旁邊，據説有一個飛機 [場]，[場] 上滿是飛機。沒有地下掩蔽倉。」

「我不相信他們有地下掩蔽倉。就像不相信我們有地下掩蔽倉一樣。這在我昨天的報告上已提到過了。我們轟炸沙拉哥薩大路（route de Saragosse）上的飛機 [場] 沒有結果，是因為飛機是在秘密飛機 [場] 上；並不是因為牠們在地底下。」

「我們派那個農民到你那兒去。你去把任務考慮一下，然後再打電話給我們。」

「哈囉！」

「哈囉？」

「那個農夫有什麼擔保？」

「司令。還有他的工團，我想。」

半點鐘之後，那個農民由司令部的一個下士帶領著到來了。馬嚴挽著他的臂，開始在 [場] 子上踱步起來。[2] 馬嚴在什麼地方已經看見過這張臉兒呢？到處：這是西班牙的矮子的臉兒。可是這人是結實的，而且比他還高大。

「你越過陣線來關照我們：我們替大家謝謝你。」

那農民微笑了，一片駝子的微妙的微笑。

「那些飛機在那兒？」

「在樹林子裏邊。」那農民舉起了食指。「在樹林子裏邊。」他望了一下橄欖樹之間的那些空地，國際隊的飛機便是藏在那兒的。「像這樣的空地，一般無二的。可是，更要深一點，因為那是一座真正的樹林子。[」]

「[場] 子是怎麼樣的？」

「他們飛起來的地方嗎？」

「是的。」

那農民向四周望著。

「不像這個樣子。」

馬嚴取出他的手冊來。那農民畫了一個飛機 [場] 的圖樣。

「很窄嗎？」

「不寬。可是那些大兵使勁在那兒墾地。他們要把牠放寬些。」

「朝什麼方向 [？]」

那農民閉著眼睛，轉動著身體。

「朝東風那一面。」

「呃……那麼，是了：樹林子是在 [場] 子的西面吧？你把得定嗎？」

「穩穩當當地（tranquillement）。」

馬嚴望著橄欖樹旁邊的風向桿：這個時候，風是從西面吹來的。而在一個小飛機 [場] 上，飛機是應該臨風起飛的。如果在德魯艾爾風向相同，那麼在攻擊的時候，這些飛機就應順風起飛了。

「你記得昨天的風是什麼方向嗎？」

「西北風。我們說天要下雨了。」

那麼，那些飛機無疑還是在那兒。要是風向不變，那就好了。[3]

「多少飛機？」

這農夫額角中有一蕞黑穗般的頭髮，像是南美洲的大鸚鵡；他 [重] 又舉起了食指。[4]

「我呢，你懂嗎，我呢，我算過有六架小的。還有一些朋友們也算過。他們的話不一樣：至少也有那麼許多架大的，他們說。至少。也許更多幾架。」

馬嚴思索著。他取出他的地圖來，可是，正如他所想的那樣，那個農民不懂看地圖。

「這個我不在行。可是你把我帶到你的機器上去，我就指給你看，一直去就是了。」

馬嚴纔懂得為什麼加爾西亞要給這農民做擔保。

「你已經坐過飛機嗎？」

「沒有。」

「你沒有驚悸病（angoisse）嗎？」

他不大懂得這話。

「你不害怕嗎？」

他思索了一下。

「不。」

「你認得那[場]子嗎？」

「我在那村子上住了二十八年了。我又在城裏做過工。你替我找出沙拉哥薩大路，我就替你找出那個[場]子來。穩穩當當地。」

二・奔波

馬嚴把那農民送到堡裏去，又打電話給司令部。

「似乎有十來架光景的敵機……當然，最好是在黎明去轟炸；可是明天早晨，我有兩架複座機（multiplaces），卻沒有驅逐機（chasse）：驅逐機全在瓜達拉哈拉（Guadalajara）。那一帶我還熟悉，而這一注又很嚴重。在這個時候，那邊的天氣是很少明朗的……那麼，我的意見是：我在五點鐘的時候打電話到沙里洪（Sarion）的氣象台去，要是天氣還是那麼陰暗，我就去。」

「瓦爾加斯上校聽憑你決定。要是你去，他就把莫羅斯隊長（capitaine Moros）的飛機交給你用。不要忘記，在沙里洪也許有驅逐機。」

「好，謝謝……啊！還有一件事：夜裏出發，很好，可是飛機[場]沒有照明。你們有探照燈嗎？」

「沒有。」

「你保得定嗎？」

「別人整天向我要著。」

「軍政部裏呢？」

「也是一樣。」

「呃……那麼汽車呢？」

「全徵用了。」

「好。我來想想辦法吧。」

他打電話到軍政部去：同樣的回答。

這樣看來，就不得不在黑夜中從一個沒有燈火的小小的[場]子上出發了。三面有汽車開燈，那還行……還得去找汽車。

馬嚴坐了他自己的汽車，在暮色[暝暝]中開到第一個村莊的委員會去。[5]

各種徵發來的物件，縫衣機，圖畫，掛燈，牀，和一大堆的雜物（在那裏，用具的柄聳立在那些放在廳底裏一張桌上的燈光中），使這樓下一層呈著拍賣[場]的有條理的雜亂的光景。農民們一個個地在桌子前面走過。負責人之一向馬嚴走過來。

「我需要汽車，」馬嚴一邊和他握手一邊說。

那代表向天舉起他的胳膊，一句話也不說。馬嚴是很識得這些村莊上的代表的：很少是年輕的，認真，精明（他們的一半時間都

化在守護委員會不讓不速之客闖入），而且差不多總是勝任的。

「事情是這樣的，」馬嚴説：「我們關了一個新飛機 [場]。還沒有照明，我的意思是説，沒有夜間起飛和降落用的燈光。只有一個方法：[場] 子四面用汽車的探照燈圍起來。[」]

「部裏沒有汽車。軍政部裏沒有汽車。你有汽車。今天夜裏你應該借我用。」

「我需要十二輛，卻只有五輛，其中三輛是小貨車！你要我怎樣借你呢？一輛，那還……」

「不，一輛不行。要是我們的飛機到了德魯艾爾，牠們就會攔住法西斯蒂（fascistes）。[6] 否則，法西斯蒂就要打進來，民軍就毀啦。你懂嗎？所以要汽車，小貨車不是小貨車都好。這是一個那面同志們的生死問題。聽我説，你的汽車做什麽用的 [？]」

「除非這件事！……不過，事情是這樣的，我們不能出借汽車而沒有車夫，今天車夫已工作了十五小時了，那麼……」

「要是他們願意在汽車裏睡覺，那也沒有關係。我可以叫航空部的機匠來開汽車。要是你要我對他們自己去説，我就去説，我斷定他們會答應的；如果你自己對他們説明是為了什麼事，他們也一樣會答應的。」

「你什麼時候要汽車？」

「今天夜裏四點鐘。」

那代表走到放著煤油燈的桌子後去和其他兩個代表討論，然後回出來。

「我們盡我們的能力去辦。我答應你三輛。可以多就多幾輛。」

馬嚴從夜的村莊走到夜的村莊，從堆著舊貨的廳走到有石灰粉刷的牆壁的大廳——在那裏，站立著的穿著黑色短褐的代表和農

民，在牆上投著影子的壁畫：在愈益荒涼的，色彩像舞台佈景一般的廣 [場] 上，酒店的燈火和幾張最後的街燈，在收沒的教堂的紫色的圓屋頂上投射著燐火一般的大斑點。各村莊共有 [二十三] 輛汽車。[7] 人們答應他九輛。

當他又經過第一個村莊的時候，已經是夜間兩點半了。在那照亮了委員會的屋子正面的微光中，有許多人排著隊在搬運蔴袋，像把煤裝到船上去的人一樣：他們穿過街路走到縣政府（mairie）去，於是馬嚴的汽車夫不得不停下來了。他們之中有一個人貼近汽車的車箱蓋走過，彎倒了身子負著半隻剝了皮的牛。

「這是什麼？」馬嚴問一個坐在門口的農民。

「志願隊。」

「什麼志願隊 [？]」

「運糧食的。他們徵集志願隊運糧食。我們的汽車已開到飛機 [場] 去幫助瑪德里了。」

三・出發

當馬嚴到了飛機 [場] 的時候，最初的幾輛汽車到來了。在四點半的時候，十二輛汽車和六輛小貨車已連車夫在那兒了。好些人還順手帶了風燈來。

「我們沒有什麼別的事可做嗎？」

一個志願隊人員嚷著，沒有人知道為什麼。

他給他們派定地位，告訴他們祇在聽到飛機的馬達聲的時候纔打亮他們的探照燈，然後回到堡裏去。

瓦爾加思（Vargas）等待著他。[8]

「馬嚴，加爾西亞說，在那個飛機 [場] 裏，飛機有十五架以上。」

「那更好了。」

「不：因為這樣就是轟炸瑪德里用的了。你要曉得，從前天起，就在瓜達拉哈拉河附近作戰。他們已在維拉維修沙（Villaviciosa）突破了戰線，我們在勃里惠加（Brihuega）附近抵住他們。他們想攻取阿爾岡達（Arganda）。」

「是誰，他們？」

「四師意大利機械化部隊，坦克車，飛機，什麼都有！」

上一個月，從六日到二十日，在最猛烈的一 [場] 血戰之中，德國參謀部曾經想從南面奪取阿爾岡達過。

「我黎明出發，」瓦爾加思說。

「再見，」馬嚴碰了一下他的木柄的手槍回答。

那是五點鐘的寒冷，黎明前的寒冷。馬嚴想喝咖啡。在那在黑暗之中呈著藍色的石灰糊牆的堡前面，他的汽車照亮了一個果樹園：在果樹園中，那些已經準備好了的國際空軍人員的影子在樹木之間跳躍著，正在採擷閃耀著露水的，色如白霜的橙子。在飛機 [場] 的盡頭，那些汽車在黑暗之中等待著。

在召集的時候，馬嚴把任務說給各隊長聽，等飛機啟航後再由他們傳達。他查明各機關鎗手是否都備好手套。在照亮了橙樹，需要維持各飛機間的聯繫一直到最後一刻的那輛汽車後面，那些穿著飛行衣像小狗一樣地受著拘束的飛行人員，越過了那充滿了最後的夜的氣息的飛機 [場]。

飛機等待著，映在天上的幾片翼子是不大看得清楚。被這些意外的燈光所襲，被風在臉上鋪了一片冰水（他們是用冷水噴過臉兒

的），因而多份受打擊而少許覺醒，那些人一句話也不說地曳足而行。在夜間出發的寒冷之中，每個人都知道自己向命運前進。

機師們用手電筒照著，開始他們的工作了。第一架飛機的馬達轉動起來。在[場]子的盡頭，兩張探照燈在黑夜的冷漠中開亮了。

又是兩張：汽車已聽到馬達的聲音了。馬嚴還不大辨別得出遠方的山崗，和在他上面的一架複座機的高高的前部骨架；接著是在一個推進葉的淡青色的圈子上面的另一架飛機的翼。又是兩張探照燈打亮了：三輛汽車標出了[場]子的一極端。後面是橘樹林；在同一個方向之中，是德魯艾爾。那邊，一個國際旅團和兩個無政府黨縱隊，是在墓地旁或澗水冰凍的山中，披著他們半墨西哥式的大氅，正在等待敵人進攻。

乾橙子的野火開始亮起來了。牠們的激狂的虎黃色的火焰，在探照燈之間是微弱的，可是牠們的被風吹過來的辛酸的氣味，卻不時像煙一樣地越過飛機[場]。其餘的探照燈一個個地亮了。馬嚴想起了那個背負著半隻剝了皮的牛的農民，想起了像給一隻船上貨似地搬糧食到貨倉去的那一切志願隊員。現在，那些探照燈三面同時打亮了，中間由橙子的野火連繫著，而在那些野火的四周，一些大氅來往活動著。有一個時候，飛機的馬達閉了，人們就聽到了村莊上的那十八輛汽車的四散的引擎聲。在燈光的淡影中央依然原封不動的大塊的陰暗之中，那些馬達突然同時怒吼起來的埋伏著的飛機，這一夜似乎就是全西班牙（Espagne）農民保護瓜達拉哈拉的代表。

馬嚴最後一個出發。德魯艾爾來的那三架飛機在[場]子上面飛繞著，每架都在尋找其餘兩架的航燈，以便列成行列。下面，那現在已很小了的長方形的飛機[場]，已消失在田野的無垠的黑

夜中；然而，在馬嚴看來，這整個田野卻是向著那些寒傖的燈火（feux misérables）集中著的。那三架複座機飛繞著。馬嚴打亮了他的手電筒，把那農民的草圖標在一張地圖上。寒氣從開機座的空洞中侵進來。「五分鐘之後，我便要 [戴] 手套：[9] 談不到用鉛筆了。[」] 三架飛機已形成飛行行列了。馬嚴取程向德魯艾爾進發。在 [風還] 從飛機 [場] 中吹來的橙子的野火的氣味中，[10] 雖則飛機內部是暗黑，太陽已臨照在開機座的機關槍手的快樂而鮮紅臉上了。」

「敬禮，老總！」

馬嚴的目光不能離開這張因為笑而張大了的嘴，這些在朝陽中奇特地呈著粉紅色的缺牙。飛機已不大暗黑了。在地上，還是夜。飛機在一片躊躇的陽光中向最初的一道高山前進；下面，粗略的地圖的模 [糊] 的輪廓開始形成了。[11]「要是他們的飛機沒有起飛，我們就可以及時到達。」馬嚴漸漸辨別得出幾家田莊的屋頂：地上已日出了。

四‧探索

在這像馬來半島似地向南伸長的德魯艾爾戰線上面，馬嚴曾經作戰過那麼許多次，因此已將牠熟記在心，祇憑心意而飛行著了。當那些在作戰前總是緊張的機關鎗手和機師，不再向德魯艾爾那一面眺望的時候，便都向那個農民偷偷地望了一眼。他們的目光碰到了一個固執地垂倒著的，戴飛機帽的頭顱的南美洲大鸚鵡冠，或是突然跳到了一張牙齒咬著嘴唇的苦惱的臉兒。

[敵] 人的高射砲陣地並不開砲：[12] 飛機有雲保護著。在地上，

無疑已完全是白晝了。馬嚴看見右面是加爾代（Gardet）指揮的「解放的鴨號」（*Canard Déchaîné*），左面是莫羅斯隊長的西班牙複座機，兩架都稍稍落後一點，像兩臂附於一個軀體似地和「馬拉號」（*Marat*）連繫著，在寂寞的遼夐中，在太陽和雲海間，保持著飛行的行列。每當一群鳥兒在飛機下面飛過的時候，那農民就舉起食指來。四處現出了德魯艾爾群山的黑色的峰巒；而在右面，便是那空軍人員稱為「雪山」的大山，在冬日的太陽下，在雲片的較暗淡一點的白色上面，呈著光耀的白色。馬嚴已是習慣於這種在人類的激奮上面的太初的和平了；可是這一次，人類卻並沒屈服。那冷漠的雲海，是並不比這些 [懷] 著友情。[13] 受著這平靜的長天下的到處 [隱] 伏的威脅的，[14] 並翼出發，並翼向同一的敵人飛進的飛機更強大；並不比這些由圓規劃在同一個弟兄般的定命（fatalité fraternelle）中，願意不為自己卻為其他目的而死的人們更強大。[德魯] 艾爾在雲下面無疑已看得見了 [，][15] 可是馬嚴不願意降低，免得讓下面驚覺。「我們等一會兒穿過來」，他在那農民耳邊大聲說；他感到那農民不懂他怎樣什麼也不看見就可以帶領他們。

　　一直到比雷奈山脈（Pyrénées）的光耀而細長的諸峰巒為止，長形的斑點不斷地相續著，像是雪裏的暗黑的湖沼，向他們移過來。這一次又祇得等待。

　　飛機帶著戰爭機械的有威脅性的忍耐轉彎了。現在，是敵人的陣線了。

　　　　　＊　　　　　　　　　　＊　　　　　　　　　　＊

　　最後，一個灰色的斑點似乎在雲上滑行了。幾個屋頂穿過了這斑點，而且也是在這斑點的這一邊滑行到那一邊，像是一些靜止的金魚；接著是靜脈般的線條：小路，這都是沒有體積的。又是幾個

屋頂和一個蒼白的大圈子：鬥牛 [場]（arène）。立刻，一大片魚鱗般的屋頂，在鉛色的光線下呈著黃色和暗紅色，填滿了雲隙。馬嚴抓住了那農夫的肩：

「德魯艾爾！」

那農民卻不懂。

「德魯艾爾！」馬嚴在他耳邊大聲叫著。

在灰色的空隙中，那個城已擴大起來，孤獨地在那一直浮積到天邊的 [卷] 雲（nuages qui moutonnaient jusqu'à l'horizon）中，[16]夾在牠的田野，牠的河流和牠的愈來愈清楚的鐵道之間。

「這是德魯艾爾？這是德魯艾爾？」

那農民搖動著他那蓁頭髮，望著這混亂而殘缺的地圖一般的東西 [。]

那在初陽中呈著蒼白色的沙拉戈薩大路，在政府軍所進攻的基地北面，從田野的暗黑的背景上映托出來。馬嚴對於自己的方位有了把握，便立刻又穿上了雲頭。

各飛機也不看沙拉戈薩大路就順著這條大路一直飛，那農民的村莊是在離那兒四十公里稍右的一個地方。前一天勞而無功地轟炸過的另一個飛機 [場]，是在離那兒二十公里的地方。現在他們無疑是飛在這飛機 [場] 上面。馬嚴計算著每秒鐘的飛行路程。要是他們不很快就找到那第二個飛機 [場]，要是警報已發出了，那麼沙拉戈薩和加拉摩查（Calamocha）的敵人的驅逐機，秘密飛機 [場] 的敵機，就會追蹤而至，而這個飛機 [場]，如果有飛機的話，便會攔住他們的歸路。唯一的掩護，雲。離德魯艾爾三十一公里，三十六公里，三十八公里，四十公里：飛機急降下去。

一等白霧包圍住飛機，戰鬥好像已經開始了。馬嚴凝視著高度

計：在這一部分的戰線已沒有山了；可是驅逐機會不會在雲下面等待著呢？那農民的鼻子是緊貼在玻璃上。大路的線條開始顯現出來，好像是畫在霧上面似的，接著村莊上的暗紅色的屋子也顯現出來了，正像雲的繃帶上的血點一樣。還沒有驅逐機或是高射砲。可是，在村莊的東面，有好些長形的場子，而且同一邊上都有小樹林子的。

沒有時間來兜圈子。各人的頭都向前伸著。飛機越過了教堂。牠的行程是和大路並行的。馬嚴重又抓住了那農民的肩，把那像羊群一般飛快地在他們下面閃過的屋頂指給他看。那農民集中全力注視，嘴半張著，眼淚一縷一縷曲曲折折地流到頰兒上：他什麼也辨認不出。

「教堂！」馬嚴喊著。「街！沙拉戈薩大路！」

那農民祇在馬嚴指點他的時候纔認出，可是總還辨不出方向。在他的流著眼淚的靜止的頰兒下面，他的下頦痙攣地跳動著。

祇有一個辦法了：讓他到一個他所熟稔的地位去看。

五·轟炸

大地好像失平衡一般地右左搖擺著，四面八方地放出牠的飛鳥，突然向飛機移近來：馬嚴下降到離地三十公尺。

「鴨號」和西班牙飛機跟著下降。

地面是平坦的；馬嚴不怕地面的空防；至於手提高射機關槍呢，要是一個防空陣地是保護著飛機[場]的話，那便不能射擊得這樣低的。他差一[點]要命令開機關槍，[17] 可是害怕嚇昏了那農夫。飛機掠地而飛，飛到了樹林上面，望出去就好像一輛跑車中所

見的一樣。在牠們下面，牲畜驚恐地奔逃。如果一個人是會因注視和尋找而死的話，那麼這個農民早就死去了。突然抓住了馬嚴的飛行衣的中部，指點著什麼東西。

「什麼！什麼？（Quoi! Quoi!）」

馬嚴撕下了他的飛機帽。

「那邊！」

「什麼，天呀！」

那農民使勁把他推到左面去，好像馬嚴就是一架飛機似的，指點著在他們左面的一個苦艾酒的黃黑二色的廣告牌，一邊在飛機的雲母窗（mica）上移動著他的手指。

「那一個？」馬嚴嚷著。

在六百公尺前面，有四堆樹林，那農民老是把他向左面推。最左面那個樹林嗎？

「這個嗎？」

馬嚴像一個狂人似地注視著。那個農民呢，眼皮跳動著，吼著，卻說不出一句話來。

「這個嗎？」

那農民用頭和肩表示是的，但卻沒有動一動他的一往直伸著的手臂。

就在這個時候，在樹林口，一個推進葉（hélice）已開動，而推進葉的耀目的圓形，也在樹葉的陰暗的背影上顯現出來了。一架敵人的驅逐機已從樹林裏推出來了。

那轟炸機轉了彎：牠也看見了。轟炸是已經太遲，而且牠們是飛得太低了。前面的機關槍手因為什麼也沒有看見，所以未曾開槍。

「向樹林開槍！」馬嚴向轉台中的機關槍手大呼著，同時，他

瞥見了一架轟炸機，在樹林旁邊，沒有遮掩。

那機關槍手踏著踏板轉過轉台來開槍。樹木的角度已使驅逐機看不見了。

可是加爾代懂得，這臨時的戰略祇有小心纔會成功；幾分鐘以前，他已拿起了「鴨號」的前面一架機關槍，目不轉睛望著「馬拉號」的轉台了。他一看見轉台開槍，就辨出了樹林的綠色背景上的光耀的推進葉，喃喃地說：「等一下！」便開槍了。

他的連珠般的子彈把那架飛霞機（Fiat）指示給守在「鴨號」轉台上的施加里（Scali）。[18] 自從他的 [問] 題變成急轉直下（ses problems étaient devenus lancinants）之後，[19] 他已不再轟炸，卻是開機關槍了：他已不容靜止（passivité）了。在後面的轉台中的米羅（Mireaux），受了機尾的牽制，不能開槍；可是莫羅斯的飛機的三架機關槍，卻是都可以開的。

翻轉著升上去的馬嚴，飛回來的時候看見那驅逐機的推進葉已停了。一群人把轟炸機推到樹底下去。在這個時候，就在這個樹林中，那些法西斯蒂無疑是在打電話給其他的飛機 [場] 了。「馬拉號」迴旋著上升，免得在放炸彈的時候被牠自己的炸彈牽下去，可是必須要擴大圈線的直徑，使轟炸員來得及 [瞄] 準，[20] 使達拉（Darras）可以對準在樹林上面飛過。單飛過一趟就夠了，馬嚴想：那樹林是一個很顯明的目標，如果油庫是在樹林裏（這是很可能的事），那就全都轟炸了。他走到那轟炸員身邊去，頗以阿諦尼（Attignies）不在那裏為憾：

「把炸彈一下子全放下去！」

飛機側動了兩次，以指示轟炸的性質，到了四百公尺的地方，牠不再上升，卻開足速率一直回到樹林上來，同時開著機關槍。那

些轟炸員一定來得及[瞄]準在四百公尺上。那在機師旁邊縮成一團的農民，努力不妨礙別人；那機師呢，兩手放在開關柄上，望著那看見樹林走進[瞄]準器來的轟炸員的舉起的手。

手都按了下去。

飛機一定要成九十度直角轉上去，馬嚴纔能看得到結果：其餘兩架飛機跟在後面，於是這傾斜的迴轉便好像繼續著了；樹林中開始湧出了一道大家都熟識的大黑煙：汽油。這道黑煙化成斷續的急促的沸騰而升上來，好像在那在灰色的初晨中和一切其餘的樹林相似的平靜的小樹林下面，地底的油池已著了火似的。十來個人跑著離開樹林——接著，幾秒鐘之內，又是一百個光景的人，都是像剛纔牲畜那樣混亂而瘋狂地奔跑著。那道被風向田野吹過去的煙，開始吐著汽油焚燒的堂皇的漩渦舒展開來。現在，敵人的驅逐機一定已起飛了。那轟炸員拍著照片，眼睛湊在那小小的攝影機的對光器上面，正如湊在飛機的[瞄]準器上面一樣；機師拭著他的剛離開了炸彈開關柄的手；那農民呢，大鼻子因為老是貼在雲母窗上而變成絳紅色，為了快樂又為了冷，不斷在那兒頓腳。飛機回到雲堆裏去，起程向瓦倫西亞（Valence）飛行。

六·敵機來了

當馬嚴穿出了雲頭，而他的目光望到遠方的時候，他就曉得事情糟了。

　　　*　　　　　　　*　　　　　　　*

雲散了開來。而在德魯艾爾的那邊，一個雲隙顯出了五十公里的天和地。

　　為了要不離開雲而飛回去，那便非在法西斯陣地上兜一個大圈子不可 —— 而雲呢，那面也會很快地散開來的。

　　唯一的希望只有沙里洪的驅逐機比敵人的驅逐機先到了。

　　那因成功而異常快樂，又很不想這一天被殺死的馬嚴，計算著分鐘。要是他們在第二十分鐘之前沒有被趕上……

　　他們飛過了沒有雲的青天。

　　一架一架地，一架，兩架，三架，四架，五架，六架，七架敵機，從雲裏飛了出來。政府軍的驅逐機是低翼的單座機（monoplaces），是不會和漢凱爾機（Heinkel）混錯的；[21] 馬嚴放下他的望遠鏡，楞住了，命令三架飛機並緊了飛。「要是我們有相當的機關槍，我們總還可以對付一下 [，」] 他想。可是他 [總] 祇有單管的舊式的勒維斯機關槍（Lewis）。[22] 每分鐘八〇〇發×三架機關槍＝二四〇〇。每架海凱爾機有一八〇〇發×四＝七二〇〇。」他知道這些，可是向他自己再說一遍總是快意的。

　　法西斯的飛機飛到了那隊三架複座機附近；他們向左飛，決意先單單攻擊一架轟炸機。天上一架政府軍的驅逐機都沒有。

　　在飛機下面，每年一度移棲的鵪鶉正飛過。

　　左面的飛機是加爾代的。

　　正駕駛員布欲爾（Pujol）剛叫薩伊第（Saïdi）分完了口香糖以資慶祝。布欲爾維持著勒格萊（Leclerc）的好傳統：他的祇剃一邊的鬍鬚（一個戀愛誓約的結果）[，] 他的一轟炸完畢就重新戴上的飾著赤羽的園丁草帽，他的二十四歲的年紀，他的翹起的鼻子，他的 F.A.I.（註）的圍巾（他並不是黨人），使他很像法西斯諦所描摹的那些「赤匪」（bandits rouges）的樣子。其餘的人呢，如果你不注意他們在飛機帽下面包著幾隻襪子和加爾代帶著一枝小木槍，

倒都是正常的。那帶著一種堅決而不露的威權（autorité ferme et voilée），維持著軍事效率所必需的秩序的加爾代，卻像容許他自己的木槍一樣地容許一切有特殊風趣的東西；而馬嚴也尤其不計較那些於行動無妨礙的怪癖，特別是當他感到這些怪癖是和辟邪物連聯在一起的時候。

（註：「伊倍里亞無政府同盟」（Fédération anarchiste ibérique）的縮寫）

加爾代也懂得德國飛機的戰略了。他看見馬嚴叫那兩架飛機降到「鴨號」下面，這樣，當「鴨號」受到攻擊的時候，便可以集中機關槍的火力。他查驗了一下他飛機中的機關槍，佔了前面的轉台，又想了一次勒維斯機關槍是多麼不中用，便把轉台轉向那些在 [瞄] 準點上面漸漸擴大起來的漢凱爾機。

幾粒子彈飛過來了。

「別著急，」加爾代喊著：「還有呢！」

布欲爾成著 S 形飛進。當這第一次受到正面攻擊的時候，他看見敵人的驅逐機開足了速率向他衝過來，心中感到了一種指揮一架受到輕快飛機的攻擊的笨重飛機的，任何 [駕] 駛員所有的辛酸（amertume）。[23]「塘鵝隊」員（pélicans）都知道，他們自己最好的驅逐機可以毫不費力地把他們擊落。像每次戰鬥之前一樣，大家都開始感覺到自己下面是空虛。

正要開機關槍的施加里，突然瞥見他左面有一個他們的大炸彈：在轟炸的時候，牠沒有脫落下去。

「他們來了！」

馬嚴已安排好了他們的距離：那些漢凱爾機不能包圍「鴨號」。兩架在上，兩架在下，三架在旁邊，牠們漸漸擴大起來，連駕駛員

的飛行帽也看得見了。

七·出死入生

整個「鴨號」都為同時開著的機關槍所震動。在十秒鐘的時間中，起了一種地獄般的喧囂聲，在敵機的鎗彈之下爆裂的木頭的小聲音，和連串的子彈的呼嘯聲。

加爾代看見下面的一架漢凱爾機直墜下去，給斯加里或其餘複座機中的機關槍擊中了。他重又感到了一次空虛。米羅離開了後面的轉台，嘴微微張開著；從他垂著的手臂上，血流到機身中，像是從一個灌水壺的嘴子裏流出來似的。斯加里從他的轉台中走上來，直躺下來：他的皮鞋好像已經炸破了。

「包紮起來吧！」加爾代 [嚷] 著，[24] 像投壺似地把機中的藥品向米羅丟過去，一邊就跳到轉台上去。薩伊第已拿起了他的機關槍，而那轟炸員也拿起了米羅的：駕駛員似乎都沒有中彈。

那些漢凱爾機又回了過來。

不復是在下面了：那些想從下面穿上來攻擊的飛機，是在轉台的機關槍和「馬拉號」及莫羅斯的飛機的六架機關槍的火線下；這些機關槍的連串的交叉射擊，在鴨號下面構成了一個煙的網。那被擊落的漢凱爾機的同伴，已在上面飛過。布欲爾開足速率飛，他劃的那些 S 形越伸越長了。

同樣的連珠彈，同樣的喧囂，同樣的小小的木頭聲音。薩伊第一聲不響地離開了後面的轉台，來到那直躺著的米羅旁邊，在施加里上面支身在肘子上。「要是他們有膽量不那麼穿來穿去，卻從後面緊盯著我們……」加爾代想。

在半明半暗之中，陽光透過了敵人的彈孔，像小火焰一樣地閃耀著。「馬拉號」和西班牙機飛到「鴨號」周圍來。布欲爾把他還戴著飾羽毛的園丁帽的流著血的頭俯出機身外去：

「他們逃了！」

那些漢凱爾機退下去了。加爾代拿起望遠鏡來：政府軍的驅逐機從南面飛到了。

他從他的轉台中跳出來，打開那其餘的人還沒有蹧過的藥箱，給米羅（左臂中了三彈，肩上中了一彈：接連打中的）和施加里（腳上中了彈片）包紮。薩伊第在右面大腿上中了一彈，可是並不怎樣疼痛。

加爾代走到駕駛座那面去。飛機成著三十度角度斜飛著，只有一個馬達在那兒支持。副駕駛員朗古拉（Langlois）用食指指著計轉器：不是一八〇〇而是一四〇〇。不久之後，飛機只能靠浮飛了。而他們又飛到了雪山上面。下面，一縷平靜的煙筆直地從一家人家升上來。

那雖則流血但卻輕傷的布欲爾，感到他的駕駛柄是在他的身體中，正如其餘的人之感到傷口一樣。計轉器從一二〇〇降到一一〇〇。

飛機每秒鐘降低一公尺。

在下面是雪山的橫嶺。那裏降落，就是倒墜到 [峽] 谷裏去，[25] 像是一隻飽醉的黃蜂撞死在一面牆上一樣。那一邊呢，大片的起伏的白雪。雪下面是什麼呢？

他們穿過了一片雲。在那一片潔白之中，機身的地板是滿染著血淋淋的腳蹟。布欲爾想上升飛出雲頭。他們反而下墜出了雲頭：他們離山 [五] 十公尺。[26] 大地向他們撲過來，可是這些雪的軟軟

的曲線……現在他們已轟炸成功而又逃過了射擊了，他們是真想活下去。

「炸彈！」加爾代喊。

要是炸彈這一次不卸下，他們就全炸毀了。薩伊第把兩個開關柄同時使勁按下去，差不多把開關柄都折斷了。炸彈落了下去，於是，好像牠把大地投射了過來似地，大家都陷在雪裏了。

布欲爾從他的突然露天的座位中跳出來。聾了嗎？沒有，這是在墜落的巨聲之後的山中的沉靜，因為他聽見一隻烏鴉和一些人聲在叫著。他的溫暖的血在他的臉兒上緩緩地流著，而他的皮鞋前面，在雪裏滴成一個個紅色的孔洞。除了他的手以外，沒有什麼東西可以抹開這使他眼睛看不見的血，而在血裏，一個充滿了呼喊聲的金屬的叢莽，撞碎的飛機的糾結的雜亂，是模糊地顯現了出來。

八・「再上面一點，在雪裏」

馬嚴和莫羅斯居然能夠回來。司令部打電話給飛機 [場]，説受傷的已收容在莫拉（Mora）的小醫院裏。應該檢驗下祇在次日纔起飛的飛機。馬嚴吩咐了幾句，就立刻又走了。一架救傷車要跟著去。

「一個死了，兩個重傷，其餘都是輕傷，」值班的軍官在電話上這樣説過。

他不知道傷者和死者的名字。他還沒有接到轟炸結果的報告。

馬嚴的汽車在廣闊的橙樹林之間馳著。牠們的這兒那兒有柏樹環繞著的豐饒的菓子，幾公里地舒展開去，背景是沙恭得（Sagunte）和牠的荒廢的砲台，[27] 羅馬人城垣下的基督徒城垣，迦

太基人（puniques）城垣下的羅馬人城垣：戰爭……在上面，德魯艾爾的山崗的雪，在那現在已雲散煙消的青天中顫動著。

　　槲樹（chêne）代替了橙樹。大山開始了。馬嚴重又打電話到司令部去：那農民的飛機[場]上一共有十六架敵機：全焚燬了。

　　莫拉的醫院是設在小學校中：沒有什麼空軍人員在那裏。縣政府裏還有一個醫院：也沒有。在人民陣線委員會裏，有人勸馬嚴打電話到里拿雷斯（Linares）去：因為那面人們要求莫拉派醫生去診治受傷者。馬嚴和委員會的一個代表一起動身到站上去，在臨街的木露台下面走著，穿過了兩旁有青色，淡紅色和淡綠色的屋子的路，越過了橋樑上有謠曲中的廢[圮]的堡的，[28] 弓形的吊橋。

　　站長是一位社會黨的老戰士。他的兒子坐在電報桌上：

　　「他也想做一個飛機師！」

　　牆上有子彈的痕跡。

　　「我的前任是 CNT，」（註）那站長說。「在起事的那一天，他不斷地打電報到瑪德里去。那些法西斯諦不知道這[回]事，[29] 可是他們總還殺死了他：這就是那些槍彈……」

　　註：CNT 是「全國勞動同盟」（Confédération nationale du travail）的縮寫。

　　終於，里拿雷斯有回話了。不，那些空軍人員不在那裏。他們是墜落在一個小村子附近，瓦爾德里拿雷斯（Valdelinares）。再上面一點，在雪裏。

　　還應該打電話給那一個別的村莊嗎？「再上面一點，在雪裏，」然而，從回答的口氣中，馬嚴更加感到西班牙是圍在他四周，好像在每個醫院，每個委員會，每個電話站中，都有一個靜謐的農民（paysan fraternal）等待著一般。最後，一片電鈴聲。那站

長終於舉起手來：瓦爾德里拿雷斯有回答了。他想著，轉過身來：

「一個飛機師可以走路。他去叫他來了。」

那孩子不敢動了。一隻貓的影子靜靜地在窗子上移過。

那站長把那老舊的聽筒遞給了馬嚴，在聽筒裏，一個隱約的聲音喃喃地響著：

「哈囉！是誰啊？」

「馬嚴。你是布欲爾嗎？」

「是的。」

「誰死了？」

「薩伊第。」

「受傷的呢？」

「加爾代，傷得糟：眼睛危險。達伊費（Taillefer），左腿斷了三處。米羅，臂上中了［四］彈。[30] 施加里，腳上中了一個開花彈。朗古拉和我還可以。」

「誰能夠走路？」

「走下去嗎？」

「是的。」

「一個人也不能夠。」

「騎著驢子（mules）呢？[31]」

「朗古拉和我。也許施加里，只要有人扶住他；可是不一定。」

「他們怎樣照料你們？」

「越早下去越好。總之，他們盡了他們的能力……」

「有舁架（civières）嗎？」

「這兒沒有。等一［會］兒，[32] 這兒的醫生有話要說。」

那醫生的聲音。

「哈囉！」馬嚴説。「受傷的人都可以搬動嗎？」

「可以，祇要你們有异架。」

馬嚴問那站長。不知道，也許醫院裏有异架；可是一定沒有六張。馬嚴又拿起聽筒。

「你可以叫人用樹枝，皮帶和牀墊來做异架嗎？」

「我……可以。」

「我把可以弄到的异架都帶來。請你立刻叫人做了异牀，動身下來。我在這兒等一輛救護車；牠可以開到多少高就開到多少高。」

「那已死的呢？」

「把大家都抬下來。哈囉！哈囉！請你對那些飛機師説，十六架敵機已炸毀了。不要忘記。」

穿過有彩色的屋子的街道，有流泉的廣[場]，騾背般的橋，和那在老是陰沉的天下面還耀著早晨的驟雨的崎嶇的街石，這樣的行程又開始了。只有兩個异架，人們就把[牠]們縛在汽車頂上。[33]

「這不會太高了，開不進村莊的門嗎？」

終於，馬嚴動身到里拿雷斯去了。

九·在山中

從此以後，他走進一個永恆的西班牙中去了。經過了有倉樓臨著欄杆的屋子的第一個村莊，汽車就開到了一個在灰色的天上面呈著蒼白色的峽谷前面；一頭雙角分開的角[鬥]的雄牛的側影，在那裏夢想著。一種原始的敵意，從那被蠻荒的村莊染著像炙傷似的斑點的土地升起來，這種敵意，越是馬嚴每隔五分鐘看一回錶，望著這些岩石，像那些受傷者望牠們一樣，便越是深切了。沒有可以降

落的地方：到處是成著梯級的野地，岩石或樹木。汽車每開下一個山坡，馬嚴就不禁想像中看見那架飛機向這沒有希望的土地墜下來。

里拿雷斯是一個築有牆垣的村鎮；在鎮門的兩邊，孩子們爬在牆垣上，在客店裏，驢子（mulets）等待著，[34] 樓下的屋子擺滿了車槓朝天的騾車。一位從谷中來的醫生是在委員會裏，還有十五六個青年人。他們好奇地望著這穿著西班牙空軍制服的，養著下垂的髭鬚的高大的外國人。

「我們用不到這樣多的腳夫，」馬嚴說。

「他們一定要去，」那代表說。

「好吧。救護車呢？」

那代表打電話到莫拉去；救護車還沒有到那裏。一些驢夫，坐在客店的院子裏，騾車在他們周圍排成一個半圓形，正在圍著一個鍋子進食。那是一口倒擺著的大鐘，裏面橄欖油沸著，煤炭已把鐘銘蓋住了。在門的上面：一六一四年。

最後，大隊出發了。

「到上面要多少時候？」

「四個鐘頭。你會碰到他們下來的。」

＊　　　　　　＊　　　　　　＊

馬嚴走在前面二百公尺，他的黑色的側影 —— 制帽和皮大氅 —— 映在山上是清晰的。差不多沒有泥濘，他只跟石頭掙扎著。在他後面，騎著一頭驢子的醫生；再後面，腳夫，穿著羊毛背心，戴著跋斯克便帽（béret basque）（當地的服裝，是過節的日子用或老年人用的）；再遠一點，驢子和舁架。

不久，就沒有雄牛和田野了；到處是石頭，這種在太陽下呈著黃色和紅色，被白色的天變成蒼白色，在自己垂直的大暗影中現著

鉛灰色的西班牙石頭：那些暗影成著 [二三] 條折斷的線降下去，[35]
從被天頂所切斷的雪到谷底。從山腰的路徑上，卵石在腳下滾下
去，從這一塊岩石到別一塊岩石地響著，消失在那似乎埋著一片漸
行漸遠的山澗聲的峽谷的寂靜之中。一個多鐘點之後，那在凹處還
顯出里拿雷斯來的谷已完了。當一面山把那個谷隔開了的時候，馬
嚴立刻就聽不見水聲了。一條小徑經過一座垂直的岩石後面，而在
有些地方，那岩石竟是俯垂在小徑上面的：他斷然轉一個方向的地
方，有一 [棵] 蘋果樹 [。][36]

　　那 [棵蘋] 果樹映在長天上，[37] 在一片的縮小的田野遠景中間，
宛然日本的風光。牠的蘋果未經採擷；牠們落在地上，在牠周圍形
成了一個厚厚的環，漸漸地沒到草叢裏去。在山石之中，只有這棵
蘋果樹是活著的，活著牠的草木底無窮地周而復始的生命，在地質
的無關痛癢之中。

　　馬嚴愈走上去，疲乏就愈使他感覺到他肩上和大腿上的肌肉；
漸漸地，奮力侵佔了他全身，壓倒了一切思想：异牀正在載著束繃
帶的手臂，和折斷的腿順著同樣崎嶇的小路走下來。他的目光從他
所見到的小徑的一角，移到那插到白色的天上去的雪峰上，而每一
個新的奮力，又把他所有的領袖的友情觀念（idée fraternelle），一
直深深地插到他胸中。

　　那些沒有看見過受傷者中的任何一個人的里拿雷斯的農民，一
言不發地在一種嚴肅而平靜的明瞭之中跟隨着他。他想起了各村莊
的那些汽車。

　　他至少走了兩個鐘點，那條沿著山側的路纔走完。現在，小徑
在雪裏沿著一個新 [的] 峽谷，[38] 迤邐向那當他們出發到德魯艾爾
去時在飛機中看見比旁邊一座更高而平坦得多的大山前進。從此以

後，山澗已結冰了。在轉角上，正如剛纔的蘋果樹一樣，一個小小的沙拉新戰士（guerrier sarrasin）等待著，在天的背景上呈著黑色，帶著高座子的雕像的輪廓：馬是一頭驢子，而沙拉新人就是帶著飛機帽的布欲爾。他轉過身去，像在雕刻上一樣地顯著側面，在大寂靜之中喊著：「馬嚴來了！」

在一頭小小的騾子（âne）兩邊 [僵] 直地伸出著的兩隻長腿，[39] 像一頭貛（blaireau）一樣從繃布中聳出來的直豎的頭髮，來到了天的背景上：副駕駛員朗古拉。當馬嚴握著布欲爾的手的時候，他瞥見他的皮大氅在腰帶下面是那麼地染滿了凝結的血，簡直像是鱷魚皮。怎樣的傷會在皮上面這樣地染著血。在胸口，血縷交叉著織成了網，那麼地直，使人現在都還感到赤血底激射。

「這是加爾代的皮大氅，」布欲爾說。

因為沒有腳踏鐙，馬嚴不能站起來。他伸長了脖子找尋著加爾代，可是那些异架現在還在山岩的那一面。

馬嚴的目光不斷凝視著那皮大氅。布欲爾已經在那兒講了。

一〇・墜在雪山中以後

頭上輕傷的朗古拉，居然能夠蹺了一條腿擺脫出來；另一條腿足已經扭傷了。在以前曾是機身的那個粉碎的盒子中，斯加里和薩伊第躺著。在那倒翻的轉台的圓頂下面的，是米羅，四肢露出在轉台的凸出部分下，而轉台的頂子又壓在他的折斷的肩上，像是版書中所見的舊時刑罰一樣；在破片之間，是那直挺著的轟炸員。一切能夠叫 [喊] 的人，[40] 都害怕 [飛] 機立時起火，在山中巨大的寂靜中呼喊著。

布欲爾和朗古拉把機身裏的人曳出來；接著，布欲爾開始去曳出那轟炸員，而朗古拉也設法去抬起那壓住了米羅的轉台。那轉台終於翻倒了，發著一種鐵和雲母的嘈雜聲，使那些躺在雪上的傷者都打了一個寒噤，然後消隱了。

加爾代看見了一個茅屋，就向那面走過去，一邊用他的手槍柄托住他的下顎（他不敢用手托牠，而血還是流著）。一個遠遠看見了他的農民逃走了。在離那兒有一公里多遠的茅屋裏，[41] 只有一匹馬在著，望著他，躊躇著，接著就長嘶起來。「我的臉兒一定怪難看，」加爾代想。「不過，一匹活馬，那就一定是一匹人民陣線的馬……」茅屋在雪的曠野中是溫暖的，他真想躺下去睡。一個人也不來。加爾代在一個角隅上獨隻手拿起了一把鏟子，一則為了在回到飛機那面去的時候可以起出薩伊第，二則又可以幫助自己走路。他漸漸地除了自己的腳以外看不清楚了：他的上眼皮已腫了起來。他順著雪上自己的血跡，和每逢跌倒時便長而模糊的自己的腳印，走了回去。

在走著的時候，他想起「鴨號」的三分之一是由歐洲無產階級（ouvriers étrangers）所買，後來墜落在謝拉（Sierra）的那架飛機的舊零件裝配成的：那便是「巴黎公社號」（*Commune de Paris*）[。]

當他走到飛機邊的時候，一個孩子走到布欲爾身邊去。「要是我們是在法西斯諦的地界，」那駕駛員想，「我們就是甕中之鼈了。」手槍在那裏？沒有用機關槍自殺的 [。]

「這兒是什麼？」布欲爾問。「赤黨呢還是法朗哥（Franco）？」

那孩子——哎，狡猾的神氣，招風耳朵，頭頂上一蕞豎起的頭髮——卻望著他一句也不回答。布欲爾悟到自己的那種無疑使人奇怪的神氣：飾著赤羽的帽子還沒有脫下，或是他又不知不覺地

戴上了；他的鬍鬚祇剃了一邊，而在他的白色的飛行衣上，血是流著，流著。

「是誰，說啊？」

他向那孩子走過去，孩子卻朝後退。威脅是一點用處也沒有。而口香糖也已經沒有了。

「政府軍呢還是法西斯諦？」

人們聽到一片遼遠的澗聲，和互相追隨着的烏鴉的叫聲。

「這兒，」那孩子回答，一邊望著那飛機，「什麼都有：政府軍和法西斯諦。」

「工團（syndicat）呢？」加爾代嚷著。[42]

「最大的工團是什麼？ UGT（註）嗎？ CNT 嗎？還是天主教徒？」

註：「總工會」的縮寫。

加爾代向米羅走過去，在孩子的右面，那只看見他的背影的孩子，注視著他背上的那枝小木槍：

「UGT，」那孩子終於微笑著說了。

加爾代轉過身去：他的老是用槍柄托著的臉兒，是從這一隻耳朵到那一隻耳朵地裂開了，鼻子的下端垂掛著，而那以前奔湧出來，現在還在流著的血，是凝結在他穿在飛行衣上面的那件飛機師穿的皮衣上。那孩子喊了一聲，就像一頭貓一般斜斜地逃開去了。

加爾代幫助米羅把他的像受車裂刑一般四面伸開著的肢體並攏，幫助他跪起來。當他彎身下去時候，他的臉兒炙痛著，於是他設法昂直了頭幫助米羅。

「我們是在自己的地界上（chez nous）！」布欲爾說。

「完全破相了，這一次，」[加]爾代說。[43]「你看見他怎樣地

逃跑嗎，那個小鬼？」

「你給鞭裂了！」

「給開刀過了（Trépané.）。」

「有人來了。」

的確，有些農民向他們走過來，由看見加爾代時逃走的那個農民領著。

現在，他已不是獨自一人，敢回來了。在炸彈爆炸的時候，全國村莊的人都走了出來，最大膽的人們便走近去。「Frente popular!」（人民陣線）布欲爾喊著，同時把赤羽的帽子丟到了那堆鋼鐵裏去。

農民們開始奔跑著。無疑地，他們已猜到那些掉下來的航空人員是自己人，因為他們是差不多沒有帶武器到來的；也許他們之中有一個人在飛機未下墜以前看到了機翼上的紅色的條紋吧。加爾代看見了飛機上的反射鏡還掛在原地方，在欄柵和鐵絲的堆裏。在布欲爾的座位前面。「要是我去照一照，我就要自殺了。」

當農民們走近到可以看得見翼片的簇起的鋼鐵之堆，撞毀的發動機，像一隻臂膀那樣曲著的推進葉，和那些躺在雪上的軀體的時候，他們站住了。加爾代向他們走過去。那些農民們和披著黑色肩巾的婦女們等待著他們，聚在一起又一動也不動，好像是在等待一個不幸。「當心！」那看見加爾代的下顎是支在一把手槍上的第一個農民說。那些看見了血而又恢復了舊習慣的婦女們，畫著十字；接著，不大向著加爾代和那現在也走了過來的布欲爾，卻多份向著那些直躺著的軀體，有一個人舉起了拳頭來；於是一切的拳頭，向著那撞碎的飛機和農民以為已死的人體，靜靜地一個個舉了起來。

「這還不夠，」加爾代喃喃地說。接著，用西班牙語：「幫助我

們。」

　　他們回到那些受傷者旁邊去。而當那些農民知道了躺著的人只有一個已死的時候，便立刻起了一種親熱和拙魯的騷動。

　　「等一等！」

　　加爾代着手井井有序地安排。布欲爾著了忙，可是沒有人聽從他；加爾代是首領，並不因為他實際上是首領，卻因為他臉上受了傷。「要是死神來了，大家都會唯他之命是從呢！」他想。一個農民去找醫生。很遠；那也沒有辦法。抬斯加里，米羅，轟炸員，看來也不容易，可是山裏人是看慣斷腿的。布欲爾和朗古拉可以走。他自己呢，沒辦法時也只得走。

　　他們開始 [向下] 走到那小村莊上去，[44] 在雪裏，男子和婦女都顯得很小。在昏暈過去之前，加爾代又最後向那反射鏡望了一眼；牠在飛機墜落時已震得粉碎了：在碎機間從來也沒有 [過] 鏡子。[45]

十一・傷者的行列

　　第一個舁架在馬嚴前顯現出來。四個農民抬著他，每人抬一根槓子，後面緊跟著四個同伴。這就是那轟炸員。

　　他並不像折斷了腿，卻像生了許多年肺病（tuberculose）。臉兒深陷下去，使眼睛有了極度的緊張，把這個養著矮胖的步兵的小鬍鬚的頭，變成了傳奇風的面具（masque romantique）。

　　跟在後面的米羅的臉兒也變了，可是變得不同：在他臉上，苦痛已去追尋童年了（la douleur était allée chercher l'enfance）。

　　「我們是在下著雪的時候從上面動身的！」當馬嚴握他的手的

時候，他這樣說，「那真麻煩！」他微笑著，又閉攏眼睛。

　　馬嚴繼續前進，里拿雷斯的那些腳夫跟在他後面。下一個舁架一定是加爾代的：繃布差不多把整個臉兒遮住了。腫[脹]得要破裂的眼皮露在外面，[46] 是全身唯一的皮肉，呈著淡紫色，因為腫而互相拼合得很緊，在飛機帽和平坦的繃布之間；而在繃布下面，鼻子似乎不見了。前面兩個擔夫看見馬嚴要說話，便比後面兩個擔夫更先放下舁架來，於是一時之間那軀體便斜著，像一幅「戰鬥之表演」（Présentation du combat）一樣。

　　什麼手勢也不能做：加爾代的兩隻手是在毯子下面。在左面的眼皮間，馬嚴似乎看見了一條線：

　　「你看得見嗎？」

　　「不怎樣清楚。可是我看得見你！」

　　馬嚴真想擁抱他，搖他。

　　「可以替你做點什麼事嗎？」

　　「對那老婆子說，別拿她的羹湯來跟我打麻煩！你說，什麼時候可以到醫院？」

　　「到下面的救護車，一個半鐘點。晚上到醫院。」

十二‧永恆的母性

　　舁牀又前進了。半村的瓦爾德里拿雷斯村的人走在牠後面。一個頭髮用包頭布包著的老婦人，當施加里的舁架趕上了馬嚴的時候，帶著一個杯子走了過來，給那受傷者喝湯。她攜帶著一個筐子，筐子裏盛著一個熱水瓶和一隻日本杯子 —— 這也許就是她的奢侈品了。馬嚴想像到杯子的邊湊進加爾代的揭起的繃布下面去。

「頂好還是不給那臉上受傷的喝，」他對她說。

「村子上只有這隻母雞，」[她] 嚴重地（gravement）説。[47]

「總之還是不給他喝的好。」

「要曉得我自己的兒子也在前線……」

馬嚴等异牀和農民在自己面前走過，一直等到最後幾個農民，抬棺材的那幾個；棺材是比异牀造得更快：習慣……在蓋子上，農民們縛著飛機裏的一架扭曲的機關槍。

每隔五分鐘。那些肩夫就換一次班，但卻並不把异架放下。那些婦女的極度貧窮的樣子，以及 [她] 們之中好些人在筐子裏帶著的那些熱水瓶這兩者的對照，使馬嚴楞住了。[48] 一個婦女走到他身邊來。

「他幾歲了？」她指著米羅説。

「二十七歲。」

[她] 跟在异牀後面已有幾分鐘了。[49] 懷著可以替人做點什麼事的惶亂的願望，在動作上也帶著一種細膩而精密的溫情，而每當肩夫在險峻的斜坡上不得不踏隱了腳步走的時候，她托住傷者的肩膀的態度，又使馬嚴辨認出那永恆的母性。

山谷漸漸斜下去。一方面，雪一直升到那沒有顏色又沒有時間的長天上：另一方面，凄暗的雲在山峰上飄浮著。

男子們一句話也不説。一個婦女又向馬嚴走過來。

「他們是什麼人，外國人嗎？」

「一個比利時人。一個意大利人。其餘的法國人。」

「是國際旅團（brigade internationale）嗎？」

「不是，可是也是一樣的。」

「那一個……」

她向他的臉兒茫然指了一下。

「法國人，」馬嚴説。

「那個已死的，他也是法國人？」

「不是，阿剌伯人（arabe）。」

「阿剌伯人？啊！那麼，他是阿剌伯人嗎？……」

她去把這個新聞傳給別人。

那差不多在這一隊人的最後的馬嚴，又一直走到斯加里的异架邊去。

他是唯一能夠撐起肘子來的人：在他前面，山徑成著差不多相等的屈曲形降下去，一直到那停留在一條結了冰的細山澗前面的朗古拉旁邊為止。布欲爾已回到後面來。在溪澗的那一面，路成著直角轉彎。和那些异架相隔有 [二] 百公尺光景：[50] 那頭髮像貛一樣的奇特的前哨朗古拉，是在距離一公里光景的地方，在漸漸升起來的霧靄中，幽靈一樣地騎在驢子上。在斯加里和馬嚴後面，就只有那棺材了。那些异架一個個地過了溪澗：從側面看來，這一隊人像壁畫一般地在那巨大的石壁上展了開來。

「你要曉得，」斯加里説，「我從前……」

「你瞧這個：怎樣的一幅畫啊！」

施加里把他的故事縮了回去；無疑地，這故事已刺 [激] 了馬嚴的神經，[51] 正像一幅畫和他們現在看見的景 [象] 的比較之刺 [激] 施加里的神經一樣。[52]

在第一次成立共和國的時期，一個向他姊姊求愛的西班牙人（他的姊姊是既不愛他，也不討厭他）[，] 有一天把她帶到他在摩爾西亞（Murcie）那邊的鄉村別墅去。那是一所十八世紀末葉的鄉村別墅，有映在橙色的牆上的奶油的柱子，灰泥塑成的鬱金香形的

裝飾，和那在紅玉色的薔薇下面描畫着手掌形的矮小的黃楊樹。這屋子[其中]一個主人，[53] 曾經在屋子裏造了一個小型的影子戲場，可容三十個人；當他們走進去的時候，魔燈（lanterne magique）已點亮了，影子（ombres chinoises）在那小小的幕上顫動著。那西班牙人成功了：她那一晚和他睡在一起。斯加里當時是嫉[忌]這個充滿了夢的禮物的。

　向山澗走下去的時候，他想起了那他從來沒有看見過的四個淡紅色和金色的廊房。一所畫滿了花葉的屋子，在橙樹的暗綠的葉間還有著石膏像……他的舁架經過了山澗，轉了彎。在前面，那些雄牛又現出來了。他少年時代的西班牙，戀愛和佈景（décor），不幸！現在的西班牙，就是這架放在阿剌伯人的棺材上的扭曲的機關槍，這些在峽谷中叫著的凍徹骨的鳥兒。

十三・農民的溫情

　最初幾頭驢子（mulet）轉了彎，[54] 重新朝著原來的方向走，又看不見了。從這新的斜坡，路是直接通到里拿雷斯去的；馬嚴認出了那棵蘋果樹。

　在山岩的那一面，這樣大的一陣雨是淋在什麼樹林上啊？馬嚴策著驢子（mulet）跑快步走，[55] 越過了大家，來到了轉角上。沒有大雨：那是像風景一樣地被山岩隔斷了的溪澗的聲音，是別一個山坡上所聽不到的；這澗聲從里拿雷斯升上來，就好像那些救護車和重找到的生命，從谷底送來了這大風吹樹葉一般連續的聲音一樣。夕暮還沒有來，可是光線已[失]去了他的力量。[56] 像一座騎馬雕像似的，馬嚴倒騎在他的沒有鞍的驢子（mulet）上，[57] 望著那直立

在枯落的蘋果間的蘋果樹。朗古拉的雛一樣的頭在樹枝前面經過。在這突然充滿了活水的潺潺聲的沉靜中，這一圈腐爛著而又充滿了萌芽的果子，好像是超越世人的生死之外的，大地的生死之韻律。馬嚴的目光從樹身飄到那些不計歲月的峽谷。一個一個地，那些异牀走了過去。像 [展] 舒在朗古拉的頭上面似地，那些樹枝展舒在那些一高一低的异牀上面，在達伊費的死屍般的微笑上面，米羅的孩童般的臉兒上面，加爾代的扁平的繃布上面，斯加里的裂開的嘴唇上面，在每個載負在友愛的搖盪（balancement fraternal）中的浴血的身體上面。那棺材經過了，帶著牠的扭曲的機關槍，像一條樹枝一樣。馬嚴又走了。

不知怎 [樣] 地，[58] 那他們像入地一般走進去的峽谷的淵深，是和樹木的永恆很調和。[39] 他想起了往時關囚犯讓他們瘐死的那些石坑。可是這筋肉所沒有繫牢的殘碎的腿，這垂掛著的手臂，這傷毀的臉兒，這放在棺材上的機關槍，這些甘願的，求之不得（risques consentis, cherchés）的危險；這些异牀的莊嚴而原始的行列，這一切都是像那從沉重的天上墜下來的蒼白的山岩一樣威嚴（impérieux），像在地上散亂的的蘋果底永恆一樣威嚴。就在天邊，猛禽又叫了起來。他還有多少時候好活著？二十年嗎？

「那個阿剌伯飛機師，他為什麼來的？」

一個婦女又走到他身邊來，帶著兩個同伴。

在天上，鳥兒翱翔著，牠們的靜止的翼翅是像飛機的翼一樣。

「現在，鼻子真的已有辦法醫了嗎？」

那峽谷愈近里拿雷斯的時候，路便愈寬大起來，那些農民們現在是在异架的周圍走著了。那些頭上包著包頭布，臂上挽著筐子的黑衣的婦女們，老是朝著同一個方向，從右到左地，在那些受傷者

周圍著忙。男子們呢，他們卻跟在舁架後面而從不越過牠們；他們並排向前走著，像一切剛肩上了重負的人們一樣地挺直身子。每次換班的時候，那些新的肩夫就放棄了他們的僵硬的步伐，帶著謹慎而親切的動作抬起舁牀，接著便喊著日常工作的「杭育」（le han!）又向前走，好像想把他們剛纔的動作所顯出來的衷心之流露立刻掩藏下去。專心對付著山徑的石子，祇想著不使舁牀顛動，他們一步步地前進，在每個斜坡上踏著整齊的慢步走；而這在一條那麼長的路上和苦痛調和著的韻律，似乎充滿了這個在天上有最後的鳥兒叫著的巨大的峽谷，就像一個出殯行列的莊嚴的鼓聲充滿了牠一樣。但是在這個時候，和大山調和著的並不是死亡：那是人的意志。

十四 · 凱旋的行列

人們已漸漸看得見 [峽] 谷深處的里拿雷斯鎮，[60] 那些舁架也互相會合在一起了；那棺材已連接著斯加里的舁牀。機關鎗是繫在平常掛花圈的地方；這一整隊人之使人想起出喪，就像那架扭曲的機關槍之使人想起花圈一樣。那邊，沙拉哥薩大路附近，在法西斯的飛機的周圍，那暗黑的林子的樹木還在微弱下去的陽光中焚燒著。牠們不會到加達拉哈拉去了。而穿黑衣的農民們，和頭髮遮掩在沒有年代的包頭布下面的婦女們的這整個隊伍，不大像是跟隨著一些受傷者，卻更像是排著一個莊嚴的凱旋的行列。

現在，斜坡是平坦一點了：那些舁架離開了正路，在草地上散了開來，山鄉的人們成著扇形。孩子們從里拿雷斯跑了來；在離開舁牀一百公尺光景，他們分了開來，讓舁牀走過去，然後跟在後面。那比山路更滑的鄉野的石路，沿著牆垣一直通到鎮門口。

在那些雉堞後面，整個里拿雷斯鎮是集聚在那裏。陽光已是微弱了，但還不是夕暮。雖則天沒有下過雨，石路卻發著光，於是那些肩伕就小心地前進。在那些樓屋比鎮垣高的屋子裏，幾點微弱的燈火已點亮了。

第一個總是那轟炸員。在鎮垣上的鄉婦們嚴肅地看著他，但是並無驚訝之色：只有那傷者的臉兒是露在毯子外面，而臉兒又是完整的。斯加里和米羅也一樣。那繃布染血，腳趾朝天的（一隻腳扭傷了，他把一隻鞋子脫了下來）像吉訶德爺（Don Quichotte）一般的朗古拉，卻使她們驚奇；那最富於傳奇性的戰爭，那飛機的戰爭，難道會有這 [樣] 的結局的嗎？[61] 當布欲爾經過的時候，空氣是格外沉重了：天光雖則已暗淡，但留意的眼睛總還能看見那皮大氅上的一人灘一大灘的血。當加爾代來到了這一群已經一聲不響了的人前的時候，一個巨大的寂靜立時降了下來，竟突然可以聽得到溪澗的遼遠的聲音了。

一切其餘的受傷者，眼睛都是看得見的；而當他們看見了群眾的時候，他們都努力微笑，就連那轟炸員也如此。加爾代卻並不看。他是活著的：從牆垣上，群眾看見了那在他後面的厚厚的棺材。這個毯子一直蓋到下頦，而在飛機帽之下又有著那平坦到下面不會有鼻子繃布的受傷者，正就是幾世紀來農民們所想像的戰爭的化身。沒有人曾經勉強他去打仗過 [。] 一時間，他們雖則決意想做點什麼，卻不知所措了；最後，像瓦爾德里拿雷斯村的人們那樣地，他們靜靜地舉起拳頭來。

微雨已開始飄下來。最後的幾個昇牀，山上的農民們和最後的幾頭驢子（mulets）前進著，在那下著暮雨的山岩的大風景，和幾百個舉起了拳頭的寂定的農民們之間。婦女們悄悄地哭著，而這一

個隊伍，似乎是帶著牠的木鞋的聲音，在猛禽的永恆的呼叫和這私下的嗚咽聲之間，逃避著山中的奇異的寂靜。

救護車出發了。

從那可以和汽車夫交通的窗孔中施加 [里] 看見了一方一方的夜景；[62] 零零碎碎地，一塊沙恭德的城牆，在那蒙滿了霧，蒙滿了掩護夜間轟炸的霧的月光中顯得堅實而暗黑的柏樹；非現實的白色的屋子，和平的屋子；在暗黑的菓 [樹] 園中發著燐光的橙子。[63] 莎氏（Shakespeare）樂府中的菓 [樹] 園，[64] 意大利風的柏樹……「是在這樣的夜裏，葉西咖（Jessica）……」在世上，也有幸福。在他的舁架上面，車子每顛簸一次，那轟炸員就呻吟一聲。

米羅什麼也不想：熱度是很高；他困苦地在一片炙熱的水裏泅游。

那轟炸員想著自己的腿。

加爾代想著自己的臉兒。加爾代是愛女人的。（全文完）

1　〈青空的戰士〉於《星島日報》副刊〈星座〉的連載日期為 1939 年 1 月 1、3-16 日，合共十五期。本文乃據法文原著校訂，參考 André Malraux, *Œuvres Complète*, Tome II, Introduction par Mich el Autrand, Édition par Noël Burch, Marius-François Guyard, Maurice Larès, François Trécourt, Paris : Gallimard, coll. 《 Bibliothèque de la Pléiade 》, 1996.

2　據法文原著，譯文此句以下刪去二句。

3　此句並非人物對話內容，原文誤植開引號及刪引號，現據法文原著校訂。

4　「重」，原文誤植為「從」。

5　「暮色暝暝」，原文誤植為「暮色瞑瞑」。

6　文中法西斯蒂（fascistes）又譯作法西斯諦。

7　「二十三輛」，原文誤植為「二三十輛」，現據法文原著校訂。

8　文中瓦爾加思（Vargas）又譯作瓦爾加斯。

9　「戴」，原文誤植為「帶」。

10　原文無法辨識，現據法文原著增補。

11　「模糊」，原文誤植為「模塗」。

12　原文無法辨識，現據法文原著增補。

13　原文無法辨識，現據法文原著增補。

14　原文無法辨識，現據法文原著增補。

15　「德魯艾爾」，原文誤值為「魯德艾爾」。

16　原文無法辨識，現據法文原著增補。

17　「差一點」，原文誤植為「差一差」。

18　文中施加里（Scali）又譯作斯加里。

19　「問題」，原文誤植為「命題」，現據法文原著校訂。

20　「瞄準」，原文均誤植為「描準」。

21　文中漢凱爾機（Heinkel）又譯作海凱爾機。

22　原文無法辨識，現據法文原著增補。

23　「駕駛員」，原文漏植「駕」字。

24　原文無法辨識，現據法文原著增補。

25　「峽谷」，原文誤植為「夾谷」。

26　「五十」，原文誤植為「六十」，現據法文原著校訂。

27　文中沙恭得（Sagunte）又譯作沙恭德。

28　「廢圮」，原文誤植為「廢坯」。

29　「這回事」，原文誤植為「這會事」。

30　「四彈」，原文誤植為「三彈」，現據法文原著校訂。

31　「驢子」，擬為誤譯，據法文原著應作「騾子」（mule）。這兒專指母騾。

32　「一會兒」，原文誤植為「一回兒」。

33　「牠們」，原文誤植為「他們」。

34　「驢子」，擬為誤譯，據法文原著應作「騾子」（mulet）。這兒專指公騾。

35　「二三」，原文誤植為「三四」，現據法文原著校訂。

36　「一棵」，原文誤植為「一顆」。

37　「那棵蘋果樹」，原文誤植為「那顆頻果樹」。

38　「的」，原文誤植為「！」。

39　「騾子」，擬為誤譯，據法文原著應作「驢子」（âne）。

40　原文無法辨識，現據法文原著增補。

41　「在離那兒」，原文誤植為「在那離那兒」。

42　據法文原著，譯文此句以下刪去一句。

43　「加爾代」，原文誤植為「如爾代」。

44　「向下走」，原文誤植為「下上走」，現據法文原著校訂。

45 「沒有過鏡子」，原文誤植為「沒有鏡子過」，現據法文原著校訂。

46 「腫脹」，原文誤植為「腫漲」。

47 「她」，原文誤植為「他」。

48 「她們」，原文誤植為「他們」。

49 「她」，原文誤植為「他」。

50 「二百公尺」，原文誤植為「一百公尺」，現據法文原著校訂。

51 「刺激」，原文誤植為「刺戟」。

52 「景象」，原文誤植為「景像」；「刺激」，原文誤植為「刺戟」。

53 「這屋子其中一個主人」，原文誤植為「這屋子的一個主有人」，現據法文原著校訂。

54 「驢子」，擬為誤譯，據法文原著應作「騾子」（mulet）。

55 「驢子」，擬為誤譯，據法文原著應作「騾子」（mulet）。

56 「已失去」，原文誤植為「已去」，現據法文原著校訂。

57 「驢子」，擬為誤譯，據法文原著應作「騾子」（mulet）。

58 原文無法辨識，現據法文原著增補。

59 「樹木的」，原文誤植為「樹木的底」。

60 「峽谷」，原文誤植為「夾谷」。

61 原文無法辨識，現據法文原著增補。

62 「施加里」，原文誤植為「施加斯」。

63 原文無法辨識，現據法文原著增補。

64 原文無法辨識，現據法文原著增補。

編者前言：

　　〈鄙棄的日子〉(*Le Temps du mépris*, 1935) 今譯〈輕蔑的時代〉，講述二次大戰期間反納粹分子的遭遇，為馬爾羅另一重要短篇作品。施蟄存翻譯全文共八章，於 1940 年 7、8 月間在《星島日報》副刊〈星座〉連載，可惜 1940 年 7 月份之《星島日報》未能保存，本文只能據現存資料整理〈鄙棄的日子〉第二十七期至四十五期之連載。[1]

鄙棄的日子

〔法〕馬爾洛著、施蟄存譯

「我曾經看過一次與這情形很相像的戲，在莫斯科(Moscou)，在青年節（la fête de la jeunesse）那一天。三十萬個青年遊行著。如果要走進戲院去，即是必須截斷他們底隊伍的；戲是九點鐘開始的，而那行列卻是五點鐘就開始了。在每一幕戲做完之後，我們下樓去吸煙，而我們發現這些無窮[盡]的青年的行列還沒有走完，[2] 紅旗在窗檻前揮揚著。於是別人的回進去是看戲，而我卻彷彿回到了我底青年時代。在每一幕完畢後，我們仍[然]都下樓去，而那些青年人總還是在經過著，於是我們重又回去看那齣已經被人家喝采到了迦斯比海（Caspienne）和太平洋（Pacifique）的戲，因為牠使工作有了意義和尊嚴。我很記得那鐘聲，和那些擠在一堆的礦工，在那一直到德國之夜的深底裏的漠視中孤獨著。……當全部行列走完之後，當我看著那阻止我們出去的隊伍的時候，我想到這些青年人，都還不到二十歲。因此，在這許多隨時集合到赤色方場（la place Rouge）去的青年人中間，那些曾經在鄙棄的日子中生活過的人是一個也不會有的。

「我們」……

在走廊裏有了兩響腳步聲。

卡思奈（Kassner）走近了那牢門，自己也不知道為了什麼。

「我們是一塊兒在那個封閉了的礦坑裏。我們的那些以前沒有工廠通信的報紙，自從那些人冒著被關進這種牢房裏來的危險而給

我們寫通信以後，就有了一切現在就都有了工廠通信了。然而不管這些瘋狂底窟穴（tanières à folie）如何威脅著，在公民投票的時候還有五百萬個反對票。」

「你瞧……」

門開了，走廊裏的全部亮光一直燒灼到他腦子裏。這亮光又流滿了他全身，並且把那膠黏著他底眼皮的黑暗都洗滌掉了。

「你打定了主意沒有？」

他終於 [設] 法睜開了眼睛。[3] 兩個紅色和綠色的人，還有使他眼睛的黃色的斑點……那 [是] 褐衫；[4] 突擊隊（S. A.）的制服，和他們底白色臂章上的黑色的卍字徽；白色 —— 那是一個使人眼花的顏色……卡思奈覺得他是在被人家推出去。

他們帶著他穿過那巨大的，黃色的亮光之浪潮。他們現在一定已經知道他就是卡思奈了。該設法逃走嗎？他差不多已經不能再控制他底動作了；他也不能逃走，也不能動手打。他祇能彷彿看到：「正當我被毆打的時候，我將重又變成為一個人。」他的這句話，還在他心裏像兩個被縛住了的翅膀似地拍擊著，他覺得他自己正如一個氣球似的在向前去，被那注滿在他底肺裏的臭的空氣，被他底大踏步，被那好像一個人在除掉了黑眼鏡時候所感覺到的變成藍色的亮光，所吹升上去：他發現他是在地下層，白天。「在一小時之內，我或許總能夠弄死他們一個。[」]

直到他發現自己是在一個納粹官吏的面前，就在那間當他被捉進集中營來的那天受審的屋子裏，他才知道他們並不把他帶到那看守屋或地窖裏去。至少是此刻還不把他帶到那兒去。是不是他們要把 [他] 換一個囚禁的地方呢？[5] 除了那些黑暗的牢房，就只有那豎棺材了。陽光照在一張卡思奈祇記得那短硬的鬍鬚與濃厚的眉毛

的臉上，還照著兩個穿便服的黝黑的人，這兩個人，看上去好像是兩件掛在他們所靠著的牆上的大氅。在他們前面，一道充滿了浮塵的陽光閃亮著，像一條風裏的運河。卡思奈在一本記錄簿上簽了字[，]那納粹[就]遞給那兩件大氅之一的那個人一[個]信封和一個包紙已撕破了的紙包，卡思奈[認得]這紙包裏的東西是[他底背帶]。[6]那大氅之一的那個人打開了那紙包。

「還少一個打火機和一盒煙（une boîte cachou）。」

「都包在手帕裏。」那納粹說。

那兩個人把這個踉蹌而行的囚犯帶到一輛汽車邊。他不禁抬頭看著天；以致他腳下碰到了每一個障礙，甚至連走下行人道都失足了。他們分坐在他兩旁；那汽車立刻就開了。

「好了！」那第一件大氅說。

卡思奈覺得有一個野獸似的慾望想要回答，雖然他底同伴顯然是兩個密探（la Gestapo）。剛才說話的那個厚實的傢伙，他那撇稀疏的鬍子塌倒在他那幾乎露出在口外的犬牙上面，在這[被]巨大的[藍色]的川[滬]所洗滌過的自由的空氣裏，[7]顯得好像是很不現實的；他面上的每一個粗大的紋路都[像]變成為他底漫畫像。他同時像一頭卡思奈在上海看見過的海象（morse），和那個給他看海象的肥胖的中國人。卡思奈知道他自己有一個脾氣，專喜在每一張臉上找出其與一個野獸的頭相似的地方來，但是這張臉卻太特別了。從汽車兩旁像斜雨似的投射進來的光線繼續使這張臉活現著，在那些生著凸圓的，作很古怪的弧形的指甲的手指上抖動著。這一張被那還在閃爍著的天光所模糊了的臉好像快要蒸發掉似的：車子把一切東西都扔在後面，而別的許多臉也變做了一些活動的，容易毀傷的，不穩定的幻[象]，[8]預備溶化在那五顏六色的空氣中。這

並不是一個夢；一切東西都存在於他們底一切量度中，有他們自己的重量；但是我們並不是現實的。這是別一個行星，一個未知世界，暗陰裏的到達。

「哦，」那海象問，「要再去看看那小母親（la petite mère）嗎？」

什麼「小母親」，卡思奈心裏問。但是他還有勇氣（force），決不問他們把他帶到什麼地方去。

那海象微笑著，沉靜地或是嘲謔地，他底犬牙，在一個田野及秋季的樹木底模糊的背景上，現在是顯然很清楚了。卡思奈覺得彷彿是這犬牙在說話，而並不是那嘴在說話。

「你覺得好一些嗎？（On voit que ça va mieux）」那海象說。

卡思奈嘴裏哼著——哼著那些教士底歌，用了一種愉快的調子，——但終於他自己覺察到了。現在衹有他底心裏還感受到威脅：他底身體已是很自由了，說不定這個海象立刻就會溶化掉，這汽車也馬上就不 [見] 了，[9] 而他卻仍舊關在他那牢房裏。說不定他現在所聽著的那些話根本與任何一個人或任何一件事情沒有關繫，而那些意思和字眼都快要與路邊上倒退而去的樹木和紫菀花混合在空虛裏了。然而，他身子底一部分卻還是清醒而機敏的；但是在他周圍，無論是現實或是夢或是死，一個叫做「地」（la terre）的烏有物正在前 [進] 和盤 [旋]。[10]

「無論如何，」那海象搖著頭，接著說：「他決定招認了，是你的運氣。」

「誰？」

「卡思奈。」

像一個從望遠鏡裏看見的，因為漸漸地對準了焦點而清楚起來

的幻像一樣，那警察底臉與亮光分離了。卡思奈忽然想起了兩個赤色哨兵，橫倒在一個村口死了，陽物被擠壓在磚塊裏，在那充滿了幸福的蟲豸的西伯利亞的黎明時候 (le matin sibérien)。

「難道已經證明了是他嗎？」

「他自己承認的。」

靜默 [。]

「他們會招出許多事情來的，在這裏，」卡思奈說。

「可是你也沒有在這裏吃到什麼苦頭。那個豬玀底頭連打也沒有被打。當然，我說的是到他承認時候為止。換一句話說，他是自動地招出來的。」

那警察皺了一下他那稀疏的眉毛。

「他們都知道我們在抓他。他們也知道我們會得用一切必要的方法去尋著他。總之，一切的必要。我們已經開始了。但是他來自首了。」

「一切的必要……也許他是想免得拖累旁人？」

「真的嗎？一個共產黨！我不相信他會知道有別人在受刑罰，這是因為他知道了有人 [要] 抓他，[11] 他才出來自首的。總之，你想出去想得糊塗了……」

他到底發瘋了沒有？這低矮的，灰色的，夢裏的天，這個頭如海象的人，這個老是快要溶化掉的顫抖著的宇宙；和這塊映出著一個毛髮鬆 [鬈] 的臉的遮風玻璃。—— 這一個臉，在此刻他不得不裝做是一個別人似地談論著自己的時候，他竟認不出是他自己的。

「有許多照片的，我相信。而且他知道他是怎樣危險，」那海象接著說。

「他在什麼地方？」

那警察聳了一聳肩膀。

「死了嗎？」

「要是他還活著，那才怪呢⋯⋯從你問我這幾句話的模樣看來，我真奇怪為什麼有人會把你當做一個重要的共產黨。總之，他是個豬玀，但不是個笨漢。」

汽車經過一個車站前面。在路上，有許多囚犯在做工；在一列將要開出的火車旁邊，有一個旅客和一個女人在那兒接吻，差不多所有的那些囚犯都看著他們。

「他可不是一個豬玀。」

「如果叫你做了他，你自然會自道是一個挺好的人了。」

卡思奈注視著那一對在接吻的男女。

「如果找⋯⋯唔（Si je⋯ Oui.）。」

另外一個警察把手搭上卡思奈底胳膊：

「如果你想回到那裏去⋯⋯」

但那海象很快的把手指 [觸] 著自己底頭。[12]

卡思奈想，那個人之所以自首，或許是為了讓別人免受虐刑，或許是為了他要自殺，或許 [是] 為了要解救一個他所認為比他自己有用得多的同志：我⋯⋯當一個人發了瘋的時候，會不會真的自信是沒有發瘋呢？一個人或許已經頂著他底名字而死了 [；] 他知道了這件事，他思想著這件事，但是他不能完完全全地意識到這件事；他底苦痛正如人家在 [鞭] 撻他的孩子以逼他招供一樣。[13] 即使當他在問話的時候，他心裏也擺脫不掉那牢房。

「你沒有他底照片嗎？」

那警察又聳一聳肩膀，做一個不經心的姿勢。

如果這並不是發瘋，而是欺騙呢？

萬一這一切都是那海象杜撰出來，引他說話的呢？或者是單為了開玩笑呢？自從卡思奈離開集中營以後，他還沒有一刻兒感覺到他是在真實的境界裏。但是他可曾懂得了什麼是真實沒有？

「如果你與一個能夠尊重我們的優待的外國人所不應該碰到的那些人們沒有關係，」那另外一個警察說，「那你就不會有什麼事了。這是你底運氣，你底公使館（la légation）來查究你的案子了。雖然他們也大可以不必！」

不錯，那些反納粹分子不是沒有朋友在捷克斯洛伐克公使館（la légation de Tchécoslovaquie）裏的。

卡思奈看著剛才說話的那個人：他底眼睛已經終於習慣於亮光了。一副十足的警察底臉嘴，湊合著一個標準的小布爾喬亞儀容。但是，如果卡思奈底眼光已經差不多恢復了正常狀態，他底心卻還被整千個蜘蛛網羈絆在牢房裏。那海象是否以為他說話太多了呢？他旋轉了頭，去看著那被樹葉底迴旋所掃過的田野。

……一直到了警察總局（Polizei-Presidium），在那兒，在許多簡短的談話和手續之後一個害傷風的吏目交還卡思奈他底包裹（背帶，鞋帶，等等）和從他身上搜去的那些馬克（les marks）：

「我除下了十一馬克七十分。」

「印花稅嗎？」

「不：營費。一馬克三十分一天。」

「怪便宜。我祇在那兒獃了九天嗎？」

卡思奈已經回到了人間（la terre），但是他在那牢房裏祇獃了九天這個思想又使他和人間分離了；現實正如一種他懂了又忘掉，忘掉又懂了的語言一樣。他熱烈地覺得他底妻剛才交到一個非常好的運氣，彷彿恢復了自由的乃是她，而不是他自己。

「你兩天之內就得離開德國。除非那時……」

「那時，怎麼？」

那傷風的傢伙並不回答。這也沒有多大關係：卡思奈知道，他在沒有出境之前，還是不安全的。那些納粹怎麼會把那個自認為他的人居然認為是他 [呢] ？[14] 他們有死底擔保（la garantie de la mort），誰願意自己來替死呢？或許還有別的他永遠不會知道的充分而特別的理由。無論這個人是誰，他是不是在那些案卷到達卡思奈所囚繫的集中營之前被處死的呢？如果這人是胡爾甫（Wolf），他是很容易獲得一份頂著卡思奈底名字的文件的；然而他底相貌卻並不像卡思奈。……

卡思奈抬眼看著屋頂上面的低矮而沉重的天：那些飛機一定還沒有離開機場。他必須利用這次驅逐出境，趕早離開德國，去換一張出生證：他們 —— 密探部和他 —— 將來還要碰到的。他底視線慢慢地沉下去。一個人 [或許] 已經頂著他底名字而死了。[15] 底下，在街路上，每天的生活照樣繼續著。

那架工廠裏的飛機能不能飛走呢？

第六章

那飛機師相信他是認得卡思奈這個用著一個假姓名的他所要載送的人的，但是他並不問他什麼。黨的秘密組織所擁有的那個小規模的飛機推進器工廠，允許他每星期作幾次試驗飛行，並且有兩架飛機可以供他調度的。在一個月之後回來的那架飛機總是編了另外一個號碼，並且一定是由另外一個機師駕駛著了。卡思奈把他底視線從他手裏拿著的那塊三明治裏的鮮豔的玫瑰紅色的火腿上

收回來，撿起了一份氣象報告：離地十公里視界不佳；波希米亞（Bohême）一帶山上有冰雹，高飛度甚低；多處有地霧。

「你知道了嗎？」那機師問。

卡思奈注視著那機師底，在一個類似的出發以前的，使他那不安定的麻雀般的臉活現起來的微笑（飛機師常常有一個鳥雀的頭，這是不是真的呢？）

「你要曉得，在戰爭的時候，我是一個觀戰者。客機飛了沒有？」

「沒有。南方去的飛機奉命不得離開機場。」

「那是德國飛機。捷克的怎麼樣？」

「牠們也還沒有起飛。祇有三分之一的希望可以通過。」

卡思奈又注視著這個人，對於這個人，他只曉得他是對於革命很熱心的，他將和他一同冒一個生命的險，除此之外，便一無所知了。他對於友誼（amitié）有一種深切的愛好；但是使他格外感動的，是他覺得他們並不是人的結合而是一種共同的熱誠（passion）底結合；好像他們每走近那飛機一步，就互相更接近一種在這個世界上少有的，嚴肅而有力的友誼一樣。

「如果發生什麼危險，」卡思奈說，「我甯願掉在國境外邊的。」

「好！」

他們倆繼續走向停在機場裏的那架飛機，—— 牠是那麼樣的渺小，難看，難看，難看……

「我們往北飛，」那機師說，「在這樣的天氣，十分鐘之後就沒有人看得見我們了。」

他們走到了飛機面前：油量很少，單發動機。是一架星期尾的遊覽飛機。

「裝了無線電沒有（T.S.F.）？」卡思奈問。

「沒有。」

這是他並不介意的。

護照及證書上打了最後的印，縛好了降落傘。

「都好了嗎（Prêt, contact）？」

「都好了。」

於是一股煤氣。

那飛機上升了。當牠在逆風裏像一艘戰艦底延長的前後顛簸似地升沉著的時候，卡思奈幾乎連樹木底動搖都不能看見。底下，在一些分散的雲和飛行的鳥之下（那些鳥很接近地面，差不多是像人一樣地釘住在地上的），一列火車底煙在這下午的廣漠的寂靜之下的自由 [的] 秋色中隱現著，展佈許多沉睡的村莊上，而混入於從一個城市上吹來的煙塵中。不久，在那厚重的天的沒 [去] 之下，只看見一群一群歷亂的飛鳥，貼著地面，像貼在一個莊嚴而平靜的大海上一樣；還有便是那些村舍和樹木顯示著一種離開牢獄很遠的和平。然而，就在這個地平線之內，無疑地是有著一個集中營。在那兒，有人用著一種小孩子底殘酷，在虐待著別人，使他們受到無希望的苦痛。那牢房裏的黑暗底記憶使卡思奈底心裏感覺到周遭的空曠，使他底眼裏看到這片預言中的景色，除了那痛苦和殘酷的印 [象] 之外，[16] 把一切的印 [象] 都排除掉，[17] 彷彿祇有這種印象在人心裏會永遠地存留著，恰如樹木與平原一樣。但是在那些平原和雲塊上面，卻有那飛機師底一張小心謹慎的臉。

共同的行動把這兩個人連繫起來，像知己的老朋友一樣（une vieille et dure amitié）；那飛機師在那愈顯愈白的天空中顯現著，好像是那些卡思奈曾經以毀滅他們底名單而救了他們的人底回答；又

像是他曾經對他們演講過的那些影子底回答；那些曾經充實過牢獄裏底黑暗的寂靜的黨人們，現在好像又來充實了這個霧的境域，這個住著一架自願的，比一個生物更負責的發動機的廣漠的青灰色的天宇（l'univers immense et gris）。

飛機已經從一千公尺上升到二千公尺了 [；] 現在牠正在穿進一片霧裏。卡思奈雖然心神不屬，但仍舊有一個內心的注意在聽著發動機的聲音，在尋找那從第一個霧的罅縫，重又顯現出來的地面。他祇在飛機裏找到一份比率很小的地圖，而雲層之濃厚又使他無從瞭望。在那持續著的雲霧中間，時間消逝在這個彷彿與睡眠鬥爭一樣的奇怪的鬥爭裏。在霧罅裏鑽出去之後，他會看到是在德國呢，或是在捷克，或是在亞洲的這樣一個地方：那是他曾經屢次飛過的，有許多委棄於野蜂的古代帝王之遺墟，而驢子的耳朵都在充滿了罌粟花的風裏顫抖著的？羅盤並不指示一架在逆風的壓迫之下的飛機底推進力。穿過了一長條濃霧的空程 —— 地圖上祇指明這地方是一堆小山，然而忽然顯現出來的卻是一些筆直的積雪的山峯，和一片愈變愈黑的天。

飛越在峯頂上，那飛機至少已經上升了一百公里了。

那龐大的烏雲，現在已不再是在遠處靜止著，而是就在他們前面活躍而且危險地凝聚著了。在這一塊大烏雲前面，卡思奈忽然重又感到他自己底渺小。那雲的邊緣正在向著飛機襲來，好像牠底中央部分是在漸漸地凹陷進去似的，其規模之宏大，以及其動作之遲慢，使一個準備應付的人不覺得這是一種生物底搏鬥底現象，而是一個定命（fatalité）底搏鬥底現象。然而那機翼已經用最大的速率沒入於雲裏，而那塊雲的流蘇似的邊緣底黃色和灰色的景色 —— 像兩個崎岬之伸入於一片濃霧籠罩的海面上 —— 是消失在一個無

邊際的灰色的宇宙裏了。這宇宙，因為是與大地分離的，所以是無邊際的。黑暗的雲絮已經溜到他們下面，把他們拋擲到那同是被這一大塊鉛色的雲所包圍著的天底領域裏去。卡思奈忽然好像覺得他們已脫逃了引力，和他們的友誼（fraternité）一同懸掛在世界底某一部分，而在一場原始的鬥爭中掛在雲堆裏，同時那大地及其牢房卻在他們底下繼續其永遠不會再遭遇到的運行。在機身四周環繞著的，以及在他們底下，從引擎底洞穴裏看見的，那一片黑暗中間，這一架小小的機器底對於那些狂放不羈的雲的狂亂的攀附漸漸地失去了現實性，而沉沒在那古老的強敵 —— 暴風 —— 底原始的聲音底下去了。每一陣風使那飛機又沉下來，像是掉在一塊地板上一般。但是如果那飛機沒有忽然發出一個油煎似的聲音來，卡思奈會得老是注意於那架把他們載送前進的盲目的發動機的，他們是在濃重的雹霰中。

「捷克斯洛伐克嗎？」卡思奈問。

沒有法子聽見回答。這金屬製的飛機作著鼓一般的響聲，比機窗上迸落著的雹子聲音還響。那些雹子是正在從那頂棚底罅縫中進來，篩落在他們底臉上和眼睛上。從兩次眼皮的跳動中間，卡思奈看見那些雹子沿著玻璃窗滾下來，在那鋼鐵的凹槽上一跳，就消失在一個蘊怒的暗影裏了。如果這窗上的玻璃破了一塊，那就不能駕駛了。然而那機師好像一點也沒有看見，好像他是在這冰雹中間純然用他底本能駕駛著的。

可是卡思奈卻靠著在那窗框子上，並且用右手把牠抓緊了。牢房裏的那些字句，那些慘叫，牆上的叩擊聲，報仇的渴望，這一切現在都在飛機裏和他們一起抵抗那風暴。他們底航線一直在向著正南，但是那羅盤卻開始在指示著東方了。「向左！」卡思奈呕 [喝]

著 [，] 沒用處。「向左！」他再喊，但連他自己底聲音都聽不到，牠也好像已經被那些在鞭笞著飛機使之跳動的，發著轢軋聲的，飛行著的冰雹所震撼，所攫奪，所淹沒了。於是用他那一條空閒著的手臂，他指著左方。他看見那機師推著那控馭桿好像要掉轉九十度似的。他立刻看那羅盤：那飛機竟在向右方去了。原來那些控馭機件已經不靈了。

但這時那飛機還好像一個鑽子似地準確地鑽進到那風暴裏去；在這狂亂中間，儘管那控馭機件已經不靈，可是那發動機底繼續運行仍舊叫人相信是在人底統治之下。但那飛機立刻就全身顫震了一下，竟停止向前行駛了。冰雹和黑色的霧永遠是老樣子：在中央的是那羅盤，現在是衹有牠能使他們和那曾經算是地面的東西連繫著了。那羅盤慢慢地轉向右方，在一陣很強的風裏，牠開始旋轉，旋轉，轉了一個完的圈子。兩圈。三圈。在旋風中間，那飛機在牠自己的軸心上轉繞著。

但穩定之感還是照舊的，那發動機 [就] 像在發狂一般想把他們推出到旋風外面去。[18] 但是這一根在轉動的指針卻比全體的感覺更強：牠表示著那飛機底生命，正如一雙活動的眼睛表示著一個全身麻痺的人底生命一樣。牠細聲地把一個廣大的虛幻的生活 —— 牠像震撼樹木似地震撼著他們 —— 傳達給他們，而那宇宙的暴怒很準確地折射在牠那非常敏感的微小的表面上。飛機繼續繞著圈子。那機師緊握著控馭桿，他底全副精神都集中在那些控馭機件上；但是他底臉已經不是剛才那樣的一個不安定的麻雀底臉了，這是一張新的臉，更小的眼睛，更腫的嘴唇，可一點也不拘攣（convulsé），簡直和那別一張臉一樣的自然；不再是一個變形的面像，而是一個新的面像了。然而這並不奇怪；好像那別一張臉在暗

示給他一般，卡思奈終於認出了那是一張童年的臉，—— 這並不是第一次（雖然現在他是第一次意識到），他看見那在危險時候的決斷使一個人底臉上現出了兒童的容顏。那機師忽然把那控馭桿往身邊一拉，那正在跳動著的飛機立刻就直衝下去；羅盤面便擠縮在玻璃上。他們好像從底下被接住了，彷彿一條鯨魚被一個從海底捲起的浪頭所送出來一般。發動機仍舊規則地響著，但卡思奈底胃卻似乎已沉在座位裏了。在顛倒迴翔呢還是在上升呢？在兩個新的冰雹聲中，他底呼吸恢復。他吃驚地注意到自己竟在顫抖：顫抖的並不是他底手（他底手 [還] 抓緊 [著] 窗子）[19] 而祇是他底左肩。他不很知道，當那機師把控馭桿推向前去，同時又把發動機煞住了之後，那飛機是不是已經又恢復了平正。

卡思奈是熟悉飛行術的：讓那飛機掉下去，利用這降落的重量去穿過那風暴，企圖在迫近地面的時候調整原來的方位。高度儀指著：一千八百五十尺，但是他知道對於高度儀底準確性應該作何觀念。已經是一千六百公尺了；那指針像剛才那羅盤面一樣地顫抖著，如果霧一直濛到地面，或者他們底下還是些山，那麼他們必然要撞碎了。卡思奈這時心裏想著：惟有死之臨近才使他有權利能看到剛纔所曾看見過的，那機師臉上所顯現的童稚的容貌；他底另外一個思想便是：這個人也將為他而死了。至少也得是和他同死。這時那飛機已經在這一場奮鬥中停止了牠底被動性，所以他底肩膀也已經停止了顫抖；他一切的感覺這時已集中起來，那樣式和性慾勃發時完全一樣：牠們用全部的重量，屏住了呼吸，在那像布一般的風暴裏鑽著洞，一直 [刺] 下去穿透那電子底爆裂聲而顯得是狂放地活躍著的，[20] 世界之末日的永恆的 [霧] 裏去。[21]

　　一千公尺

九百五十公尺

九百二十公尺

九百公尺

八百七十公尺

八百五十公尺。他覺得他底眼睛突出去他底頭外，他那雙發痴似地害怕著快要碰著山頭的眼睛，—— 他是在極度的興奮裏。

六百公尺

五百五十公尺

五百公尺

四……並不是，如他所希望著的，平坦的，也並不就在前面，而是在遠處，並且是傾斜的，他看見了原野上他對著這個作四十五度傾斜的地平線底幻景躊躇著（其實是飛機以四十五度的傾斜度[來]降落）；[22] 但立刻他已懂得了一切，而那飛機師也已經在[設]法較準方位。[23] 地是在很遠的處所，在那些像灰塵和頭髮絲一般地時而遮掩時而肅清的暗淡的雲海之外；在飛機下面一百公尺的地方，一個鉛製似的風景完完全全地顯現出來了：那些堅硬的山上的黑色的條紋，那些山繞著一個灰白色的湖，那湖有兩條[觸]角似的支流一直伸在山谷裏，[24] 牠而且還顯著一種奇怪的輿地的寂靜，把那低低的，無色的天映照著。

「捷克斯洛伐克嗎？」卡思奈又叫起來。

「不知道……」

好像半昏呆了似地，那飛機在風暴底下蠕行著，離山頂不過五十公尺高了，於是牠飛過那紫色的葡萄田，於是飛過那湖，現在那湖彷彿比剛才初看見時較不寂靜一點了：因為在水面上的，已可以看見一陣風[吹]過（rasant）時所起的波浪。這是第二次了，

卡思奈底印象中彷彿覺得並不是他自己得救，而是他底妻子得救
了。飛機正在那湖底彼岸上飛過，於是，人底神聖 —— 大地之征
服 —— 忽然從那些田野和道路上，從那些被距離所 [變] 平了的工
廠和農場上，從那些在那重新找到了的原野底龐大的脈絡圖上分佈
著脈絡的江河川流 [裏]，[25] 向著卡思奈升上來。在那些很低的雲
中間，那個人類底頑固的世界時時 [隱] 現著；[26] 對於那永遠地吞
噬著死人，而此刻正在逐漸逐漸地加深其鉛色的大地的鬥爭，正在
用一種與他們所經歷過來的風暴底音調同樣地無情的蠻橫的音調，
向卡思奈訴說著；而那些在加爾巴代山脈（Carpathes）以外的，
忍受著屈服的，他底同志們底意志，正在用著「無盡」底神聖的聲
音 —— 用著生與死之韻律，在向著天上的最後一道紅色的光芒升
上去。

　　他放開了手裏抓住著的窗子，微笑着重看他手掌裏的那條長的
生命紋，和那條在某一天，諷刺似地，他自己用剃刀片劃出來的
幸運紋，而那些表示他底定命的線紋則並不是用一面刀片劃出來
的，而是用忍耐和堅毅的意志造成的；除了對於命運的了解和應
付之外，還有什麼是一個人底自由呢？在這一片大地上 —— 在那
兒，那漸漸地增多起來的燈光好像在從那消解到夜色裏去的秋霧中
湧現出來，在這一片曾經有過英雄氣概，曾經有過神聖行為的牢
房與犧牲的大地上，將來或許終於會得，很簡單地，祇有一顆良
心存在著。那些像傷痕一樣的道路，江河，以及運河，現在 [纔]
可以從霧裏隱約地看見（n'étaient plus visibles qu'à peine sous la
brume），正如一隻大手上的漸漸地消失掉的皺紋一樣。卡思奈曾
經聽說過，手上的掌紋在人死之後就隱掉了，而且，好像要趁這個
生命之最後的形式沒有失掉之前再看牠一眼，所以他曾看了一看他

底死了的母親底手掌：雖然她才過五十歲，而她底臉，甚至她底手背，都還顯得很年輕，可是那手掌卻幾乎可以説是一個老婦人底手掌，牠那些細而深的線紋，錯亂地交織著，正如一切的命運。那隻手現在彷彿和大地上的一切線紋混合起來了。這些大地上的線紋，也取得了一個命運底形態，也正在被霧與夜色所消隱掉。生命底安靜從那仍舊是鉛色的大地上升起來，升向那被雨水底流注所追逐著的，（正如被那飛機剛才脱離的風暴和冰雹底回聲的追逐一樣）力竭了的飛機；一片龐大的和平好像已汎濫在這片重新獲得了的大地，這些田野和葡萄田，這些房屋，以及這些説不定棲滿了熟睡著的鳥雀樹木上。

卡思奈底目光碰著了那機師底目光。那機師拙笨地，像一個同謀犯似地微笑著，恰如一個剛才倖免於責罰的學生底[微]笑一樣。[27]但是他已經認出了一條鐵路線，於是在最後幾陣風裏，像一隻大黃蜂似的，跟著那鐵路線前進。[28]

第七章

他簡直不相信自己是在真實的人行道上行走，也不相信自己是在一個沒有一條路能通到德國的牢房裏去的城市裏！他底靈敏的感覺使他正在走過的那些玻璃櫥窗裏的五光十色的雜物，呈現著他在幼小時候，當看過了一場神魔戲之後所想像出來的那種幻異的景色，那些充滿了波蘿，饅頭和中國東西的大街，在那些大街上，魔鬼曾經決定把地獄裏的一切賣買都聚集攏來……從地獄裏出來的原來就是他自己，而這一切都是，很簡單地，生活而已……他走出了那從飛機場裏送他來的汽車。

那機師願意留在飛機場裏：他在明天早晨 [將] 載著另外一個同志飛到維也納（Vienne）去。[29] 卡思奈和他都很瞭解這種把一個人束縛到底，而且永遠不能浮到日常生活裏面上來的特殊關係；他們倆用一絲忍耐的微笑（un sourire résigné）握握手分別了。

卡思奈回復到他底公民生活，正如回到一個很濃厚和很深的假期裏一樣；然而他還不能恢復他對於自己和對於這個世界的一切觀念。在一些帷幔背後，有一個女人正在小心地熨衣服，正在很勤奮地工作，有襯衫，有汗衫，和那些烙 [鐵]。[30] 在這個叫做「地」的古怪地方……還有那些手（他這時正在一家手套店的櫥窗前走過），那些用以做一切事情的手：在環繞於他周圍的一切東西中間，沒有一件東西不是由牠們所掌握和製造的。

大地完全被手所統治著 [，] 或許牠們是能夠單獨地生活，單獨地行動而用不到人的。他已經不能認識這些領結，這些箱篋，這些糖菓，這些熟猪肉，這些手套，這些藥材了；在那皮貨店的櫥窗裏，有一頭小小的白狗正在許多死的獸皮中間嬉戲著。忽而坐下，忽而又站起 [：] 這是一個有長的毛和笨拙的動作的活物，而不是一個人。是一個畜生（un animal）。他已經忘記掉畜生了。這個狗很安靜地在死之中央散步著，很像這些牢房與墳墓底 [肉] 子 —— 那些過路人 —— 之走向方場（la place）去一般。在音樂廳底龐大的廣告上，幾個藍色的普魯士人正在高視闊步。那些過路人底行動彷彿是在摹倣著他們底滑稽樣子，在這一切底下，正如一片迷茫的海一樣地，伸展著一個境界 —— 一個卡思奈心裏至今還沒有忘記了牠底消隱下去的回聲的境界：因為他很不容易拋棄掉他底虛無之感。還有許多食物店和衣服店；一家水菓店。啊，偉大的水菓啊，充滿了大地一切呼吸的水菓啊！第一得先找到安娜（Anna）。然而

他走進了一家煙草店，買了一些紙煙，立刻點旺了一支，於是，穿過了那煙霧，他又找到了他底那個非現實的世界：一家時裝店，一家皮革製品店，一家鐘錶店（他們是出賣時間的，那牢房外面的時間），一家咖啡店。許多人。

他們是永遠存在的。當他降落在那盲目的區域裏的時候，他們繼續存在著。他用著一種混亂的情緒看著他們，這混亂的情緒還是在戰時，有一次，當他在一個血跡斑斑的塗刷著石灰的走廊的盡頭，碰到一個裝滿了小擺設的玻璃櫥上的那時所曾侵襲過他的（au bout d'un couloirs de plâtras ensanglantés, une vitrine toute garnie de bibelots）。這兒的工人區是與那更窮苦的布爾喬亞區相接近的……他此刻是在自己人中間呢，還是在敵人中間，還是在兩無關係的人中間？有些人是以能夠在一半友誼一半親熱之下聚集在一起為滿足的，還有些人是常常在耐心地或急迫地企圖從那和他交談的人那兒多得到一點意見；在地面上有這些疲倦的腳，在桌子底下有這些交叉著的手，這是生活。

這是人類底渺小的生活；但是那兒，靠近了那門，有三個女人站著；其中的一個是很美的，她底目光很和安娜相像。當然還有許多女人，在地上；但是衰弱使他很規距，一點也不動心了。不過他覺得很想摸她們一下，正如他曾經想把那條狗撫摸一下一樣：在這九天裏，他底手已經變得幾乎是死了的一般了。在他背後，在某一個地方，有人在那些牢房裏叫喊著而且還有一個人為他而犧牲了性命。啊，把那些祇有同種關係的人稱之為弟兄們，這真是個侮辱！他沉埋在這些傻氣的語句，驚歎辭，和呼吸底微溫裏，好像沉埋在人生底愚蠢而卓異的（merveilleuse）親熱裏一樣。如果他已經在今天早晨被殺死了，那麼或許他底永恆之夢就是這個，像冰凍的玻

璃上流淌著水珠似的，一滴一滴地滲漏著人類之生命的潮濕的秋天吧。大地底劇場，開始了夜初的大溫柔，環繞著那些櫥窗的，發散著她們底閒逛之粉（leur parfum de flânerie）的女人們……啊，牢房外面的夜底和平啊，沒有人會在牠附近死掉的夜啊！如果他真的被殺害了之後，他底鬼魂會不會有一天能夠像現在這樣地回到這兒來呢？

那邊在黑夜裏，在大半個地上，是那整個的沉睡著的鄉村和那些屹立於乾死的蘋菓之圓環中間的高大而挺直的蘋菓樹，和那些山和那些樹林，和那些的野獸底酣眠；而這裏，是這一群帶著他們底夜間的笑容闖入到生命裏，或是帶著他們底花圈和棺材墮落到死亡裏去的人們；這一群不經意地發瘋的人們，他們聽不見他們自己底對於死（牠是在那上面，在牠的滿綴繁星的平原裏，）底挑戰的答話；他們甚至還不知道他們自己底聲音，不知道他們自己底沉沒在騷動中的顫動的心。至於這種騷動，卡思奈已經重又找到了，正如他將重又找到他底妻子，正如他將重又找到他底孩子一樣。

他已經走到了自家門前。他走上樓梯。他將發現自己仍舊在那牢房裏嗎？他敲著他底房門；沒有回音；再敲重些，看 [見有] 一張紙片在房門下角，[31] 寫着：「我在呂賽納（Lucerna）」。安娜是在流亡的德國人中間做戰鬥工作的；而呂賽納是普拉格城（Prague）裏的大會堂之一（une des plus grandes salles de réunions）。他早該買一份黨報。他呆看著那房門，滿懷失望然而又很安心：她一定已經知道他底被捕了，而他是每一次夢想著他們倆重慶團圓的時候總是覺得很慘痛的。那孩子是不是睡熟在這扇傻氣的房門裏面呢？不會的，要不是他底敲門早已驚醒了他。況且，她也決不會讓孩子自個兒在房裏的。

　　當他被釋放之後，後來，當那飛機脫離了風暴之後，他曾經好像覺得得救了的是她，而不是他自己。現在，回到家裏來卻沒有找到她，他覺得彷彿被欺騙了。他回下樓來，買了一份報：戲劇……電影……呂賽納：為被捕的反法西斯蒂同志們開的大會。[32] 他們每禮拜都有會集。她和他也總去參加的。

　　在一種爭奪世界錦標似的，鄉村市集的和有威脅性的空氣裏，一萬五千至二萬人聚集著，被那些在路角上的，閃亮著武器的成群結隊的警察所包圍著。因為那所大廳還不夠大，所以有許多揚聲機安置在四周：湊近著那不容易擠進 [去的] 卡思奈的，[33] 是無數的鼻子朝天的人頭，在聽著那些揚聲筒裏發射出來的宏大的嘎聲：

　　「我底兒子是一個工人。還不是什麼社會主義者。他們把他抓去關在渥朗 [甯] 堡的集中營（camp d'Oranienburg）裏，就在那裏死掉了。」

　　一個女人底聲音。當卡思奈能夠擠進到正廳裏的時候，在一排寫着標語的紅布條中間，他看見一個衰老的側面影（silhouette）不自然地彎身在那擴音機上；一頂普通的帽子，一件黑色的外衣，—— 一套禮拜日穿的衣服。稍稍底下一點，是許多項頸，看起來都是一樣的：在這樣一大堆人裏，他永遠不會找到安娜的。

　　「因為他去參加一個反法西斯蒂示威運動，剛在他們奪到政權之前。

　　「我從來不對政治有過興趣。他們說這不是女人家的事情。女人家的事情，是關於那些死掉的孩子。

　　「我……我……不……會演說……」

　　卡思奈看得出這個還沒有習慣於對群眾演說的人底窘亂，當她底第一陣興奮稍息了之後，就麻木下來，衰退下來，被會堂裏的群

眾底激昂情緒所擠壓著（況且，有許多聽眾是不懂德國話的），好像一個說話的人碰到了一個緘默的回答而顯得窘了似的。然而這樣的然而止卻蘊蓄著那種被屠殺的動物底忽然中止的慘叫底力量：那決心不讓自己栽倒下去的群眾向前擁擠著，比那女人還喘息得厲害；好像是他們自己底意志在那臺上掙扎著。卡思奈想著 [街] 上。³⁴ 在那兒，這種喘息是祇由那擴音機傳佈出去的，── 而且在那兒，或許，安娜在聽著。他走上前去，那講臺背後，距離祇有三公尺的地方，於是在那和他對面的幾千張面孔中間，簡直弄得頭昏眼花地尋找她底臉。

「告訴他們，事實並不是這樣的，」臺上另外一個女人輕聲地說。

好像在學校裏似的，她在提示著。和臺下的群眾一樣，她底抬起了下巴，在等候那些彷彿停留在這許多喉嚨裏的話語。演說的那個女人一動也不動，卡思奈注視著這個有人在用復仇的話提示她的默然無語的老哀里妮（註）底一動也不動的項肩。從她臉上的種種苦痛樣子看起來，他猜到她已經講不出什麼來了。她一點一點地 [彎] 下身來，³⁵ 彷彿她必須從地上去拔取她所要尋找的話語。

（註 [：][Erynnie] 希臘神話中之復仇女神。³⁶）

「他們殺害了他……這就是我要告訴大家的……其餘的……那些代表，那些有學問的先生們會說的……他們會講給你們……」

她擎起拳頭來叫「赤色陣線」（Front rouge）的口號，正如她平常看慣了的那樣；但是，完全失態，她祇是稍微擎起了手膀，好像在唸一個簽名似地，有氣無力地叫著那口號。他們都和她在一起；她底呆木也就是他們底呆木，當她退回到講臺後部去的時候，一陣援助她似的鼓掌聲向她響起來，彷彿她底苦痛已經傳到他們身

上了。這興奮隨後就消解在一陣子的咳嗽和手帕底悉索聲中，當那主席把她底演辭翻譯成捷克話之後，影響（la réaction）來了，救濟（la délivrance），急迫地尋求愉快（la recherche inquiète de la gaîté）。卡思奈焦灼地想：這個騷動，會不會允許他尋到安娜底那一雙使他常常聯想起暹羅貓來的眼睛呢？忽然，大約在二十公尺以外，他看見了她底黑白混血兒（mulâtre）似的臉，她底那雙清澈的眸子完全塞滿著兩道長睫毛間的空隙的眼睛。他在別人的肩背和胸腹中間拚命擠過去；這是一個不認識的女人，她正在説：「不准他玩戰爭的把戲了，上一回他打青了眼睛回家來，他説：『你瞧，現在我們更文明了，我們玩革命了……』」他仍舊一步一步地走上前去，惟恐把那些跟安娜 [差] 得很遠的女人認做是安娜：[37]「我們一定能夠募集一點救濟金的，如果我們能夠有幾個行號裏的人來做代表。—— 為什麼不行呢？」天氣非常熱。他底眼光已經看飽了那些臉，使他懷疑他自己到底能否再認得出他底妻子了。他走回到講台邊。一個秘書正在叫一個同志錄出戰略：「我們要使大使館和領事館裏的電話永遠不停地要求被捕者底自由。—— 我們要設立許多機關。—— 在德國成立一個調查委員會。—— 郵政局職員，在寄到德國去的信上都加貼達爾曼（註）紀念票。—— 海員和碼頭工人，繼續在各海口反對懸掛希特勒旗幟，對於德國海員表示 [友] 愛（causez avec les marins allemands）。[38] —— 鐵路工人，在開到德國去的火車上寫我們底標語。……」

（註：達爾曼 Thaelmann，德國共產黨領袖。）

最後，那主席底聲音，用一種談天的口氣説：

「有一個七歲的孩子，威廉・希拉迭克（Wilhelm Schradek），失散了他底父親，請他底父親到辦公室裏來把他領去。」於是，換

了一個較高聲音：「現在我們請□□同志説話。」一個不知道的名字，接著是一句不很懂得的話。但是嘈雜忽然平息下來，環繞著每一個嘈雜的中心點，展開了一個個靜穆的大圈子，這裏靜穆，慢慢地又掩蓋了鼓掌喝采。

「同志們，請聽著這個從夜底裏來的喝采。

「請聽著牠們底人數，牠們底遼遠。

「在這兒所有的廳堂裏，我們一共有多少人，挨得緊緊地站著？二萬。同志們，在德國的集中營裏和牢監裏，有十萬以上的人⋯⋯」

卡思奈知道無法在那兒找到安娜了 [；] 然而，他的確和她同在這個群眾裏。那個禿頂的矮小的演説者，從他所用的字句裏，可以知道是一個智識階級。他除了老是拉著他底垂掛著的鬍鬚以外，沒有別的姿勢。無疑地，那些政治代表是要在最後演説的。

「我們的敵人花了幾百萬做他們的宣傳工作：我們如果用我們的意志去做他們用金錢來做的工作，也不是毫無用處的。

「我們到底獲得了迭米脱洛夫（Dimitroff）底自由。我們還將獲得那些被拘囚的同志們底自由。他們很少隨便殺人，而這種拘禁是有一個意義的。他們是企圖給予反納粹政府的一切勢力一個恐嚇。

「但是這個政府卻不得不估量一下外國的輿論。過度的減少人口是對於軍備和公債都有妨礙的。

「我們底繼續的（constante），固執的（opiniâtre），決不鬆懈的（sans relâche）揭發，務必使希特勒底損失，比他從支持其所謂鎮壓而獲得的更多些。」

卡思奈想到了他在牢房裏對黑暗的演辭。

「公開審判迭米脱洛夫是不謹慎的辦法，因為這勢必要讓他給

大家看見。並且勢必要開釋他。那高洛尼（Cologne）的檢察官曾經說過荒唐的話：『正義已經找到了牠底劍，而劊子手也已經像在古時候一樣地握著他底斧頭。』但是，那斧頭底鋒芒所照耀著的，那些不為人所知道的戰鬥者底臉，卻正因為那斧頭而為大眾所認識了。從達爾曼到托爾格勒（Torgler），從盧特維喜・雷恩（Ludwig Renn）到屋西茨基（Ossietsky），他們都在一天一天地，用著畢生的信仰，向著那在一 [切的] 時代中都是人類的最偉大的行為 —— 死 —— 邁進著。[39]」

在那些聽見了的說話之外，這些臉和牢房裏的那些人連結起來了。正如他從那飛機師臉上看見了一個被殺死所抓握著的人會顯出一個兒童的臉來一樣，他此刻看見這群眾底臉都變了，於是在這個集合於一個意志的群眾面前，他重又獲得了那祇有在集會時才能得到的情緒和真理。這個興奮，正與一小隊飛機起飛的時候，一架飛機在兩架別的飛機中間突進著，駕駛員和測望員共同專注著這場戰鬥的時候所感到的興奮一樣。於是這同時是迷亂，嚴肅而粗獷的整個的情緒（他方才覺得他是在這個情緒裏），好像和他底憶念那看不見的妻子的思緒混合了。

「德國的同志們，你們有兄弟或兒子在集中營裏的同志們，在今晚，在這時候，從這個廳堂一直到西班牙（Espagne），一直到太平洋，有許多像我們這樣的群眾聚會著，我們的通宵的守夜，在他們底 [孤] 寂的周圍，[40] 遍佈於全世界……」

這些人因為要給予勇氣給那些被關在德國牢房裏的同志們，所以決定到這裏來，而並去找快樂或睡覺的；他們是為了他們所知道的及不知道的事情而來的，從他們底堅毅的熱忱（牠也包圍著那不可見的安娜）裏，可以得到他們對於那在牢房牆上被打死的屍體底

威脅的答 [覆],[41] 和他們對於那從地底下升起來的,人底苦難底不絕的呼聲的答 [覆]。[42] 大家都在等著口號。卡思奈屢次自己懷疑著:想起那兩個被軋破了陽物的,有許多蝴蝶在臉上飛繞著的西伯利亞的屍首,到底有什麼意思呢?沒有一句人類的語言能像殘暴一樣的深刻,但是人的友誼(fraternité)卻能夠和牠對抗著,一直透進血的底裏,一直透到苦痛與死所潛伏著的心底禁 [範] 裏去……[43]

第八章

他燃起一支紙煙,離開飛機場以後的第十二支煙,好像想藉此照亮那在黑暗中的樓梯。他的公寓房門半開著。他推開了門,走進去。書房裏沒有人,但是有一些人聲在第二間房裏響著,而底下的門縫裏卻並沒有光漏出來。百葉窗並沒有關上。他把一個手指頭按著電燈開關,傾聽著裏邊的聲音。那些聲音好像在朦朧中顯得含糊,而在那黑暗的書房裏(在那兒,有一幅帷幔投射著一個灰白的大影子)的從街路上照進來的光亮裏卻顯得清楚起來!

「我底小春天,小羊兒,小雞兒!是小雞兒嗎?我給 [了你] 可愛的眼睛,[44] 牠們是多麼藍啊!如果你還不夠,那麼我將再給你一雙禮拜日的眼睛。用這雙眼睛,我們將去看那個有小動物的地方。那兒有狗和鳥,都是毛茸茸地非常年輕的;還有那些孩子魚和娃娃魚,牠們底光跟蒲公英燭一樣。不過是藍顏色的。我們還可以看見小貓和小熊。踏著小腳步。我們倆。」

彷彿被打了一下似地,她底聲音改變了,於是她悲哀地重複著說:

「衹有我們倆……」

那孩子用小小的咿啞聲應答著。在門的那一邊，安娜也在黑暗裏，卡思奈底心裏漸漸地洋溢著這種盲目的母愛。

「你將看見那些住在很深很深的海底裏的悲哀魚。牠們都帶著燈給自己照路。當牠們覺得太冷的時候……」

她尋思著。

「牠們就躲到穿皮衣裳的魚的地方去，」卡思奈在推門進去的當兒輕聲地說。

她抓緊了她底椅子背，神經地搖著頭，好像在同時否認著卡思奈底回家和那些穿皮衣裳的魚底存在。他露出了一個麻痺似的微笑（un sourire paralysé）。這一笑，使他感覺到好像一個才合口的瘡似的拉緊著他底臉皮。窗格在安娜的胸前映射了一個黑的大十字架，因為她底肌膚顫動著，所以牠也搖晃著；在她底裙子下面，卡思奈看見她底兩個膝蓋像她底肩膀一樣地在顫抖。她站起來，但依舊抓著那椅子背，好像她是縛住在那兒的。她終於放鬆了椅子背，伸手到電燈開關上，然而還不敢扭捩；他覺得她彷彿很害怕在亮光裏看見他底臉。一切的說話與動作都是荒唐，虛妄的，特別是可笑的，比起他們底情感來，狂暴有餘而深刻不足 —— 幾乎可以說是一些滑稽的擬作文章（parodiques）。祇有靜默和大家發呆才是比一次緊緊的擁抱更強的；可是他們倆誰也不敢，於是他們擁抱了。

「這是……怎麼回事？」她抽身離開他底胳膊的時候問。

「可怕，」他祇這麼說。

他撫摩著那孩子底頭，覺得那張小臉在偎依著他底手。他不很認識這小臉兒。他所能記憶的祇是這張臉底表情，當他離家之前夕，那張小臉底第一次微笑以前，這個孩子在卡思奈心裏不曾有過存在。他寶愛那他放在這個小生命中的希望，但尤其寶愛他底孩子

所使他感到的絕對的，本性的信賴。一天，他因為那孩子在撚著狗毛而打著他底手指，可是他卻反而躲到他底懷抱裏。從那小臉兒在他手裏入睡一直到夢裏，那孩子對於他是完全信賴，他以為卡思奈是他一個人獨享的快樂的世界。「昨天，在這時候……」卡思奈輕輕地縮回了他底手，在眼前掠過的時候，從那有一點微光的黑暗中看出了五個手指。他底指甲長出來了沒有？他想。他們走進書房裏。她回轉身來：

「他們接受了那個假護照，在那……」

他剛轉身向著亮光。她就本能的地將肩膀 [往] 後一退；[45] 但是並沒有真的後退：

「我真害怕你……」她說。

在紙煙底閃光裏，他顯得消瘦了。事實上，這消瘦使他那多骨的臉並沒有什麼大的改變。她是很習熟於那些囚犯底妻子們寫給她的信。那些妻子們都已經認不出她們底丈夫，當她們底丈夫回來的時候，對她們說：「拿一件乾淨的襯衫來，」因為他穿在身上的那一件已經漬滿了血斑 —— 由於「曾經受了極度的恐怖。」

「他們接受了你底假護照嗎？」她又問。

他覺得這些問題之在他面前一問再問，正如牠們在安娜獨居的時候一天一天地一問再問一樣。

「不，這是說，不是開頭就接受的。後來，另外有一個人自稱他是卡思奈。」

她緘默地抬起了她底眼睛，這表情明白得使他立刻就能回答了：

「不，我不知道這是誰……」

她坐下在靠窗的那隻長沙發上。她守著緘默，看著他，好像一

部分的他已經和那個自首的人一同死去了。

「給打死了嗎？」

「我不知道……」

「我有許多事情要告訴你，」她說，「但是現在我還不能。現在我祇要和你說話，隨便說些什麼……因為我要讓我底觀念安定下來，知道我的確是重又和你在一起了……」

他知道現在他應該默默地把她抱在懷裏，惟有這個舉動才能表示他們和他們底死了的同志之間的情感，但是他已經和從前的表示熱情的姿態不調和了，而且也沒有什麼新的姿勢。

「他怎麼了？」卡思奈問，點點頭指示著那孩子沉睡著的房間。

她也用頭做了一個同時又憂愁又驚異的姿勢；彷彿以為她所放在孩子身上的一切高興都是無用的，又彷彿以為她底聲音不能表示了她對於孩子的摯愛，而不牽連到她另外一種愛情底苦痛。

在他們倆同居以後的五年中，這是第一次，卡思奈從這樣長的一個旅程中回來；但是他知道這個回來是在一個將來的離別的暗影裏的。這個使她眼睛裏充滿了要適意，要愉快的慾望而緊偎著他的苦痛，這個他使她得到的苦痛，慘酷地把他和她離開了。即使她真心贊成他底離開，即使她在盡其所能地從事於黨的工作，這情形都還一點沒有改變。他有時也懷疑，在她心底裏，到底她是否對他這種生活沒有什麼責備呢？在這種生活裏，確是有些 [事] 情不顧到她底苦痛的 —— [46] 這種苦痛，她自己是不承認的，但是她卻在委屈與失望中擔受著。他並非不知道他曾經有幾次吝嗇著不把他的愛情給予她。

[「] 當飛機離地的時候，在我們底下起了一陣樹葉底旋風。快樂常常是有點像這個的，那些輕飄的樹葉……舞動著，在表面

上……[」]

在這個時候，當她願意自己成為他底快樂底主體的時候，來否定快樂，這是多少有點殘酷的；但是她猜想得出他在這些話裏所用以調劑她底苦痛的作用，並且她知道，並沒有任何一個使他們重行團聚的原因足以使她苦痛的。

「祇要我是你底快樂就好了……」她説。

她感覺到他的不安定，用一種悲哀的神情，搖搖頭表示著「否」。這個悲哀的神情，正就因為笨拙而顯得如此微妙地靈活，使卡思奈重又覺悟到人在溫柔的愛情（la tenderness）面前永遠是顯得多麼粗野。

「我底生活就是這樣的生活。我已經接受了這個生活，而且……甚至選定了這樣的生活……我祇要你在你底生活中給我留一個小小的地位；但是我想著一些別的事情，我願意我自己成為你底較多的快樂。」

她底一個朋友底從集中營裏生還的丈夫，每天晚上總是從睡夢裏醒來叫著：「不要打我！」卡思奈已經閉上了他底眼睛，於是安娜想她一定會害怕睡眠的。

「有時候，」她説下去，「我彷彿以為那改變著的並不是苦痛，而是希望……」

她悲哀地抬起她那雙在長長的黑色的睫毛中間的灰白的眼睛來望著他。她從下而上[地]看著他，[47]皺蹙著眉額。她那張好像是一個從昏迷甦醒轉來的人似地，一個表情一個表情地恢復給卡思奈的聰明的臉[，]漸漸地恢復了牠底生命，他現在可以從這個臉裏認出那些作為一個臉底秘密的，隱藏著的可憐的動作了，他從那兒認出了眼淚，愛情，性感；這種形態，在他看起來，可以算就是快樂

的本體的。不論他在牢房裏受到了怎樣的屈辱，這一雙眼睛如果知道了是會去分擔的。當她繼續說下去的時候，悲哀與皺紋逐漸地從她臉上消隱掉了。

「我曾想出了這許多的話要和你說，但是我常常害怕著我底夢[中]醒來的那一刻兒。[48] 我曾打定主意，到了那一天，我決不對你提起一件悲慘的事情。現在我心裏，有著更多的快樂，比起⋯⋯」

說到這裏，她想不起字眼了，於是做了一個手勢微笑著，這是第一次恢復她從前的那種微笑，臉上 [燦] 露著她底美麗的牙齒。終於她苦惱地說：

「⋯⋯但是那時候是不敢來的⋯⋯」好 [像] 她還在害怕著。[49]

直到現在她還不敢說這句話；是不是因為幸福之感在他們之間恢復得太快了嗎？生命環抱著他，像他底手臂摟拘著她的身體一般，又慢慢地佔有了他了。

「也許，」她說，「因為我今天不能想到別的事情，所以我想著我所要告訴你的那些話；但這並不 [是] 我錯誤的理由。[50] 我並不常常是一個非常幸福的女人：我過著一種很艱難的生活⋯⋯然而世上沒有比「知道這個孩子在那兒」，[51] 以及「他是我底孩子」，這種感情更強的了，絕對沒有。我想到在這個城裏有，我不知道該說多少，五千個，一萬個孩子。還有幾千個女人，她們不久就要受到苦痛（這些苦痛常常是在半夜一兩點鐘的時候襲來的），而她們等候著。不錯，她們用著苦惱等候著，然而另外也還懷著一些別的感情。和這些感情比起來，快樂這個字幾乎就沒有意義可言。別的字眼亦復如是。自從世界之成為世界以來，每一個夜裏都是這樣的。」

從她底聲音裏，他猜度得出那羞恥之心，或許還有一種遼遠的，近於迷信似的不安，使她在那些僅有的印 [象] ——[52] 那些經

過了幾個月的苦痛依舊還活潑潑地留在她心裏的印[象]中，[53] 表現著她底快樂。他們聽見那孩子底聲音了。但是他並不是在哭，他在自己説話。

「當他生出來的時候，你在德國。我醒來的時候，我看著他，這麼纖小地在他底搖籃裏，我就想到他底生命將與世界上一切的生命相同，於是我像一匹小牛似地哭起來，為了他也為了我自己……當時我很軟弱，眼淚是不停地流著，然而從那時候起，我卻知道除了憂愁以外，我還有一些別的事情……」

「男人可沒有孩子。」

他不能把眼光移開這個他曾經以為是死了的臉。

「然而，在牢房裏，你瞧，他們非常需要有別的事情存在著，需要有那與苦痛同樣地生活在深處的東西存在著……快樂是沒有語言的。」

「在我，快樂，那就是音樂……」

「現在，我可害怕音樂了。」

她剛要問他為什麼，但是，未能的地，立刻忍住了。他覺得她在用她底身體聽著他，同樣也用她底心聽著他，還覺得她是以一個母親的身份聽著，而且她所懂得的，是比他所説出來的更多。他迷迷糊糊地想到，不管那些牢房，不管那種殘暴，人終於還是人，而且無疑衹有人底尊嚴能夠對抗苦痛……但是他很想看著安娜，而並不是想想想什麼。忽然有人在敲鄰近的房門。卡思奈又聽到了那牢房裏的叩擊：但是她反而比他更顯得吃驚：

「我想，來的一定是你！」

一扇門在一陣有親切話語聲裏開了，一扇世上的門，一陣人類的聲音……

「我又想寫字了，」他説，「在牢房裏，我曾經試驗過，利用音樂以……保護我自己。幾點鐘地（Des heures）。牠能給予印 [象]，[54]自然，無窮的印 [象]——而且，偶然，也會產生一個句子，光是一句，那些駱駝隊（caravaniers）底禱辭：「如果這一夜是定命的夜……」

她握著他底手，擱在她底額角上，把她底臉揉著他底手背：

「……祝福她直到天亮罷……」她喃喃地説。

她把眼光轉向著黑暗裏，她底側面影剛從她所握著的他底手裏露出來。天剛下過雨，一輛汽車在濕的馬路上行過，發出了樹葉在風裏飛舞的聲音。在窗框子底映影裏，安娜底那雙被他底手半掩著的眼睛，似乎在看著那兩條冷清清的街路底拐角。卡思奈知道這座拐角上的房屋將使他終生留著很深的印象。

安娜輕輕地説：

「即使你馬上又要走，我願意……比你所設想的好些……」

她要説她願意「接受」的。那房子一共有六個窗，每邊三個——還有兩個天窗；全都在黑影裏，但是因為那還閃著雨珠的玻璃底反光，所以比天色還亮些，所以整個的夜便覺得放鬆下來，正如安娜底手臂剛才放鬆下來一樣。那一種使人們相信有一位天神剛才降生的時間，洋溢於這個屋子裏，在那兒，一個孩子祇是為了將消失在暗影裏去而誕生了出來。卡思奈彷彿覺得世界底意義正在從那血漬斑斑的大地上透露出來，而萬物的最隱秘的生命也快要成就了。他閉了眼睛：觸覺是比其他一切感覺更鋭敏，甚至比思想都更鋭敏，而且只有那貼住他底手指的安娜底額角，是和這大地底平靜調和的。他又看見他在牢房裏繞著圈子走——一，二，三，四……以求知道她是否還活著。他立刻又睜開了他底眼睛，又好像自己是抓握著這雙眼睛底永生，那個由他昨日的那些牢中同志，由

那孩子底信賴的臉頰，由那些在虐刑之下堅不招供的群眾，由那在風暴中的飛機師底臉，由那為他而犧牲了自己底生命的那個人，甚至由他底不久即將重回德國去這事實，這一切所構成的永生，那活人底永生，而不是死人底永生；牠牽引著一切，並且，在他底血液底沸騰裏，連合了比人更偉大的那個在人心裏的東西 —— 那就是男子底天賦，牠在那重又冷靜下來的，正在開始颶風的街路上猛重地跳擊著。他底一切行動底 [回] 憶，[55] 會得像他的同志們底血底 [回] 憶一樣，[56] 而當他將來在德國被殺害的那一天，人們也同時就把他對於現在這個時間的 [回] 憶殺害了。[57] 他忽然覺得受不了再老是不動了：

「我很想走動走動，想和你出去 —— 不論到什麼地方去！」

「那我必須去找一個人來看管孩子 [。]」

她出去了。他撚熄了燈，讓大地的暗夜進來，又看了一眼那兩條依然冷靜著的，有一隻貓正在像一頭耗子似地並不跳但卻很快地穿過的街路。

現在他們將要談天，回想，訴說了……這一切都將成為每日生活底一部分：他們倆偎倚著走下樓來的樓梯。在那看著人類意志底失敗或勝利的不變的天空下的街頭閒步。（全書完）

1　〈鄙棄的日子〉（二十七至四十五）於《星島日報》副刊〈星座〉的連載日期為 1940 年 8 月 1-14、16-20 日。本文乃據法文原著校訂，參考 André Malraux, *Œuvres Complète*, Tome I, Préface de Jean Grosjean, Édition sous la direction de Pierre Brunel avec la collaboration de Michel Autrand, Daniel Durosay, Jean-Michel Glicksohn, Robert Jouanny, Walter G. Langlois, François Trécou, Paris: Gallimard, coll.《 Bibliothèque de la Pléiade 》, 1989。

2　原文無法辨識，現據法文原著增補。

3　「設法」，原文誤植為「沒法」。

4　原文無法辨識，現據法文原著增補。

5　此句原文遺漏「他」字，現據法文原著增補。

6　原文無法辨識，現據法文原著增補。

7　原文無法辨識，現據法文原著增補。

8　「幻象」，原文誤植為「幻像」。

9　原文無法辨識，現據法文原著增補。

10　原文無法辨識，現據法文原著增補。

11　原文無法辨識，現據法文原著增補。

12　原文無法辨識，現據法文原著增補。

13　原文無法辨識，現據法文原著增補。

14　原文無法辨識，現據法文原著增補。

15　「或許」，原文誤植為「或部許」。

16　「印象」，原文誤植為「印像」。

17　「印象」，原文誤植為「印像」。

18　原文無法辨識，現據法文原著增補。

19　原文無法辨識，現據法文原著增補。

20　原文無法辨識，現據法文原著增補。

21　原文無法辨識，現據法文原著增補。

22　原文無法辨識，現據法文原著增補。

23　「設法」，原文誤植為「沒法」，現據法文原著校訂。

24　原文無法辨識，現據法文原著增補。

25　原文無法辨識，現據法文原著增補。

26　原文無法辨識，現據法文原著增補。

27　原文無法辨識，現據法文原著增補。

28　據法文原著，譯文此句以下漏譯句子，大意為：「地平線上，看見布拉格的燈光。」（A l'horizon, les lumières de Prague.）

29　原文無法辨識，現據法文原著增補。

30　原文無法辨識，現據法文原著增補。

31　「看見有」，原文誤植為「看有見」。

32 法文原著中此句以斜體標示，表示報紙刊載的消息。

33 「去的」，原文誤植為「去的的」。

34 原文無法辨識，現據法文原著增補。

35 原文無法辨識，現據法文原著增補。

36 「Erynnie」，原文誤植為「Erynne」。

37 原文無法辨識，現據法文原著增補。

38 「友愛」，原文誤植為「衣愛」。

39 「一切的」，原文誤植為「一的切」。

40 「孤寂」，原文誤植為「狐寂」。

41 「答覆」，原文誤植為「答復」。

42 「答覆」，原文誤植為「答復」。

43 「禁範」，原文誤植為「禁范」。

44 「給了你」，原文誤植為「給你了」。

45 「往後」，原文誤植為「望後」，現據法文原著校訂。

46 原文無法辨識，現據法文原著增補。

47 原文無法辨識，現據法文原著增補。

48 原文無法辨識，現據法文原著增補。

49 原文無法辨識，現據法文原著增補。

50 「並不是」，原文遺漏「是」字，現據法文原著增補。

51 「世上」，原文誤植為「世除上」。

52 「印象」，原文誤植為「印像」。

53 「印象」，原文誤植為「印像」。

54 「印象」，原文誤植為「印像」。

55 「回憶」，原文誤植為「迴憶」。

56 「回憶」，原文誤植為「迴憶」。

57 「回憶」，原文誤植為「迴憶」。